陕西师范大学人文科学高等研究院 | 编

李国平 | 主编

大西北文学与文化

第 八 辑

作家出版社

大西北学人：畅广元

畅广元，男，祖籍山西临猗，西安市人。1937年6月生。中共党员。1943年入西安师苑附小（现书院门小学）读书，1949年入私立东南中学（现市第五中学）读初、高中，1955年入西安师范学院（现陕西师范大学）读书，1959年中文系毕业，留校任教，2001年退休。畅先生在陕西师范大学历任助教、讲师、副教授、教授，中文系文艺理论教研室副主任、主任，陕西师范大学图书馆馆长，博士生导师。第一届教育部中国语言文学专业教学指导委员会委员，中国作家协会会员，陕西作家协会常务理事、理论批评委员会副主任，中外文艺理论学会（北京）理事，中国文艺理论学会（上海）名誉理事，陕西省柳青文学研究会第一届会长。2004年6月获"首届中国中外文艺理论学会中国文艺理论突出贡献奖"，2011年12月获陕西文艺评论家协会、《小说评论》杂志社颁发的"陕西文艺评论特别成就奖"。1992年起享受国务院"政府特殊津贴"。

年轻时的畅广元

畅广元生活照

参加柳青百年诞辰纪念会

畅广元与作家陈忠实

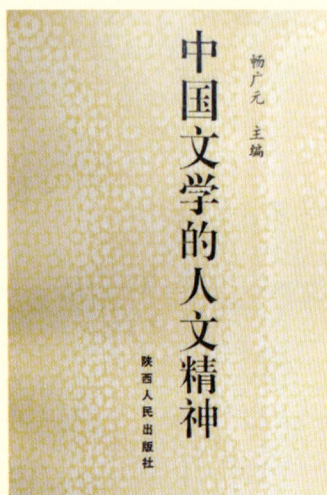

畅广元代表著作书影

目　录

Contents

从"文本观"到"大文学观"[*]

刘　勇　陈蓉玥

内容提要：中国现代文学已经走过百年历程，现当代文学学科的建立也已经 70 余年，现当代文学研究在当下面临何种新的发展态势，尤其在 21 世纪应该承担什么样的使命，这是现当代文学研究者需要深入思考的问题。事实上，现当代文学研究越来越呈现出两个方面的焦虑，一方面是现当代文学发展多年，自身需要新的突破；另一方面是国家近年来大力提倡"新文科"建设，"新文科"实质就是多维融合、多方交叉，"新文科"的根本在于人文社科研究要更贴近时代、历史、经济等一系列社会发展的各个方面，"新文科"的提出要求现当代文学研究更新策略，回应人文学科学术发展的新趋势。在这个背景下，现当代文学应该如何进行跨界，在实现不同学科交叉融合的基础上，找准现代文学研究的新位置，推动现代文学研究的新发展，发掘现代文学研究的新空间，是现当代文学当下迫切需要解决的问题。

关键词：文本观；大文学观；"大京派"文学

在过去很长一段时间内，文学研究要求"回到文学本身"，呼唤一种"向内转"的文学研究范式，这种研究范式针对以往文学远离文学本身的现象是必要的，但是文学仅仅回到文学自身就行吗？文学根本上是生活的反映，是人生、时代、社会的反映。纵观整个现当代文学发展历程，现当代文学的根本特点就是不断反映、追随时代发展的脚步，鲁迅的杂文堪称中国社会的百科全书，茅盾的小说几乎反映了 20 世纪 30 年代所有社会变化，巴金从 20 世纪 20、30 年代写传统大家庭，到抗美援朝时期特殊的家庭关系持续不断地深入社会问题，老舍从《四世同堂》《骆驼祥子》一直到《茶馆》紧扣时代变迁的

* 本文系国家社科基金重大项目"京津冀文脉谱系与'大京派'文学建构研究"（项目编号：18ZDA281）的阶段性成果。

主题……与时代社会融合，与现实生活融合是现当代文学的根本特点，也是它的根本价值和魅力所在。"回到文学本身"的研究范式很快展露出自身的局限性，囿于文本内部的研究实质上限制了文学研究的空间，打开文学研究视野成为文学研究转向的必要考虑，文学研究不能只是专注于文学文本内部，而是需要从文学之外看文学，广泛地联系文本所涉及的政治、历史、文化、经济等诸多问题。近年来，"大文学观"进入现代文学研究的视野，并逐渐成为文学研究的热点方法，形成一种"向外转"的研究向度，如何适应性地依据时代历史的发展、文学自身的态势和社会现实的需求做出调整，我们也试图在3个方面进行一些新的探索：第一，"文本观"的意义与局限。文本观重视作品的文学性，深入文本内部，精读、细读文本，但它不可避免地限缩了文学研究的视野，局限了文学研究走向更广阔的人文关怀。第二，"大文学观"的研究转向。在与"文本观"形成对话的前提下，大文学观要求研究者扩宽自身的知识范畴，建立更为宏阔的跨学科体系，沟通整个人文学科的各个部分。第三，建构"大京派"文学的尝试。以京津冀三地的文学、文化发展为着力点推进京津冀文脉谱系的疏通与连接，不仅对京津冀协同发展有着切实的促进作用，而且也进一步拓展了京津冀文学研究的空间。这一研究不仅具有重要的文学意义，而是具有重要的社会价值。

一、"文本观"的意义与局限

应该说，"文本观"首先表现为对文学本体论的坚守和高扬，即在研究中必须以文本为中心，以"文学性"为研究重点，特别强调探索文学自身的发展规律，以文本细读为主要原则，要求研究者回到文学本身，尽可能剥离社会历史环境对文学作品的作用，褪除意识形态对文学研究的影响，"向内转"而研究文本的组织结构、语言、修辞等诸多内部因素。在中国现代文学研究中，"文本观"及其相关的"文本细读""文学性"问题在学科史的建构过程中发挥了重要作用，这种研究观念具有深刻的理论意义和现实价值，同样也自有其局限。

从理论意义上看，文本观在中国现代文学研究中的应用不仅受到西方文学的影响，而且体现为对中国传统文论的沿袭。在西方文学理论界，"文学性"及其相关问题历经百年的探讨，中国现代文学研究中"文本观"的形成与发展，即受到20世纪西方文学思潮的影响。20世纪30年代，几乎在英美新批评兴起的同时，这股思潮就传入了中国。1929年始，英美新批评主将瑞恰慈在清华大学担任外文系教授，讲授"第一年英文""西洋小说""文学批评""现代西洋文学（一）诗，（二）戏剧，（三）小说"和比较文学[①]

---

① 齐家莹编撰：《清华人文学科年谱》，清华大学出版社 1998 年版，第 88—89 页。

等课程，后又在北京大学、燕京大学开设课程和讲座，其新批评理论由此传入中国。1929年，瑞恰慈的理论著作《科学与诗》经伊人翻译由华严书店出版发行，瑞恰慈的新批评理论及相应的研究方法甫一进入中国现代文学的视野中，就收获了大量学人如曹葆华、于赓虞、李安宅、吴世昌、洪深、朱自清、陈西滢、钱钟书等人的回应与评价，然而这种讨论持续的时间和影响的范围却并不长久，"瑞恰慈的文学思想在中国传播的过程中，虽然与中国文论有诸多交集，但是其形式文论的内容始终无法成为中国文论的主流，倒是瑞恰慈的'综感'、文学本体、意义学等思想有力影响了中国现当代文论的建构"①。换句话来说，瑞恰慈的新批评理论进入中国学界的过程并非一种纯粹的移植，而是在中国完成了一系列的变形，经过中国文学研究本土化的筛选，留下了适合中国文学研究生长的重要思想，其中，关于"文学本体"与"细读"的有关内容，深刻地影响了现代文学研究的发展和转向。现当代文学学科建立以来，社会历史批评成为现代文学研究乃至整个人文科学研究的主要流派。20世纪80年代，受学术空气影响，文本观在现代文学研究界被激活，西方文学界一批文本观的相关理论在中国现当代文学创作与研究中得到重视和发展。此时，研究者、创作者对文本观的选择与倚重，在根本上看，是建立在与既往的社会历史批评研究范式对话的基础上，以"文学性""审美性"等内容深入作品的内部，回归和突出作品本体。在中国文学理论的发展过程中，诸如刘勰的《文心雕龙》中对声律、言语、章句、结构、修辞等内容的微观探索；严羽的《沧浪诗话》中先"熟参"而后评诗辩义……都是充分认识到文学本体意义的理论。从中西方文学理论互融、互通和中国现代文学研究方法更新的向度看，文本观的提出具有高度的理论意义。

就现实价值而言，"文本观"的提出主要针对两个现象。一是在以往的教学与研究中，对文学作品的正视、重视不够。有太多人在谈到一位经典作家或者一部经典作品时高谈阔论，对作家作品的重要意义如数家珍，对作家作品的宏观评论游刃有余，但实际上对这些作品的阅读却是不到位的。2023年8月，是鲁迅《呐喊》出版100周年，对鲁迅及其《呐喊》的研究必然会成为热点问题，但是鲁迅的两部小说集《呐喊》共14篇小说，《彷徨》共11篇小说，总共不到20万字，一个人一分钟可以阅读500字，总共只需要不到7小时就能通读一遍。但是又有几个人认认真真、从头到尾读过《呐喊》《彷徨》呢？抓不住文本的研究，往往只能做到一知半解，陷入"只知其一，不知其二"的尴尬境地。一个作家的经典性，归根到底体现在他的作品中，他的文字里，拿鲁迅来说，没有真正地读懂、读透鲁迅的文本，就无法做到回到鲁迅本身。其实很多年来，大陆与海外的文学研究与教学各存其异，大陆讲授文学史，从作品的背景、地位到影响、作用侃

---

① 黄一：《瑞恰慈与中国文论现代化进程》，《社会科学辑刊》2014年第3期。

侃而谈，然而讲到具体作品则语焉不详，这也使大陆学生对文学史的接受和理解，偏于宏观而疏忽了微观的考察。比如一个考北师大古代文学研究生的同学，说自己对李商隐喜欢、崇拜得五体投地，但请他背一首李商隐的诗词，却一首完整的都背不下来！与此相比，海外的一些文学史教学只是一部一部地讲作品，作品讲完了，文学史也讲授完毕，缺乏宏观的、历史性的梳理和认识。大陆与海外的文学教学与研究各有长短，但始终需要意识到，对文本内容不断地锤炼、剖析是文学研究的基本功，它可以行之有效地使研究者、读者进入文本，缩短与文本间的距离，与文学之间的距离。我们当然要注重文本，关键是如何重视文本！

二是文本本身就是常读常新的，文本的价值在于它不断呈现出来的一种张力。不同的人读同一个文本，必然有不同的体会和感悟，甚至同一个人在人生的不同阶段读同一个文本，都会因自身阅历的厚薄、经历的深浅而有不同的触动。比如，现代文学史课程讲授朱自清的《背影》，这篇作品，学生从中学读到大学，从少年读到青年，必然产生不同的理解。中学是初读，大学是细读，中年是碰撞，老年则是回味。每个阶段的阅读感受都有所不同，甚至是完全不同的。中小学课上讲朱自清的《背影》的主旨是描写感人的父子之爱，但其实《背影》是经过时间沉淀的产物。实际上，朱自清所写父亲背影的这个场景发生在他创作《背影》的 8 年前，朱自清为什么当时不写？为什么过了 8 年才写？朱自清与父亲在纳姨太太的事情上产生了激烈的矛盾，随后父亲被撤职，朱自清的祖母又因为家庭变故辞世。1917 年的冬天，祖母的丧事料理完毕，朱自清要返校，父亲要去南京谋差事，这才有了《背影》中父子相别的场景。家庭的衰落使朱自清对父亲产生了严重的不解与怨恨，所以这个场景发生时朱自清既感受不到父爱，也写不出《背影》！直到 1925 年，朱自清收到父亲的来信，信中说："我身体平安，惟膀子疼痛厉害，举箸提笔，诸多不便，大约大去之期不远矣。"朱自清知晓父亲病重了，快死了，回想起 8 年前与父亲在浦口车站分别的情景，百感交集，悲从中来，这才完成了《背影》的创作。这不仅是人生时间的酝酿，更是人生角色的酝酿，人生情感的沉淀。这充分证明了文本是文学研究的资本，也是文学研究的根本。在这两重背景下，强调回到文本，具有特别突出的现实意义。

这个现象同样告诉我们，文本不只是单一的文字。但是仅仅把文本作为研究对象，沉浸在文本的世界里，会限制我们的眼界，给我们的思考带来局限。研究者们有意识地建构一种以文本为中心，回到文学本身的研究范式，使中国现代文学研究的"文本观"逐渐走向学理化、规范化。但是如果我们只读文本，就会自我封闭，陷入"从文本到文本"的狭隘思维之中。落实到学科教育上，现在许多导师从来都明确反对硕士、博士写论文的时候，把"文本细读"当作研究方法，文本细读是文学研究的应有之义，没有一个文学研究是建立在不读文本或粗读文本的基础上。但文本不是高于一切的,我们不仅要读文本,更要从文本读到作者,从文本透视社会,从文本了解历史、当下甚至是未来。2022年12月31日,北师大召开了"'思想鲁迅'的学术价值与当代意义——《思想型的作家与思想型的学者:王富仁和他的鲁迅研究》新书研讨会"。在会上,许多专家强调,我们谈论王富仁的鲁迅研究,实质上是去认识他们所处的时代社会,认识他们的人生道路,他们的知识谱系,他们面对的历史,他们所处的现实,他们昭示的未来。前不久成立的北京大学现代中国人文研究所,它的根本宗旨是要打通文学、艺术、思想、教育、媒介等领域,重新构建一种综合性的"现代中国人文学",为探索中国道路的历史经验与人类思想提供学理支撑。文学与艺术不打通行不行? 我们的研究对象,我们的教学对象,都告诉我们不行!

以音乐为例,大量现当代文学作品中充满音乐性的因素,仅仅从文本入手,看不到创作者对音乐的熟谙与应用,很难切中肯綮地理解文本本身。徐志摩是最懂诗和歌关系的人,他的诗作往往呈现出一种回环复沓之美。闻一多提出的诗之"三美",从理论上指出了诗与音乐的关系,徐志摩则是在实践上真正把诗和歌融合在一起,把旧诗的韵律和新诗的灵动结合在一起,他的《沙扬娜拉》短短五句就有两句重复:"道一声珍重,道一声珍重。"更不用说他的《再别康桥》首尾两段,结构上构成了一种不断回旋、循环的音乐美。不仅现代作家,当代作家也是如此。余华的文学作品深受音乐影响,他写过《文学或者音乐》《间奏:余华的音乐笔记》等随笔集,他的小说中,充满了巴赫,充满了门德尔松,还有贝多芬、莫扎特、亨德尔……我们不懂巴赫,不懂门德尔松,对这些音乐家一无所知,实际上是很难深入余华的文学世界的,也很难有研究余华作品的底气。日本作家村上春树的文学创作和音乐同样有密不可分的关系。他的书房中,有一整面唱片墙,他对爵士乐、摇滚乐的感知为他的作品提供了诸多灵感,比如《挪威的森林》和甲壳虫乐队的音乐有千丝万缕的联系,如果没有听过甲壳虫乐队的歌曲,对爵士乐毫无了解,就不会理解村上春树对爵士乐的疯狂着迷,仅仅按照文本研究,是走不到村上春树的创作深处的。值得强调的是,近些年来,学生的知识结构变得越来越丰富,越来越复杂,这要求现当代文学学科的教学模式做出相应的调整。拿音乐来说,现在的学生掌握、精通一种甚至多种乐器已经是非常普遍的现象,现在的学生音乐素养这么强,我们如果对音乐一无所知,怎么教得好学生? 怎么和学生对话? 这就是现实。这些例证再次表明文学从来都不是文学自己的事情,文学研究和学科教育当然要回到文学本身,但是从文本到文本,从文学到文学的路线会越走越狭窄,越走越艰难,越走越难以适应现实的需要,我们必须打通学科间的壁垒,打通文、史、哲乃至艺术之间的界限,文学与各个学科的跨界和流动势在必行,"大文学观"的研究转向势在必行。

二、"大文学观"的研究转向

近年来，不少学者提出"大文学观"的概念，什么是"大文学观"？所谓"大文学观"就是文学和文化，和社会，和教育，和生态环境等各方面的结合。事实证明，文学和文学史不仅仅是文学发展的历史，还是整个人类的思想史，各个民族的精神史，甚至可以说是人类社会的发展史。特别是在国家推行的"新文科"建设的背景下，建立文学研究交叉融合的新思路，增强学术研究的实践价值，强调学术研究要为社会所用，为推动时代发展所用成为现代文学学科必须面临的转变与挑战。在这个意义上，"大文学观"的研究转向提供了文学研究、文学发展更广阔的路径。

事实上，世界范围内早已于 20 世纪 50、60 年代产生了相应的研究理论与方法。与国内"大文学观"转向产生的语境相似，西方文学研究同样面临由于过分关注文学内部研究导致的内倾性和封闭性，由此，西方理论家开始对业已形成模式的文本研究做出反思，并转换了研究思路，逐步建立起一种具有"跨学科"特质的研究模式——文化研究。西方学术研究界形成了以雷蒙·威廉斯、理查德·霍加特、理查德·约翰逊等人为代表的文化研究流派，他们有感于工业革命后英国社会的变化和日益发达的大众文化，广泛地使用学科交叉的方法，将文学与文化研究结合起来，尽管他们的思想主张存在一定的差异，但他们有着共同的理论取向，即走出单纯注视文本内部的局限，走向了文本之外，从阶层、经济、社会变迁等外部因素回望文学，理查德·约翰逊曾说："文化研究就发展的倾向来看必须是跨学科的"[1]，这种跨学科的、综合性的研究倾向是文化研究本质性的方法。文化研究者将文学文本同其所表征的丰富内蕴与其所处的外部世界缝合，他们所认知的文化研究视野下的"文学性"，在某种程度上就等同于我们所理解的"大文学观"之"大"的属性和"杂文学"之"杂"的特质，将文学研究与文化复合体结合，实质上就是将文学与社会发展的诸多方面结合，将文学与其他各类学科结合。20 世纪 80 年代，文化研究的相关理论开始进入中国，并在 20 世纪 90 年代逐渐成为热点。与 80 年代"回到文学本身"的研究倾向不同，文化研究理论的流入，开启了一段文学研究的"文化热"，启发 90 年代以来中国现当代文学学术界将文学研究与社会学、历史学、人类学、教育学、传播学等诸多领域交叉、汇集、融合，一系列理论和方法的提出活跃了 20 世纪 90 年代的学术研究空气。"文化研究"的出现突破了过去文学研究的理论边界和研究路径，立足于一种"跨学科"的理论视野，弥合了文学与社会之间的缝隙。

---

① ［英］理查德·约翰逊：《究竟什么是文化研究》，见罗钢、刘象愚《文化研究读本》，中国社会科学出版社 2000 年版，第 9 页。

　　这种文化转变既与世界文学潮流呼应，同时又构成了对中国文学传统的对话。"大文学观"的观念深刻存在于中国文学自身发展的脉络中，深刻存在于中国文学学术研究的变迁中。有学者指出，1918 年，学者谢无量出版的《中国大文学史》是中国本土第一次以"大文学"之名编写文学史的尝试。①这实际上证明，"大文学"不是一个向壁虚构的概念，在中国文学研究的源流中，它很早就出现了。在 20 世纪 80 年代末 90 年代初的"文化热"研究风潮中，古代文学的研究者最先将大文学观应用在文学研究中，出现了傅璇琮主编的"大文学史观丛书"（1990 年，现代出版社），陈伯海、董乃斌主编的"宏观文学史丛书"（包括 1992 年袁进著《中国小说的近代变革》、陈良运著《中国诗学体系论》，1994 年夏咸淳著《晚明士风与文学》、陆海明著《中国文学批评方法探源》，1995 年陈伯海著《中国文学史之宏观》，1997 年叶舒宪著《高唐神女与维纳斯：中西文化中的爱与美主题》，中国社会科学出版社），赵明主编的《先秦大文学史》（1993 年，吉林大学出版社），赵明、杨树增、曲德来主编的《两汉大文学史》（1998 年，吉林大学出版社），等一系列研究成果。在现当代文学研究领域，杨义率先提出以"大文学观"重构中国现代文学史的写作格局或叫文学版图，他指出"大文学观去纯文学观的阉割性而还原文学文化生命的完整性，去杂文学观的浑浊性而推进文学文化学理的严密性，并在融合二者的长处中，深入地开发丰富深厚的文化资源，创建现代中国的文学学理体系，包括它的价值体系、话语体系和知识体系"②。他所提出的"大文学观"即是从中国文学自身发展的脉络中寻找规律的结果，根本上依托的还是本土资源。杨义特别指出了中国文学"杂文学"的特质。与文本观强调文学是文学自己的事情，强调坚守文学本体意识相比，"大文学"提供了现代文学研究的另一种可能。事实上，中国自古以来就没有纯文学。中国的文学创作从古至今始终与现实生活、时代语境息息相关，始终关心人生、关注社会。新文学与五四的融合，更是体现了中国文学一直以来一个近乎天然的特征：文学的发展、突破从来都是与政治、军事、社会以及经济的变革融为一体的。所以，中国自古没有纯文学不是文学自身的贬值，恰恰相反，这是中国文学的独特价值。在这样的文学传统中，如果我们的文学研究总是沉浸于文本，恰恰限制了文学研究本身的意义，背离了中国文学发展的规律。进入文学研究，要求我们做到既要钻到文本中去，又要从文本中走出来。同时，"大文学观"本身即脱胎于中国文学研究的时代语境。20 世纪末，随着经济全球化的进程，中国经济不断发展、跃进，加上信息技术的蓬勃兴起，中国人的情感结构、知识结构都在经历着蜕变。文学需要在更为复杂的、多维的文化中确认自己的身份、价值，以及在未来的形态和命运。"文学—文化"的综合研究成为一种历史趋势，要求我们

---

①　参见刘怀荣《近百年中国"大文学"研究及其理论反思》，《东方丛刊》2006 年第 2 期。

②　杨义：《重绘中国文学地图》，《文学遗产》2005 年第 5 期。

关注作为一种整体性研究的文化，在新的智慧高度和整体力度上形成"大文学观"的研究范式，这也是现当代文学研究探索出的一条具有"中国视角"的研究路径。

我们常常说"文史不分家"，文史怎么不分家？一个基本事实是，无论是现代还是当代的文学大家、学术大家，他们本身就是多面的，本身就具有"跨学科"的特质。我们常常说郭沫若是一位球形天才，他在文学、历史、考古等领域取得诸多令人瞩目的成就，1992 年北京市历史学会和中国社会科学出版社联合举办了纪念郭沫若 100 周年诞辰学术讨论会，会议结束后推出了两本厚厚的研究论文集，一本是历史卷，一本是文学卷，为什么不合起来出版呢？是因为合不起来！研究历史的人很难进入郭沫若的文学，研究文学的人对郭沫若的历史成就很难张口，这反映了一个简单问题，郭沫若既是文学家，又是史学家，能在文史之间自如地跨界，但是我们后来的研究者跨不过去，我们无法同时了解作为文、史专家的郭沫若，无法全面地把握郭沫若这个球形天才的整体成就。我们只知道郭沫若的文学成就有新诗、历史剧、抒情小说、纪实散文，却对郭沫若熟悉的历史学、社会学、人类学、甲骨文、金文等等几乎一无所知，怎么能研究得好呢？怎么能研究得深呢？所以，中国现当代文学的跨学科研究势在必行！否则我们只能永远停留在文学的层面，在表面上接近一位作家，实际上却离作家本身很远。因此，"大文学观"具有高度的现实性。

事实证明，只有进入文本，才能超越文本，只有超越文本，才能触碰到文学研究的张力和价值。无视文学作品与作家、作家所处的时代之间千丝万缕的联系，读得再细、再深，都无法读得透彻、精到，只会陷入单一向度的求索，陷入逐渐逼仄的研究空间。这要求我们以比较辩证的眼光和思路审视现代文学研究的方法与转向，文学研究需要细致入微、鞭辟入里的文本分析，同时需要境界开阔、视野远大的文化视角。这种研究转向也引起了新一轮关于文学本质的讨论，比如近年来关于文学学科边界的问题是中国乃至世界范围内的学者研讨的重点和难点问题。随着文学研究与非文学学科的交叉、融合逐步深化，文学渗透进诸如历史学、哲学、政治学、人类学、生态学甚至经济学等多个领域，同样文学学科也广泛地接纳了多学科的研究方法，文学学科的边界与"文学性"的扩张问题成为文学研究者进一步讨论的关键问题。这里有一个值得注意的现象，在 2023 年度国家社科指南推荐条目汇总的门类中没有"文学"这个门类，文学学科移入"综合类"，这特别应该引起文学研究者的重视。"文学"是永远存在的，但是作为一门学科的文学所面临的挑战，未尝不是一个机会，文学作为一个学科应该更多地与其他学科接触、融合。

三、建构"大京派"文学的尝试

作为一种重要的文学理念，"大文学观"有着重要的价值，然而怎么样将这种文学理念推向实践，难度是很大的。学界现在有一些关于地方路径、区域文化发展的研究，这些都在表明，文学要积极地融入到社会发展的现实洪流之中。文学毫无疑问的是一个开放的系统，它不仅有自身发展的独特规律，更能够起到包容、沟通各个学科的作用。我们如何发掘文学的跨学科特质，如何将这种特质切实有效地落实在文学研究和社会发展建设之中，如何跨出文学又回到文学，如何做到"学"以致"用"是当前现代文学学科发展面临的切实要求。在此语境下，"京津冀文脉谱系研究与大京派文学观念的建构"可以视为"大文学观"实践的一个积极尝试。"京津冀协同发展"作为国家重要的发展战略，不仅要求京津冀三地在经济、生态、医疗、教育、信息技术等诸多方面逐渐走向一体化，更在于构筑相通的文化网络，建立三地文化认同。所谓"大京派"文学的建构，就是在国家重大发展战略的引领下，梳理三地文化、文学的历史脉络，盘清纵横交错的文化走向，关注京津冀文化发展的源与流，思考并践行文学、文化在社会发展中不可替代的重要意义。与此同时，学界不断深入对"大文学观"的探讨与建构，这中间既有赞同，也不乏反对。"大文学观"的实践原本就不是为了提出一个完美的、不可颠覆的理论范式，而是在多方的争议与互动中启发我们从不同的视点重新看待文学和文学史，"大京派"文学的建构可以为中国现代文学学科发展的历史提供一个视点。那么大京派"大"在何处？

第一，大京派之"大"，在于贯通古今，超越地域。"京派文学"不止局限于20世纪30年代活跃于京、津等地作家形成的一个文学流派，"京派"的内涵远远超越了特定时段、特定地域的限制。"大京派"意在突破一时一地的时空限制，扎根于京津冀千年的历史文脉，关注燕赵文化的历史延传，聚焦运河文明的源远流长，透视京津冀三地唇齿相依的文化合力，剖析京津冀三地是如何在承接燕赵文化的基础上裂变出自身的文化个性。特别是当下在文学研究中，"京派"与"新京派"的复杂联系，"京味"与"京派"之间如何产生关联又相互区别，实则并没有经历一种清晰的梳理，形成一个完整的学术谱系。2022年10月，在北师大举办的"世界文明视野中的北京书写"国际学术研讨会上，许多专家学者围绕文学、文化与北京历史发展的互动展开讨论，文学、文化对一座城市，乃至一个区域的影响是深远的，相应地，一个地区的风土人情、时代历史毫无疑问地会在文学作品中留下烙印。这充分揭示了文学、文化流动的力量，也特别启发我们如何站在地域文化的根基上，看到文学超地域的特质，站在文学研究的基础上，看到文学跨学科的特征。特别是在京津冀一体化的战略背景和历史契机下，更应该发掘整个京津冀地域丰富复杂的文学现象，发掘"京派文学"的多样性。

第二，大京派之"大"，在于联通中西，对话世界。"大京派"文学离不开世界文化资源的影响，比如老舍的《老张的哲学》《赵子曰》《二马》是在英国伦敦创作的，他的《小坡的生日》是在新加坡创作的，域外经历必然影响了老舍审视中国土地的眼光，但是如果没有对北京文化的烂熟于心，老舍无法写出这样具有中国味道，北京味道的作品；林语堂的《京华烟云》是用英文写作的，但是如果对中国传统文化没有独到的认识，对中国道教思想没有深刻的体悟，林语堂不可能写出这样的作品，英文写作是他的形式，传统文化的理解才是他创作的根本；再如周作人的小品文、朱光潜的诗论、冯至的十四行诗和李健吾的印象主义批评都受到西方文化资源的深刻影响，也源自对中国传统诗论的继承；津冀地区南开新剧团的成立、曹禺话剧艺术的成熟、孙犁对俄罗斯短篇小说的推崇等都说明了"大京派"文学是非常传统的，也是相当西方的。

第三，大京派之"大"，还在于打通视野，构筑动态的文学与文化研究。在中国现当代文学的社团流派中，京派是极为特殊的一个，它是一个比较松散、自由的流派，这也正是大京派文学建构的精神基础，大京派之"大"就在于它既不代表某一种共同的文学风格，也不代表一种特定的文学追求，而是在本质上指向了文学文化品格的延续，是一种更加宏阔、宽容、动态风格的承传。它不是京味文学、京派文学或者其他书写北京的文学艺术作品的简单相加和重叠，也不是北京文学、天津文学、河北文学的相互混杂，而是一种全新的更加宏观的风格建构。在这样一种视野中，能够更好地安置作家作品、文学现象，在复杂的文化关系中，对文学史中或现或隐的细节加以解释，同时，更可以透过这些现象进入更为本质的文化根源和精神实质。从而将京津冀文学文化纳入更大的也更为复杂的社会历史的总体发展格局之中。

"大文学观"的重要性和启发性，就在于它不把文学作为封闭的体系而自我论证，而是以开放性的眼光，走出文学研究的自我天地，在文化整体性的开阔视野上走进文学的生态环境，复原文学与其他各个学科的紧密联结，而在这重意义上，才能真正做到"回到文学本身"，也就是回到时代社会本身，回到历史和现实本身，并由此走向新的未来。

（作者单位：北京师范大学）

废都、秦腔与虱子

——贾平凹《废都》《秦腔》《带灯》

王德威

八百里秦川黄土飞扬，

三千万人民吼叫秦腔。①

第一届世界华语长篇小说创作大赛——红楼梦奖——颁给了陕西作家贾平凹（生于一九五二）的《秦腔》（二〇〇五）。这本小说借陕西地方戏曲秦腔的没落，写出当代中国乡土文化的瓦解，以及民间伦理、经济关系的剧变。全书细腻写实而又充满想象魅力，它能够脱颖而出，不是偶然。

乡土文学一向是中国现代文学的大宗，历来杰出的作品比比皆是。贾平凹与众不同之处，在于他以一种"声音"的消失作为小说主题，既投射对故乡音乐戏曲文化的追念，也不乏对本身叙事风格的反省。秦腔也称乱弹，是中国最古老的剧种之一，千百年来流行于西北陕、甘、宁等地。秦腔唱腔高亢激昂，充满豪放原始特色，故有"吼秦腔"之称。曾几何时，贾平凹笔下陕甘大地的慷慨高歌不可复闻，取而代之的是抑郁猥琐的呜咽，若断若续，终至灭绝。

一九七二年，十九岁的贾平凹第一次来到西安。这座古城比不上沿海都市的风华，但是对年轻的贾平凹而言，即使是雨天城里人撑的各色雨伞都让他惊奇，何况随处可见的古迹文物。贾平凹出生于陕西南部丹凤县棣花乡，这里是先秦商州故地，山水虽美，但因地形闭塞，一直维持传统农作形式。贾平凹的父亲任中学教师，是地方上的知识分子，但生活在这样环境里的人谁不上山下地？贾平凹始终认为"我是农民"。②

---

① 贾平凹：《西安这座城》，收入白烨编《四十岁说》，香港三联书店 2002 年版，第 105 页。

② 有关贾平凹的家族背景和早年的生活经验，见《我是农民》，中国社会出版社 2006 年版。

　　这位来到西安城里的"农民"身量矮小，张口一嘴乡音，并不能习惯城里的生活。但就像半个世纪以前由湘西到北京的"乡下人"沈从文一样，贾平凹终将以一篇篇书写故乡的作品，建立起他在城里的地位。这又是一则乡土作家的典型故事了：因为离乡背井，作家反而能超越在地经验，将家乡的一切幻化成有悲有喜的文字，一遣自己和（城市）读者"想象的乡愁"①。一九八三年，贾平凹凭《商州初录》系列小说带来创作事业的突破。他运用散文形式串联商州人事风景，轻描淡写，反而寄托无限深情。以后数年，他又以传统话本风格叙述乡野传奇，像《人极》（一九八六）、《白朗》（一九八九）、《五魁》（一九九一）等，务以绚丽奇诡为能事。这正是寻根文学的年代，贾平凹自然趁势成为西北乡土的代言人。一九八七年推出的首部长篇《商州》，算是对这个时期创作心得的总结。

　　但贾平凹此时的作品尚不能树立个人特色。他的叙事一方面透露出沈从文、废名等的抒情视野，一方面也承袭了陕西前辈作家如柳青等的民间讲唱风格。而他对变迁中的城乡关系念兹在兹，以致不乏说教气息。长篇《浮躁》（一九八八）就是一个例子，虽然曾经得到好评，其实可以归为张炜《古船》一类的大型乡村历史演义。

"废"的考掘学——《废都》

　　贾平凹的蜕变始于一九九三年的《废都》。这部小说是贾平凹第一次以西安为背景的作品。来到西安二十年了，作家要用什么样的文字打造这座城市的身世？就在创作《废都》的同时，贾平凹写下了散文《西安这座城》。西安位处关中平原，八水环绕，曾是十三个王朝的帝都。相对于汉唐盛世，今天的西安只能成为废都。即使如此，这座城市魅力无穷，不只可见于各代文物遗址，也可见于饶有古风的日常生活。西安的人质朴大方，悲喜分明，活脱是来自秦砖汉瓦的造像，甚至一草一木也都有它的看头。西安城宜古宜今，"永远是中国文化魂魄的所在地了"②。

　　然而怀着这样的西安印象，贾平凹写出的《废都》却要让读者吃惊。小说里的西京固然曾是块风水宝地，时至今日早已是五方杂处、怪力乱神的所在。在这座灰暗郁闷的废都里，杨贵妃坟上的土滋长出花妖，青天白日里出现了四个太阳。异象蔓延，西京人却也见怪不怪，而一群好色男女正在陷入无穷尽的迷魂阵中。故事主人翁庄之蝶是西京文化名人，周旋于五个女人之间，又卷入数桩没头没脑的官司。他的堕落不知伊于胡底，

---

　　① "想象的乡愁"（imaginary nostalgia）的定义和讨论，见拙作 David Der-wei Wang, *Fictional Realism in 20th Century China : Mao Dun, Lao she, Shen congwen*（N.Y : Columbia University Press，1922），第七章。

　　② 贾平凹：《西安这座城》，收入白烨编《四十岁说》，香港三联书店 2002 年版，第 109 页。

最后身败名裂,逃离西京时昏死在火车站里。其时"古都文化节"正在展开。

庄之蝶的风流情史只是《废都》的主干,由此延伸的所谓西京四大名人、还有庄的妻子情妇等各自发展出故事支线,着实可观。《金瓶梅》的影响在在可见,《红楼梦》《儒林外史》的印记也不难发现。这本小说引起空前震撼的主因是它的色情描写。贾平凹写偷情纵欲,对一个标榜禁欲无欲的社会已是甘冒不韪之举。而他又套用传统"洁本"艳情小说的修辞,每在紧要关头代以"□□□□□(作者删去××字)"字样,如此欲盖弥彰,调侃了读者,也调侃了他们身处的阅读环境。

果然《废都》一出,全民趋之若鹜,学界及官方则必挞之伐之禁之而后快。两种歇斯底里的反应,撞击出超过一千万册(正版加盗版)的印量,适足以显示一种"欲望"消费与压抑的两端,以及欲望流窜、炒作、变形的必然。[1]贾平凹玩弄前现代的情色修辞学,却招引出后现代的众声喧哗,应是始料未及;他也在半推半就的情况下引领了中国世纪末风潮。

有关《废都》的各种批评,曾经蔚为大观,[2]西安的形象仿佛也是连带受到波及。但小说创作者从来不必是道德君子,更不必是都市计划家。西安可以成为贾平凹巨大的心灵舞台,供他摆弄各色人物,演出有关城市的故事。

让我们再思"废都"的废。贾平凹自谓西安今非昔比,失去了政治、经济、文化的中心位置,沉浸在"历史的古意,表现的是一种东方的神秘,囫囵囵是一个旧的文物","由此滋生一种自卑性的自尊、一种无奈性的放达和一种尴尬性的焦虑"。[3]据此就有关《废都》国族的、文化的、性别意义的讨论,已经多有所见。但这些议论多半仍在小说明白的象征体系里打转,正反意见其实都堕入贾平凹所称自卑和自尊、放达和焦虑的循环,因此不能开出新意。

九十年代的中文文学,不论是域内域外,呈现两种走势:一为废墟意识,一为狎邪风潮。[4]前者由人文建构的崩散,见证历史流变的残暴,后者则夸张情天欲海的变貌,慨叹或耽溺色身的诱惑。两种症候看似互不相属,却点出世纪末文明及身体意识的两端。在台湾,朱天文的《世纪末的华丽》(一九九〇)和李昂的《迷园》(一九九〇)首开其端,

---

①　有关《废都》盗版的现象,见穆涛《履历》,《当代作家评论》2005 年第 5 期。

②　见江心编《废都之谜》(风云时代出版公司 1994 年版);郜元宝、张冉冉编《贾平凹研究资料》(天津人民出版社 2005 年版)专章讨论,第 180—260 页;韦建国、李继凯、畅广元《陕西当代作家与世界文学》(中国社会科学出版社 2004 年版),第一章。更细腻的讨论见 Yiyan Wang, *Narrating China : Jia Pingwa and His Fictional World* (London ; New York, N.Y. : Routledge, 2006),第三至五章。

③　贾平凹:《答〈出版纵横〉杂志记者问》,引自汪政《论贾平凹》,收入郜元宝、张冉冉编《贾平凹研究资料》,天津人民出版社 2005 年版,第 255 页。

④　王德威:《惊起却回头:评吴继文〈天河撩乱〉》,《众声喧哗以后:评点当代中文小说》,台北:麦田出版社 2001 年版,第 108 页。

而朱的《荒人手记》（一九九四）"航向色情乌托邦"的同志传奇更做出精彩演绎。政治解严、文化解构、身体解禁；世纪末的台北韶华盛极，反而让居住其中的子民有了大废不起的姿态。之后朱天心的《古都》（一九九七）、吴继文的《天河撩乱》（一九九八）、舞鹤的《余生》（一九九八）、骆以军的《月球姓氏》（二〇〇一），都延续这一命题，做出各自表述。在香港，施叔青以《香港三部曲》（一九九二——一九九七）白描殖民地的一响繁华，黄碧云则以《失城》（一九九五）的意象，凸显大限之前东方之珠无边的恐怖和荒凉。

正是在这样的语境里，《废都》在中国的出现才更令人深思。它其实不是偶发现象：苏童的《我的帝王生涯》（一九九〇）就是个有关前朝废帝的狂想曲，而王安忆的《长恨歌》（一九九六）以上海兴衰为背景，也讲了个废都式的故事。但没有人比贾平凹更无所顾忌。历经半个世纪的革命启蒙，新中国政经一体、务实致"用"，力求人人成为历史机器的螺丝钉。贾平凹反其道而行，提出"废"学，自然引人侧目。

多年以前贾平凹就分析自己的性格为"黏液质、抑郁质"[1]。因为性格和环境使然，他每每自惭形秽，退缩到封闭的世界，久而久之，发展了一套独特的人生看法。这套看法不妨就是"废"学的根底。贾平凹的"废"指的是百无一用的废，绝圣弃智的废，自暴自弃的废，也是踵事增华的废。以无用对有用，这和我们所熟悉的中国现代性愿景——从主体的确立到国家的建设——恰恰相反。那泛滥在字里行间的色情描写不过是最初的端倪；贾平凹在千夫所指之下，仍然坚称《废都》是本"唯一能安妥我破碎了的灵魂"的书，[2]可见用心之深。

相对于此时台港文学里的饮食男女，《废都》显得粗糙无文，因此曾经引来不够颓废之讥。的确，朱天文笔下的台北情色游戏玩得如此老到，以致为"色即是空"做了新解，而施叔青写香港的锦衣玉食、吃尽穿绝，竟能发展出密码般的奥义。《废都》既然定位在改革开放的初期，贾平凹所能描写的食衣住行自然不可能高明。但颓废的定义没有专利。如果彼时台港的颓废文学写出文明熟极而烂的奇观，贾平凹则致力创造一系列百废待兴的怪谭。前者充满餍足无度的疲倦，后者则流露饥不择食的丑态——两者都代表了文明实践的反挫。西京里的男女就是偷情也偷得磕磕碰碰，他们吃的穿的毫无章法可言。评者因之戏言，"颓废是颓废，可是土颓土颓的"[3]。

我却以为这才是真正触及了《废都》之废的要害。改革开放后都市重又兴起，杂沓

① 贾平凹:《性格心理调查表》，引自费秉勋《贾平凹性格心理分析》，收入江心编《废都之谜》，风云时代出版公司1994年版，第99页。
② 贾平凹:《废都》（新版），台北：麦田出版社2023年版，第486页。
③ 扎西多:《正襟危坐说废都》，收入江心编《废都之谜》，风云时代出版公司1994年版，第11页。

苟且的乱象也随之而来。这到底是新时期的弊病，还是革命三十年的后遗症？西京现象可以视为当代中国具体而微的现象。但贾平凹的眼光要远大于此，他曾说，西京之废，非自今始。千年以前当汉唐帝国式微时，它的倾颓已经开始。西京的居民坐拥最丰富的文化遗产，却在某个接榫点上错过了历史的因缘际会，成为内陆黄土文明传统的遗民。正因为西京如今连颓废也失去了传承，成为"土颓土颓"的，它所显现的历史怅惘，还有它承受的时间的断裂，才更令人触目惊心。

　　一切曾经有过的繁华——包括最世故的颓废——怎么就没有了？消失的天命，伧俗的生活，西京就在这样"囫囵囵"的状态下体现它的现代意识。《废都》写得像仿古小说，废都里的人事了无新意，甚至他们的声色也寒凉得很。古城根飘来埙声丧曲，一切都是鬼影幢幢。而一个从陕南乡村来的作家要在这座城里生活二十年，经历了自己生命的波折幻灭，才多少体会了废都之废，已经渗入了人生的肌理。"前不见古人，后不见来者。"但就算是再悲凉的叹息，恐怕也注定要被周遭的喧哗迅速湮没。

　　《废都》事件后贾平凹曾蛰伏一阵，再度出手的作品像《白夜》（一九九五）等，显示他力求从平淡中见真章的努力。《白夜》仍以西京为背景，废都的魅影依旧徘徊不去，但贾平凹的叙事态度有了转变。饮食男女虽然是他述之写之的对象，只是较前此更琐碎，也更世故些。相对地，他对容纳饮食男女的那个社会，有了细加钻研的兴趣。他几乎是抱着风俗志学者的姿态，观察、铺排城乡变化中的种种现象。从穿衣吃饭到求神撞鬼，这是一个蠕动的龌龊的社会，有它自己的机制、价值与信仰；唯其如此，倒也生机蓬勃。

　　《白夜》也让我们看到当代作家如何自古典戏曲与仪式汲取灵感，使之起死回生。《白夜》的灵感得自贾在四川观看目莲戏的经历。[1]目莲戏也是中国最古老的剧种之一，其渊源及面貌不能在此尽述。但不分时代、区域及演出形式，均以目莲僧入地狱救母为主题，发展出繁复的诠释形式。

　　《白夜》的主人公翁夜郎是个文人兼秦腔目莲戏演员。通过他四处演出，他见识到了社会众生相无奇不有，同时他的两段感情历险也有了出生入死、恍若隔世的颠仆。如贾平凹所述，目莲戏之所以可观，不只因为它的故事穿越阴阳两界，更因它的形式本身已是（死去的艺术）起死回生的见证。它渗入到中国庶民潜意识的底层，以其"恐怖及幽默"迷倒观众。[2]而夜郎如此入戏，他的生命与爱情也必成为不断变形转生的目莲戏的一部分。此前《废都》里真伪难辨、行尸走肉的现象，因而有了清晰倒影。

　　就此我们不能不记起鲁迅七十年前对目莲鬼戏的执念。对大师而言，目莲戏阴森幽

---

① 贾平凹：《白夜》，风云时代出版公司1995年版，第3页。

② 鲁迅对目莲戏的暧昧兴起，见夏济安的讨论。T.A.Hisa, *The Gate of Darkness：Studies on the Leftist Literary Movement in China*（Seattle：University of Washington Press, 1968）, p.160.

魅，鬼气迷离，但他却难以割舍。九十年代的中国，目连鬼戏居然卷土重来，以其光怪陆离、匪夷所思的形式又倾倒一批观众。何以故？目连戏百无禁忌，人鬼不分，岂不正符合了我们这个时代的精神？小说横跨昼与夜、现在与过去，正对照了一个世代昏昏然似假还真的废都风情。

千禧年之交，贾平凹又回到早期他所热衷的商州山水间，写出了一则动物传奇——《怀念狼》。商州地界自古野狼肆虐，时至今日狼却已成为稀有动物。故事中的主人翁由西京回到商州，为的是拍下仅存的十五只狼的照片。为他担任向导的是久失联络的舅父——商州当年最有名的猎狼者。狼群不在，猎人已老，回顾那些人狼大战的日子，那些狼变人，人变狼的传说，一种诡秘的乡愁竟油然生起，猎人的新任务是保护狼，而不是猎杀狼。但狼踪再现，猎人能按得下心头杀机吗？

《怀念狼》一开始就对人与狼的暧昧关系提出见证。人狼对峙为敌，其实暗里形成一种微妙的共存关系。当狼群被猎杀殆尽，曾经饱受狼患的人无狼可惧，无狼可杀，居然开始萎靡不振起来。文明与野蛮，人性与暴力必须相辅相成；贾平凹的观点与时下环保主义那套厚生爱物的说法颇有不同。而他最终要讲的是个文明（不得不）堕落的寓言。小说中的摄影师不乏贾平凹的自况。他久居西京，百无聊赖，心身健康每况愈下。一趟寻狼之旅揭露了商州山野多少不足为外人所道的风俗、意象、怪谭，恰与西京的一切成反比。然而尽管故事中寻狼、猎狼的过程惊险刺激，我们的角色最后还是回到原点。堕落成为宿命，恰如小说中一再提及的大熊猫沦为生殖力退化的保护动物一样。

"腔"的声音政治——《秦腔》

《秦腔》写商州村镇清风街半个世纪的故事，以村中夏、白两家的恩怨为经，共和国的政经变迁为纬，贯穿其间的则是秦腔由流行到衰亡的过程。贾平凹在此书"后记"点明清风街的原型就是自己的故乡棣花村。离乡三十多年了。棣花村固然令他魂牵梦萦，但这个村落的急速变化却带给他最大的感伤。在心中的故乡完全毁灭之前，贾平凹"决心以这本书为故乡树起一块碑子"①——预为墓志铭。

这该是贾平凹的本命之作了。它让我们想起沈从文在战争中写《长河》（一九四七），为的是在湘西完全没落以前投下最后有情的一瞥，但贾平凹无意经营抒情风格。相反地，他刻意以流年式笔法渲染所谓"琐碎泼烦"的生活，巨细靡遗，以致出现了一种空前黏稠窒凝的气息——也就是他个人"黏液质"的体现。这些年以家史写国史的乡土小说我

---

① 贾平凹：《后记》，《秦腔》，作家出版社 2005 年版，第 563 页。

们看得多了;《秦腔》的故事结构其实并不能脱离这一窠臼，但正是贾平凹的叙事方法，他的"腔"，让这本小说有了新意。

早在写作《废都》阶段，贾平凹已经自觉经营他所谓"团块"叙事结构。这一结构基本来自传统说部的白描手法，但在叙事的线索上更为夹缠反覆。它也让我们联想起十九世纪自然主义小说致力的那种比写实更写实的风格。但贾平凹说得好，他不再依循西方现实主义"焦点透视"的指令，而是要打散知觉的、心理的、想象的焦点界限，在文字平面上形成重叠拖沓的效果——也就是生活的本色。① 如此像观点统一、主题精谨、情节完整的小说"经济"要项被推翻，说穿了，这是贾平凹"废"学的延伸，由《废都》首开其端，《秦腔》则发扬光大。

贾平凹的叙事方法是否就此突破现有框架，应当留待持续辩论。他仍然需要在"团块"之间建立串联的线索。这线索可以是小说情节，但任何追踪《秦腔》情节的读者恐怕都会有不过尔尔的结论。其实贾平凹真正在意的是一种声音的线索——秦腔。秦腔既是他的主题，也是他的形式。秦腔源远流长，相传唐玄宗李隆基的梨园乐师李龟年原本是民间艺人，他所作的《秦王破阵乐》称为秦王腔，简称"秦腔"。其后秦腔受到宋词影响，形式日臻完美。明嘉靖年间甘、陕一带的秦腔逐渐演变成梆子戏，影响晋、豫、川等其他剧种愈深。清乾隆时秦腔名角魏长生自蜀入京，一鸣惊人。如今京剧西皮流水唱腔就来自秦腔。②

对贾平凹而言，秦腔是西北民间生活的核心部分。它的本嗓唱腔激烈昂扬，毫无保留地吐露七情六欲，七百多种剧目演尽忠孝节义，形成庞大的草根知识宝库。更重要的，秦腔人人得而歌之演之，并融入日常行为模式中;剧场和生活所形成的紧密互动构成了文化和礼仪的基形。《秦腔》中的人物在婚丧嫁娶时高歌秦腔，在痴嗔悲喜时吟唱秦腔。种种剧目曲牌成为引起对话的动机，也成为世路人情的参照。

早在一九八三年，贾平凹就曾写过一篇动人散文《秦腔》。当时"村村都有戏班，人人都会清唱"。"听了秦腔，酒肉不香。"贾平凹回忆他穿乡过镇，黎明或黄昏独立野外，放眼看去，天幕下一座座汉唐帝王陵寝，耳际突然传来冗长的二胡声，继之以凄楚雄壮的秦腔叫板，"我就痴呆了"③。天地玄黄，那声音仿佛从亘古的彼端传来，多少兴废沧桑，尽在不言中。《废都》中秦腔依然是西京文人雅士的话题之一，④ 而以九十年代为背景的《白夜》里，秦腔败相已露，故事中的戏班串演目莲戏不过是穷则变，变则通的方法。

① 贾平凹:《关于小说创作的答问》，收入江心编《废都之谜》，风云时代出版公司 1994 年版，第 85—86 页。

② 秦腔可为分东西两路，西流入川成为梆子;东路在山西为晋剧，在河南为豫剧，在河北成为梆子，所以说秦腔可以算是京剧、豫剧、晋剧、河北梆子这些剧目的鼻祖，http : //zt.allnet.cn/ZHUANTI/Article/609.hml（浏览日期: 2021 年 7 月 8 日）。

③ 贾平凹:《秦腔》，《四十岁说》，香港三联书店 2002 年版，第 23 页。

④ 贾平凹:《废都》(新版)，台北: 麦田出版社 2023 年版，第 192—193 页。

　　到了《秦腔》的开始，秦腔已经衰落不堪。尽管政府和地方人士大力维持，失去了自为的生机，这个剧种成为物化的"民间艺术"象征，就像怀念狼，保护大熊猫一样，小说中的戏班演员投闲置散，他们最好的演出机会不过就是在婚丧喜庆搭配串场。与此同时，种种时兴表演艺术，从流行歌曲到电影电视，早已席卷乡村，改变了农民听和看世界的方式。

　　当代中国小说至少以三部作品以声腔作为主题，并据此发展出叙事策略。莫言的《檀香刑》（二〇〇〇）运用流行于胶东半岛的小戏猫腔（茂腔），重新讲述庚子事变的故事。莫言曾言在从事创作之始就为两种声音所悸动：一种是胶济铁路火车的声音，节奏分明，铿锵冷冽；一种就是婉转凄切的猫腔，高密东北乡民的共同语言。[①]《檀香刑》借着韵文讲唱方式，让百年前一群匹夫匹妇出现在历史舞台，以他们的激情血泪——还有猫腔——演出一台好戏。莫言的叙事方法当然是向赵树理那辈如《李有才板话》《小二黑结婚》的作品致敬，但也多了一份戏中有戏的玩忽色彩。

　　贾平凹的《秦腔》又有所不同。《檀香刑》对猫腔的使用极尽风格化之能事。莫言显然有意以戏曲形式增加历史事件的审美距离，而他的叙述也必须看作是场惟妙惟肖的演出。贾平凹却强调他的秦腔融入生活的各个层面，犹如衣食住行般地自然。贾平凹的秦腔成为定义民间生活伦理的最后支柱。秦腔音调高亢，却不唱高调。所谓：

　　　　八百里秦川黄土飞扬，三千万人民吼叫秦腔。
　　　　捞一碗长面喜气洋洋，没调辣子嘟嘟囔囔。[②]

　　秦腔的架势气吞山河，可是调门一转，飞扬的尘土，汹涌的吼叫都还是要落实在穿衣吃饭上。

　　美学家宗白华先生论中国的时空意识和文化观念，认为西方的形上观念强调抽象的概念、范畴，而中国形上学所描述的宇宙和世界则是一个与人息息相关的所在。从宇宙星空到草木虫鱼，"时间的节奏（一岁，四时十二个月二十四节）率领着空间的方位（东西南北等）以构成我们的宇宙。所以我们的空间感觉随着我们时间的感觉而节奏化，音乐化了"[③]。理想的中国世界是个生生不息，充满韵律和情调的音乐世界。宗白华的立论部分来自他对《易传》的理解，而他向往的音乐也有《礼记·乐记》的儒家色彩。即使如此，宗的看法可以帮助我们体会贾平凹的秦腔世界。秦腔凄厉高亢，缺乏"中""和"

之声，但却是道地西北文化、生活节奏的具体表征。

然而在新世纪里秦腔面临空前的危机。小说中秦腔的消失当然可以以城乡关系转变、生产消费模式更替等原因解释。但我以为贾平凹还有别的寄托。如果这种声腔来自八百里秦川的尘土飞扬，来自三千万人民的嘶吼传唱，它就不是简单的音乐。用贾平凹的话来说："五里一村，十里一镇，……秦腔互相交织，冲撞，这秦腔原来是秦川天籁、地籁、人籁的共鸣啊！于此，你……不深深地懂得秦腔为什么形成和存在而占却时间、空间的位置吗？"①秦腔的没落于是成为人心唯危、时空逆转的象征，是一种异象。

正因为秦腔所象征的声音感应能力已经超出现实主义的诠释规格，它引领我们重新思考贾平凹小说的神秘主义倾向，八十年代末期以来，贾平凹对现实以外世界的兴趣与日俱增。《废都》里从会说话的乳牛到《邵子神数》的传说，《白夜》里死而复生的再生人，《高老庄》里神秘的白云湫，有预言能力的幼童等等都是例证，更不提《怀念狼》这样的作品。贾平凹的风格曾引来两极评价，好之者认为是魔幻现实主义的中国版本，恶之者则认为装神弄鬼，偏离社会主义的正途远矣。

贾平凹对《易经》一类知识的研究众所周知，更常在散文中表露他对自然奥秘的好奇。他的笔名"平凹"两字暗含的图腾意义已经很有文章。②对贾而言，山川地理，鸟飞鱼跃，甚至日常生活的一饮一啄，隐隐似乎都有定数。③当他援引《易经》的卦和象来阐述小说创作，也就有脉络。贾平凹认为人和物进入作品都是符号化的过程，一旦启动，就产生了气功所谓的"场"。"这里所有的东西都成了有意义的……这样一切都成了符号。只有经过符号化才能象征，才能变成象。"④

声音作为"象"的一种，在《废都》里有埙声所引出的古远而悲凉的气息，成为全书的安魂曲。在《白夜》里则有目莲戏的种种曲牌关目串联阴阳，演绎前世今生。在这一脉络下，《秦腔》里的秦腔就应该被视为一种触动通感，应和物我的音韵体系。也是三秦大地生生世世的话语、知识体系。论者多半赞美《秦腔》贴近生活底层，做出最现实主义式的白描。这是见树不见林的看法。贾平凹必定认为小说家"仰观象于玄表"，"俯察式于群形"，象的变化既然层出不穷，现实主义的那点功夫怎么能够应付？人生如此琐碎混杂，因为一曲秦腔才纷纷归位，形成有意义的"象"。

贾平凹的世界灵异漫漶，鬼神出没，因此有它的道理。与其说他是魔幻现实主义的接班人，不如说他是古中国那套宇宙符号系统的诠释者。究其极，秦腔最实在的部分安

---

① 贾平凹：《秦腔》，作家出版社 2005 年版，第 20 页。
② 胡河清：《贾平凹论》，收入郜元宝、张冉冉编《贾平凹研究资料》，天津人民出版社 2005 年版，第 167 页。
③ 贾平凹：《关于小说创作的答问》，收入江心编《废都之谜》，风云时代出版公司 1994 年版，第 127 页。
④ 贾平凹：《关于小说创作的答问》，收入江心编《废都之谜》，风云时代出版公司 1994 年版，第 82—87 页。

顿了现实人生，最神秘的部分打通了原始的欲望和想象。能够参透这虚实相生的"象"的人物不是常人。在小说中，他们或是卜巫者，或是心智异常者。小说的主要叙事者引生就是这样一半癫一半痴的角色，①而小说家的自我期许我们不问可知。引生热爱秦腔以及秦腔最完美的歌者白雪，甚至自阉以明志。经过他的喃喃叙事，秦腔戏文曲牌和现实、自然、超自然世界的声音产生互动。

但这种互动现在有了杂音。秦腔的没落是清风街和其他村镇共同经历的事实，但引生还看到，以及听到，一些别的。那是文明消失的先兆，是天地变卦的前奏。如贾平凹所言，"现在'气'散了"②。以现实主义观点视之，小说末了山崩地裂的安排也许过于巧合，但在贾平凹所理解的符号系统里，却是再自然不过的事。而小说中会卜卦的星爷已经预言清风街十二年后有狼——人道文明全面溃退的必然。这就引领我们回到前述《怀念狼》的世界了。

萤火虫与虱子——《带灯》

> 有一分热，发一分光。就令萤火虫一般，也可以在黑暗里发一点光，不必等候炬火。
>
> ——鲁迅
>
> 如果你身上还没有虱子，那你还没有理解中国。
>
> ——毛泽东

在长达四十万字《带灯》里，贾平凹的触角再度指向他所熟悉的陕西南部农村。故事发生在小小的樱镇，焦点是一个名叫带灯的农村女干部。带灯风姿绰约，怀抱理想，但是她所担任的职务——樱镇综合治理办公室主任——却是最吃力不讨好的工作。她负责处理镇上所有纠纷和上访事件，每天面对鸡毛蒜皮的纠纷。农村问题千头万绪，带灯既不愿意伤害农民，又要维持基层社会的稳定，久而久之，心力交瘁，难以为继。她将何去何从？

贾平凹的农村书写不经营国族预言或魔幻荒诞叙事，相对地，他擅长于记录农村无尽无休的人和事，琐碎甚至龌龊。他从不避讳农民的惰性和褊狭，却理解他们求生存的韧性与无奈。《高老庄》《秦腔》，还有《古炉》都是很好的例子。如贾平凹所谓，因为性格和成长环境使然，他的生命景观充满"黏液质加抑郁质"。为发文章，也有了混沌暧昧的气息。

---

① 引生的原型确有其人，见贾平凹《记忆：文革》，《我是农民》，中国社会出版社 2006 年版，第 87—89 页。

② 贾平凹、郜元宝：《关于〈秦腔〉和乡土文学的对话》，收入郜元宝、张冉冉编《贾平凹研究资料》，天津人民出版社 2005 年版，第 1 页。

《带灯》依然持续这一特色。贾平凹写樱镇在社会主义现代化的历程里，先是拒绝了火车兴建，以致错过了繁荣的契机，之后又不能抵挡后社会主义的开发狂潮，被逼入了层层剥削的死角。在樱镇这充满诗意的名字后面，是个诡异的当代村镇奇观。如他在"后记"所言，"体制的问题、道德的问题、法制的问题、信仰的问题、政治生态问题和环境生态问题。一颗麻疹出来了去搔，逗得一片麻疹出来，搔破了全成了麻子"①。

贾平凹所运用的麻疹和麻子的意象耐人寻味。他似乎认为当下农村问题不再只是体制问题；它如此深入日常生活起居，其实已经成为身体的问题。叠床架屋的官僚体系，得过且过的权宜措施，贪污拍马，逢迎欺诈，老中国的陋习无所不在，日新又新，甚至成为生命即政治的本能。这带来小说的最大隐喻。樱镇没有落英缤纷，有的却是漫天飞舞的白虱。这细小的生物寄生在身体的隐秘处，毛发的缝隙里。它安然就着人们的血肉滋长，驱之不去，死而复生。久而久之，樱镇的百姓习以为常，不痛不痒，竟然也就把它当作是身体新陈代谢的一部分。

白虱的隐喻也许失之过露，但在《带灯》语境里毕竟触动了共和国历史的"毛细管"。《带灯》里，陕北延安窑洞里的虱子似乎跨越时空障碍，飞到了陕南樱镇。革命如果已经成功，我们还要与虱子共舞吗？这铺天盖地而来的白虱到底告诉了我们什么？套用前引的贾平凹所言，这些虱子在后社会主义里的繁荣是环境生态问题？或者也可能是别的问题？

贾平凹显然为这些问题所苦。但在《带灯》里，他不甘心只白描这些无从回答的疑问，而希望创造出他的希望或愿景。于是有了带灯这个人物。带灯原名萤，就是萤火虫，因为顾忌萤食腐草而生的典故，因此改名。带灯孤芳自赏，与官僚体系格格不入，她来到樱镇负责农村基层问题，上访、拆迁、救灾、生计等等，无时或已。但她的力量微薄，注定燃烧自己，却未必照亮他人。

贾平凹对带灯这个人物投注相当心力，写她举手投足的优雅，她丰富的内心世界，还有她逆来顺受的性格，然而也许正因为贾平凹如此珍惜这位女主人翁，他反而没有赋予她更多的血肉。带灯的形象因此空灵有余，体气不足。我们对她的背景动机和感情世界所知无多，她的奉献和牺牲也只能引起我们的无奈。

小说描写带灯每天面对无法摆脱的杂乱，百难排解之际，远方的乡人元天亮成了他的精神寄托。元天亮是个谜样的人物，他官拜省委常委，却从未在小说中出现。我们仅见带灯不断给他写信，诉说自己的希望和绝望。这样的单相思式的通信固然为小说叙事带来了一个浪漫的出口，但也必定指向虚无的终局。带灯无法摆脱现实，又没有能力得

---

① 贾平凹：《带灯》，人民文学出版社 2013 年版，第 357—358 页。

到解脱，她的痛苦是无法救赎的。

　　贾平凹曾提到带灯的原型是一个担任乡镇干部的女性"粉丝"。从这个角度来说，贾似乎将自己定位为《带灯》中的理想人物元天亮。但作为带灯的创造者，贾平凹又何尝不是笔下女主人翁的分身？通过带灯和遥远的元天亮，他投射了自己对中国农村社会的期望。这是相当抒情的寄托，也与贾平凹书写社会现状的用意恰恰相反。但我以为这正是两条情节如此相互纠缠违逆，为《带灯》的叙事带来前所未见的紧张。

　　《带灯》的情节不如《秦腔》《古炉》那样复杂。贾平凹刻意打散情节的连贯性，代之以笔记、编年的白描，长短不拘，起迄自如，因此展现了散文诗般的韵律。事实上，贾平凹在"后记"里写道：

　　　　到了这般年纪，心性变了，却兴趣了中国西汉时期那种史的文章的风格，它没有那么多的灵动和蕴藉，委婉和华丽。但它沉而不靡，厚而简约，用意直白，下笔肯定，以真准震撼，以尖锐敲击。①

　　我以为这样以形式来驾驭素材、人物的做法，甚至以形式来投射一种伦理的诉求，以及本体论事的人生关照——沉而不靡，厚而简约——是《带灯》的真正用心所在。这也是贾平凹抒情叙事学的终极追求。换句话说，不管现实如何混沌无明，贾平凹立志以他的叙事方法来赋予秩序，贯注感情。就像他笔下的带灯为樱镇示范一种清新不俗的生活方式一样，贾平凹在文本操作的层次上也在寻求一种"用意直白，下笔肯定"的书写形式。

　　但无从回避的反讽是：小说里带灯的努力终归失败，果如此，在寓言阅读的层次上，贾平凹对自己的书写形式的用心与效应，又能有多大自信呢？《带灯》这样的作品因此预设了一个相当悲观的结局。不只是对小说内容，也是对小说形式的质疑。那个充满"黏液质加抑郁质"的贾平凹毕竟从来不曾远去。小说最后，百无聊赖的带灯发现自己身上终于也染上了白虱，怎么样清洁、治疗也驱除不了。

　　带灯，萤火。在现代中国历史的开端。鲁迅曾经写下：

　　　　愿中国青年都摆脱冷气，只是向上走，不必听自暴自弃者流的话。能做事的做事，能发声的发声。有一分热，发一分光。就令萤火一般，也可以在黑暗里发一点光，不必等候炬火。②

① 贾平凹：《带灯》，人民文学出版社 2013 年版，第 361 页。
② 鲁迅：《热风，41》，http://www.xys.org/xys/classics/Lu-Xun/essays/refeng41.txt（浏览日期：2023 年 4 月 9 日）。

我们不难想象年轻的带灯同志刚被分派到樱镇的心情，仿佛就像刚读了鲁迅的文字，立定志向，"就令萤火一般，也可以在黑暗里发一点光，不必等候炬火"。鲁迅写作此文的时间是一九一九年一月十五日。三个半月以后，五四运动爆发。中国革命启蒙的大业随即展开。然而要不了几年，鲁迅不仅不再相信萤火，甚至连炬火也感到忧疑。

多少年后，困处在樱镇里的带灯似乎也有了类似的难题。"如果你身上还没有虱子，那你还没有理解中国。"主席的话言犹在耳。曾几何时，萤火不在，带灯身上有了无数的虱子。想来她——或贾平凹——已更理解中国？

（作者单位：哈佛大学东亚系）

由古典文学转向现代文学的先驱者

——景梅九的革命与文学生涯

段崇轩

内容提要：景梅九是一位革命家，同时也是一位文学家。但长期以来，他的政治声誉掩盖了他的文学建树，使他大量的文学作品得不到发掘、研究、传播。他历经晚清、民国、五四、抗战直到新中国，留下了海量的文学作品；在各种文学文体特别是小说方面都有出色作品。他属于近代文学史上的"新小说"作家，作品既有"古典型"，也有"现代型"，体现了中国小说从传统向现代的转型轨迹。其代表作《罪案》是一部集大成式的自传体小说，展现了风云变幻的辛亥革命历史，以及作家的传奇人生，文学探索。

关键词：景梅九；革命人生；晚清文学；"新小说"创作

革命家的"文学魂"

在剧烈、纷杂、壮阔的中国近现代历史上，涌现过数不胜数的先驱者，景梅九就是其中杰出的一位。有论者称："他是以激进的民主革命家、政论家、报人和学者的姿态活跃于社会舞台上的。"[1]这定论是准确的，但却遗漏了一个"家"："文学家"。他不仅是革命的先驱者，同时是文学的先驱者。他是一个学养丰厚，思想开放，不懈探索的作家，在中国文学从传统向现代转型的大潮中，做出了突出贡献。他是一个文学全才，精通古典、谙熟现代，在创作、评论、翻译诸方面，发表和出版了海量的作品，堪称文学大家。但长期以来，人们把他当辛亥革命元勋、近现代革命家看待、研究，忽略了他在文学上的建树、意义，以致他大量的文学作品，散落在各种报纸、刊物上，埋没在历史尘埃中，只有极少数作品

---

[1] 景克宁：《景行行止 一代风流》，《运城高专学报》1991 年第 1 期。

获得整理、出版。如果说，革命是景梅九的职业、使命，那么文学就是他的精神、灵魂。

景梅九的一生是多彩、传奇、卓越的。他 1882 年出生于山西安邑城关（今运城市盐湖区），名定成，字梅九，笔名有老梅、秋心、自笑生、苹湖客、莫愁、枚玖等。这是一个耕读之家，祖父、父亲都是读书人，种着几亩地，家境并不富裕。他聪慧、好学，1897 年就读于太原晋阳书院、山西大学堂西斋。1901 年入北京京师大学堂。1903 年，刚满 21 岁派赴日本留学，从此走上反帝、反专制的革命道路。他的人生经历了 5 个时期。

留学日本时期。景梅九在日本东京入第一高等学校理化科，他不仅喜爱理科，更热衷文科。他积极参加革命活动，在东京成立的山西同乡会上，被推举为会长；1906 年加入孙中山在日本成立的中国同盟会，担任山西分会评议部部长。他还参加、创办了《第一晋话报》《汉帜》《晋乘》等刊物，主持栏目、撰写评论，开始文学创作。他结识了山西、陕西等省的众多同盟会会员，并与孙中山、宋教仁、章太炎交往。他先后组织"明明社""何公馆"，作为秘密联络革命同志的场所。留学期间回国探亲，他在太原各校讲演，在安邑倡导妇女放足，与好友李岐山筹办回澜公司，开展禁烟活动。同时来往于山西、陕西、北京之间，秘密策划反清革命，筹谋西北革命大计。

投身辛亥革命时期。1908 年景梅九于日本帝国大学毕业，与陕西朋友、同盟会会员井勿幕回国，到达西安，在陕西高等学堂任教，并与陕西革命同志秘密聚会，组建同盟会陕西分会。待陕西革命形势成熟，他再赴日本，向同盟会总部汇报西北革命情况，部署下一步革命行动。他审时度势提出"南响北应"的战略设想，得到同盟会和同志们的赞成。1911 年，景梅九在北京奔走、筹募，创办《国风日报》，决心把它办成同盟会的"喉舌"报纸，同时还开办了日报《学汇》副刊，以发社科和文学作品为主。景梅九运用这一阵地，发表了大量时政评论、文学作品、翻译文章，抨击黑暗现实，呼唤共和政体，孙中山称《国风日报》"可抵十万大军"。同年 10 月 10 日，武昌起义，敲响封建统治丧钟；10 月 22 日西安反正，10 月 29 日太原光复。景梅九受山西同盟会敦请，由京返晋，参与戎机，在新成立的山西军政府任政事部部长。在乱局危机中，他出谋划策，代阎锡山草拟致黎元洪和段祺瑞信函，劝阻他们对山西的进攻。当清军攻破娘子关，他与温寿泉、李岐山率领义军，攻克晋南，在运城成立"山西河东军政分府"。1912 年初清帝逊位，中华民国成立，孙中山在南京就任临时大总统，景梅九当选众议院议员，同时兼任山西稽勋局局长。

反对封建复辟时期。1913 年之后中国的政局波诡云谲，封建专制阴魂不散。先是袁世凯解散国会，紧接着改元称帝。景梅九在陕西三元，与李岐山、邓宝珊等，秘密组织西北护国军，与孙中山南北呼应，共同讨袁。又奋笔书写《讨袁世凯檄文》，国人争颂，奉为讨袁檄文第一文字。景梅九因此被捕，押解北京，入狱近 5 个月，直到 1916 年袁世凯死亡，方得获释。1917 年张勋复辟，景梅九与李岐山奔赴天津，策动冯玉祥讨逆成功。

1927年蒋介石叛变革命，发动"四一二"政变，景梅九拒绝蒋介石的高官厚禄，逃遁山西，宣传和策划反蒋。景梅九痛感辛亥革命缔造的共和体制将倾，他必须和仁人志士一道，与那些轮流坐庄的封建专制者做殊死斗争。

加入抗日战争时期。1934年，景梅九应杨虎城将军邀请，到西安开办"国学社"、创办《出路》杂志，宗旨是宣传抗日斗争，激发爱国精神。他与中共保持了紧密联系，与延安书来信往，为根据地捐赠大量图书。1947年景梅九不满蒋介石的独裁统治、内战政策，断然与蒋决裂，前往上海参加李济深、何香凝等发起成立的国民党革命委员会，并当选为第一届民革监察委员。

走进新中国成立时期。1949年6月，新中国成立前夕，董必武、林伯渠、李济深联名电邀景梅九"赴京共商国是"。但景梅九因半身不遂而辞谢。新中国成立初期，他相继担任西安市人民代表、陕西省政协委员、西北行政委员会参事等职务。1959年冬，以77岁高龄赴甘肃天水参观土改运动，创作《参观天水土改纪行俚句》25首。1961年病逝于西安，终年79岁。

从晚清到民国，社会的动荡、革命、转型，形成了各阶层人们思想的混乱、庞杂、求索。景梅九是一个从传统文人走向现代革命家、文学家的先驱者，他的思想、感情不可能不复杂、不矛盾。景梅九的思想主干是无政府主义，他在一篇专文中称："无政府主义，是我的恋人。"①对他熟知的现代作家姚青苗，认为他是"中国安那其主义的先驱"②。无政府主义是20世纪初一种风靡全球的思想文化潮流，同一时期进入中国，在日本的中国同盟会广泛流传。它主张废除政府及其所有的管理机构，反对一切独裁统治。倡导人的自由、平等，个体之间的关爱、互助。中国近现代的许多政治家、文学家，都深受无政府主义影响。景梅九对无政府主义做过深广的研究、译介、评论；同时与孙中山的"三民主义"思想，社会主义、共产主义理论，马克思《资本论》中的"剩余价值"学说，兼容并蓄。他说："1848年，公布于世界之《共产党宣言》书，诚社会主义集会集社之发端也，由是社会革命之风潮，渐普遍于欧美，其势颇盛，继乃波及日本，今且欲渡中国矣。"③他甚至称自己是"无政府共产主义"者。还有，他力图把无政府主义同儒家思想、道家思想相贯通，寻找无政府主义在中国文化中的基因。譬如孔孟的仁爱、互助，老子的无为而无不为等。他说："我看起来，以进化为中心，生存竞争是离心力，相互扶助是向心力，两者调和，世界才能圆满进步。"④这里，他把西方的进化论、无政府主义、中

---

① 老梅：《我的恋人》，《学汇》1923年7月10日。
② 青苗：《记景梅九先生》，《一四七画报》1947年第3期。
③ 景梅九：《景梅九自传二种》，李成立注，三晋出版社2017年版，第336页。
④ 景梅九：《景梅九自传二种》，李成立注，三晋出版社2017年版，第91页。

国的儒道思想等，都给打通了、融合了。在崇尚无政府主义的同时，他还关注爱因斯坦的相对论、风行多国的世界语。景梅九偏爱理科，在主编《学汇》时，译介了日本石原纯、法国露霞·诺尔曼的多篇相对论文章，并亲自撰写科普文章，如《相对论易解》《算学家列传》等。他参与创办北京世界语专门学校，热心学习并掌握了世界语，还大力宣传、推广世界语，发表《世界语之宣言》《世界语运动第一步》等文章。由此不难看出，景梅九的思想观念构成是开放的、多元的、甚至是矛盾的，显示了他的聪慧、博学。但在这种海纳百川中，也显出他的操切、浮泛。而正是这些思想观念，支配着他的人生、行为，影响着他的文学创作。

在文化文学理论上，景梅九也有自己的独特见解。尽管这方面的文章不多，但在他众多时评、杂文中有着不少体现。譬如1905年创办《第一晋话报》，他与同仁取"晋话"谐音"进化"，而办刊目的是"输入文明，改良社会"[①]。譬如1908年在《夏声发刊祝辞》中说："其宗旨在发皇古昔固有文明，用以储育国人之爱国心，同时并输入欧美近今文化为我国人之导师。夫国以民立，无民未有能国者也。"[②]这些言论一面表现了对传统文化的珍重、传承，一面表现了对西方文化的吸取、运用，还有对社会现实的关注、改良。景梅九的文学评论翻译有罗曼·罗兰的《民众艺术论》，撰写有《无碍室闲话》《石头记真谛序文》等。还有一部文论小册子《葵心》，他在"发挥篇"中明确提出创作理念："凡属文士，每一执笔为文，务必作有益世道人心之言。则文之柔道，有如五谷，可以疗人饥饿；文之刚者，有如药石，可以攻人疾病。即使偶作诗赋词曲，寄情于莺花雪月，也应言些讽刺的徵音，而不为枝叶的浮言呵。"[③]这段论述，既积淀着中国古代经世致用的文论思想，也蕴含着西方现代或者说中国现代揭示现实、为社会为人生的文学观念。

称景梅九为中国近现代文学史上的"大家"，一方面是因了他的作品表现了从晚清到民国波澜壮阔的历史图景，另一方面是基于他文学文体上的多样和艺术形式上的创新。他的文学创作几乎涉猎了所有的文学文体。诗歌创作基本是一色的古典律诗、辞赋，社会人生、国事家事，所见所感，甚至行军旅游途中，都是他欣然命笔的材料。他的诗引经据典、辞藻古雅，充分体现了"诗咏志""歌咏怀"的文学传统，他是柳亚子创办的"南社"重要成员。代表作有自行印制的《无碍室诗存》2卷，收200余首。散文、随笔和杂文，是他创作最多、最勤的文体，有文言有白话，集中在生活人生问题，自我反思感悟，怀念亲人朋友等方面，笔者不经意搜索到三四十篇，如《说忏悔》《权·钱·贤》《物心》《悲忆太炎师》《李君岐山行状》等，都是难得的佳作。政论时评是他作为革命家最

---

① 景梅九：《景梅九自传二种》，李成立注，三晋出版社2017年版，第37页。
② 景定成：《夏声发刊祝辞》，《夏声》1908年第1期。
③ 引自景克宁《景行行止 一代风流》，《运城高专学报》（社会科学版）1991年第1期。

有力的武器，他眼光锐利、才思敏捷、出"手"成章，在革命斗争和战争中发挥了不可估量的作用。譬如《国民之自觉》《无政府共产学说圆义》《阶级战斗平议》《政府万能驳论》《评皇党康有为在汴讲演词》《忠告阎百川》等。戏剧写作也是他热衷的，他对戏剧特别是故乡的蒲剧情有独钟，不仅爱看戏剧，也写戏剧，创作有《杨花浦》《神骗记》《霹雳剑》等，发表过《蒲剧之鼓吹》等评论。他精通日语、英语、世界语，是一位勤奋的翻译家，翻译过但丁长诗《神曲》，罗曼·罗兰文论《民众艺术论》，泰戈尔随笔《人格》、长篇小说《家庭与世界》，托尔斯泰剧本《救赎》，等等。文学评论颇有随笔化倾向，除前述外有《关于"口号标语"文学》《关于"风花雪月"文学》《文学谈话》《文学源流概论》等。他在年轻时曾立志做"第一流学者"。1912 年出版的《石头记真谛》，代表了他在学术研究上的高度。郭豫适评价说："在后期索隐派中，比起《红楼梦抉微》《红楼梦本事辨证》来，《石头记真谛》是篇幅更长、影响也更大的评著。"[①]已然写入红楼梦研究史。

小说是景梅九文学创作中最重要的文体。从 1905 年开始到 1936 年中止，历经 30 余年，既有古典型的文言小说，又有现代型的白话小说。既有短篇中篇，又有长篇，现在能找到的有 20 多部（篇）。代表作有文言小说《清快丸》《轩亭记》《秦火余灰》《玉楼影》，白话小说《完全遇榆记》《傀儡外纪》《初恋》,《罪案》则是一部长篇传记小说。还有多部作品，如《客心》《不平》《溺女》《捣乱党》等已散佚。其中影响大者是《玉楼影》和《罪案》。在这些作品中，不仅逼真、有力地展示了风云际会的时代巨变，以及作家的丰富性格和传奇人生，同时凸显了古典、现代两种小说的并行和交汇轨迹。笔者的论述着重从小说创作切入。

景梅九在文学上成果丰硕、建树卓越，他的各文体创作的字数，保守估计也在三四百万。但新中国成立后正式出版的只有二三种。由李成立编注、三晋出版社 2017 年出版的《景梅九自传二种》（以下简称《自传二种》)，是最齐全、精湛的版本。景梅九已然写入了《二十世纪山西文学史》《陕西文学史稿》，但只是浮光掠影，远远不够。

从晚清到民国的近代文学，是一个文学大变革、大喷发的时代。小说得到了前所未有的发展，政治小说、科学小说、历史小说、侦探小说、言情小说等蜂拥而出。陈平原说："中国小说叙事模式的转变，基本上是由以梁启超、林纾、吴趼人为代表的与以鲁迅、郁达夫、叶圣陶为代表的两代作家共同完成的。"[②]他把前一类作家称为"新小说"作家，把后一类作家称作"现代小说"作家。景梅九无疑属于第一类"新小说"作家，与林纾、吴趼人等既秉承古典小说传统，又探索"新小说"方法，蹚出一条具有转化、融合特征的现代小说通衢，为推动中国现代小说的转型做出了重要贡献，也表现了一代作家的艺术追求与创作风貌。

---

① 郭豫适：《红楼研究小史续稿》，上海文艺出版社 1981 年版，第 152 页。
② 陈平原：《中国小说小史》，北京大学出版社 2019 年版，第 246 页。

古典小说的承传与转化

景梅九是科举教育、考试培育出来的读书人，有严谨而丰厚的古典文化和文学修养。这一代人比后来的几代作家，文化学养坚实得多。景梅九依凭自己的功底，完全可以写出规范而出色的古典文言作品来，但 20 世纪之交是一个弃旧图新的时代，这是不可抗拒的历史潮流。景梅九在文学创作特别是小说创作中，采用"脚踩两只船"之法，一面坚持古典小说创作方法，一面探索新小说规律，时而并驾齐驱，时而轮番操作，倒也相得益彰。甚至在创作前期，古典小说方法用得更得心应手，当然也注意在旧方法中融入新思想、新手法。

景梅九出生在晋南，这片历史悠久、文化深厚的地域。家里几代人热衷读书，祖父是清贫的秀才，秉性刚正，古道热肠，获敬乡里；父亲景吉甫是私塾先生，崇尚宋明理学也倡导新学，政治观念开明。景梅九天赋甚高，7 岁入私塾，10 岁通五经，诗文出众，尤精数理，曾拜当地名儒景汉卿为师。11 岁时与父亲同时考中秀才，在当地传为佳话。1897 年，15 岁的景梅九负笈太原，从令德堂到京师大学堂，接受了完整、系统的科举教育，筑固了古典文化和文学的根基。1905 年科举制度废除。他喜好数理化、自然科学，也倾心文史哲、人文科学。一生手不释卷，勤于笔耕。1916 年被捕入狱，家里送来钱钞，就托狱吏购得《诗经》《易经》《广韵》《说文解字》等古籍，说："每天有点看的，心里非常安泰。"他对文字、训诂、周易有深入独到的研究，发表有多篇学术文章，享有"南章（太炎）北景"的称誉。

1924 年由京津印书局出版的《石头记真谛》，被学界认为：与蔡元培、胡适、俞平伯等的红学研究著作，开创了红楼梦研究的先河。景梅九通过细读文本，探幽穷赜，得出"隐写明清间兴亡真假之痕迹，又假借儿女闺房之私，以发挥伤时感世之深心"[1]的结论。同时，在阐述历史背景，探寻著者思想，品评人物形象，玩味叙事语言等方面，显示了景梅九对《红楼梦》的烂熟于心，对小说艺术的深谙其道。当然，也有论者认为，景著是一部"妄加附会"的"大杂烩"。景梅九没有专门谈过古典小说的阅读话题，但从他大量的散文随笔以及自传体小说里，可以窥见他对唐宋传奇、宋元话本以及明清小说的谙熟。而对《红楼梦》的索隐、研究，更使他走进了博大的古典小说世界。在他的诗歌、时评、戏剧等作品中，又折射出他古典文化的修养与观点来。

从近代到现代，是中国小说发展的一个特殊而重要的时期。1902 年，梁启超提出了"欲改良群治，必自小说界革命始；欲新民，必自新小说始"[2]的口号，并认为"小说为文学之

---

① 引自郭豫适《红楼研究小史续稿》，上海文艺出版社 1981 年版，第 153 页。
② 梁启超：《论小说与群治之关系》，郭绍虞主编：《中国历代文论》，上海古籍出版社 2001 年版，第 412 页。

最上乘"。从此"小说界革命"成为中国政治、文学中的强大潮流。景梅九不赞成梁启超君主立宪的保皇主张，但对他的"新小说"思想是服膺的。他 1905 年在日本与同仁办《第一晋话报》，主持的栏目有小说、杂姐，并开始了小说创作。梁启超等发动"新小说"革命，自然是借助小说改良政治、群治，夸大了小说的功能、作用，但客观上推动了小说的发展，实现了小说的现代转型。但"新小说"运动的推进，绝不可能在短时间内催生出成熟、完美的现代小说来，必然是新旧掺杂、半文半白，"旧瓶里装新酒""新瓶里有旧酒"。这一时期李伯元《官场现形记》、吴趼人《二十年目睹之怪现状》、刘鹗《老残游记》、曾朴《孽海花》等代表作品，就有这样的特点。景梅九的小说同样有这样的特征。

　　陈平原精辟指出："如果说在 20 世纪初期的文学变革中，话剧基本上取法西方，散文更多地继承传统，小说则是接受新知与转化传统并重。不是同化，也不是背离，而是更为艰难而隐蔽的'转化'，使传统中国文学在小说转型中发挥了不容忽视的作用。"[①]景梅九从 1905 年到 1908 年，创作了多部长篇、短篇小说。这些小说内容多样，有政治小说、社会小说、人生小说、历史小说等；型态有别，多为文言小说，或者文白夹杂。他的小说自然可以称为晚清"新小说"，但新中含旧，古典小说的内容故事、谋篇布局、审美趣味、叙事形式清晰可见。他在不知不觉中承传着古典小说的写法，他在自觉自省中实现着新小说的转化。

　　景梅九是一位激进的民主革命家，他所从事和思考的就是推翻满清帝制、建立共和体制，他与众多献身政治的作家一样，必然会写出政治内涵很强的小说，是时政治小说正风靡中国。《轩亭记》是景梅九的一篇代表作，他与小说主人公秋瑾几乎同一时期留学日本，在革命活动中建立了深厚的情谊。他在多篇小说和自传《罪案》里，数次写到秋瑾。他说："以后女士常和革命派人来往，联络学界几个同志，组织一份《白话报》，鼓吹民权主义。女士能作诗，自号'鉴湖女侠'，时常登坛演说，慷慨动人。因日本取缔中国留学生，大起风潮之后，和同志回国，组织光复团，死在徐锡麟一案！"[②]景梅九写这篇小说，既是对朋友的怀念，也是对"巾帼英雄"的赞颂，期望把"女士胸襟曲折传出"，更是对满清政府的揭露与批判。小说巧妙选取了秋瑾 1904 年乘船出海的情景，主人公屹立船头，出渤海、走黄海、过马关，奔赴日本，不禁激情满怀，放声高歌。小说运用了景梅九驾轻就熟的叙事方法与语言，铿锵有力、慷慨当歌、诗情激荡，体现了作家纯正、丰厚的古文功夫。想到朝廷的腐败、昏暗，女士的感受是："卧薪尝胆皆虚设，文酣武嬉何消说。见了国民啊都昂头持分节，见了外人啊都低首称臣妾。"说到国民的状况、精神，女士的认识是："有的是厌世称高洁，有的是保身学明哲，有的是急功名争优劣，有的是营利禄几挫折。"想到曾经发生的甲午海战，女士悲从中来："那怒涛奔浪仿佛人鸣

　　① 陈平原：《中国小说小史》，北京大学出版社 2019 年版，第 231 页。
　　② 景梅九：《景梅九自传二种》，李成立注，三晋出版社 2017 年版，第 29 页。

咽，可是当年战死的雄魂魄？"意识到此次赴日的使命，女士暗下决心："从今后我也作须眉，玉簪坠折拔长剑，唾壶击缺唱平等……"秋瑾在海上的所感所思，也正是景梅九一年前所亲历的，二人惺惺相惜。他在表现方法上运用了古代文言小说的传奇手法，传录奇闻，文辞华美，有如戏剧，因此景梅九称之为"传奇"，"以哭歌叙其平生"，以排解"胸中积闷"。《清快丸》同样是一篇政治小说，但写法、风格大异其趣。作品讲述一位将军看病吃药的故事，充分运用了讽刺方法。讽刺是作家用夸张、比喻、反讽等方法和手法，描写和揭示人物的性格和精神。在中国古典小说《三言二拍》《聊斋志异》《儒林外史》等作品中有大量运用。这位满将军偶染恶疾，请日本医生看病开药，开的是"清快丸"，将军大惊失色，不仅拒绝吃药，且下令禁售此药；后又患眼疾，请法国医生看病开药，开的是"扫清散""复明散"，将军痛斥医生并令停售此药。情节荒诞可笑，令人捧腹。满将军、清快丸、扫清散、复明散，运用谐音，寓意显明。将军的敏感神经、惊慌恐惧、蛮横无理，写得活灵活现，又暴露了他的迷信、愚忠、荒唐，是一篇机智巧妙的政治讽刺小说。

景梅九创作有多篇人生小说和历史新编小说。《客丐谈》写"我"在下雪的街头，邂逅一位衣衫褴褛、手持铜箫的乞丐，二人坦诚交谈。乞丐自叙家世，家族由盛而衰，自己生活无着，到处漂泊乞讨。揭示了后人的懈怠，导致家族衰败，而众多家族悲剧又引发了国家衰落的社会人生真理。新编历史小说创作是晚清文学的独特"风景"。景梅九连接古今，借古讽今，创作了一些颇具传奇色彩的历史小说。《秦火余灰》发表时标注"国粹小说"，是一篇故事奇妙、寓意深远的佳制。作品的核心情节是民间考古者周梦蝶，从历史中发现线索，重新发掘当年秦始皇焚书而未毁的古代典籍。这一情节无疑是虚构的，但或许有民间传说。小说的故事发生在当下，但牵出了秦朝谜案。当年秦始皇坑儒焚书，如山的书籍堆在咸阳宫外，李斯的食客史泽，献计说他发明了一种药水，可以洒在书山上避免烟火喷发。书籍焚烧后他把纸灰运到华岳天仙峰洞穴。其实史泽只是玩了一回魔术，书籍并未焚毁、完好无损藏在洞中。周梦蝶多年搜寻古迹，在李斯墓中石碑上看到了"史泽藏灰"的刻字，又在陕西小杨村寻访到了史泽后人，在家谱上得到了藏书地点。他在"复古社"开会演讲，宣布了自己的重大发现，遂带领民众奔向天仙峰启洞。小说发表在《晋乘》1907 年第 3 期，只是上半部分，后续下半部分却因刊物失散而不存。这是一个异想天开、出人意料的"神话"故事，但蕴含着作家对中国传统文化的深思熟虑：传统文化是永恒的、不朽的，它历经劫难但仍会死灰复燃。这正是作家的一种文化观念。作品还刻画了一今一古两位人物，一是民间考古者周梦蝶，他外表疯癫狂傲，内心却坚定、高远，是一位传统文化的捍卫者。另一位是古代食客史泽，他位卑言轻但却勇敢智慧，冒死保护了古代典籍。景梅九采用了章回小说的写法，标题是："复古社大演说会，空前绝后之发现。"讲述语言以文言为主，杂以白话，别有韵味。另一部新编历史小说

《邯郸新梦》，发表在《国风日报》，作者称："是长篇小说，便是和太昭在东京说过的'秦始皇开国会'笑话，即以为骨子，乱穿插古今事件，联成颠倒梦想，自然用圣叹的腾挪法，远远续起，以张良放炸弹，影合精卫；屈原办报馆，影合《国风》；打算以李斯考察宪法，影合五大臣；扶苏太子充资政院院长，影合伦贝子，然后再叙到秦皇开国会，陈涉、项羽、刘季等起革命军，赵高为内应。"①小说连载20余篇，因故停笔，未能写完。这岂止新编，实则"戏说"，每一事件、人物，都在影射当下，有着强烈的现实意义。讲述语言文白交融，但作者认为："只能于旧小说中，别开生面。"

景梅九的古典型小说中，长篇小说《玉楼影》是最重要的一部，是作家的处女作。发表于1905—1906年《第一晋话报》，全文共十回，残存第二、三、五、六凡四回。《中国古代小说总目》《中国通俗小说总目提要》里，做了评介。作者自传中说："我本来要作一种长篇小说，写自己理想的社会，立名曰《玉楼影》。具体的布置，大概在联络同志，激发人民爱国精神，改进一切；归结到了功成身退，在五台清凉寺里，筑起一座玉楼来，合同志享些神仙幸福。开宗明义，从社会罪恶和世界潮流说起来，曾写一个公子，看一幅变色地理图，触动了国家观念，激昂的不了。"②这部小说反映的时代背景是宏大的，涉及八国联军侵华，《辛丑条约》签订，朝廷的腐败懦弱，知识分子的觉醒，民众的反抗等。而讲述的故事是苏士先、苏西生两代士人的命运。苏士先与秦如海是同榜进士，莫逆之交，苏娶秦的妹妹为妻，琴瑟和鸣。苏在官场看到官员醉生梦死，洋人横行霸道，遂与夫人退隐山林。他们的儿子苏西生，聪明好学，性格刚烈，看到外族入侵，国土分割，义愤填膺，与原秀才结伴前往天津，路遇五台人沈达，三人一见如故。沈达向苏、原二人讲述了在五台聚众抵抗德兵，转而赴日留学，关注官员出卖山西矿权的诸多事情，三人决心前往北京，弄清矿权事件，加入争矿斗争。通过这些不完整的情节，读者不难感到"万木无声待雨来"的政治局势，普通民众与知识分子的觉醒、反抗。作家运用了章回体小说写法，从谋篇布局、情景描写、人物刻画、叙述格调乃至题目拟定等方面，不难看出古典小说特别是《红楼梦》的深刻影响。在叙事语言上，自然可以归结到白话小说中，但在白话中融化着文言词汇、语法、格调，是典型的晚清小说风格。

刘晓军说："尽管自言文合一运动以来，白话的声势明显压倒文言，但在实际的写作行为中，选择文言还是白话主要受制于作者的文化素养、语言习惯以及具体的写作情境，与文言白话的优劣高下没有太多关联。"③景梅九在创作中所以选择古典小说写法，是他的文学修养、审美趣味使然，他的这种小说情节精彩甚而奇妙，语言精湛、华美，但思

①　景梅九：《景梅九自传二种》，李成立注，三晋出版社2017年版，第211页。
②　景梅九：《景梅九自传二种》，李成立注，三晋出版社2017年版，第66页。
③　刘晓军：《中国小说文体古今演变研究》，上海古籍出版社2019年版，第246页。

想内容却是现实的、现代的，叙事中借鉴了白话。这是古典小说潜移默化的渐变、转化，这样的坚持大约有三四年之久，他的小说就逐渐转向了白话的、现代的小说创作。

现代小说的探索与融合

对于中国新文艺的发展，鲁迅说过一段意味深长的话："采用外国的良规，加以发挥，使我们的作品更加丰满是一条路；择取中国的遗产，融合新机，使将来的作品别开生面也是一条路。"[①]如果说晚清"新小说"作家"择取中国的遗产"，使小说保持了传统文化根基的话，那么五四"现代小说"作家"采用外国的良规"，则使小说富有了现代特质和风貌。这个过程是艰难而漫长的。景梅九是一位古典文化和文学的饱学之士，但他没有故步自封，而是与时偕行，在西方文化和文学大量引进的时势下，努力研习西方经典，变革艺术观念，成为新文学的先驱者。他在文学评论中，批评"风花雪月"文学、"口号标语"文学，倡导一种大众的、务实的文学。在《无碍室闲话》里，主张文学"推陈出新""深入浅出"。在《倡导大众语文》中，认为大众语文的要求，是"说的出、听的懂、写的下"[②]。这些观点也许还不成熟，但它显示了一位"新小说"作家不懈探索的精神。

景梅九在日本参与、创刊《第一晋话报》《晋乘》《汉帜》《白话报》，在北京创办《国风日报》，宗旨是办成白话报刊，尽管不能全部实现，但努力的目标是明确的，要让这些报刊走进更广大的知识分子和民众中去，发挥其鼓动革命、唤醒大众的使命。白话文运动，是新文化运动的"桥头堡"，其实白话与文言并无高低贵贱之分，但白话的普及是大众的诉求，时代的需要，历史的趋势。景梅九对此有着清醒、坚定的认识。他热心译介外国文化与文学著作，如伏尔泰、托尔斯泰、罗曼·罗兰的作品。他潜心阅读西方文学作品，有时读原著，谈到第二次去日本时说："我此番到东京以后，学校不能入，自己便特别用起英文功来，读英译毛巴逊底小说不少。还有欧美名家小说，见有用现在习俗描写古剧的，以及甚么科学小说，把无生物，齐写成生物……"[③]通过这番翻译、阅读，景梅九熟悉了西方现代文学，打开了思想艺术视野，深刻影响了他的小说创作。

这里有必要提及景梅九与鲁迅的交集。景比鲁年轻一岁，他们同一时期在日本留学。董大中说："景梅九后来回忆，他在日本曾跟鲁迅见面，但不知道他是鲁迅，因为鲁迅是后来使用的笔名。他说是在章太炎家里遇见的；……现在知道两人都参加了反对'取

---

① 鲁迅：《〈木刻纪程〉小引》，《鲁迅全集》第6卷，人民文学出版社1991年版，第246页。

② 老梅：《提倡大众语文》，《出路》1930年第8、9期。

③ 景梅九：《景梅九自传二种》，李成立注，三晋出版社2017年版，第187页。

缔规则'的活动。这次活动，景和鲁迅也有可能见面，时间在前。"①1936年鲁迅逝世，景梅九写《悼鲁迅》怀念："庐山真面无人识，鲁迅原来却姓周。只为一篇《阿Q传》，顿教声誉遍环球。""君是东方高尔基，摇旗呐喊震萎靡。横冲直闯入文阵，苦斗精神死未疲。"在诗里，景梅九含蓄地追忆了与鲁迅的见面、知晓，称道了鲁迅的小说《阿Q正传》，赞颂了鲁迅呐喊、苦斗的硬骨头精神。他与鲁迅的心灵是相通的。

景梅九20多部（篇）长篇、短篇小说，古典型小说只占三分之一，现代型小说占到三分之二。前者写得精彩、凝练，后者写得多样、自然。但从艺术成熟的角度看，前者是高于后者的。

从古典型到现代型，有几篇过渡性作品。前面论述的《玉楼影》，论者认为是白话小说，但白话或者半白话，并不意味着就是一篇新小说，还须看它的内容与思想是新是旧。笔者认为《玉楼影》是一篇古典型的新小说，与现代小说距离还远。《情圆》发表在《晋乘》1907年第1期，同样是一篇过渡性小说。虽然白话语言的运用，显得纯熟、灵活了许多，但情节、意蕴却是旧式的。作品写天津的上流人物，中秋节晚上在园中吃酒赏月、谈天说地，从面前的圆桌说起，说到世界各国的桌子、伏羲画的太极图、女子头上的圆发髻、夫妻间有关"圆"的故事，表现了他们对中国"圆满""大团圆"独特文化的痴迷，对人际之间特别是夫妻之间真诚、圆满感情的向往。其中留学生的博学、善谈，经商主人的豁达、幽默，和尚的温厚、超然，都写得逼真而生动，自如的白话语言讲述的是旧小说中的情景，给人"新瓶装旧酒"的感觉。

把作者"我"作为小说主角去写，增强小说的主观性特征，是景梅九后来小说的重要变化。中国传统小说，大都以第三人称叙述为主，讲述的往往是有头有尾的故事，作者"我"在小说中是"隐身"的，出场的是说书人。景梅九在现代型小说中，逐渐打破了这种模式。《横海》写的是"我"赴日留学，途中的经历、感受、思想。时在冬天、又在夜里，立足甲板、四顾苍茫，由船的起锚、开航，想到古代徐福为秦始皇寻仙药；看着暗夜中的大海，想到古人的咏海诗，感受到人以及自己的渺小；航行在曾经的海战战场，想到甲午海战的悲剧……小说主线是作者"我"的主观感受、心理活动，白话语言简练、沉郁，使小说具有了浓浓的抒情味、文化味。《一夕雨》写的则是日本留学生的日常生活，以"我"为线索人物，写了留学生的串门、下棋、吃饭、聊天，他们各自的思想和精神状态。归途遇雨，狼狈不堪，油然想到秋瑾"秋风秋雨愁杀人"的诗句和她视死如归的坚贞形象，不禁感慨万端。这篇小说，琐碎的日常生活代替了完整的故事情节，使小说更加贴近人物、贴近生活。《完全遇榆记》描写的是"我"与朋友在张家口的一

① 董大中：《景梅九笔下的秋瑾》，《上海鲁迅研究》2020年第1期。

次旅游经历。走过荒凉的城市，经过万全县监狱，目睹郊区农民的贫穷、愚昧，驻足废园老榆树下议论、沉思……白话语言从容、细致、质朴，显示了一个知识分子的忧国忧民，对底层民众的启蒙冲动。《头等车》讲述的则是"我"作为革命者，坐火车头等座，从天津到山东、从南京到上海，整整三天一路上的经历与故事。茶房的小心服务、车警的预防劫贼、乘客的热情攀谈，车窗外的农民劳作，"我"的静心读书、灵感来时的默默吟诗……把一位关注社会民生、勤于读书思考的知识分子形象呈现出来。《纪念》写腊月二十三送灶爷，一大帮亲戚朋友来送糖果鞭炮，给"我"祝福。原来数年前"我"就是这天出狱的，大家把这天当作纪念日。"我"在鞭炮声中，感受到家庭的温暖、亲朋的关爱。朴素的描写中氤氲着感恩之情。《袜子》是一篇情节动人、语言醇厚的小说。写"我"在北京办报，妻子玉清寄来一双手缝的白袜子，"我"穿着它会友、吃饭，穿着它奔波在雨天的泥水里，回寓所让仆人洗净、晾干，心里充溢着对妻子的温情、怀念。这里所谈的《袜子》《横海》发表时都是当小说的，是作家自传中的选段。在这部自传中，有众多章节，有情节、有人物，构思精致、语言优美，独立成章就是精彩的短篇小说。

潜心创作社会、科幻小说，探索多样化的艺术表现形式和方法，是景梅九现代型小说创作的鲜明特点。他知识渊博、想象独特，因此小说情节往往别出心裁、令人惊讶。在他的古典型小说中就很明显，在现代型小说中更为突出。《日本地震》是1923年日本关东大地震的背景下创作的，描写两位知识分子的议论、思考，表现了他们对大地震的深切关注与复杂心态，对日本政治、社会以及官僚阶层的分析、评判；反映了他们对中国社会、民众的观察、忧虑，对科学发展、地震预测的反思、想象。其中隐含着一代知识分子的民主革命思想、无政府主义观念以及现代科技意识。作品思想意蕴丰富，但有理念化倾向。《邻鸡唱和》是一篇寓言小说，但却蕴含着对人与人、弱者与强者关系的思考。东邻的鸡每天尽职尽责，晓唱三曲，什么天明歌、自省歌、狗马牛羊自由歌。却引来商人主人的愤怒、驱赶。东邻鸡飞到西邻与西邻鸡诉苦、讨论，两家的鸡同声合唱，"一唱百和"，让东邻主人不得安宁。这是写鸡，也是写人，写人的懒惰、拒绝激励。写弱者的联合、互助，对强者的抵抗、斗争。两篇小说均包含着深刻的社会、人生道理。

科幻小说在民国时期称为"科学小说"。景梅九对现代科技有兴趣，因此很自然地写出几篇科幻小说来，但却有很强的政治性、社会性，科幻因素不强。《毁坏世界思案》发表时注明"短篇小说"。作品以"我"为叙述者，直抒胸臆讲述了对世界的看法，如何拯救世界等问题。"我"认为这个世界是"坏的""恶的"，佛也救不了。因此要毁坏世界，涅槃重生。"我"设想了种种办法，如巨型炸弹轰炸，天外星球碰撞，洪水大火毁掉，或借助宗教禁止人们交配繁衍，或出现张献忠那样的杀人魔王滥杀人类……但这些方法太残忍，还是寄托在佛身上，"现在世界除是佛来始救得！现在世界虽佛来也救不得"。这是一种疯狂的冥想、幻想，对世界的深刻绝望，同时折射出无政府主义的一种虚妄、消极。小说想象丰富，但缺乏具体的科幻故事情节支撑。《傀儡外纪》是一篇更具有科幻小说特点的作品，发表在《独立公论》1936 年第 1、2、3 期，全文共 14 节，大约是景梅九最后一篇小说。小说描述东海岸边小人国中的胡博士，不仅是一个豪强诡诈的地主，还是一个聪明技高的木匠，他学习西洋制造机器人技术，研制一批木偶人，装扮成皇帝、臣民，赋予生命灵魂，在岛上演出木偶剧，愚弄民众，掠夺大人君子国高家、黄家大片肥沃土地的故事。小说中，制造木偶人、给木偶人赋予灵魂，欺骗君子国的民众，显然是科幻情节。甚至小人国、大人君子国的设置，也具有科幻色彩。而故事的核心，写的是小人国的胡博士，竟通过奇技淫巧、伪造历史，还使用挑拨离间、物质诱惑，蒙蔽了高家、黄家的不肖后人，进而一步一步达到了侵吞邻家土地的阴谋。无疑是在影射日本的侵华战争，影射国人的愚昧无知。

景梅九是一个情感丰富的作家，创作有长篇爱情小说《初恋》，发表于《学汇》1924 年，从 11 月 5 日开始，连载 35 天未完。小说以"我"为主人公和叙事者，描述了"我"12 岁就结婚娶亲，但却不喜欢愚笨的新妇，热恋表妹彩云。表妹单纯、漂亮、朴素，与"我"情投意合。"我"常常看她做针线活，跟她耍贫嘴，给她念书，为她算卦。她来村里看戏，"我"总是希望老天下雨，多留她几天。但现在她已死去多年，"我"依然耿耿于怀，常常回忆，后悔当时不能冲破藩篱，与她相爱。读这部小说，油然让人想到巴金 1931 年出版的《家》，二者表现的故事、主题是相通的，都在揭示、批判旧式婚姻的荒唐、丑恶，歌颂自由爱情的美好、幸福。小说采用了现代表现方法与形式，把叙述、描写、抒情以及人物的心理乃至意识流融为一体。叙述语言是纯净的白话，朴素、流畅、温厚。足以进入五四现代小说的行列。

五四文学推动中国小说从传统走进全新的现代，景梅九在这一大潮中孜孜以求，融合新法，创作出一批富有现代特色的小说。譬如思想内容上，更加贴近社会、人生，特别是作家自我的生活和内心。譬如情节结构上，打破了故事情节模式，日常生活、人物命运、内心情感，都可以转化成小说主干。譬如叙事语言，文言形态渐渐退去，白话语体逐步成熟。但现代小说初期的不足也显露出来，如少数作品情节的松散、构思的粗放、语言的草率等，使这些作品显得不成熟。景梅九属于过渡性作家，他与鲁迅、郁达夫等慢慢拉开了距离。

《罪案》：集大成自传体小说

景梅九原著、李成立编注的《景梅九自传二种》，是现在能够看到的景梅九的两部代表性作品，包括《罪案》《入狱始末记》。前部传播较广，尤为重要。2014 年，中国社会出版社出版有赵晓鹏、李安纲校注的《罪案》。前部描述的是景梅九从求学到辛亥革命由成功到受挫的历史，共263篇文章，约21万字。后部记叙的是景梅九被袁世凯下令逮捕、入狱前后的经历，无小标题，凡70多节，约4.2万字。笔者的评论着重在前者。

这是一部什么样的文学作品？赵瞻国认为：“《罪案》是回忆录，又是文学作品，可视为长篇纪实文学。它留下了作者青年时代的生活和斗争经历，饱含炽烈的理想与情感，是作者性格与心灵的率真剖露。它保存了不少文献资料，记录了当年日本东京的革命党人的活动，社会主义和无政府主义思潮在中国的早期流传，以及秦晋等西北地区的革命情形，是时代的写照。”[1]这一概括是恰当的，强调的是回忆、纪实、文学性。确实，《自传二种》是一种历史纪实作品，记叙了个人的、家国的重要、重大历史；是一部跨文体文学作品，其中包含着散文、诗歌、杂文、政论等种种文体。是一部小说作品，有故事情节、人物形象、环境场景，独特的叙事语言；大多是对现实的真实书写，也有虚构情节、细节刻画，从质地上讲它接近小说。因此笔者以为它是一部集大成的自传体小说。

《自传二种》以个人的经历、体验切入历史，表现了波澜激荡的近现代历史真实、鲜活、别样的图景，以及一代革命青年的人生命运与精神情状。这在正史中是很难看到的。近现代历史上的许多重要事件，都在作品中得到了一定反映。譬如晚清末期的日本留学生生活。日本孩子见到中国留学生头上拖着长长的辫子，就大喊“豚尾奴”，意即“猪尾巴”，使中国留学生羞得无地自容，于是爆发了一场悲壮的剪发运动。譬如同盟会革命。日本留学生大批加入孙中山领导的中国同盟会，反抗满清帝制，建立共和体制，成为青年学生们的革命目标。清政府与英国商人签订了不合理的矿权条约，点燃了山西、河南留学生的怒火，他们发表文章，开会讲演，回国交涉，组织谈判，争矿斗争取得胜利。景梅九与众多学生为此做出了奉献乃至牺牲。譬如辛亥革命。先是武昌起义，继而是西安、太原光复。山西成立军政府，阎锡山被选为都督，又确定了各部部长，景梅九担任政事部部长。有人疑心景想“揽权”，景坦率地说：“我是主张无政府的，你莫拿这些玩意对我剖析；况且大家还不定几时滚蛋，有甚么争论的呢……”[2]写出了革命政府的复杂性以及景对新政权的怀疑。譬如袁世凯复辟帝制，景梅九多次撰写文章，抨击帝制，声讨袁世凯，因此被拘捕、入狱。景梅九在狱中从容应对、静心读书，一日在戏单上看到固定的“洪宪”二字改成“丙辰”字样，顿时意识到袁倒台了，囚犯们开始庆祝、狱吏们和气起来……读者从一个人身上，一些事件、细节中，清晰窥见了那个时代的“龙蛇变幻”。

景梅九在自传中，不仅如实记叙了自己的人生经历、革命活动，同时回顾、反省、检讨了自己的过失、错误，呈现出一个豁达、自省、自励的革命家形象。作者在《罪案》

① 赵瞻国：《功罪立天地 成败泣鬼神》，《运城高专学报》1992年第3期。
② 景梅九：《景梅九自传二种》，李成立注，三晋出版社2017年版，第252页。

中谈到创作缘起，说朋友、同事润轩，要他把自己的经历、事迹写一写，作为档案保存，景说："若提到我自己十年来革命事迹，全是罪过。我打算作一册《罪案》，详叙一遍，倒可以把各方事情，全写到里边！润轩很赞成。"[①]景梅九是辛亥革命的有功之臣，但他意识到革命"不算什么成功"，自己的人生有很多过错，倒是需要反省，通过回忆，把"各方面的事情"连缀起来。于是读者在他的自传中，看到了一个真实而丰富的景梅九。他是一个天资聪慧、少有大志，不断追求知识、真理的人。他本可以做一个自然科学或社会科学的一流专家，但在晚清的革命潮流中做了一个革命家，同时成为文学家，他反省自己年轻时的自负："我当时自以为学问有多少深沉厚富呢？大凡人苦不自知，惟有青年更容易犯这样毛病，我特犯得略重些。"[②]他是一个投身革命、足智多谋、无私无畏的人。他革命几十年，在革命军、军政府属于参谋、智囊式的人物，对所谓局长、部长等并不看重，但内心又有一些不平衡。譬如 1911 年底，革命军攻下运城，成立河东军政分府。景梅九功劳卓著，但却没有合适的职位安排，他就"有点骄态，在运城作了好些放肆的事情"。父亲得知后，写信严加训斥："革命本无功可言，即云有功，亦在死者，奈何自矜？"[③]景梅九自觉有过，悔过自新。他是一个情感丰富、追求自由、不拘小节的人。他既恪守圣贤"忠孝节义"的古训，又崇尚西方独立、自由的文化精神。思想情感处于矛盾之中。他在自传中说："我想人生在天地间，就是一个大罪汉，……如今要用白话，把他写出来，教大家制裁制裁。"[④]"索性像卢梭《忏悔录》，把那些丑事，全写出来，才合《罪案》体裁……"[⑤]正因有这种自省、忏悔意识，他把自己一时逛妓院、恋窑姐，偶尔抽鸦片的"丑事"如实招来，并写了自己的悔改、自励。郁达夫在小说中写性苦闷、灵肉冲突，鲁迅在作品里解剖自己、驱赶鬼气，景梅九在思想、情感上也逐渐成为一个现代知识分子。

　　真诚记叙时代大潮中的人物群像，写出他们的行动、性格、命运，是《自传二种》的引人"亮点"。但作为一种"流水账"式的纪实文体，作者又不能停下来专写一个人、一件事，需要随着时间推移、情节发展，写出人物的某个侧面、某种性格，叠加起来，形成一个较完整的形象。如写孙中山。自传中重点有两处，一处写孙中山在《民报》周年纪念会上讲演，作者记叙："孙先生底两小时的长演说，把三民主义发挥一番，对于民生主义，尤说得详肯，且态度安详，声音清爽，不愧为演说名家。"[⑥]另一处记叙孙中山入晋，"我"与同盟会同志到石家庄迎来送往，孙中山对山西铁路、工业的关心，在海子边劝业楼的演

①　景梅九：《景梅九自传二种》，李成立注，三晋出版社 2017 年版，第 379 页。
②　景梅九：《景梅九自传二种》，李成立注，三晋出版社 2017 年版，第 12 页。
③　景梅九：《景梅九自传二种》，李成立注，三晋出版社 2017 年版，第 316 页。
④　景梅九：《景梅九自传二种》，李成立注，三晋出版社 2017 年版，第 3 页。
⑤　景梅九：《景梅九自传二种》，李成立注，三晋出版社 2017 年版，第 232 页。
⑥　景梅九：《景梅九自传二种》，李成立注，三晋出版社 2017 年版，第 70 页。

说，太原市民的欢迎、兴奋。文字都不长，但突出了孙中山的沉稳、坚定性格，民众的崇敬、爱戴。如写阎锡山，自传中有多处记叙。景与阎均是同盟会会员，因革命交往甚多。一次写景找阎筹款办报，"密见百川，说《国风》窘况，他立时答应筹三百元"。写出了阎的爽快性格。一次写景在山西大学大公堂做关于"社会主义"的讲演，阎在一次会上评价："梅九讲的社会主义，是亡国主义！"写出了二人政治文化观念上的矛盾。后来景出版《正告阎锡山》一书，全面分析、批评他政治、思想、军事等方面的问题与错误。如写李岐山。景与李是同乡、挚友，在反清斗争、辛亥革命中共同做事、同举义旗，结下生死情谊。但李也有冒失、激进的一面，如砸神庙，办学校。自传突出了李性倜傥、广交游、不重小节、夙有大志的个性精神。如写井勿幕。井是陕西蒲城人，与景日本留学时相识，同入同盟会，成为莫逆之交。二人同游山西，筹划秦晋联军，与清军作战。但在景眼中，井"貌如好女，英爽逼人，颇娴军略，有周郎外号"。令读者印象深刻。如写夫人阎玉清。阎是景的续弦夫人，在作品中做了浓墨重彩的描绘，写了他们的结合，写了阎的追随丈夫、创办女校、孝敬公婆、教育子女，是一个贤惠、热情、要强、刚烈的新女性，与景可谓志同道合。此外，还刻画了开明正直的老父亲，聪颖腼腆的小女儿清秀，勤快忠厚的报社勤杂工老蔡，装模作样的国会议长陈汉国，自尊而冷漠的窑姐董素仙等等。

《罪案》借用了章回小说的情节结构方法，每章大抵有较完整的事件、人物，用章回题目，又打破模式，譬如"欢迎章太炎密访杨少石"，"入秦纪行　谓川感怀"，如"丈夫自有事""薄天子而不为"等，既有古典特色，又灵活自如。许多故事情节，按照全书体例，进行分割，努力使每章短小、精悍、好读。但如果连接起来，另起题目，就是一篇完整精湛的短篇小说。如写"我"在羊驼寺给村民做讲演，可用"羊驼寺夜开演说会"；如写"我"第一次从日本回国度假，祭奠亡故的前妻，续娶新妇玉清，拟题"旧弦断了续新弦"正好；如1912年冬，景梅九与玉清及仲伏、阁臣四人有一次杭州旅游，改题《杭州行》颇切题。《自传二种》是一部丰富多姿的自传体现代小说，但依然洋溢着淳厚儒雅的古典韵味。

董大中评价说："景梅九是新旧文学之间的桥梁。"[①]他不仅自己走过旧桥、迈向新桥，开创出一片独特的文学"风景"，推动了中国近现代文学大潮；同时影响和引导新文学作家、主要是山西新一代作家，如高长虹、石评梅、李健吾、李尤白、姚青苗等，跃过旧桥、直奔新桥，创造了他们文学的"高峰"时代。景梅九是一个革命家，他把文学当作自己的精神家园、是一种"为己之学"，毫无功利之心，也不愿跻身文坛，因此文坛上悄然不显，这就特别需要学界重新发掘他、研究他，真正走近他及他的文学乃至那个时代的文学世界。

（作者单位：山西省作家协会）

---

① 董大中：《景梅九，新旧文学的桥》，《跨越沧桑的美丽》，山西人民出版社2003年版，第10页。

明清西北"西人"流寓与"西调"流变的关系研究[*]

李雄飞

内容提要：明清时期，因为边防、战争、迁徙、屯垦、经商、做工等社会性需要，大量西北民众在广漠的本土反复流动，影响了西北大戏、小戏、曲艺、歌舞、民歌等音乐文学的新生、展演、题材、流播、风格等。西北各地音乐文学的变化风貌既是各地土著熙来攘往的伴生物，也是他们安顿下来之天才创造。

关键词："西调"；"西人"；"西北"；明清

任何一种地域音乐文学的主角多为当地土著，相邻地域音乐文学的布局与版图主要是依靠土人长期频繁的相互流动而完成的，西北亦是。文化的西北向来也包括晋、蒙、藏等地，明清时期，广义"西调"泛指西北乐曲唱调。

一、明清西北"土人"流寓

（一）边防与战争

有明一代，为了抵御鞑靼与瓦剌的侵略，朝廷在北方陆续设置了九边重镇：辽东、蓟州、宣府、大同、山西[①]、延绥、宁夏、固原、甘肃，西北居其七，陕西居其四。常驻边兵 80 余万，加上妻儿等，至少 240 多万人口。"京师犹人之心腹也，宣、大项背

---

* 本文系广东省哲学社会科学规划 2020 年度一般项目"丝绸南路的俗曲流变研究"（编号：GD20CZW01）的阶段性成果。

① 因治所初在偏头关，后移至宁武关；而宁武关、雁门关、偏头关又名三关，晋王驻太原镇，举三关之首；所以山西镇又名太原镇、三关镇、偏关镇。

也，晋、蓟、东辽肘腋也，延、宁肢体也，甘肃踵足也。"①除了河州、西宁、哈密、沙州、安定、阿端、曲先、罕东左关西八卫之外，内蒙中部有东胜卫、斡难河卫、开平卫、大宁卫等40多个卫所，宁夏有宁夏卫、前卫、中卫、后卫、左屯卫、中屯卫、右屯卫，陕北有延安卫、绥德卫、庆阳卫、榆林卫。其时，很多边兵就是本地人。部分残元势力、诸番土官归附后，自然担当起征调、守卫、朝贡、保塞之责，归附民户里也有丁壮被拔为军卒者，也有就地化为边军者，合称土著军。如"洪武、永乐中，因关外诸番内附，复置哈密、赤斤、罕东、阿端、曲先、安定等卫，授以指挥等官，俱给诰印，羁縻不绝，使为甘肃藩蔽。后因诸番入贡者众，皆取道哈密，乃即其地封元之遗孽脱脱者为忠顺王，赐以金印，使为西域襟喉。凡夷使入贡者，悉令哈密译语以闻，而诸国之向背虚实，因赖其传报。由是诸番唇齿之势成，华夷内外之力合，边境宁谧余八十年"②。而补充边兵，就地征诸边民无疑是最佳选择。如洪武十三年（1380）河湟筑成贵德城，因番多民少，便"于河州拔民四十八户来贵德开垦守城，自耕自食，不纳丁粮。又于河州卫拔世袭百户王、周、刘三人，各携眷口，赴贵德守御城池"③，形成贵德"三屯"——王屯、周屯、刘屯。在陕北，"成化二年，延绥守臣言营堡兵少，而延安、庆阳府州县边民多骁勇耐寒，敢于战斗，若选作土兵，必能奋力。兵部奏请，敕御史往，会官点选。如延安之绥德州、葭州、府谷、神木、米脂、吴堡、清涧、安定、安塞、保安，庆阳之宁州、环县，选其民丁之壮者，编成什伍，号为'土兵'。其优恤之法，每名量免户租六石，常存二丁，贴其力役。五石以下者存三丁，三石以下者存四丁。于时，得壮丁五千余名"④。永乐以后，"北元"持续进犯，边境逐渐南移。正统末年"土木之变"后，蒙古各部"出套则寇宣、大、三关，以震畿辅；入套则寇延、宁、甘、固，以扰关中"。⑤倏来倏往，骚扰不绝。弘治开始，明廷尽失边墙以北。以故，征集惯于征战的"西人"入伍，征调大量"西兵"戍守与屯垦自然成了常态。万历年间谢肇淛在《五杂俎》中就说："九边惟延、绥兵最精，习于战也。延、绥兵虽十余人，遇虏数千，亦必立而与战，宁战死，不走死也，故虏亦不敢轻战，虑其所得不偿失耳。"⑥且边军换防尽量也取就近原则，正统四年（1439），陕西布政司平凉府军丁改调，即调西宁卫。突遇西蒙奔袭而来，朝廷也是迅速征调"西旅"，令"西兵"往来驰援，会同战事，屡屡抗击。明代西北九大战事、14次回民起义，义军主体自然是西人。明末陕西农民起义，很多义军便源自边兵，

---

① 〔明〕赵锦：《行都司题名记》，见于（乾隆）钟赓《甘州府志》卷上，凤凰出版社2008年版，第445页。
② 〔明〕徐进：《平番始末》卷上，中华书局1991年版。
③ 〔明〕徐进等：《青海地方旧志五种》，青海人民出版社1989年版，第752页。
④ 〔清〕谭吉璁纂：《延绥镇志》，三秦出版社2006年版，第77页。
⑤ 车吉心、王育济等纂：《中华野史》（明朝卷），泰山出版社2000年版，第5387页。
⑥ 车吉心、王育济等纂：《中华野史》（明朝卷），泰山出版社2000年版，第2777页。

往来活动的中心也在陕、晋、豫、川北、楚北等地。明军同样以"西师"为主，相互持续17年。满清入关后，汉、回、蒙古、维吾尔等族均举行过规模不等的起义，朝廷西征不绝，也是主要依靠"西师"协同效力。乾隆三十年（1765）维吾尔族于乌什起义，为阿克苏卜塔海部、喀什纳世通部、伊犁明瑞部、阿桂部联合剿灭。乾隆四十六年（1781）甘肃循化回民苏四十三起义，为西宁伍弥泰、马彪等部，川、陕、新海兰察、阿桂、巴彦岱、李侍尧等部剿灭。乾隆四十九年（1784）甘肃通渭回民田五、张文庆等起义，为陕甘李侍尧、刚塔、明善等部剿灭。嘉庆初年，陇南、陕南、川北、鄂西北、豫南白莲教起义，追剿官兵牵涉十六省，包括陕、甘。嘉庆十一年（1806）宁陕兵变，为西安杨遇春部平息。嘉庆十八年（1813）岐山县三才峡木工暴乱，为陕甘长龄部、杨遇春部及东北马队剿灭。道光六年（1826）新疆喀什张格尔叛乱，为陕、甘、川、吉、黑清军剿灭。同治年间持续12年的西北回民起义，先后有孔广顺、穆腾阿、多隆阿所率陕军，马德昭所率甘军，被招抚的陕甘回民义军"旌善五旗"持续效命。光绪二十一年（1895）甘肃河州撒拉族、回族起义，为董福祥所率甘军及陕、甘、宁多部剿灭。

（二）迁徙与屯垦

　　明清西北人口迁徙不外乎民族自我迁徙与国家组织迁徙两类，其中民族自我迁徙又分为举族迁徙与部落迁徙两种。哪里战乱一起，随之便是人口迁徙。明代正德十一年（1516）吐鲁番占领敦煌，嘉靖三年（1524）朝廷关闭嘉峪关，关西七卫内附，由此引起明初到嘉靖年间撒里畏兀尔从沙州、瓜州东迁肃州、甘州，历时一个半世纪，最终演变为裕固族。部落迁徙则如崇祯十年西蒙卫拉特和硕特部进入海西，乾隆三十二年（1767）南疆维吾尔族迁入北疆伊犁等地。而国家组织迁徙又分为官方迁徙、招募迁徙与民间迁徙三种。明代回民起义后，从陕西等地迁来的许多回回进入河州。雍正三年（1725），又将甘肃五十六州县平民迁入沙州。且每次暴乱平息，朝廷善后，常将"乱兵"妇孺子遗发配边远。新疆乌什起义后，清廷便将万余乌什妇孺分四批解送伊犁遗屯。甘肃与青海苏四十三、田五起义后，又将安定、河州、官川、唐汪川、洪济桥等地残余回回充军伊犁或云南。同治年间西北回民起义后，关中、固原、金积堡、银川、静宁、河州、西宁、肃州等地回民分别被迁往西北其他艰苦之地，彻底打乱了各地原有回民的地理布局。光绪三十四年（1904）张铣的《焉耆府乡土志·人类》记载："回民：老户系白逆裹挟出关，流寓于此，新户系收抚湟回流逆余众，安插于此。"[1]且太平年间，为了巩固边防与各地均衡发展，朝廷也会从繁华之乡迁徙大量人口到荒芜之地。西北各地屯垦民户，明代以山西太原、平阳、泽州、潞州、沁州、汾州、辽州、朔州等地，尤以洪洞县大槐树下百姓迁徙为典型。明初晋人高达四百余万，从洪武三年（1370）至永乐十五年（1417）近五十年里，

---

　　① 中国社会科学院边疆史地研究中心编：《新疆乡土志稿》，全国图书馆文献缩微复制中心制作1990年版，第492页。

依照"留走条例",山西布政司强行移民 18 次,迁动上百万人口,八百多个姓氏,有迁往陕、甘、宁、蒙各地者,也有从晋南迁至晋中、晋北、冀北者。如洪武九年(1376),"迁山西汾、平、泽、潞之民于河西,任土垦田,世业其家"①。"河西",便是黄河以西之地。至今,西北各地很多汉族还在说祖先是从山西大槐树下走过来的。在这些庞大的移民队伍里,很多人又是奔着招募迁徙而去的。民国初年张其昀的《夏河县志·卷之九历史》载云:"明初洮西多旷土,又募回民开垦,与汉民杂居,更有自哈密迁来者,即今循化撒拉儿回之起源。"②形成后来的撒拉十二工,乾隆时期合并为撒拉八工,民国年间仍操土耳其语。而明代中期到清末民初,一遇战乱或荒旱,西北各地民众"走西口":晋中与晋北、冀北、陕北人群分别通过独石口、杀虎口与府谷口,拥入内蒙河套、宁夏平原、宁南、陇东、海东人群拥入新疆腹地;春去秋回者多,一去不归者少,持续四百余年。

无论是哪一种迁徙,迁民到了新的目的地,多半从事屯垦。明代九边军饷源自屯田粮、民运粮、开中盐粮、京运年例银 4 种。边屯初为军屯,不久,因为边患频仍、边兵日多而增加了民屯与商屯,且主要依靠土人完成。民屯主要依靠边民佃种卫所军田,秋后上交租粮,一直持续到明末。"初,太祖时,以边军屯田不足,召商输边粟而与之盐。富商大贾悉自出财力,募民垦田塞下,故边储不匮。"③晋人是最早进入宣府、大同与三关而开始商屯的,明代李仙风在《屯田四议》里记述:"凡勠力于南亩者,皆山右之佣。秋去春来,如北塞之雁。所谓斯仓斯箱者,亦晋民之魁。默土著寄命于其手,高下时价,任其粟死金生。然有利则竭蹶而趋,无利则调臂而往。"④凡此种种,说的都是洪武三年(1370)始行开中法——盐商将粮草运至边塞,或雇佣边民开荒种地,以此得到盐引,然后从事盐业销售。弘治五年(1492)实行纳盐领引行盐,凭借引行盐之盐商分为边商、内商、水商。清代,边商、水商转为运商,内商转为场商。至于明清西北马政,直至咸丰年间才开始衰落。明代陕西苑马寺有十二监四十八寺之多,东胜、固原、山丹等地都是军马场。清代设立绿营马场与八旗马场——甘州、凉州、肃州、西宁、巴里坤、乌鲁木齐、伊犁,马场附近的人更善于养马,牧丁还是土人多。

只是,由于边地环境艰苦,军户地位低下,套寇掳掠,官豪侵占,私役军士,课税压榨等,边屯时盛时衰,固然使得大同、榆林、固原等城镇发展起来,也使很多地方的生态环境遭到破坏。明代隆庆年间,右金都御史庞尚鹏在《清理延绥屯田疏》内云:"照得该镇(延绥镇)东西延袤一千五百里,其间筑有边墙,堪护耕作者,仅十之三四。虏骑钞略,出没无时,边人不敢远耕。其镇城一望黄沙,弥漫无际,寸草不生。猝遇大风,即有一二可耕之地,曾不中朝,尽为沙碛,疆界茫然。至于河水横流,东西冲陷者,亦

---

① 薛平拴:《陕西历史人口地理》,人民出版社 2001 年版,第 367 页。
② 张其昀:《夏河县志》,台北成文出版社 1970 年版,第 114 页—115 页。
③ 〔清〕张廷玉等编纂:《明史》,中华书局 1974 年版,第 2239 页。
④ 〔清〕王者辅、吴廷华纂:《宣化府志》,台北成文出版社 1968 年版,第 683 页。

往往有之。地虽失业，粮额犹存。臣巡历所致，不独军士呼号，仰天饮泣，而管屯者疾首蹙额，凛然如蹈汤火中，真有使人恻然不忍闻者。"①屯田无收，贡额仍在；以至于弘治、嘉靖年间边疆卒、吏、官纷纷逃亡，边民与边商便也跟着逃亡，粮草饷银的供应自然又转嫁到内地人户身上，逼得内地人户也只能跟着逃亡，遍地尽是逃人。到了成化十年（1474），户部郎中李炯然上奏："陕西顷有边事，日支粮草动以万数，皆出于民。有一家用银四五十两者，一县用银五六万两者。公私匮竭，民不聊生，往往流移他方。以一里计之，大率十去其五。其未去者，惟视催科缓急以为去留。"②加之天灾人祸，社会腐败，难以根治的社会顽疾使得人户陆续逃亡成了朝廷始终难于解决的问题。而西北疆域甚为辽阔，除了少数人逃入深山老林、戈壁荒漠等人烟稀少之处，晋人、关中人逃入京畿、河南、汉中、荆襄等地，绝大多数逃民、逃军、逃匠、逃囚要么从此处逃到彼处，命运无殊；要么逃入蒙古等民族地区，连同被掳的边军边民与降兵降将等，成了蒙人反复掳掠汉地的向导或内应，河套一带的开发正是从明代中期就开始了。及至清代，西北屯田种类更多，尤以山陕之人始于康熙年间的河套垦荒、乾隆年间的北疆垦荒为巨，业绩昭著。

（三）经商与做工

正是凭借开中法这一优惠政策，"晋商""陕商"兴起于明初：先是肩扛背背、手推绳担地往边关运送粮草，在边关长期雇人耕田，完成了原始的资本积累。之后，他们始终以西北为经营重心，加入了茶叶加工等许多手工业，开辟了粮食、棉花棉布、土特产等市场，带动了脚户哥、骆驼客、筏子客为主的运输业。明代晋商晋南多，陕商关中多。明初，秦州、洮州、河州、西宁、甘肃、甘州、庄浪、岷州先后设有茶马司，清朝减为5个，招番易马，直至乾隆中期才走到尽头。正德开始，茶叶市场逐渐放开。西商将紫阳、汉中之茶西运，陆续开始民间的"茶马交易"，军伍行营里也有他们的身影。正德七年（1512），"大同十一州县军民铁器耕具，皆仰商人从潞州贩至"③。"隆庆和议"之后，蒙汉边市兴起，宣府、大同、偏关、宁夏等长城沿线开设了13处马市。隆庆、万历年间，沈思孝在《晋录》里云："平阳、泽、潞，豪商大贾甲天下，非数十万不称富。"④万历年间，谢肇淛在《五杂俎·卷四·地部二》里云："富室之称雄者，……江北则推山右（山西）。……山右或盐，或丝，或转贩，或窖粟，其富甚于新安。新安奢而山右俭也。"⑤顺治年间，全为晋人的八大皇商活动于张家口，康熙时有了10来家商店，嘉庆末变为230余家。"先有复盛公，后有包头城。""先有的祥泰隆，后有定远营。"清代，"有麻雀的地

①　〔明〕陈子龙等：《明经世文编》，中华书局1962年版，第359卷。

②　《明宪宗实录》，"中央"研究院历史语言研究所编印1962年版，第2387页。

③　"中央"研究院历史语言研究所编，《明孝宗实录》，中华书局1962年版，卷178弘治十四年（1501）八月壬申条。

④　车吉心、王育济等纂：《中华野史》（明朝卷），泰山出版社2000年版，第3377页。

⑤　车吉心、王育济等纂：《中华野史》（明朝卷），泰山出版社2000年版，第2776页。

方就有山西商人",经营范围"上自绸缎,下自葱蒜",尤以"票号"闻名天下之晋商几乎垄断了西北贸易,从归化城赶往新疆的商人十之八九为晋商,从汉口直至圣彼得堡的中俄万里茶道几乎完全被晋商控制,哈密、巴里坤、伊犁、叶尔羌,山、陕、陇商人比比皆是。乾隆年间,渭南回民赵均瑞竟六上阿克苏,四上叶尔羌,一上伊利,一上库车,行程16万公里,贩运或销售靴子、羊、瓷器、茶叶、绸子、棉花、官玉、杂货等。[①]在甘肃,谚云"武威为半个华阴"。在青海,谚云"先有晋益老,后有西宁城"。雍正以后,大批山陕商人奔赴西宁、湟源做皮毛、布匹、药材生意,甚至赶往西藏、印度。

这种无处不在的商业必然使得西北各地许多行业跟着兴盛起来,也使五匠百工越来越多,随之展开社会性流动,形成一个又一个人口交流中心。其一,大型工程建设吸引周边各种工匠你来我往。成化九年(1473),延绥巡抚余子俊在东起清水营、西抵花马池,长达1770里的边境补修长城,延绥镇从绥德迁往榆林。嘉靖、隆庆年间,朝廷于长城修建"敌台"三千余座,且明清西北陆续扩建西安,建造塔尔寺,拓展张库大道,修浚金积渠等……征调大量"西人"营建边墙、墩台、城堡、寺庙、道路、渠干。其二,前往边关或相邻地域运送粮草、棉布、钱饷、马驴等徭役,也使很多西人流动在西北。明代前期,陕西供应固原、甘肃、延绥、宁夏四镇兵饷,西安、凤翔两府供应凉州、河州、宁夏,太原、平阳、泽潞供应大同,动辄一两千里,皆为山路,间有沙漠、河流等。其三,商业城镇的出现,必然卷动当地樵夫、贩夫、木工、皮匠、轿夫、厨师等各行人员纷纷进出。其四,大型矿藏的开采,必然吸引周边的相关工匠及其家眷蜂拥而至。明清时期,诸如灵武的盐矿、巩昌的铁矿、敦煌的金矿、河西的玉矿等,常有成千上万的工匠聚集。其五,只要一种行业兴盛起来,必然聚拢周边的相关工匠,由多人从事某一工种,当地人口流动也很频繁,能够形成一种商业品牌效应。譬如明清潞州丝绸、清徐陈醋、杏花村汾酒、平阳刻印、泾阳茶叶、三原布匹、耀州瓷器、花马池青盐、兰州水烟、丹噶尔皮毛等分别在当地形成了制造、加工、采购与转运中心,吸引了周边的蚕工、织工、醋工、盐工、瓷工、酒工、茶工、烟工、皮匠等于此谋生,出入不停。而民勤的传统产业是骆驼养殖与货物运输,骆驼客走遍西北。其六,一个地方出现几个出众的工匠,必然带动许多亲邻以此为业;师徒多了,必然四处寻找活计。自明初设立茶马司之后,河州便成为西北商贸的一个中心。河州人做工经商的线路,竟有18条之多,遍及新、青、陇、宁、蒙、晋、秦、川、滇、藏。[②]人称"回回手上三把刀:一把宰牛羊,一把剥皮子,一把卖切糕"。

此外,明清西北地域内西人流寓的渠道还有许多。譬如游牧民族的逐水草而居,四季辗转于家乡各地;再如仕宦赴任,家人近亲、门生故旧等跟着去了;还如远婚远嫁,投

---

① 俞炳坤、张书才纂:《乾隆朝惩办贪污档案选编(1)》,中华书局1994年版,第676页。

② 王沛:《河州花儿研究》,兰州大学出版社1992年版,第37页。

亲靠友，往往也是前拉后扯，相互攀援而去。此外，僧道的朝圣与传教，文人的赶考与游历，驿使与使臣的往来，民族的节日盛会等，都能使社会人口流动开来。至于优伶的你来我往，对于西北各地音乐文学的继承、新生与传播、发展，作用更巨。但大致说来，这些民众流寓是从东向西的汉族多，从西向东的少数民族少；由北向南、由南向北的更少。

二、明清"西调"的流变

（一）"西调"的新生

除了《孟姜女》《张生戏莺莺》《小放牛》《杨家将》《小寡妇上坟》等题材，"伊州""凉州""甘州""菩萨蛮""月儿高""节节高""雁儿落""山坡羊""牧羊关""寄生草""货郎儿""打连厢儿"等曲牌暨"四季五更十二月"等源于早期西北之外；西北传统音乐文学种类，绝大多数诞生于明清：大戏有秦腔、晋剧，小戏有二人台、道情戏、眉户戏、皮影戏等，曲艺有陕北说书、兰州鼓子、河州贤孝、河西宝卷等，民歌有"花儿""信天游""秧歌调"等，既是明清"西土"各地土生土长的艺术，又是"西人"于西北诸处反复流寓之艺术结晶，有的还是西北流寓之地不同民族融合创造的。仅俗曲曲牌，便有"边关调""西调""呀呀哟""回回曲""弦索调""弦子腔""丝弦腔""番调""番曲""倒番调""倒喇""鞑靼曲""蛮曲""扒山调""打枣竿""剪靛花""倒搬桨""倒推船""跌落金钱""亲家母""方四娘""耍孩儿""绣荷包""梆子腔""吹腔""秦吹腔花柳歌""勾腔""玉沟调""老八板""一点油"等 30 多种。诸如"上南坡""老山鼓""花道子""急毛猴""南瓜蔓""打枣""杀鸡""推炒面""打金钱""一马三箭""西风赞"等遗留在西北民间器乐里的曲牌尚有很多，有些已经消亡了。至于藏族的堆谐、囊玛、卡尔鲁等少数民族歌舞，更是数不胜数。"凄凉调"，据说产生于秦代天水一带，通渭也有，定西叫它"山调""走山调""西京调"。光绪年间湘人萧雄《西疆杂述诗》记述维族歌舞，道出各族艺术融合之真相："又有半回半汉之曲，如'一昔克讶普门关上，契喇克央朵灯点上，克克斯沙浪毡铺上，呀靺尕噙铺盖上'等类，则上半句回语，下半句汉语，每事重言，一翻一译，仿合璧文法也。哈密地近雄关，略识中原音韵，编有《拉骆驼》一曲，则全然汉语矣。……到处弦歌，八城尤盛。此外，有众人围坐弹唱者，有一人跳地而歌者，腔调不一。至于野外放歌，长声独唱，苍凉塞上之音，听之凄然。"[①]

（二）"西调"的展演

一个地方的民间音乐文学总是自然地活在当下，演绎不休。有了边关，便有"边关调"，最早的民歌类"西调"——明末《西调鼓儿天》正是源于此，并由此衍生出"呀呀

---

① 〔清〕萧雄：《西疆杂述诗·卷三·歌舞》，陕西通志馆印制，时间未详。

哟"及"倒搬桨""靛花开""跌落金钱"等，其文字记载见于康熙年间刘廷玑的《在园杂志·卷三·第一二七·小曲》。《西调鼓儿天》及康雍年间魏荔彤之《闻唱京调》对于"西调"的记述及秦腔等，正是"西地"将士及其眷属以"西调"抒发愁怨、鼓舞士气、调节生活的产物。延至清代，太平年间西地的歌舞演绎随处可见，如乾隆年间纪昀的《乌鲁木齐杂诗·民俗三十八首》所记羽林子弟把玩弦索，清末张元坦咏陕西《农村即事》所记正午农夫食毕高歌等。乱世年间，"西调"演绎也未停止，如《清稗类钞·音乐类》里《老胡应声而歌》所记康熙凯旋于归化城，一厄鲁特之俘弹筝哀歌，《董福祥因唱得官》所记左宗棠平了镇靖堡，董福祥怒歌《斩青龙》而得免死罪等，不一而足。

（三）"西调"的题材

新生的"西调"对于明清西北的社会事件做了或长或短、穷形尽相的歌唱，尤以小调最为翔实。以边防与战争而论，有《米脂出了个李自成》《苏十三起义》《歌唱英雄白彦虎》《吃粮的人》《十杯酒》《送郎出征》《十里亭》等；以迁徙与屯垦而论，有《上新疆》《走宁夏》《下四川》《走太原》等；以经商与做工而论，有《货郎哥》《卖扁食》《四贝儿上工》《五哥放羊》《种洋烟》《栽柳树》《绣荷包》等；以日常生活而论，有《水刮西包头》《烟花女告状》《怀胎》《刻财鬼》等；以爱情与婚姻而论，有《马五哥与尕豆妹》《浪三浪》《米拉尕黑》《蓝桥担水》《拉仁布与且门索》《韩大郎放鹰》《学生哥》《探情郎》《方四娘》《紫花儿》《娇娇女》《四贝姐》《索菲亚》等。例如《走西口》，仅20世纪80年代初李世斌等人从陕北、晋西北、西蒙搜集整理而出的二人台里，就有20种之多。[①]再如《高大人领兵》，赵塔里木搜集了28种异文，证明该首民间叙事诗源于乾隆年间平定新疆阿睦尔撒纳与大小和卓叛乱，光绪年间平定新疆阿古柏之乱与回民起义，高大人乃乾隆年间西宁镇总兵高天喜也。[②]

（四）"西调"的流播

秦商、晋商分别是秦腔、晋剧的强劲支持者。"官路""兵路""商路"即"曲路""歌路""戏路"，连同战争、饥荒引起的人口迁移，往往成为艺术传播与再生的有效途径。小戏"眉户"与大戏秦腔遍布西北。其中，同州梆子西传蒲州，再由南北传，这才有了蒲州梆子、上党梆子、太原梆子、北路梆子。太原梆子西传至陕北、宁夏、陇东、河套。晋北。二人台东传冀北，西传陕北、河套、宁北。陕北"信天游"东传晋北、冀北，西传宁夏、陇东、河套，又名"山曲""爬山调"。河州"花儿"东传陇东、宁、晋、陕，西传新疆与境外的吉尔吉斯斯坦、塔吉克斯坦、乌兹别克斯坦、哈萨克斯坦、俄罗斯，南传四川，变成宁夏"山花儿"、新疆"花儿"、"中原曲子"。"西府曲子"传入甘、青、新，

①　李世斌等：《二人台音乐》，陕西人民出版社1983年版，第51—76页。
②　参见赵塔里木《在中亚东干人和中国西北回民中流传的民歌——〈高大人领兵〉的异文比较》，《音乐研究》2001年第1期。

分别变成"秦安小曲""平弦"与"月弦""新疆曲子"。"蛮汉调"是河套蒙汉人民在交往中催生的一种民歌。"西调"在生态环境相似之西北反复相传,在传播中滋长蜕变、壮大繁盛,再次诞生诸如"雁儿落"等俗曲。凉州贤孝应该在明初已有,清末《镇番遗事历鉴》之英宗正统十一年(1446)丙寅条已有记载,与"西宁盲曲"当为相互传播之结果。

（五）"西调"的风格

明清"西调"风格丰富复杂,但大致完成了它的整体定型:一是原始粗犷,诸如流行于岷县西南及其周边的"阿欧怜儿",又名"扎刀令",声猛、音高、尖利,音阶跳进幅度较大,属于洮岷"花儿"南路派。二是慷慨激越,正所谓"多杀伐之声",急板繁弦,"繁音激楚,热耳酸心"。明末沈宠绥在《度曲须知·上卷·曲韵隆衰》里讲道:"惟是散种如'罗江怨''山坡羊'等曲,被之篴、筝,浑不似即今之琥珀诸器者,彼俗尚存一二。其悲凄慨慕,调近于商,惆怅雄激,调近正宫,抑且丝扬则肉乃低应,调揭则弹音愈渺,全是子母声巧相鸣和;而江左所习'山坡羊',声情指法,罕有及焉。虽非正音,仅名'侉调',然其怆怨之致,所堪舞潜蛟而泣嫠妇者,犹是当年逸响云。"[1]乾隆、嘉庆年间焦循的《花部农谭》记云:"花部原本于元剧,其事多忠、孝、节、义,足以动人;其词直质,虽妇孺亦能解;其音慷慨,血气为之动荡。郭外各村,于二、八月间,递相演唱,农叟、渔父,聚以为欢,由来久矣。"[2]三是悲苦凄楚,秦音旋律多双四度框架,多 sol、do、re 系统与 re、sol、la 系统,"徵音"与"商音"是骨干音,徵调式、商调式最多,变体清商音节里 fa、xi 最宜于表现凄苦、悲怨、哀伤的心境。

结　语

任何一种地域音乐文学都是集音乐、文学、表演于一体的综合性艺术,无不受到当地自然、社会、文化多方面的哺育与浸染,最终通过变动不居的人群来显现。其从生到死之生命轨迹的背后,往往是在大致相似、潜移默化的自然环境下乃至相邻地域里,由于时移世易引起的社会原因而使得各地人群彼此之间翻来覆去地远来近去、你来我往、长停短住,进而引起反反复复、习焉不察之毗邻文化的相互影响、交流、渗透、重构,甚至通过彼此人群的反复融合而最终达到文化的反复融合。西北各地音乐文学的变化风貌既是各地"西人"熙来攘往的伴生物,也是他们安顿下来之天才创造。

（作者单位:广东海洋大学文传学院）

---

① 中国戏曲研究院编:《中国古典戏曲论著集成》五,中国戏剧出版社 1959 年版,第 199 页。
② 中国戏曲研究院编:《中国古典戏曲论著集成》八,中国戏剧出版社 1959 年版,第 225 页。

畅广元先生学术道路及其特征

李　锐

内容提要：畅广元先生是我国当代著名的文艺理论家和文艺批评家。在深入全面地探讨文艺学与其他学科联系的基础上，建构起新的文艺理论模型；将文艺理论的新探求与陕西文艺创作的具体情况联系起来，成为陕西文学批评界具有影响力的文学批评家。强烈的社会责任感、执着的学术人格、开阔的学术视野、知行合一的批评实践和重视学术交流与合作，成为他学术道路最显著的特征，对后学者有重要的启示。

关键词：畅广元；学术道路；文学理论；文学批评；特征

畅广元（生于 1937 年 6 月 9 日），男，山西省临猗县人。陕西师范大学文学院教授，博士生导师。1992 年 10 月起享受国务院"政府特殊津贴"。2011 年获陕西文艺评论家协会、《小说评论》杂志社授予的"陕西文艺评论特别成就奖"。2004 年 6 月获中国中外文艺理论学会"中国文艺理论突出贡献奖"。2007 年 9 月正式离岗。

畅广元先生的学术研究是以文艺理论为焦点，一方面逐步向上扩充到哲学、心理学、社会学、文化学等领域，从而在深入全面地探讨文艺学与其他学科联系的基础上，建构起新的文艺理论模型；另一方面逐步向下延伸到文学批评领域，关注陕西的文学艺术创作，将文艺理论的新探求与陕西文艺创作的具体情况联系起来，成为陕西文学批评界具有影响力的文学批评家。不仅如此，畅广元先生还积极参与学术交流，推动我国文艺理论和文学批评的发展，兼任了中国中外文艺理论学会理事、中国文艺理论学会理事、中国人民大学报刊复印资料《文艺理论》学术委员、《小说评论》编委、《陕西师范大学学报》（社科版）编委等学术职位。年过六旬后，还继续服务社会，于 2003—2008 年，任中国中外文艺理论学会（北京）和中国文艺理论学会（上海）名誉理事。

这里，我们按照编年的方式，整理了一份简明的畅广元先生学术论著年谱，以便能透过畅广元先生的学术成果，把握先生的学术道路及其特征，领会先生的学术研究精神，期待后学者能从其中受到启发，获得"文学理论研究原来可以这样做"的感悟。

尽管"百度百科"的畅广元先生条目下，介绍了"1960年开始发表作品"，但笔者借助于"中国知网"和"国家哲学社会科学文献中心"这两大检索平台，学术论文最早是1974年4月发在《陕西师范大学学报》（哲学社会科学版）的论文。咨询了畅广元先生，他也想不起来了。最大的可能性是畅广元先生当时开始发表一些随笔和散文之类的小品文，随着时间流逝，淡出了视野。好在这类文学创作型的小品文，不影响本文对畅广元先生的学术成就概括。

从畅广元先生学术论著年谱中，我们可以看到下述特点：

一、强烈的社会责任感

客观地看，畅广元先生身上的强烈社会责任感是在新中国建立后，那种为政治包裹的"红色文化氛围"中养成的。据陕西师范大学档案馆保存的畅广元先生简介，畅广元先生6岁开始上学，小学（西安师苅附属小学）、中学（私立东南中学，后改为西安市第五中学）、大学（西安师范学院后改为陕西师范大学中文系），一路上下来，22岁（1959）毕业留校工作至退休。小学的识字教育结束时，恰逢1949年中华人民共和国成立，而进入中学的语数外分科学习、进入大学中文系的专业学习乃至于毕业留校任教，其人生观和价值观都浸渍在政治包裹着的"红色文化氛围"中。尽管如此，对于正在成长的从事专业学习和研究的畅广元先生，他总是将政治上的要求转化为自己独立思考，并内化为一种社会责任感。

畅广元先生在回忆自己成长经历时，牢记不忘郭琦校长，"20世纪60年代初，是他给青年教师讲授《反杜林论》和《费尔巴哈与德国古典哲学的终结》，真正开启了阅读经典原著的良好学风"；牢记不忘丁淑元总支书记，"虽然他曾在背后说她是位'马列主义老太太'，可她那认真、严谨、律己、以身作则的风范今天格外令他钦佩"；牢记不忘高海夫、朱宝昌、高元白、霍松林和周骏章五位教授，"他们传道、授业、解惑的事迹，是不可丢失的宝贵传统"。①

如果说，从畅广元先生1974年在《陕西师范大学学报》（哲学社会科学版）第1期和第3期发表的两篇学术论文《"知、仁、勇"是为"复礼"服务的反动道德》《孔老二的"诗论"是为奴隶主的舆论工具》中，1976年在《陕西师范大学学报》（哲学社会科学版）第2期发表的学术论文《复辟狂的反攻倒算——评"元祐更化"中的司马光》中，我们

---

① 雅风：《畅广元》，编研成果—中国语言文学，http://archives.snnu.edu.cn/info/1869/6436.htm。

可以设身处地地感受到这种将政治上的要求转化为自己独立思考的端倪，那么在 1977—1983 年发表的论文则表现了畅广元先生已经实现了将政治上的要求转化为自己独立思考进而内化为一种文艺理论研究者必须具备的社会责任感的提升。

1977 年发表的《文艺创作必须坚持典型化原则——兼批"四人帮"否定和破坏典型化的卑劣伎俩》①，1978 年发表的《试论鲁迅"合成"人物时的思维特点》②，1980 年发表的《否定"写真实"是错误的——与〈对"写真实"说的质疑〉一文商榷》③、《发扬文学批评的现实主义传统》④，1983 年发表的《广泛的真实性原则——论王蒙的艺术追求》⑤都属于正本清源式地探讨社会主义文艺创作应当怎样地坚持按艺术规律进行创造问题，因为"文化大革命"中基本上把以往的那些文学理论都否定了，把周扬作为文艺黑线理论代表人物也打倒了。而 1980 年发表于《上海文学》的《生活·政策·文学》，针对过去文学上"有这样一种提法，说作家深入生活后，对'生活中的任何现象都必须从政策的观点来加以估量'；甚至说，革命现实主义文艺应该'表现党的政策'；我认为这种提法对社会主义文艺的发展是不利的"⑥。因为依据马克思主义经济基础和上层建筑的基本原理，文学属于上层建筑的意识形态，政策也属于上层建筑的意识形态，它们都要受到经济基础的制约，都要坚持从生活出发，接受生活的检验。该文从文艺管理的政策层面上，提出文艺政策的制定也要从生活出发，遵循社会生活发展规律，显示出畅广元先生已经超越了单纯的文艺圈子而站在整个社会结构和社会发展的高度来研究文艺问题。如果没有强烈的社会责任感，是很难对文艺政策的制定提出这样要求的。

20 世纪 80 年代初，党的十一届三中全会召开后不久，畅广元先生所发表的上述具有高度社会责任感的论文，不可避免地也引起了一些议论，在"反精神污染"的运动中也受到了一些质疑。中共陕西省委有一个由赵长河同志带队的关于知识分子问题调研工作组来到学校，旨在落实知识分子政策。在中文系调研时，涉及了畅广元的问题，工作组同志把他发表的文章要去一一读过。"不久，工作组的同志告诉他，党总支和工作组研究了你的文章，赵长河同志也看了你的文章，不认为你有精神污染的问题。"⑦

畅广元先生所具有的高度社会责任感，得到了上级党委的肯定，也增强了他坚持走下去的信心。有这样一个细节，我记忆颇深。那是在 20 世纪 80 年代后，我去西安出差，

① 《陕西师范大学学报》（哲学社会科学版）1977 年第 3 期。
② 《陕西师范大学学报》（哲学社会科学版）1978 年第 3 期。
③ 《陕西师范大学学报》（哲学社会科学版）1980 年第 3 期。
④ 《延河》1980 年第 2 期。
⑤ 《陕西师范大学学报》（哲学社会科学版）1983 年第 2 期。
⑥ 《上海文学》1980 年第 2 期。
⑦ 雅风：《畅广元》，编研成果—中国语言文学，http://archives.snnu.edu.cn/info/1869/6436.htm。

抽空去陕西师范大学拜访畅广元先生，想了解畅广元先生何时招研究生。那天正好是省委调研组的同志与畅广元先生谈话。在校园里的路上，碰见了畅广元先生。畅先生掩不住喜悦地告诉我：工作组跟他谈话了，不仅不认为他的文章有精神污染问题，还肯定了他善于思考，具有强烈的社会责任感。党需要这样的知识分子。1985 年新中国的第一个教师节那天，畅广元先生加入了中国共产党。我分析其中最大的可能性是：这一定与省委调研组和中文系党总支对畅广元先生的培养、鼓励与支持相关联的。

二、执着的学术人格

我国的文艺理论界有一个绕不开的话题，这就是华东师范大学中文系钱谷融教授于1957 年 5 月 5 日在《文艺月报》上发表了《论"文学是人学"》，在文艺界引起了强烈反响。钱谷融先生在"文革"前和"文革"后，两次来过陕西师范大学讲学，很受畅广元先生敬重，"文学是人学"的命题也萦绕在畅广元先生心头。随着改革开放的进一步深入，生产力的进一步解放，人的进一步提升，文学理论研究也需要进一步地刨根问底式地深入，以适应我国改革开放的社会发展。"文学是人学"逻辑地成为畅广元先生研究文艺理论的切实路径，而沿着这个路径发展下去，将人学与文学结合起来进行理论探索，其难度可想而知。但正如马克思所说的"理论只要彻底，就能说服人。所谓彻底，就是抓住事物的根本。而人的根本就是人本身"①，畅广元先生执着的学术人格，就是在这种艰难探索中显示出来的。

不同于钱谷融先生集目光于文学领域来研究"文学是人学"，畅广元先生是从美学、心理学与文学的学科结合部，来进行文艺理论探索的。这在畅广元先生的学术论著年谱中有很清晰的展现。

1985 年，畅广元先生在《小说评论》第 4 期发表了《小说理论研究中的"人学"——〈小说面面观〉给人的启示》。畅广元先生认为："作为叙事文学的代表，是以创造栩栩如生的典型人物为己任的，然而我们的小说理论却有一种忽视'人'的倾向。所谓忽视人，并不是说研究小说的理论文章中缺少对人物形象的分析。老实说，这种分析还真不少。只是往往由于它是一种不尊重活生生的人的分析，因而谈不上是在审美关系中对人的探索。"②畅广元先生是要在人与现实的审美关系中来研究小说，尤其看重福斯特在《小说面面观》中提到的"写入作品的人、创造作品的人和阅读作品的人"全面系统的对人的分析。同年在《陕西师范大学学报》（哲学社会科学版）第 3 期发表的《表现新时代的美——

---

① ［德］马克思:《黑格尔法哲学批判导言》,《马克思恩格斯全集》第 1 卷，人民出版社 1995 年版，第 11 页。
② 《小说评论》1985 年第 4 期。

论路遥作品的美学特色》一文，畅广元先生将"在审美关系中对人的探索"视角用来分析路遥的作品："文学作品是人们的审美对象。作家的劳动是创造美的劳动。路遥的创作之所以能够取得一定的成就，按照美的规律表现新时代的美，是一个极其重要的原因。"①

1987 年发表于《文艺理论研究》第 3 期的《论作家"诗情观念"的形成——创作心理探微》、发表于《陕西师范大学学报》（哲学社会科学版）第 4 期的《跨文化研究"自我"的启示——〈文化与自我——东西方比较研究〉前言》，1988 年由陕西师范大学出版社出版的专著《诗创作心理学——司空图〈诗品〉臆解》，集中展示了畅广元先生从文艺心理学角度，对"写入作品的人、创造作品的人和阅读作品的人"的深入分析。《论作家"诗情观念"的形成——创作心理探微》是对作家创作心理进行学理性的分析总结，"诗情观念可以简单地概括为饱含激情的意象，是形、情、理的统一体。在创作过程中，诗情观念呈多级状态。积累阶段的诗情观念是简单级的，最后创造出来的艺术形象则是物态化了的复杂级的诗情观念，它是众多简单级的诗情观念的整合"②；《跨文化研究"自我"的启示——〈文化与自我——东西方比较研究〉前言》，是我们作为畅广元先生首届研究生的 9 个弟子，按照导师的要求，毕业时须有一本专著、一本译著的高标准目标，选择翻译了美籍学者许烺光等所著的《文化与自我——东西方比较研究》，请畅广元先生写的前言。畅广元先生在前言中特别强调了不同社会文化中生活的个体内心的"社会文化心理稳态"和自我"有意义的区别性特征"对于文学活动的巨大意义，同时也开始思索中西不同的文化对于人的心理的巨大影响。③专著《诗创作心理学——司空图〈诗品〉臆解》则是借司空图《诗品》之酒杯，浇自己心中所构想的诗创作心理之块垒，把诗人创作各种诗的心理活动和不同的心态具体化和系统化，从而揭示诗歌创作的内在心理规律。

1989 年，畅广元先生的两项研究成果需要特别提出。一是畅广元先生所指导的首届9 名研究生"九歌"的硕士论文集结为书稿，被列入国家社科基金"文艺新学科建设丛书"，由中国社会科学出版社出版，畅广元先生以"审定"署名。时任中国社会科学院文学研究所副所长的何西来先生在《〈主体论文艺学〉序》中写道："我了解这本书从孕育到成书的全过程，知道这位认真的师傅，是怎么带着他的同样认真的徒弟们，抱着对学术的虔诚，一步一个脚印地走过来的。……广元在全书的总体设计与指导上，是颇费了一番心血的。"④全书凝聚着畅广元先生的智慧，他也是筹划联络的实际组织者，名副其实的主编。二是畅先生在《陕西师范大学学报》（哲学社会科学版）第 2 期发表的论文《文

---

① 《陕西师范大学学报》（哲学社科科学版）1985 年第 3 期。
② 《文艺理论研究》1987 年第 3 期。
③ 《陕西师范大学学报》1987 年第 4 期。
④ 何西来：《〈主体论文艺学〉序》，见九歌《主体论文艺学》，畅广元审定，中国社会科学出版社 1989 年版，第 1—2 页。

化心态应该现代化——"五四"七十周年有感而论》。

前者以马克思历史唯物主义的人的实践活动为基础，旗帜鲜明地提出了"文学活动"的基本概念，畅先生还特别强调全书应有一个专章，来论述"主体论文艺学"是马克思主义文艺学的一个学派。可以说，《主体论文艺学》的出版，是畅广元先生将人学与文学结合的执着学术人格的一个阶段性成果。畅广元先生后来也发表了《走出"直观的唯物主义"——对文艺学学科建设的一种思考》，强调"把马克思主义哲学的核心范畴和首要观点——实践，全面引入文艺学研究，有着极其重要的意义和价值。文学活动包含了主客体相互作用的辩证法；多角度认识文学活动是必要和可能的；人道主义是文学活动的基本范式。坚持实践的观点，有利于科学认识文学的本质；有利于形成许多同样站得住脚的文艺学理论体系，并构成相互间的互补关系；有利于充分发挥文学活动'建设人、提升人'的社会功能"[①]，从学科建构角度进行了理论上的总结。

后者则是畅广元先生在这一阶段执着探求中，尤其是在给九歌的译著《文化与自我》写导言时，已经敏锐地发现了文化对于人的心态的影响，促成了他要继续从中西文化的比较中，来研究文学理论。这篇论文虽然说的是文化心态应该现代化，但从畅广元先生学术道路前行的视角看，可以说，又预示着畅先生的文艺理论研究将进入一个"文学与文化"研究的新场域，同样显示了畅广元先生不懈探求的执着学术人格。

三、开阔的学术视野

将文学带入更广泛的文化进行研究，前提是学术视野必须开阔，这不仅涉及中西文化的比较，也涉及古今文化的差异，需要大量的超出文学本身的知识储备。面对汗牛充栋的前人研究成果，这对畅广元先生也是一个挑战。

畅广元先生曾经给自己制订了一个"读书与研究"的计划，其内容如下：

一、对自我生存状态要有清醒的自觉

（一）我的生存目的树（主客观的统一；把"人"当作"人"）

（二）我的自我价值实现的基本措施（实事求是；大数据时代应具备的价值重估意识；倾听品格、包容胸怀、择优意识、平等对话）

（三）持之以恒地跋涉（坚强的意志磨炼：独立之人格、自由之思想；陈独秀个案）

二、在价值目标规约下的阅读计划

（一）读一本与自己生存价值目标相通、相近的人物传记（典型代表人物）

---

① 畅广元：《走出"直观的唯物主义"——对文艺学学科建设的一种思考》，《陕西师范大学学报》（哲学社会科学版）1994 年第 4 期。

（二）阅读计划的基本内容：

★中外思想史（知识结构的基础）

★中外文学史（知识结构的基础）

★中外经典作家的个案分析（方法论意识的明确与提升；掌握"个案分析"的基本方法）

★中外经典文论家的代表作（选一位作为研究的对象：挖一口自己的深井）

注意事项：抓紧从容地阅读；读、思、论相结合地阅读；简明扼要的读书笔记；周期性的思考与总结；在反思中寻找学术自我的特长。

（三）阅读贯穿自觉生命的全过程（阅读是生命的存在方式）[①]

由畅广元先生的学术年谱中，我们可以看到，从 20 世纪 90 年代开始，畅广元先生是一个领域接一个领域地展开深入研究。

先是畅广元先生采取讨论的方式，带着研究生们集中研讨西方现代文学理论，并于 1990 年由陕西人民出版社出版了他主编的《二十世纪西方文学理论》。继之，畅广元先生带着已经毕业的部分首届研究生，从文化的视角来看待中国古代文学，申报"七五"国家社科基金项目获批，展开中国文学的人文精神研究，并于 1994 年由陕西人民出版社出版了专著《中国文学的人文精神》。该书的核心概念是"生存状态自觉"和"价值人格建构"，这成为畅广元先生在以后的学术道路上的看问题的两个最重要的审视点和立足点。无论是叙事性作品还是抒情性作品，都离不开作家的价值人格，而作家的价值人格在于创作出优秀作品，从而形成作家的艺术人格。在此基础上，畅广元先生于 1995 年在《人文杂志》第 2 期上，发表了《论中国古代作家艺术人格的建构》的论文。该文结合中国文化传统，通过不同时期中国古代作家具体史料及其作品的梳理和分析，对于作家的艺术人格的建构过程，进行了理论概括：作家的社会基本人格通过简单和复杂的交往活动占有个体作家，但作家在其具体的社会活动中要对社会基本人格进行解析和重组，最终以"个性化"方式稳定下来。

再继之，畅广元先生又将视角转向中国当代作家，来探讨文学与民族文化的关系。1993 年，《当代作家评论》第 4 期发表了畅广元先生与屈雅君、李凌泽对话的论文《负重的民族秘史——〈白鹿原〉对话》。三人对话取民族文化的角度，探讨了白嘉轩、白灵、鹿兆鹏、鹿兆海、鹿三身上都有不同体现的白鹿精魂和田小娥身上体现的复仇鬼魂。白鹿精魂是一个伦理道德载体，既受到田小娥身上体现的复仇鬼魂的冲击，"她尸骨上那座六角塔，虽是白鹿精魂胜利的标志，却也同样证明着'鬼蜮'的实力，个中悲剧的确耐人寻味"[②]；白鹿精魂深厚的根基虽不是一两次革命就能摇撼的，然而它毕竟走到它自己的极限了。

最后，畅广元先生从文学与民族文化的关系深入到文学与地域文学的关系，强调

---

① 该计划由畅广元教授提供。

② 畅广元、屈雅君、李凌泽：《负重的民族秘史——〈白鹿原〉对话》，《当代作家评论》1993 年第 4 期。

"作为多层次构成的文学，既具有个体性、独创性，又具有地域性、民族性和人类性。在这些方面都需要加以积极的建构。而就目前文学状况来看，强调对地域文化的充分开拓和利用，对于地域文学气血之不足是有补益的"①。

经过 8 年在不同研究领域的逐项拓展和摊饼式的扩充，畅广元先生学术视域空间扩大了，而此时他又回到文艺学，从时间上来探讨古代文论和现代文学理论的关系，探讨受民族文化包裹的古代文艺理论进行现代转换的可能性。1996 年 10 月，由中国中外文艺理论学会、中国社会科学院文学研究所、陕西师范大学中文系在西安联合举办了"古代文论的现代转换研讨会"。畅广元先生在给研讨会提交的论文中，从曹丕提出的"文气论"入手，指出："今天我们仔细考察这一理论，便不难发现它的二重性：一方面，运用文气论的基本观点说明作家的自身建设，说明文学创作某些玄奥的心理活动，说明文学接受和批评的一些重要现象，确实有着其他理论不能替代的作用；另一方面，文气论的基本概念并不具有严格的学科规范性，内涵多义，外延不清，这固然增强了文气论的理论弹性和张力，为其运用提供了相应的灵活性，但也常使今人感到理论本身缺乏明晰的科学性。"②虽然文气论，在作家的自身建设、文学创作和文学批评等方面，都做出了贡献，但其更完整的现代转换，即以新的理论形态融汇文气论的精华，尚需进一步的研究和构想。这里重要的关键词是"新的理论形态"，重要的命题是"融汇文气论精华"，表明此时在畅广元先生心中一个现代文艺学新的建构开始萌发。研讨会结束时，主办单位委托杜书瀛研究员和畅广元先生做一个研讨会总结。这个总结后来以《文艺学研究的一次盛会——古代文论的现代转换研讨会"跋"》为题，由杜书瀛研究员和畅广元先生共同署名，在《山东理工大学学报》(社会科学版) 1997 年第 2 期全文刊出。参加这个会议的有全国古代文论研究家和现代文艺理论家两支队伍，显然对于通过讨论"古代文论的现代转换"这个议题来达到建设有中国特色的现代文艺学的目的，是认同的。这对于畅广元先生心中的现代文艺学新的建构，应当说也起到了积极的作用。

2000 年，畅广元先生发表了具有系统总结文学与文化关系意义的论文《文学活动是一种特殊的文化建构活动》。该文开宗明义地指出："所谓对文学的文化学认识，是指对文学的性质、活动过程及其特征、活动的功能等作文化阐释，它构成文化学的一个分支：文学文化学。"③文学与文化具有同构关系，即也是由人的创造物与创造活动构成。具体地说，它作为一种特殊的创造物，总是以不同的形态体现着、建构着一种文化精神；作为一种特殊的创造活动，所追求的目的是人的自由，所体现的价值是人的现实性与超越性的统一；作为

---

① 畅广元：《地域文学的文化根据》，《小说评论》1996 年第 6 期。

② 畅广元：《文气论的当代价值》，《陕西师范大学学报》(哲学社会科学版) 1997 年第 1 期。

③ 畅广元：《文学活动是一种特殊的文化建构活动》，《陕西师范大学学报》(哲学社会科学版) 2000 年第 1 期。

创造物与创造活动构成的整体，具有传播与教化的功能；而更为重要的，是它要建构先进的个体审美人格。文学文化学的基本框架基本形成。恰逢教育部组织编写面向 21 世纪课程教材，畅广元先生便与李西建教授一起，以"文学文化学"为题，联合申报了此课题，并由辽宁人民出版社出版，将文学文化学的基本框架建成了一个系统的文学文化学楼宇。

就像一个全新的楼宇建成后还需要业主们继续完善装修一样，文学文化学的学科也需要继续完善。畅广元先生在《文学评论》上发表了《社会文化秩序与文学活动的价值》一文，就是为了完善文学文化学能够发挥什么样的社会功能的产物。该文结合我国改革开放的伟大社会实践，进一步阐述了文学的文化功能："文学活动的文化功能是以审美方式建设个体的内在文化环境，而确立适应人发展要求的社会文化秩序则是其价值所在。文化活动的怀疑精神与批判精神始终指向限制人性健康发展的一切不合理制度与畸形的人际关系，使其不论在剖析旧的文化体系和呼唤新的文化秩序方面，还是在颂扬体现新的人生价值的人物、展望未来理想社会方面，都发挥着独特的作用。"[①]继之，畅广元先生与李西建教授合作出版《全球化时代文学理论的价值思考》的学术专著[②]，来探讨消费时代文学文化功能。这本专著的主要观点，被浓缩为《经济全球化时代的文化危机与文学的价值取向——走向生态境界生存的文学期待》一文，在《学术月刊》上发表。该文具体分析了经济全球化带来了消费至上观念进而造成生态恶化问题，提醒人们"在当前要特别警惕受跨国资本控制的大众文化，以把一切变得轻松、快捷和简单的各种方式，来支配对审美趣味、行为准则和生活信念有着重大作用的人的价值判断"[③]，指出作为一种特殊的精神活动的文学，它应在自身的文学性中蕴含着对直接或间接地影响人类进步的本能境界的生存状态的怀疑和批判，努力通过更新人们的审美理想，使其在建构自我意义世界时能自觉地把生态境界的生存作为人生的根本追求。

2002 年，畅广元先生在《陕西师范大学学报》（哲学社会科学版）2002 年第 5 期上，发表了《文学文化批评刍议》一文。这是一篇在完善了文学当代应当发挥什么样的文化功能后，探讨文学文化批评的力作。畅广元先生具有丰富的文学批评实践，这在下文将具体展开，因此他对文学文化批评的探索，要言不烦，切中肯綮，搭建起文学文化批评的体系。该文一开始就旗帜鲜明地表明立场："文学文化批评的提出是基于对文学的文化学认识。文学文化批评把保持自主的广度、批判的力度和科学的态度作为自己的基本立足点。"[④]文学文化批评的对象是文学文本，基本任务是研究文本所蕴含的文化精神。而

---

① 畅广元：《社会文化秩序与文学活动的价值》，《文学评论》2000 年第 4 期。
② 李西建、畅广元：《全球化时代文学理论的价值思考》，商务印书馆 2010 年版。
③ 畅广元：《经济全球化时代的文化危机与文学的价值取向——走向生态境界生存的文学期待》，《学术月刊》2001 年第 1 期。
④ 畅广元：《文学文化批评刍议》，《陕西师范大学学报》（哲学社会科学版）2002 年第 5 期。

把握文本中的文化精神的技术切入路径是，必须思考其为人们提供的文化视界的性质，辨析其所想引发人们的文化认知控制的属性，评价其所想引发人们的情感和情感体验的取向与质量。其评价标准为，看其是否能激发人们对自己文化的反思，并能给人们以价值更新的启示，为人们优化自己的意义世界提供精神资源。文学文化批评的最终目的，在于促使社会自觉维护文化的优良传统和与时俱进的革新文化。

四、知行合一的批评实践

一般地说，作为学科的文艺学由文学理论、文学批评和文学史三个分支构成。文学理论侧重研究文学中带一般性的普遍的规律，要以文学史所提供的大量材料和文学批评实践所取得的成果为基础。文学理论要实现理论创新，离不开现实具体的以作家、作品、文学运动、文学思潮的评论为对象的文学批评支撑。深谙此学理的畅广元先生，自觉地与陕西文艺界保持着联系，关注陕西作家的创作，这样可从作家创作得失中，总结经验，发现问题，促进紧贴现实文学活动的理论创新。畅广元先生这种知行合一的文学批评，在陕西文艺批评界亦得到普遍赞誉。有论者称，畅广元先生的文学批评可以称之为"陕西文学的良心和思想库"[①]。

从畅广元先生的学术论著年谱可以看到，这种知行合一的文学批评从 20 世纪 80 年代初成立"笔耕组"开始，一直到 2020 年由陕西师范大学出版社出版《陈忠实评传》，贯穿着其学术道路始终。

在全国名声大振的"笔耕组"，是在中国作协陕西分会主席胡采的倡议下，由在西安的文学评论家胡采、王愚、李星、畅广元、萧云儒、刘建军、蒙万夫、陈孝英等发起组建的业余文学评论队伍，组建的动机是与作家展开平等的对话，共同发力，构建陕西文学的高度。畅广元先生于 1980 年在《延河》文学月刊第 2 期上，发表了《发扬文学批评的现实主义传统》一文，强调"现实主义作为一种创作方法，不仅作家遵循，评论家也不例外"，文学批评同文学创作一样需要发扬现实主义文学传统。从畅广元先生学术论著年谱可以看到，这篇文学批评论文发表以前，畅广元先生已经在《陕西师范大学学报》（哲学社会科学版）和《上海文学》发表了 4 篇关于文学的典型化、文学的真实性等文艺理论论文，是自己的文学理论研学积累在文学批评中的具体运用。稍晚一点发表的《广泛的真实性原则——论王蒙的艺术追求》[②]和《表现新时代的美——论路遥作品的美学特

---

① 孙新峰：《陕西文学评论界的三驾马车》，《西部学刊》2013 年第 7 期。
② 《陕西师范大学学报》（哲学社会科学版）1983 年第 2 期。

色》①，也同样都是畅广元先生文学理论研学积累在文学批评中的具体运用。

伴随着 1985 年畅广元先生开始从美学、心理学与文学的学科结合部，来进行文艺理论研学和探索，他这一时期的文学批评总是侧重于人物的心理状态考察和作家创作时的心理特征探究。例如，1986 年发表于《当代作家评论》第 1 期的《〈小鲍庄〉心理谈》，就是"透过小鲍庄人们的仁义，来思考他们的心理状态和作家审美创造心理特征"②；1992 年发表于《中国电视》第 12 期的《对知识分子精神境界的透视——观电视连续剧〈半边楼〉》，重点则是透过在这座半边拆除了的家属楼里居住着老、中、青三代人，来分析其心理和精神状态："他们平平凡凡、忙忙碌碌地生活着，不起眼，不出众，常人有的欢乐与痛苦、成功与挫折、和谐与争吵、团聚与分离，他们都有，只是在他们的匆忙生活中，蕴含着一种让人难以忘却的崇高追求。"③而编导又特别注目于人物文化心态的剖析而不是社会批判，这就使得《半边楼》的情感基调显得凝重、深沉而又亲切，让人们体味到一个真正的人的可贵。

1993 年畅广元先生邀请了陕西作家路遥、贾平凹、李天芳、陈忠实、邹志安，评论家萧云儒、费秉勋、李星、孙豹隐、陈孝英，大学从事文学教学与研究的青年学者李继凯、吴进、李凌泽、陈瑞琳、屈雅君等，来了一次类似于心理学实验的作家文艺创作心理探究，并以《神秘黑箱的窥视》为书名，将每个人对创作心路的探求与剖析，结集出版。④这在陕西乃至全国文学界引起了巨大反响。文艺评论家王愚在该书的序言中充分肯定了该书的价值："这一切都表达了创作和批评的多向审视，对于充实读者的阅读心理，促进读者对创作和评论的多层思考，比起单向的评论模式，确实具有一种不可替代的内在情致和丰富内容。只就这一点，本书的辑录也有不容忽视的存在价值。"⑤

如前所述，从 20 世纪 90 年代开始，畅广元先生准备进入文学文化学，并一个接一个地进入与文艺学相关的领域展开深入研究，与这种学理准备相适应，此时的文学批评显示出中西互渗、多元包容、冷静思考、实践探索的建设性特点。

1994 年，畅广元先生在纪念陕西省作家协会成立和创建 40 周年的笔谈中，就强调精神文化是文化体系中的最高层次，文学又在人的精神中有着强烈的凝聚动员鼓舞和推动的作用，因此在抓紧经济建设的同时，要把文化与人的"心态秩序"建设提到日程上来，从而给历史一个交代。⑥

---

① 《陕西师范大学学报》（哲学社会科学版）1985 年第 3 期。
② 《当代作家评论》1986 年第 1 期。
③ 《中国电视》1992 年第 12 期。
④ 畅广元：《神秘黑箱的窥视》，陕西人民教育出版社 1993 年版。
⑤ 王愚：《序〈神秘黑箱的窥视〉》，《文艺理论研究》1994 年第 1 期。
⑥ 畅广元：《给历史一个深厚的交代》，《小说评论》1994 年第 5 期。

　　1995 年畅先生邀请了李继凯、屈雅君、吴进、田刚等青年学者，在他的主持下，展开了一次关于当前文学批评的对话。畅广元先生说道："文学创作中曾经提出'寻根文学'的口号，文学批评可否也寻一下根呢？这倒不是要返祖复古，而是要让我们的当代文学批评在进入世界格局时，有其更加鲜明的民族特色。我觉得要做到这点很难，它需要文学批评界和学界花大力气进行更深入的思考与研究，把更新植根于国学与引进的新学相互融合改造之后的新学科建设上。我对此是乐观的，因为时下文学批评的旗帜虽多，却已透露出了历史的民族视野，现实的发展视野与新学的多元视野趋于融合的迹象。它的集中表现就是大家都关注建设一种有中国特色的文艺学。"①

　　1996 年，畅广元先生对陕西电视台推出的以抗战时期影剧明星王莹为主人公的电视剧《永远的初恋》发表了评论，高度赞赏王莹的身上体现出的价值人格："她是为自己活着，但这个自己早已不是小小的自我而是化在民族祖国和党的事业中的一个活生生的价值人格，这个人格的灵魂就是民族的祖国的利益高于一切。在王莹的意义世界里，只要是实实在在地为人民做事，她就活的（得）有价值。"② 1997 年，畅广元先生在对陕西作家叶广芩《黄连厚朴》和《狗熊淑娟》两篇小说的评论中，称赞叶广芩"笔下所展示的人际关系对中国人特定的文化人格（不论是价值的还是反价值的），都有入木三分的剖析，这很不容易"③，显示出他的关注点已经集中于小说的文化和生态方面了。1998 年，畅广元先生取优秀文学作品能够更新人们社会审美心理的角度，称赞陈忠实的《白鹿原》："成功地创造了前所未有的艺术形象，这种形象具有一种时代的、历史的概括力和艺术地阐释人生的深刻性，它是以改变人们的一些旧观念、旧思想乃至旧的思维方式，让人们获得感受和理解历史与现实人生的新视野。"尤其是从新文化建设的角度指出它"成功地揭示了既定文化的两重性，特别是对既定文化的负面效应的揭示，能够引发人们对自身存在是否与其本质实现相一致的思考，并为未来的新文化的建设提供一种价值取向"④。1999 年在以西安翻译培训学院丁祖诒为原型而创作的电视连续剧《荒原足迹》笔谈中，畅广元先生很客观地指出，丁祖诒先生创建"西译"的文本，给人启示最难忘的一点就是：一个人固然应该为自己活着，但更应该由于自己的生存而使他人获得力量和信心、使社会获得进步和发展，但电视剧本身未能找到真正的戏剧冲突，因而无法把主人公形象塑造的（得）相对鲜明和感人。⑤在参加红柯作品研讨会上，畅广元先生联系自己读红柯作品的实际体验，讲红柯的小说里很多东西是实写，实写人与物的关系，但是这种实写人与物

　　① 畅广元、李继凯、屈雅君等：《关于当前文学批评的对话》，《小说评论》1995 年第 2 期。
　　② 畅广元：《知历史树信仰笃真情——〈永远的初恋〉的启示》，《中国电视》1996 年第 8 期。
　　③ 畅广元：《关于〈黄连厚朴〉和〈狗熊淑娟〉——致叶广芩》，《小说评论》1997 年第 5 期。
　　④ 畅广元：《〈白鹿原〉与社会审美心理》，《小说评论》1998 年第 1 期。
　　⑤ 畅广元：《拓荒者的人格魅力》，《小说评论》1999 年第 4 期。

的关系，他留下了言外之意和韵外之致，这种言外之意、韵外之致，恰恰是耐人思考、咀嚼和回味的，红柯是要在古典美学里给人创造出一种耳目一新的审美感觉，这就很了不起。①

如前所述，进入21世纪，以《文学文化学》的出版为标志，畅广元先生完成了文学文化学的学科建构，由此在文学批评这个实践领域里，他也游刃有余地开始了文化批评，成为陕西文艺界开展文化批评的先驱者。

2000年，畅广元先生以人的基本文化属性就是"为了趋优而创新"为立足点，对陕西作家孙慧芬的长篇小说的3个主要人物翁月月、林小青和程买子，做了精彩的人物性格分析。这三人各有各的活法儿，各有各的追求，他们构成的人生价值是多元的。虽然都是对"为了趋优而创新"的把握，但对于"优"的理解有异。于是形成了一种文化上的隔膜。在这种隔膜的合力中，表现了真实的人生。2003年，畅广元先生又取人作为文化存在的视角，具体分析了方英文的长篇小说《落红》中的主人公唐子羽这个"无用的好人"的文化生存状态："唐子羽在人性与道德二分的基础上，以'能咋'的价值视野看人生，努力做一个'无用的好人'，虽然符合他的生命运作逻辑，却丢失了真正的人性。"②同年6月，畅广元先生在人民文学出版社出版了专著《陈忠实论：从文化角度考察》，该书从文化价值人格入手，分析了陈忠实中短篇小说所展示的人物的意义世界，挖掘了陈忠实长篇小说《白鹿原》的文化意义，并指出这些文学成就的取得，与陈忠实文化上自我意识、传统文学观以及历史观的剥离和重构相关联。③2005年，畅广元先生从"人的提升"角度，对长篇小说《命运峡谷》的主要人物进行了高度评价："难得的体悟是发生在不把历史仅仅视作一种已经成为过去的存在，而把它在想象里活化成一种自我生存的境遇，痛切地拷问一下自己的灵魂中。"④2006年，北京人民艺术剧院林兆华导演的话剧《白鹿原》在西安演出，剧末，再也直不起腰的白嘉轩不经意间从他脚下拾起了一本《三字经》，口中喃喃地念着："人之初，性本善。性相近，习相远……"蹒跚着一步步向幕后、向历史的深处走去，突然，他定格在白鹿村那棵孤零零的树旁！与此同时，愤懑激越的老腔在强烈的打击和弦板音乐伴奏下吼了起来。畅广元先生领会到"舞台上的白嘉轩背影顿时成了一个寓意深刻的隐喻"，并取文化批评的立场指出，"解读白嘉轩的背影犹如理解白嘉轩们命运的启示，它最终会在观众的心中构成一种强烈的'内刺激'，促使人们去思索、探问人的生存价值和意义"。⑤2010年12月，畅广元先生参加了陈忠实文艺创作思想研讨会，研讨会的主题是心灵剥离与挑战平庸。畅广元先生依然从文化批

①　赵熙、李敬泽、陈晓明等：《回眸西部的阳光草原——红柯作品研讨会纪要》，《小说评论》1999年第5期。
②　畅广元：《找回人的本性——〈落红〉给人们的启示》，《小说评论》2003年第4期。
③　畅广元：《陈忠实论：从文化角度考察》，人民文学出版社2003年版。
④　畅广元：《面对历史的沉思》，《小说评论》2005年第1期。
⑤　畅广元：《史诗性情境的追求——话剧〈白鹿原〉观后》，《当代戏剧》2006年第5期。

评的立场出发，指出，"陈忠实艺术思考的深度在于他准确地把握了乡约在传统社会精神结构中的深层梁柱作用，当他把人的文化心理与社会精神支柱的乡约结合起来思考时，便建构出艺术的《白鹿原》。白鹿原与白嘉轩其实都是乡约这个封建文化精神个性特色鲜明的外化物。"陈忠实创作思想的闪光点在于超越平庸，倡导并呼吁一种新的文化启蒙精神。①

　　除了关注陕西当下发表作品的作家外，畅广元先生还把注意力转移到被人们誉为"陕西当代文学教父"的柳青和茅盾文学奖得主路遥身上，试图从柳青和路遥的创作道路中，来观察和总结陕西文学创作的内在精神传承。他兼任了陕西省柳青文学研究会会长，出席柳青文学创作研讨会多次，发表了多篇关于柳青文学创作的评论。2015 年 5 月 20 日，中国作家协会、中共陕西省委宣传部、光明日报社在北京联合召开了"深入生活、扎根人民"弘扬柳青精神研讨会。来自全国的柳青研究专家、评论家和作家 60 余人参加了研讨会。会上，畅广元先生从作品应具有久远的艺术生命力来解读柳青②，提出纪念柳青就应该像他那样"深刻理解艺术规律，执著追求作品久远的艺术生命力，保持住自己的独特性，力争成为人民需要的杰出作家或诗人"③。2015 年，电视连续剧《平凡的世界》在央视热播，畅广元先生在《光明日报》发表了评论文章，指出"路遥在《平凡的世界》这部作品里，怎么样把我们民族的艰苦卓绝的追求自我生命价值和意义的这种精神发扬出来，这是很重要的"④，电视连续剧《平凡的世界》的热播，说明在我们的社会中存在着一种强烈的期待——广大观众期待直面现实的厚重作品。在《给历史一个深厚的交代》的评论中，畅广元先生引用路遥的话，来强调文学精神的核心内核："路遥说'作家的劳动绝不仅是为了取悦于当代，而更重要的是给历史一个深厚的交代'。这是路遥对包括自己在内的不仅一代作家艺术实践的深刻总结，其中蕴涵着深沉的历史感和明晰的现实感。实话说，要真正做到这一点，作家的审美规范系统就必须确立在先进文化的知识基础上。"⑤这一年，畅广元先生还与西北大学教授段建军共同主编了《陕西文学六十年作品选：文学理论批评卷》（1954—2014）⑥，亦可看出畅广元先生对于陕西文学批评发展的关注和关心。

　　知人论世是中国古代文艺批评的优良传统。2016 年，畅广元先生在《长安学术》上，发表了两篇关于陕西顶尖级作家陈忠实和柳青的评论文章，一篇是《我是这样认识陈忠实的》，一篇是《思想家柳青》。前者从文学文化学出发，表达了畅广元先生对于陈忠实现实主义小说创作中的文化批判精神的理解，"从其早期的《初夏》《尤代表轶事》《梆子

①　张雪艳、冯希哲：《陈忠实文艺创作思想研讨会：心灵剥离与挑战平庸》，《文学报》2010 年 12 月 10 日。
②　畅广元：《深入生活扎根人民弘扬柳青精神》，《光明日报》2015 年 5 月 26 日。
③　畅广元：《作品的久远生命力》，中国作家网，2015 年 5 月 27 日，http：//www.chinawriter.com.cn。
④　畅广元：《我对〈平凡的世界〉的几点认识》，《光明日报》2015 年 4 月 3 日。
⑤　畅广元：《给历史一个深厚的交代》，中国作家网，2015 年 4 月 8 日，http：//www.chinawriter.com.cn。
⑥　畅广元、段建军：《陕西文学六十年作品选：文学理论批评卷》（1954—2014），陕西人民出版社 2015 年版。

老太》《蓝袍先生》和《四妹子》等作品的创作，到《白鹿原》的完成，其中存在着一种
不变的东西，即现实主义创作中的文化批判精神"；同时也认为这是陈忠实《白鹿原》大
获成功的核心要素："这种精神，铸成了陈忠实独特的文化自我，也使他能自觉剥离种种
非文学因素的能动精神，朝着文化视野下的'人的文学'观念转变。在这一过程中，陈
忠实将人作为文化存在的状态和其价值实现的方式及其实现的意义作为自己审美观照的
重点，'独立独自'地深刻思考着民族命运的演变，并在此基础上展开他的文化批判思
路。"[1]后者则取阐释的立场，将《柳青传》中所记载的对于中国社会文化和文学艺术的
反思，列举出来，进行文学文化学的阐释。这种"视域融合"使得畅广元先生理解了柳
青所以伟大，在于柳青本身就是需要仰视才能看清的思想家。[2]

2020年，畅广元先生在陕西师范大学出版社出版了《陈忠实文学评传》一书。这是
已处80余岁高龄的畅广元先生的文学文化批评力作。"评传"二字体现了畅广元先生的
写作意图，一是要写出陈忠实成长的历程，找到其创作特性、表现手法的变化轨迹，并
发现作家能写出优秀作品的价值人格；二是要从文学文化批评的角度，对其创作特征进
行概括。畅先生将陈忠实的文学创作概括为文化批判现实主义，析出其中的四项思想原
则和四项艺术原则，可以视之为将文化批判现实主义上升到文艺学学科建设层面上的总
结。合乎逻辑，合乎情理，精准透彻。文学文化学与文学的文化批评在此达到了新的契
合，畅广元先生的知行合一的文学批评特征也由此得到最充分的展示。

五、重视学术交流与合作

畅广元先生在学术研究道路上，特别重视学术交流与学术合作。早在20世纪70年
代末，随着"文化大革命"的结束和党的十一届三中全会的召开，我国走上了以经济建
设为中心的改革开放道路。在此社会文化大背景下，畅广元先生就与复旦大学、华东师
范大学、北京师范大学从事文学理论教学的同行们，酝酿成立中国文学理论学会，把高
校搞文学理论的人都团结起来，定期开一些会，相互交流，取长补短，改变过去老死不
相往来的状况。1979年5月，该会以"高等学校文艺理论研究会"为名，在西安正式成立，
牵头单位为华东师范大学中文系。

有此平台和召开年会机制，畅广元先生逐步地熟悉了国内从事文学理论教学和研究
的同行，并在学术交流中了解同行们的看法，在相互切磋中发现问题，在合作中确定自
己的研究方向。上海华东师范大学的徐中玉、钱谷融先生，中国社科院文学研究所的刘
再复、何西来和钱中文先生，北京师范大学的童庆炳先生，当年在郑州大学执教的鲁枢

---

① 畅广元:《我是这样认识陈忠实的》,《长安学术》2016年第2期。
② 畅广元:《思想家柳青》,《长安学术》2016年第2期。

元先生等，都成为畅广元先生的学术师友。

最典型的当属《主体论文艺学》的选题。畅广元先生在与何西来先生的聊天中，谈到了知识分子该如何做一个知识的创造者而不仅仅是传授者。如果不做知识的创造者的话，就不是真正的知识人。放到今天来看，就是强调知识分子要"掌握已有的创造没有的"，亦即科研的原创性。既强调原创，就离不开相互之间的切磋与讨论。作家作为创作主体，读者作为阅读主体，就赋予了文学活动以广阔的空间和说不尽的活力。畅广元先生回忆道：1985 年招收了 9 个研究生，"那个时候，我经常在他们宿舍和他们聊天，我能感受到，我的很多思想上的收获都是通过与同学们在一起交流获得的"①。而这 9 个研究生的硕士论文，后来结集为《主体论文艺学》由中国社会科学出版社作为"文艺新学科建设丛书"中的一种出版，也就是以这种原创性文学理论的系统学理探讨而被纳入其中。

在学术交流中，自然就会有不同的见解，而畅广元先生极善于从对方的立场和视角来进行分析，找出其合理性，以完善自己的理论创新。经过这样一种设身处地地理解对方的观点、客观的分析和平等的讨论，持不同意见者也常常成为畅广元先生的学术挚友。这最集中表现在畅广元先生与陈涌先生的学术交往中。畅广元先生在带着 9 个研究生赴京访学时，特别邀请了陈涌先生来讲学。这 9 个研究生提问题尖锐，但陈涌先生笑嘻嘻地给大家一一回答，娓娓道来，颇像爷爷辈的与孙子辈的一起讨论问题。长者之风，悠然可见，使畅广元先生对陈涌先生肃然起敬，之后两人就成为学术上的挚友。

在文学教学与批评领域内，畅广元先生也极为重视与同行的交流与合作。除了 20 世纪 80 年代初在胡采同志的倡导下，发起成立了"笔耕组"，畅广元先生一直与陕西文学界的作家们和批评家们保持着紧密的学术交流。从畅广元先生的学术论著年谱中，我们可以看到一条清晰的交流合作线索。

1991 年，畅广元先生约请惠尚学、齐效斌、屈雅君三位先生，共同撰著了《文艺学导论》②。

1993 年与屈雅君、李凌泽就《白鹿原》以"负重的民族秘史"为题，展开对话和交流。同年又邀请了陕西的作家、评论家和从事文学教学与研究的青年学者，就路遥、贾平凹、陈忠实、邹志安、李天房 5 位陕西作家的作品创作、心灵历程展开交流探讨。

1995 年，畅广元先生邀请李继凯、屈雅君、吴进、田刚等学者，就当前文学批评展开对话。

1997 年，畅广元先生与杜书瀛先生共同主持在陕西师范大学举办的"古代文论的现代转换研讨会"。同年，畅广元先生与栾栋先生、梁道礼先生合作出版《当代文艺学新探

---

① 李世涛：《畅广元先生访谈录》，2019 年 11 月 6 日。该文由畅广元先生提供。

② 畅广元、惠尚学、齐效斌等：《文艺学导论》，陕西人民教育出版社 1991 年版。

索》①一书。

1999 年，畅广元先生与陈忠实、肖云儒、王仲生、李星、刘建军、费秉勋、李国平一起，笔谈电视连续剧《荒原足迹》。同年，畅广元先生与赵熙、李敬泽、陈晓明、白烨、贺绍俊、李星、甘以雯、肖云儒、王愚、刘建军等先生一起，研讨红柯作品。

2000 年，畅广元先生与李西建教授合作主编《马克思主义文艺理论》②。同年，与李西建教授合作主编《文学文化学》③。

2002 年，畅广元先生与童庆炳、梁道礼先生共同主编了《全球化语境与民族文化、文学》一书，并由中国社会科学出版社出版。④

2003 年，畅广元先生与王仲生、杨乐生、周大鹏三位先生一起，就小说《蓝山根》进行笔谈。⑤

2004 年，畅广元先生与韦建国、李继凯合作出版《陕西当代作家与世界文学》⑥。

2010 年，畅广元先生与李西建教授合作出版《全球化时代文学理论的价值思考》⑦。同年出席陈忠实文艺创作思想研讨会，并发表讲话《从当代长篇小说的"平庸"现状谈起》⑧。

2013 年，畅广元先生与李西建教授共同主编《文学理论研读》⑨。同年参加在西安建筑科技大学举行的"贾平凹《带灯》研讨会"并发言。⑩

2015 年，畅广元先生与段建军教授共同主编《陕西文学六十年作品选：文学理论批评卷》⑪。同年，出席了中国作家协会、中共陕西省委宣传部、光明日报社 5 月 20 日在北京联合召开的"深入生活、扎根人民"弘扬柳青精神研讨会，并发言。⑫

畅先生在 2019 年接受李世涛的访谈时，也多次强调大家能够定期开一些会，相互交流，共同讨论一些大家普遍关注的重要问题，这对我们国家的文学理论发展起到了积极作用。

以上就是畅广元先生学术道路的 5 个特点，期待后学者能从其中受到启发。

（作者单位：陕西理工大学）

---

①　栾栋、畅广元、梁道礼：《当代文艺学新探索》，陕西师范大学出版社 1997 年版。
②　畅广元、李西建：《马克思主义文艺理论》，高等教育出版社 2000 年初版，2006 年二版。
③　畅广元、李西建：《文学文化学》，辽宁人民出版社 2000 年版。
④　童庆炳、畅广元、梁道礼：《全球化语境与民族文化、文学》，中国社会科学出版社 2002 年版。
⑤　王仲生、杨乐生、畅广元等：《〈蓝山根〉笔谈》，《小说评论》2003 年第 3 期。
⑥　韦建国、李继凯、畅广元：《陕西当代作家与世界文学》，中国社会科学出版社 2004 年版。
⑦　李西建、畅广元：《全球化时代文学理论的价值思考》，商务印书馆 2010 年版。
⑧　张雪艳、冯希哲：《陈忠实文艺创作思想研讨会：心灵剥离与挑战平庸》，《文学报》2010 年 12 月 10 日。
⑨　畅广元、李西建：《文学理论研读》，陕西师范大学出版总社有限公司 2013 年版。
⑩　畅广元：《贾平凹〈带灯〉研讨会上畅广元发言》，中国作家网，2013 年 6 月 4 日。
⑪　畅广元、段建军：《陕西文学六十年作品选：文学理论批评卷》（1954—2014），陕西人民出版社 2015 年版。
⑫　《光明日报》编者：《深入生活　扎根人民　弘扬柳青精神》，《光明日报》2015 年 5 月 26 日。

畅广元先生学术论著年谱

李　锐

1974 年

"知、仁、勇"是为"复礼"服务的反动道德　载《陕西师范大学学报》（哲学社会科学版）1974 年第 1 期第 39—43 页。

孔老二的"诗论"是奴隶主的舆论工具　载《陕西师范大学学报》（哲学社科科学版）1974 年第 3 期第 98—104 页。

1976 年

复辟狂的反攻倒算——评"元祐更化"中的司马光　载《陕西师范大学学报》（哲学社会科学版）1976 年第 2 期第 73—77 页。

1977 年

文艺创作必须坚持典型化原则——兼批"四人帮"否定和破坏典型化的卑劣伎俩　载《陕西师范大学学报》（哲学社会科学版）1977 年第 3 期第 54—60 页。

1978 年

试论鲁迅"合成"人物时的思维特点　载《陕西师范大学学报》（哲学社会科学版）1978 年第 3 期第 39—45 页。

1980 年

否定"写真实"是错误的——与《对"写真实"说的质疑》一文商榷　载《陕西师范大学学报》（哲学社会科学版）1980 年第 3 期第 81—90 页。

生活·政策·文学　载《上海文学》1980 年第 2 期。

发扬文学批评的现实主义传统　载《延河》1980 年第 2 期。

广泛的真实性原则——论王蒙的艺术追求　载《陕西师范大学学报》（哲学社会科学版）1983 年第 2 期第 48—55 页。

1985 年

小说理论研究中的"人学"——《小说面面观》给人的启示　载《小说评论》1985年第 4 期第 67—72 页。

表现新时代的美——论路遥作品的美学特色　载《陕西师范大学学报》（哲学社会科学版）1985 年第 3 期第 35—44 页。

1986 年

《小鲍庄》心理谈　载《当代作家评论》1986 年第 1 期第 9—15 页。

1987 年

论作家"诗情观念"的形成——创作心理探微　载《文艺理论研究》1987 年第 3 期第 11—16 页。

跨文化研究"自我"的启示——《文化与自我——东西方比较研究》前言　载《陕西师范大学学报》（哲学社会科学版）1987 年第 4 期第 62—67 页。

1988 年

诗创作心理学——司空图《诗品》臆解　陕西师范大学出版社 1988 年版。

1989 年

文化心态应该现代化——"五四"七十周年有感而论　载《陕西师范大学学报》（哲学社会科学版）1989 年第 2 期第 8—14 页。

对知识分子精神境界的透视——观电视连续剧《半边楼》　载《中国电视》1989 年第 12 期第 48—50 页。

主体论文艺学　九歌著，畅广元审订　中国社会科学出版社 1989 年版。

1990 年

二十世纪西方文学理论　畅广元主编　陕西人民出版社 1990 年版。

1991 年

文艺学导论　畅广元、惠尚学、齐效斌等撰著　陕西人民教育出版社 1991 年版。

1993 年

负重的民族秘史——《白鹿原》对话　畅广元、屈雅君、李凌泽　载《当代作家评论》1993 年第 4 期第 10—14 页。

神秘黑箱的窥视　畅广元主编　陕西人民教育出版社 1993 年版。

1994 年

邓小平文艺思想是社会主义改革开放时期的马克思主义文艺理论　载《陕西师范大学学报》（哲学社会科学版）1994 年第 1 期第 38—45 页。

给历史一个深厚的交代　载《小说评论》1994 年第 5 期第 77—79 页。

走出"直观的唯物主义"——对文艺学学科建设的一种思考　载《陕西师范大学学报》（哲学社会科学版）1994 年第 4 期第 87—94 页。

中国文学的人文精神　畅广元主编　陕西人民出版社 1994 年版。

1995 年

论中国古代作家艺术人格的建构　载《人文杂志》1995 年第 2 期第 110—116 页。

关于当前文学批评的对话　畅广元、李继凯、屈雅君等　载《小说评论》1995 年第 2 期第 27—34 页。

1996 年

论文艺学的人文价值　载《陕西师范大学学报》（哲学社会科学版）1996 年第 1 期第 76—81 页。

知历史　树信仰　笃真情——《永远的初恋》的启示　载《中国电视》1996 年第 8 期第 21—22 页。

地域文学的文化根基　载《小说评论》1996 年第 6 期第 70—71 页。

1997 年

文气论的当代价值　载《陕西师范大学学报》（哲学社会科学版）1997 年第 1 期第 59—70 页。

文艺学研究的一次盛会——古代文论的现代转换研讨会"跋"　杜书瀛，畅广元　载《山东理工大学学报》（社会科学版）1997 年第 2 期第 4—7 页。

学术论文写作理论研究的新成果——读《学术论文写作导论》　载《北京大学学报》（哲学社会科学版）1997 年第 3 期第 151—154 页。

关于《黄连厚朴》和《狗熊淑娟》——致叶广芩　载《小说评论》1997 年第 5 期第 73—74 页。

中国古代文论的现代转换　钱中文、杜书赢、畅广元　陕西师范大学出版社 1997 年版。

当代文艺学新探索　栾栋、畅广元、梁道礼　陕西师范大学出版社 1997 年版。

1998 年

《白鹿原》与社会审美心理　载《小说评论》1998 年第 1 期第 10—16 页。

兼容并蓄:审美个性化的必由之路——李继凯《秦地小说与"三秦文化"》读后　载《小说评论》1998 年第 4 期第 69—72 页。

1999 年

民办教育家的辉煌足迹——电视连续剧《荒原足迹》笔谈　陈忠实、肖云儒、王仲生等　载《小说评论》1999 年第 4 期第 91—95 页。

回眸西部的阳光草原——红柯作品研讨会纪要　赵熙、李敬泽、陈晓明等　载《小说评论》1999 年第 5 期第 26—33 页。

2000 年

文学活动是一种特殊的文化建构活动　载《陕西师范大学学报》（哲学社会科学版）2000 年第 1 期第 37—42 页。

为"我"定位——初读《歇马山庄》的一点想法　载《小说评论》2000 年第 4 期第 54—58 页。

社会文化秩序与文学活动的价值　载《文学评论》2000 年第 4 期第 115—124 页。

马克思主义文艺理论　高等教育出版社 2000 年初版，2006 年二版。

文学文化学　辽宁人民出版社 2000 年版。

2001 年

经济全球化时代的文化危机与文学的价值取向——走向生态境界生存的文学期待　载《学术月刊》2001 年第 1 期第 28—34 页。

序《当代文学的人文精神》　载《安康师专学报》2001 年第 1 期第 21—22 页。

全球化时代的文化危机与文学的价值取向——人类由本能境界生存走向生态境界生存的文学期待　载《陕西师范大学学报》（哲学社会科学版）2001 年第 1 期第 19—25 页。

文艺学的人文视界（新时期文艺学建设丛书第四辑）　首都师范大学出版社 2001 年版。

2002 年

文艺学学科建设的一项重大成就——《中国 20 世纪文艺学学术史》　载《南方文坛》2002 年第 1 期第 41—42 页。

文学文化批评刍议　载《陕西师范大学学报》（哲学社会科学版）2002 年第 5 期第 44—49 页。

全球化语境与民族文化、文学　童庆炳、畅广元、梁道礼主编，中国社会科学出版社 2002 年版。

2003 年

再定义自己——全球化时代对人文知识分子的历史要求　载《陕西师范大学学报》（哲学社会科学版）2003 年第 1 期第 45—53 页。

找回人的本性——《落红》给人们的启示　载《小说评论》2003 年第 4 期第 65—69 页。

《蓝山根》笔谈　王仲生、杨乐生、畅广元等　载《小说评论》2003 第 3 期第 85—88 页。

陈忠实论：从文化角度考察　人民文学出版社 2003 年版。

2004 年

学习：生命意义的追寻　　载《陕西师范大学继续教育学院学报》2004 年第 1 期第 29—32 页。

全球化语境下意识形态的挑战和回应　　载《陕西师范大学学报》（哲学社会科学版）2004 年第 5 期第 36—43 页。

西方马克思主义文学理论的价值取向及其实践意义　　载《唐都学刊》2004 年第 6 期第 126—131 页。

陕西当代作家与世界文学　　韦建国、李继凯、畅广元　　中国社会科学出版社 2004 年版。

2005 年

面对历史的沉思　　载《小说评论》2005 年第 1 期第 93—94 页。

从学理研究的基本出发点说起　　载《陕西师范大学学报》（哲学社会科学版）2005 年第 2 期第 26—29 页。

2006 年

史诗性情境的追求——话剧《白鹿原》观后　　载《当代戏剧》2006 年第 5 期第 18—19 页。

2007 年

扬弃"服务"意识把文学智慧归还于人——对中国化马克思主义文艺理论的一种反思　　载《文艺理论研究》2007 年第 5 期第 24—30 页。

马克思"资产阶级社会本身与孕育着的新社会因素"解读——改革开放 30 周年引发观念层面的一种思考　　载《陕西理工学院学报》（社会科学版）2008 年第 2 期第 1—6 页。

2009 年

告别"附属"走向自主、自觉——改革开放 30 年文学社会的精神维新　　载《文艺理论研究》2009 年第 1 期第 33—38 页。

从文化学的视角看语文阅读教学　　载《语文教学通讯》2009 年 10 月上旬刊。

畅广元访谈：秦腔发展之我见　　舒声整理　　载陕西戏曲研究院官方网站 http：//www.sxqq.net/Information/news/7042/　　时间：2009 年 3 月 12 日。

2010 年

全球化语境下的国情互识原则——读《中国大趋势》　　载《中国政法大学学报》2010 年第 2 期第 154—157 页。

全球化时代文学理论的价值思考　　李西建、畅广元　　商务印书馆 2010 年版。

从当代长篇小说的"平庸"现状谈起　张雪艳、冯希哲《陈忠实文艺创作思想研讨会：心灵剥离与挑战平庸》　载《文学报》2010 年 12 月 10 日。

2013 年

文学理论研读　畅广元、李西建主编　陕西师范大学出版总社有限公司 2013 年版。

贾平凹《带灯》研讨会上畅广元发言　载中国作家网 http : //www.chinawriter.com.cn/2013/2013—06—04/163972.html。

2014 年

为农村教育把脉——评《农村教育问题的社会学研究》　载《陕西理工学院学报》（社会科学版）2014 年第 3 期第 90—91 页。

2015 年

"给历史一个深厚的交代"　载《文艺报》2015 年 4 月 8 日　中国作家网 http : //www.chinawriter.com.cn，2015 年 4 月 8 日。

陕西文学六十年作品选：文学理论批评卷（1954—2014）　畅广元、段建军主编　陕西人民出版社 2015 年版。

我对《平凡的世界》的几点认识　载《光明日报》2015 年 4 月 3 日第 7 版。

深入生活　扎根人民　弘扬柳青精神　载《光明日报》2015 年 5 月 26 日第 7 版。

作品的久远艺术生命力　载中国作家网 http : //www.chinawriter.com.cn，2015 年 5 月 27 日。

2016 年

我是这样认识陈忠实的　载《长安学术》2016 年 10 月 31 日。

思想家柳青　载《长安学术》2016 年 10 月 31 日。

2020 年

陈忠实文学评传　陕西师范大学出版总社 2020 年版。

（作者单位：陕西理工大学）

畅广元访谈

王尔勃

时间：2023 年 5 月 19 日

地点：南宁 / 西安网上进行

采访人（提问者）:王尔勃，齐齐哈尔人，1985—1988 年为畅广元先生的首届研究生，现为广西民族大学文学院教授（退休）。

1. 童年青少年往往铺定人的底色或一生的种子，先生您从现在的生命高原上回顾自己的童年青少年，一定有不少故事和感想吧？

答：1937 年 6 月，我在山西出生，后随家人迁居西安，6 岁开始，在西安上学。由于父亲家教很严，当时条件也有限，小时候，除了和小朋友玩"打仗"、弹玻璃球，就是按父亲的要求"看图识字"。上学后，除完成学校作业外，每天还要背写父亲圈定的课文，量不大，天天有。做不好，要受罚：把课文抄写三遍。

2.20 世纪 40—50 年代被称作理想主义年代，先生您如何度过中学和大学时代的？是怎样的机缘让您走上文学理论之路的？

答：1949 年 5 月，西安解放，我上初中。学校建团建队时，我是第一批少儿队员（现叫少先队）。那是个火红的年代。师生们的政治热情很高，除正常的教学活动外，大家都积极参加各种社会活动，如扫盲、禁毒等，努力提高自己的政治觉悟。初中毕业时，我加入了新民主主义青年团（共青团的前身）。在团组织的教育鼓励下，我努力学习，还尽力做好各项社会工作。进入高中阶段，我才有了朦胧的自我意识：我应该做一个什么样的人？答案虽然模糊，但明确地知道，先进青年必须品学兼优，事事走在前面。1955 年高中毕业，我考入西安师范学院（陕西师大前身）中文系。大学四年里，前两年学校的教学秩序稳定，"宿舍、教室、图书馆"三点一线，是学生活动的基本场所。后两年，教育革命逐渐展开，教育与生产劳动相结合。我们班与市塑料厂联系，创建了一个小型加工点：压制塑料盒。白天上课，晚上分组劳动，厂方任务，按时完成。虽然很累，上课经常打盹，但热情高，劲头大，都挺过来了！1959年7月大学毕业，留校任教，先在写作教研室，没多久，我有幸进了学院创办的青年教师脱产读书班，认认真真读了3年书，太宝贵了！结业后回到中文系，我被调入文艺理论教研室。文艺理论是我热爱的专业，下决心要在学业上严肃认真，充实好自己。

3. 畅先生您认为自己的学术生涯大体可以分为几个阶段？从在大学执教到"文革"结束，您经历了怎样的心路历程？

答：我们这一代人是在"听党的话"的教育下成长起来的。"文革"结束后乃至80年代初，对我们来说，是一种警醒，是对"自我"的一种发现。这种发现对曾经"听话"的自我，很自然地拉开了距离。政治学习、学术研讨时，不由得突出了"我"的观点，"我"的认识。有了一个自觉的"我"，反倒较之以往更能清醒地规划自己了。

4. 改革开放以来，特别是80年代中期，文艺理论空前活跃，您在这一时期，先致力于文艺心理学的建构，接着又带领学生完成了主体论文艺学、审美文化学等重大理论转向。您现在如何评价这一系列工作？

答：实话说，现在回忆那个年代，我们没有虚度，脚踏实地地做了一点事。但从严格的学术眼光看，它们的不足和失误还是很醒目的。这一点我会牢记在心的。

5.《主体论文艺学》一书是您带领首届9个硕士研究生完成的，此书和这种带研究生方式在当时都引起某种轰动和争议，但钱中文把主体论称为新时期文艺理论探索四家之一。童庆炳的文艺理论新编教材也对之有所吸收。您也坚持着这种带研究生的方式。现在回首这些往事，您有怎样的体会和感想？

答：回首往事，我非常感激学界朋友的支持，这种友谊令人终生难忘。我确有这样的想法：培养研究生，重点不宜放在上课上，要放在研究能力的培养上：确实课题，拟定书目，阅读思考，完善论文提纲，撰写修改论文。这个过程应独立完成。当然要有一个前提，即入学者必须是本科生中的优秀者。

6.20世纪90年代，先生您坚持并进一步拓展文学的人文价值论研究方向，一系列成果卓有影响。人们注意到，先生您在不断开拓建构新理论的同时也一直坚持马克思主义原则立场。您不仅在主体活动论、文学文化学价值论中注重阐发它们的历史 / 实践唯物主义根基，而且自己还直接承担了主持《马克思主义文学理论教程》的新教材编撰工作。您还不止一次推崇陈涌等老一代文艺理论家。您能否就此谈一谈您的理念与情怀？

答：学习是读书人一辈子要做的事。读书人的情怀不可狭窄，否则受害者首先是自己。陈涌先生是我一直敬重的老师，读他的著作，敬重他的学术人格。当然，他的某些观点也是可以商榷的。

7. 进入 21 世纪，随着经济全球化，信息社会、智能时代的到来，逆全球化和文化意识形态冲突空前剧烈，我们注意到先生您在理论视野和深度上表现出强烈的前瞻性，您一直主张文艺理论紧密联系当下文艺批评，秉持这样的理念您力求亲为对陕西作家从柳青、路遥到贾平凹、陈忠实做出系列研究。其中对作家陈忠实的系列研究成就尤为突出，据说陈忠实把您当作知己，击节感叹"说到俺心里了！"。您认为《白鹿原》的最大成就是什么？为何如此？

答：我对陕西作家的创作比较关注，也时有议论，但谈不上"做出系列研究"。引起我研究兴趣的是陈忠实。他只写了一部长篇小说《白鹿原》，给我的印象却是震撼性的：他居然从特定历史时期的"党的文学"走向了"人的文学"。我认为这是文学的内力对他的召唤。评论家可以发现这种文学内力，而作家的心灵则是和这种文学内力共鸣共振的。在我看来，《白鹿原》的最大成就在于它以"仁义白鹿村"人的生存命运，启示人们思考人怎样活着才能成为自己命运的真正主人。这只要想想鹿三、黑娃和朱先生这些人物形象，就不难明白。

8. 您对《陈忠实文学评传》标题"从特定时期的党的文学到人的文学"其内涵能做一番解说吗？

答："从特定历史时期党的文学到人的文学"，仅仅是我对陈忠实的文学道路的一个真实描述。这是我读《白鹿原》书稿时就闪过的念头。后来读过他的文集，这个念头明确了，强化了。"党的文学"要受党性原则的规范，人的文学是旨在优化人性。人的文学源远流长。

9. 面对充满不确定性的当今世界，北大钱理群教授提出三个词"观察，等待，坚守"，先生您作为一位智者和我们敬爱的导师，可否也给我们这些后辈提出同类的教诲和忠告？请您对人生，对学术以及人文知识分子的职志做一番概括，可以吗？

答："知己、知世、明心"，我们共勉。研读增智慧，奋进铸人生，本就是读书人的生命内容。

（作者单位：广西民族大学文学院）

我们的畅老师

裴亚莉

这一篇文字的起因，是和陈越君的一次谈话。陈越君邀请我和他一起，完成一篇有关畅广元先生的以"不那么学院派"的笔法写成的文章。我们一开始的想法，是两个人合作完成。但是考虑到行文时在人称使用上的方便，也考虑到这一篇文章可能会包含很多畅先生的学生和先生之间的交往体验，所以我们稍稍改变一下写作的思路和方式，由我来作为执笔人，记述一些"我们"和"我们的畅老师"之间既蕴含了浓郁的情感经验、又闪烁着丰富的思想启迪的记忆和事件。

一、"忍不住要和畅老师说一样的话"

我本人和畅先生的第一次见面，是 1995 年，童庆炳先生在北京组织召开的一次学术研讨会上。畅先生讲着一口雅正的西安话。在那个方言传递并不像今天这么顺畅的年代，西安话这种也算是一种方言的古老官话，在一些南方的同学们听起来，确乎是有些费劲的。但是对于我这个生长于山西南部的人来说，简直是如饮醴酪，因为运城方言和关中方言之间，是完全能够互相听懂的。——那个时候我并没有想到，4 年以后，读完博士，自己会成为畅先生所在教研室的一员兵。

入职前，畅先生和屈雅君老师到我的住处去看我——我觉得那应该相当于今天的考查环节。他们一定是要看看这个人的谈吐，是不是合乎陕师大中文系文艺学教研室的气场。他俩坐着 603 路公交车，从吴家坟站到西华门站。我们 3 个人一起聊了差不多两个小时。我估计两位老师在回程的公交车上也交流了对这个未来"新人"的感想。入职那天，畅先生带着我去见时任中文系主任的梁道礼老师，然后我自己去办各种手续。之后不久，有一次在路上偶遇，先生问我：在读什么书？在写什么东西？向他汇报了一下，心里很忐忑。因为当时觉得，自己花工夫的一些事情，同事们似乎并没有兴趣，担心畅先生会不会对自己失望、不满。让我感到惊讶的是，每当我报告一项新的内容，他都会说："喔好么！"翻译成普通话就是："那挺好的呀！"问题是："喔好么"比"那挺好的呀"蕴含着太多更无保留的慈爱包容甚至是天高任你飞的态度，让人肺腑发热，恨不得快一点早一点写出好东西给他看。

因为畅先生总是只说西安话的原因，在全中国的汉语方言里面，我最喜欢西安话。喜欢西安话，恨不得和先生一起讲西安话，这就是二十多年来我每次跟畅先生开口时的第一个潜意识里面的冲动。我从来没有认真研究过这种冲动到底意味着什么。但是最近一段时间，为了写这一篇记述"学生心里的畅老师"的文章，跟很多先生不同时期教过的学生谈，发现，所有能讲西安话的人，甚至是有些本来不能讲西安话的人，他们和畅先生讲话的时候，都会自觉转换语言频道，用西安话跟老师交谈。这个情形至少表现在李西建、李锐、张志春、吴进、陈越、赵文、霍炬等不同代际的学生那里。根据李西建老师的说法，除了那些确实讲不了西安话的学生，大部分畅先生的学生，都会跟他讲西安话。"这个语言频道的转换，是很自然的，是想都不用想的。"吴进这样说。

"忍不住和畅先生说一样的话"，这在今天的我看来，就像有一首歌里唱到的那样："心甘情愿沾染你的气息。"畅先生很少给我们讲训诫式的道理，但我相信，凡称他为老师的人，都懂得他所遵从的道理，并且愿意遵从他所遵从的道理。

二、不断"破圈"的课堂

除了一些学术交流的场合，我并未接触过畅先生的课堂，所以，关于他的课堂，需要他不同时期的学生来进行回顾。但由于自从在陕师大中文系入职以来，我一直在寻找、制造并期待种种和先生见面、听先生讲话的机会，所以应该说，就日常接触而言，我能想象、模拟先生大部分的"情状"。在为写作这一篇记述文章做准备的过程中，不论受访者说到过往的什么事情，我都能立即获得身临其境之感，感觉我并非不是亲历者。由于认同并敬慕先生的思想甚至行为举止，所以我愿意相信并补充有关他的任何描述。

吴进听畅先生的文学理论课，是 20 世纪 70 年代末期。在他看来，听先生的课，"如痴如醉"。每到下课的时候，先生都会问大家："你们接下来没有课了吧？没有别的事情吧？那我可不可以继续讲？"大家开心极了。然后在老师一次又一次的"继续"讲授中，师生尽欢。1985 年，畅先生招收了他指导的第一届硕士生（共有 9 名，就是在当年的全国文艺理论界大名鼎鼎的"九歌"）。那时候吴进在北京广播学院（现在的中国传媒大学）攻读硕士学位，他听说先生带着"九歌"到北京拜访文艺理论界和美学界的诸位知名学者，时不时地在举办小型的学术交流和研讨会，他得以继续追踪先生和弟子们在北京学术圈的活动。——我了解童庆炳先生、程正民先生和畅先生的友谊，所以也能够想象当年陕师大畅先生带领的"九歌"和北师大童先生、程先生带领的"十三太保"在北京相会的盛况：先生们正当壮年，弟子们正值青春。也许正是那一次的北京游学，这些 1985 年入学的北师大和陕师大的文艺学和美学专业的硕士生，从青年时代起，就构建了深厚的友谊，这种来自先生们的友谊的传承，也成为学术史的生动鲜活的组成部分。那次北京游学，在与李泽厚和刘再复的交流现场，当畅先生的弟子们看到两位全国学子仰慕的学者，都对畅先生和他的思想真诚赞赏的时候，心里的自豪感，直到今天想起来，都特别激动人心。

陈越 1983 年入学陕西师大中文系。在他看来，先生的课堂语言，既是理论化的，又不是枯燥无味的。他在严谨有致的理论阐述中，融汇着自己的激情。他将这种理论的激情，很自然地化作行为：当他需要组织一堂分组讨论课的时候，他们的课堂，就会挪移到教学楼后面的小树林（当时还没有畅志园）；或者干脆就在学生宿舍里进行。同学们各自在宿舍讨论，老师呢，就在每个小组之间，来回走动、倾听、参与讨论。——那时候的宿舍安排，是同一个班级的同学，几乎都在一个楼层。

而当文艺界出现了热点话题的时候，他支持学生关注这些热点，分析这些热点。"新时期"的文艺作品，总是在第一时间进入畅老师的课堂和他布置的作业。1984 年初夏，滕文骥导演的作品《海滩》公映，并且因为艺术手法和故事主旨的探索性，在国内电影界和观众群引发了热议，畅老师联系了西影厂，送片子到学校，打算在联合教室进行放映。本来是为中文系大一下半学期正在学习文学理论的同学们张罗的教学参考放映，结果消息不胫而走，在约定的放映时间，不仅联合教室座无虚席，外面的窗户上也爬满了人。几经协调，放映改到了当时的灯光球场。听说，放映结束，已经深夜。

霍炬听畅先生的文学理论课，是 20 世纪 90 年代中期，那时候畅老师接近退休。在霍炬和他的同学们看起来，畅老师给人留下的最深刻的印象，是"有激情"。他们班的同学给畅老师起的外号是"动脑筋爷爷"：一般情况下，他都是在思考，光光的大脑门，总是在想来想去那个样子。"但这个老爷子，在一定的场合会突然提高声调，突然激动起来，突然做出掏心掏肺的动作表情，用肉身展示'这就是我，我就是这么认为的，这是我的想法'。记得老爷子念《人生》里的'叫一声哥哥你不成才，卖掉良心你才回来'的时候，立即感觉到，那是先生的活生生的人生感受的直接映象，那是一个批评家和他的知识对象融为一体的特别典型的瞬间。"

先生的不断"破圈"的课堂，不仅表现在先生出于对新知的追求，总会将最新的知识在课堂上和学生分享，而且会创造机会让学生们行走在学术现场，去捕捉最生动的学术生活状态；这个不断"破圈"的行为，还表现在，他有很长时间，喜欢在课余的时间，到男生宿舍聊天，依然是在问他们：在读什么书？在思考什么问题？这种通过和学生进行言谈的方式培养、激发、考查学生的做法，在有些时候会演变成为考试方式的改革和转变：在陈越他们年级的一次期末考试过程中，畅老师要求他们，根据老师提出的问题，现场回答，现场评价，有问有答，可以辩论。这样一来，一门课、一个班级、一次考试的过程，持续了一整天。

三、"问题不断变化，理论层出不穷，我一直处在疲惫的追踪状态"

以前，和畅先生见面，他问我读什么书，在写什么东西，在思考什么问题，我都认为这是在检查作业，是在观察他接收的这个新人，是不是一个用功的人。但是慢慢地，我发现，这是他问过很多人的问题。可以说，见到年轻人，他常问的，就是这个问题。从20世纪80年代的"九歌"时代开始，到21世纪陕师大文艺学博士点开始招收博士生，"问题不断变化，理论层出不穷，我一直处在疲惫的追踪状态"，这句话或者是他上课时的开场白，或者是他在毕业答辩导师致辞环节的总结语，常常出现。这看起来仅仅是一句经常说起的简单的话，但却在时间流逝中，随着一届又一届学生的入学、毕业，勾勒了畅先生新时期以来阅读轨迹的一个侧面：经典马克思主义、典型论、文学作品的艺术性研究、精神分析学说、文学创作的心理学研究、基于马克思主义文艺理论和文艺心理学结合的文学主体性研究、文化研究、后现代主义文学理论和哲学思潮研究……而在整个的这个被畅先生自我描述为"疲惫追踪"的阅读过程中，他得以一直保持着对国内外最前沿的学术思潮的密切关注。2023年6月初，一名博士生论文答辩，论文写的是小说《白鹿原》出版后，"白鹿原"作为一种文化符号在不同场域中的演变状况和过程。当年上过畅先生的文学理论专业课的苏仲乐君告诉我说："布尔迪厄及其场域理论，正是我2004年博士入学第一个学期，从畅先生的课堂上第一次听到的。"尽管畅先生一定不是国内最早研究布尔迪厄的人，但是二十年前他在课堂上和博士生一起分享阅读布尔迪厄的理论，他所"追踪"的对象，在今天的青年学子这里，依然是非常重要的参考。

李锐老师在他所撰写的《畅广元先生的学术道路及其特征》一文中，引用了畅先生的一份读书计划。这是一份畅先生写于2015年12月的读书计划，先生时年78岁。在这样的一个年龄阶段，他要求自己要有"倾听品格、包容胸怀、择优意识、平等对话"的自觉意识。——难道他不一直是这样的吗？他希望自己能够"持之以恒地跋涉"，要为"独立之人格、自由之思想"而进行"坚强的意志磨炼"；他希望自己能够"把人当作人"，"实现主客观的统一"……一个在学术道路上进行了漫长跋涉的人，临近80岁，他的希望，依然是这样简单的希望。"我的全部努力，不过完成了普通的生活"，如果将穆旦的诗放在畅先生的这一份阅读计划的"评论"部分，我感觉他们之间，像是存在着一种互为彼此的关系……当我们将每一次在校园里看见散步的先生和师母的身影，都当作职业生涯和个体生命的幸运馈赠，而同时，又看到他用文字所表述的内心里对自己永不满足、永远追求的意志，作为他的晚辈和后学，心里的震动、感动，不能不说，是很深刻的，以至于当我这样明确写出来的时候，我感觉到的，是他对生命意义进行锻造的顽强和我的语言之苍白间的鲜明对比。正如先生所言，对于他而言，"阅读是生命的存在方式"，为了"让阅读成为贯穿自觉生命的全过程"，在他 60 岁那一年，那是很多人开始减少买书的年纪，他购买了"二十四史"；2019 年，82 岁，这是不少年事渐高的知识分子开始"散书"的年纪，他购买了商务印书馆出版的全套纪念版"汉译世界名著"，在家里摆了一面"彩虹墙"，这个壮举让他像得到宝贝的孩子一样兴奋了好久。

永不满足、永远追求的意志，让先生永远年轻，对新事物永远抱持着一种好奇的、欢迎的心态。我们看到他在读书计划里还提醒自己，要在大数据时代具备"价值重估意识"。是啊，如何面对数字时代，这难道不是当下人类所面临的最新最重要甚至是最具有本质意义的哲学问题吗？可是在我这样的人看来，这不是我能关心的事情。数字技术我不懂，人类的未来我管不了，所以不用关心。但这是我，而不是畅先生。他关心发生在他的时代的所有问题。"生活真好，因为它让你能够看到人类历史的种种精彩的发展和变化，甚至是冲突。"这是疫情刚刚解封的时候，畅先生和吴进在校园漫步的时候，他对吴进说出的话。他和师母用 iPad、手机或者是电脑，兴致勃勃地接收着来自数字时代的种种信息，用数字化的方式应对着日常生活中所发生的种种细致入微的变化，这种面对历史和未来的开放的胸襟和乐于介入、乐于实践的勇气，让很多晚辈后学自叹弗如。

李西建老师、陈越君、苏仲乐君，他们都向我复述过畅先生常说的在阅读路上"一直在疲惫追踪"的话。我认为这个说法，说明了先生一直葆有着乐于追求新知的激情，同时说明着他的深沉的幽默感。西安人要是有分寸地开别人的玩笑，那叫作"攘人"，我觉得先生总说自己在"疲惫追踪"，这也是一种修辞。他用这种方式，友好地"攘"一下自己，最重要的，是鼓励学生青出于蓝而胜于蓝，鼓励学生勇敢地超越老师，在思想世界里走向更加广阔的天空和更加深邃的宇宙。但说实话，要想超越畅先生，并不容易，因为在我们共同拥有一种学院派的生活方式和工作方式的同时，先生同时保持着对当代文艺创作尤其是陕西文艺创作现场的高度的关怀、深切的注视和真诚的批评，而且，他总是保持着他作为一个"完整""真实""可爱""有情"并且懂得审美的人的存在状态。

四、理论之树，因批评实践和对青年批评家的培养而常青

2021 年 1 月，陕西师范大学出版社出版了畅先生的《陈忠实文学评传》，这时候先生已经 84 岁。在关于本书的一次聚谈中，先生高兴地回忆起当年他和陕西的评论家们一

起传阅小说《白鹿原》的复印件，并且第一时间给小说作者以毫无保留的热情肯定的情景，所以这一本《陈忠实文学评传》，并不是先生为小说《白鹿原》撰写的第一篇评论。事实上，《白鹿原》刚刚出版，先生就和当年的青年批评家屈雅君、李凌泽两位一起，在1993年第4期的《当代作家评论》杂志上发表了《负重的民族秘史——〈白鹿原〉对话》。这种迅捷的反应、敏锐的捕捉、深刻的省思，可不是他"攘"自己时所说的"疲惫追踪"。作为享誉全国文艺评论界的陕西评论团体"笔耕组"的重要成员，他和陕西文坛的创作者们，可以说一直在同呼吸、共命运，他总是用专业的评论和灌注在评论中的真挚情感，助推着陕西文学在新时期中国文坛的盛大出场。而2021年出版的《陈忠实文学评传》，应该是先生在《白鹿原》出版将近30年以后，先生的文学观念发生了一定的变化，在批评方法上进行了自觉探索之后的产物。正如我们在上文引述过的那一份2015年的《读书与研究》计划中所写到的那样，他要"选一位经典作家或者理论家作为研究的对象，挖一口自己的深井"，并且要有"方法论意识的明确与提升"；他要求自己掌握"个案分析"的基本方法。《陈忠实文学评传》出版后，不少读者在各种平台发表过关于这一本书的评论，读者们都注意到了书中细致入微的文本分析所显现的批评方法的新颖性，我想，这就是先生对自己所提出的"方法论意识的明确与提升"的希望的实现和完成。

先生对陕西文坛几代文艺创作者的持续关注表现在：20世纪80年代"笔耕组"的批评工作、90年代对于路遥的评论、多年来一直坚持的对于贾平凹作品的评论、最近几年对于陈彦作品的评论……在评论中显示出的理论工作者的理性判断、热情鼓励和颇为冷峻的"警醒"之语，都是畅老师对文艺创作现场持续追踪的结果。可以说，他一边追踪，一边评论，并且并不因为作家的声名而免去冷峻批评的那一部分态度和立场。相反，他在对于大作家们的新作品进行研讨的会场上，总会在讲出优点的同时，当着作家们的面，直接说出他所认为的缺点。并不是每一个批评家，都会如此地既乐于表达犀利的批评，又能够让被批评者感到心悦诚服。我想，原因在于，畅老师并不是在批评某一个人。他像对待自己一样，将他的批评对象看成是一个一直在追求新知并且努力完善自我的艺术观念和人生价值的多重实践者。

畅老师身上有一种鲜明的"领导"才能。首先的一个例证，就是他奠定了陕师大文艺理论专业不同年龄阶段的同事之间既保留了每个人的性格特征、学术兴趣，互相之间又能彼此欣赏、相互支持的工作氛围。在学院派和学术界很容易形成门户之见和圈层意识的流行语境下，畅老师宽容开放的胸襟、一直追求"自我否定"的气度，彰显了一种可以穿越任何时代和任何境遇的学术生态现场的"睿智"的力量。

第二个例证，是《神秘黑箱的窥视》一书的策划、撰写和出版的过程，特别具有畅老师的典型气质。《神秘黑箱的窥视》1993年出版于陕西人民教育出版社。如果仅仅是构建一种"门户"式的学术圈，那么在1990年畅先生和陕师大中文系几位当年的青年教师屈雅君、李继凯、吴进、李凌泽、陈瑞琳（当然也是文学评论界冉冉升起的几颗新星）一起商议撰写一部用新颖的理论和方法研究陕西文坛知名作家的批评论著的时候，他本人培养的"九歌"以及陈越他们那个年级的硕士生，都已经毕业了，而且专业素养都十分了得，但是这一本书的作者里面，竟没有一位是畅先生自己的"入室弟子"。选择这几位青年教师，在没有任何经费资助的情况下，合作撰写一部需要阅读大量的文献，进行长时间跟踪采访，而且还需要陕西文坛、陕西批评界一起通力合作的著作，原因仅仅是：他欣赏这几位青年教师在文学评论工作中所展现的热情、才华和能力，他也相信他的那些作家和批评家朋友，尽管已经声名卓著，但一定会愿意参加这一项意义非凡的工作。——畅老师希望将他身边有志于当代文学研究的年轻人，从学院派的语境中，直接带入文学创作界和批评界的现场，并实现和研究对象、学习对象的直接对话。今天，当我们回首《神秘黑箱的窥视》这一本书中青年批评家的名单，就会发现，如果我们将这一本书的撰写看成是他们5位借助对于陕西文学的研究，开始在全国评论界的精彩亮相的话，30年来，他们沿着当年开始的道路，各自都开拓了丰饶的学术领地。常青的理论之树，在畅老师和他的朋友们形成的前辈学林的慷慨给予中，枝繁叶茂。

《神秘黑箱的窥视》一书，其撰写构想，具有畅老师本人独具的"灵感"和"胆识"："我们设想，由作家、评论家和青年学者共同就一位作家的创作与创作心理展开对话：年轻的学者首先写出关于作家创作心理的论文，作家在看过论文之后，既可以对其做具有鲜明针对性的评论，也可以按照自己的思路，随心所欲地讲述自身的创作经验与体悟，接着评论家看过他们的文章之后，写出自己对二者论述的见解。这种'三级对话'的好处，是能让读者透过对话，感受到一种相对客观的'呈现'，从而有利于从不同的方面把握作家的创作心态。"——这一段话，并不只是说说而已。这里所说的青年评论家，前面已经介绍过了，而作家，则是当时正值创作能力最旺盛时期的路遥、陈忠实、贾平凹、邹志安和李天芳；为每一个部分进行收束或者说是进行权威评论的"评论家"，则分别是肖云儒、费秉勋、孙豹隐、陈孝英、李星，按照今天年轻人喜欢的词语来说，那简直就是陕西文坛和评论界的"天团"。这一本书的序言，除了畅老师自己所写的一篇，还有评论家王愚的一篇，而总评，则是刘建军先生。——全都是畅老师在批评界的同仁好友。——这个作者群，为什么特别值得今天的我们关注呢？因为20世纪90年代初，知识生产的体系，和今天并不一样。今天是一个项目制的时代，无论做什么事情，先立个项，有经费支持，每个人完成一些；策划并且写作《神秘黑箱的窥视》的时代，没有项目和经费，无论是作家还是评论家，参与这一项工作，仅仅是因为：这是一项有意义的工作，而这一项工作，是由畅老师发起的。重读这一本书当中的所有篇章，正如评论家王愚在前言中所写的那样："总览全书，就会感受到，无论是编者的主意，还是作者的经营，都显示了一种气度和风貌……这种理性的雅量和宽容，实在是值得赞赏的。"听说，这一本书各方面的内容撰写初具规模之后，畅老师组织全体撰稿人员和相关人士在陕西省作家协会召开了一次座谈会，其研讨气氛之坦诚热烈，光是听听当年的参与人的回顾，就足以令人心驰神往。

《神秘黑箱的窥视》一书的成书过程所仰仗的知名作家和批评家对畅老师的设想的全力配合，以及 30 年后畅老师撰写《陈忠实文学评传》时引用的陈忠实先生给畅老师的一封信，都让我感觉到，畅老师和他的"事业圈"的朋友们之间的友谊，真不是今天我们常用的"职场"一词所能概括的。在他看来，陕西评论界的特点，是团结。但是我觉得，团结也还不能完全概括在这个场域里发生的与畅老师有关的一切。与畅老师有关的一切，总能让人感觉到爱，感觉到关怀，感觉到生动鲜活，感觉到可爱。2013 年夏天，畅老师准备开始撰写《陈忠实文学评传》，陈忠实先生寄来了很多参考材料，并附了一封信，在信的末尾，作家写道："您要保重身体，酌力而作，切切。"

五、必须说，畅老师是"可爱"的……

对于那些仍旧在成长的青年艺术家，畅老师表现出的期待和鼓励，远远多于警醒式的批评。纪录片《心之所向》是青年电影人田波、王苗霞为电影《柳青》的拍摄而摄制的，里面用镜头保存了畅老师第一次看完电影《柳青》之后的情形。他走到田波和苗霞的面前，说："为了柳青，我要向你们年轻人拍出这么好的电影，鞠一躬。"说完他朝着这两位青年艺术家，深深地鞠了一躬。这一次看片，是公映前向专家征求意见的内部放映，时间是 2019 年年底。很多个时候，我将畅老师在银幕上朝向田波和苗霞鞠躬的身影，在脑海里来回播放。这是一种具有强烈仪式感特征的行为。作为一种内在观念的坦率而真诚的显现，这是畅老师乐于实践的精神在生活的最细微处的融汇和贯通。这种融汇和贯通，越是细小，越会让人觉得可爱。这个可爱，是可敬的延展。

很多年里面，每次看到他和师母走在校园，都总是手拉着手……

屈雅君曾经偶遇过畅老师和师母，他们手拉着手，走在马路上，每个人享受一支冰棍……而当他发现他们的行为被年轻的同事们看见的时候，回家以后，他对师母说："我说别买冰棍，你偏要买，看看，让雅君看到了吧？"并且，这后续，还又让屈雅君知道了。哈哈。

党怀兴读大学的时候，畅老师也是他们的文学概论课程教师。元旦晚会，同学们邀请他们心中最可爱的畅老师参加击鼓传花，畅老师正色道："学习机会这么难得，你们花时间玩这些低水平游戏，真不应该。"大家都很愕然。但是现在想起来，说得真有道理，可惜那个时间，大家都小，意识不到老师说的话，是真心为他们好。

畅老师原本不会抽烟，因为"九歌"里面有超级烟民，老师跟着学生，学会了抽烟。

而陈越，他平时从不抽烟，但从读硕士的时候在老师家里上课，到现在每年春节去老师家给老师拜年的时候，畅老师发的烟，是一定要抽一根的。

陈越还在读本科的时候，畅老师给他们做讲座，到了提问环节，陈越给老师写提问的小纸条，开头就写："但是，……"这本来是一种很帅气的修辞，显示的是提问者的"犀利"。结果，老师看到这个纸条，说："这是谁的条子？你在跟谁'但是'呢？"是啊，提笔写字，与人交流，是要有起承转合的呀！就这么一句诘问，成为陈越一直遵守的律令和法则；陈越也用这个法则，一再地要求他自己的学生，哪怕就是考试中的名词解释，也不应该掐头去尾，而是应该具备起承转合的基本文法。

还是陈越，考研前，一边仓促复习，一边担心如果考不好怎么办？不然不如不考？左思右想，认为自己应该跟畅老师说一下。老师听完，说："好么！不考就不考么！"他还以为老师会劝他不要放弃呢。哈哈。结果，谈完话，回去以后，他由不得自己，更加手不释卷，更加发奋图强了。这是一种什么样的"育人手段"呢？当然是畅老师的风格：直接的，但是明确的，而且有力。他相信每个人都有着属于自己的判断力。这就是畅老师那卓越的可爱和可爱的卓越：在每一个语言环节，畅老师都给我们展示了生活本身应有的逻辑。

老师是从什么时候开始喜欢与朋友、同事、学生分享养生信息的？看来接收过老师的养生信息的人，不在少数。关于减肥……在他还不像现在这样瘦的时候，他曾经宣布：早饭只吃六成饱……然而，很快就饿了，导致不能看书，不能写作，不能思考……那就算了吧，别减肥了吧！哈哈。减肥计划，屡次执行，屡次失败。关键的是，就连这个屡屡计划屡屡失败的经验，他也会开心分享。这就可爱。

我刚生完孩子的时候，他和师母到家里来看，看着小小的娃娃，他说："哎呀，我女子辛苦了。"以后每次见面，他都不是先问我科研搞得怎么样，项目有没有申请，甚至不问最近在读什么书，思考什么问题了，而是首先表扬我："我女子真的不容易。"这种表扬，容易让人掉眼泪呢。孩子数学没考好，我和附小的家长们，急急讨论要不要给娃上个奥数课，然后就去报了个名。但心里感觉这个事情，好像总有哪儿不对劲，不由得要跟畅老师念叨念叨自己的矛盾和焦虑。他睁大了眼睛，直直地看着我："你怎么也做这种拔苗助长的事情？！"他那万般不解的样子，真的好可爱，而我，当然就是等着他的这一句话啦！

从眼下的状况看来，师母的视力，好像比畅老师的好。所以，当他俩依然是手拉手在校园家属区散步的时候，每当远远地看到弟子、晚辈，师母都会跟畅老师说："那不是你雅君么！""那不是你吴进么！""那不是你陈越么！""那不是你亚莉么！"哎呀，陈枫啦，李西建啦，张志春啦，李锐啦，苏仲乐啦，赵文啦，霍炬啦，杨国庆啦……很多个名字……在畅老师和师母的心里和眼里，都是他们的孩子。这种超级深厚的、超级自然的、超级有审美特性的情感方式，在我们的职业生涯中，除了畅老师和师母，好像也没有谁能带给我们了。

疫情严重的 2021 年冬天，天天要做核酸，看到畅老师和师母，也在风雪里排着队。赶紧给单位负责离退休工作的同事打电话，问：能不能安排人上门去做啊！同事们都很关心畅老师，但是后来，还是看到他和师母跟大家一起排着队。师母说："老畅说，作为一个共产党员，不能给组织添麻烦。"

……

像老师对着田波和苗霞鞠躬一样，这些细小的"可爱的"瞬间，都不是偶然，不是自发，而是老师的一切的总和在任何一个合适的瞬间的显现。文学艺术，它在思想力、情感力和审美力以及实践性等方面对人的塑造，在畅老师这里，无疑是一个典范。我常常因为喜欢在一些没有什么实际利益的工作上花费时间，进而耽误了不少"正经事"，有的时候，我会感觉到沮丧；但是更多的时候，我想，这些事情，就文学艺术的存在和发展的长远健康而言，有它们的价值。每当想到畅老师一直也在教学、研究、评论、育人等方面热诚、自觉、笃定地做着很多没有表格显示度的工作，我的心里，会生出很多勇气和信心。——喜欢畅老师的很多晚辈学人和弟子，都有相类似的想要成为一个"有机知识分子"的深刻动机：屈雅君老师用"一生一件事"的决心，致力于妇女博物馆的建设；陈越主持翻译的"精神译丛"，已经成为全国文论界的重要关注对象；吴进在当年的文学批评事业卓有成效的时刻，选择到美国攻读学位，其艰难历程蕴含着"读万卷书行万里路"的韧性；李西建老师主持的"协同中心"……他们都在彰显着理论在实践中的生命力，并在各自的领域里发生着深远的影响，我想，这些耕耘，跟畅老师的乐于实践的世界观和价值观，应该说，不无关联。最少，它们之间体现了一种互相的呼应和支持。

六、"畅老师的存在，就是一道风景"

记得还是刚入职的时候，有一次听到屈雅君老师说："在西安，畅老师的存在，就是一道风景。"20 多年来，我时不时地会想起这一句评论。我有很多次冲动，想要像是在一份试卷上回答一道论述题一样，谈谈这一道风景的内涵，到底是什么。"有理论并且有激情"，愿意让自己在书中所学，对身边的人和事产生不由得向他靠拢的影响力，这应该就是这一道风景的基本内涵。但这一道风景，不是一处自然风景，而是在历史演进过程中又添加了不断的自我锻造的风景。像先生最具有代表性的"主体论"文艺学所显示的那样，这是一处洋溢着主体性魅力的风景。当学院派的生存方式，渐渐地以一种理智的、有用的、具有数据显示度的形式越来越具有流行性的时候，畅广元先生，他和他的被阅读、教学、写作和育人所充盈的过去，携带着文学学科所独有的诗性的情感的热风，成为我们朝向历史的追慕对象。我们相信，所有那些聆听过他的语言的人们，一定会同时记得他随时在望向你的心灵深处的那一双眼睛、会记得他随时在处理你说给他的种种信息时总在思考的闪亮的头脑，正如先生本人对自己所要求的那样：倾听的品格、包容的胸怀、平等的对话。想到畅老师多次以文字的方式引用或者以口头表达的方式引述过的"独立之人格、自由之思想"也是很多读书人都喜欢引用或者引述的，但我要说的是：让畅先生的弟子们和我本人感到荣耀的是，他在不断引述和引用这两句话的同时，我们也有无数的机会，亲见了他的实践。越是最简单的道理，越是最不容易实践的道理。但畅先生实践了，并且用他的实践，滋养了我们的人生：他自己追求这种自由，也懂得慷慨地给予他人同样的自由。

用自己的人生，滋养他身边的几代青年人的人生，这尽管是每一个以教师为职业的人的共性，但畅老师似乎更特别一些。关于这一点，陈越君想起了他翻译的阿尔都塞自传《来日方长》。在这一本书的最后，关于什么是爱，阿尔都塞写道："爱是关心他人，有能力尊重他人的欲望和他人的节奏，不要求什么，只学会接受，把每一项馈赠当作生命中的惊喜来接受，并且有能力给别人同样的馈赠和同样的惊喜，不抱任何奢望，不做任何强迫。总之就是自由而已。"阿尔都塞的这一段阐释，间接帮助我们想清楚了一个问题，那就是：畅老师作为老师，和一般意义上的仅仅以教师为职业的老师的不同，到底在哪里。也就是说：对于爱到底如何是一种能力这个问题的理解，答案就是，从不自以为是。他欣赏他所看到的年轻人的一切，他把自己在精神世界的所有，完全敞开，馈赠年轻人；而当他倾听来自年轻人的一切信息的时候，他那从不枯竭的兴致，正说明，他将生命中遇到的那些接续并延展了他的精神世界的人们，也当作了他在生命中所获得的馈赠，并且感受到了惊喜。他从不"要求"任何人做任何事情，从不。因而，畅先生，他是最懂得何为爱并且知道如何去爱的老师。

最后，作为本篇文章的结尾，我想说明的是：对于这一篇文字中将"畅先生"和"畅老师"混用，这也是一个对于事实的记录。这个事实就是：当我们见到畅老师的时候，我们脱口而出："畅老师！"然后就开始天南海北地聊，可以说，无所不能聊；但是当我落笔，要将对于"畅老师"的称谓，转化成文字表述的时候，我却不由得要写"畅先生"。当我采访了众多的为了这一篇文章的写作而贡献了大量的往事回忆的师友的时候，我发现，这些弟子在"畅老师"和"畅先生"之间，基本上都是混用的。这个情形，也值得分析。我想结论可能是这样的：我们享受和老师之间的亲切甚至是亲密的日常交往，但我们深知，畅老师是"先生"，他的作为一个无比丰富的思想者和实践者的全部的人生，是我们喜欢的、希望成为的、但是又不可企及的存在，他是一个用语言难以穷尽的观念、行动和物质形象的总和，这让我们同时又忍不住想要称他为："畅先生"。

2023 年 6 月 12 日

（作者单位：陕西师范大学文学院）

对话：现代与当代

关于现代文学研究与当代文学批评的对话

阎晶明　　罗振亚　　王　烨　　等

　　李跃力：今晚真是群贤毕至，非常荣幸能够邀请到在我们现当代文学研究界非常著名的三位学者来进行一场关于现代文学研究与当代文学批评的对话。首先请允许我介绍一下三位老师，第一位是阎晶明老师，阎老师是中国作家协会副主席，专长于鲁迅研究和当代文学批评，是在当代文学领域非常活跃的、成就卓著的文学批评家；第二位是来自南开大学的罗振亚教授，罗老师是中国现当代文学研究领域中研究诗歌的最前沿也是成果最显著的几位学者之一；第三位是来自厦门大学的王烨教授，王老师在革命文学、左翼文学研究领域成果斐然。接下来我们首先有请罗老师来开场，大家欢迎。

　　罗振亚：我这么多年做学问做得不太好，不过也有几点体会不妨和大家分享一下。其一，我们进行学术研究时，一旦觉得自己的发现有研究的价值、意义，一定要坚守它。你自己的发现哪怕一开始很稚嫩、零散，只是一点点火花，但也要以它为圆心寻找相关文献，千万不可人云亦云，一定要有所坚守。以我自身经验为例，我在山东师范大学读研时，有一个问题始终想不明白：为什么抒情诗中会出现大量的叙事因子？后来我在《文学自由谈》中发表的一篇文章里用了两三百字的篇幅谈了这个话题，但也仅限于把这个话题拎出来而已。后来我又深入地思考了这个论题，认为诗歌与其他文体相比优长有很多，但也有鲜明的局限性：在经验的占有方面绝对不如小说，对复杂事物处理的能力方面也不如其他几种文体。在新时期文体大融合的背景下，任何一种文体为了持续发展都必须要汲取其他艺术养料，就诗歌而言，叙事的扩张就成了一种趋势。基于这一思考，我写了一篇文章，名为《从意象到事态——"后朦胧诗"抒情策略的转移》，在《诗探索》1995 年第 4 期上发表，我认为朦胧诗的胜利是意象艺术的胜利，而"后朦胧诗"在某种程度上颠覆了意象艺术，走向了事态艺术的道路，事态因素包括很多方面，例如"反诗"的冷抒情姿态、时间知觉中事态和叙述的强化、自觉的口语化等。2003 年我又在《文学评论》上发表了一篇文章，名为《九十年代先锋诗歌的"叙事诗学"》，我认为 20 世纪 90 年代以后，诗歌界有一个明显的趋势：不少诗人把叙述作为维系诗歌和世界关系的基本手段。90 年代的先锋诗歌凭借着成熟的"叙事诗学"，实现了对 80 年代诗艺的本质性置换。其具体征候表现在走向日常诗意、进行"物"的本质性澄明、文本的包容性、语言的陈述性等，一方面这种"叙事诗学"有利于复杂经验的传达，让诗走向了客观化境域；另一方面叙事也只是诗歌技术的一维，它的功能是有限度的。其实刚开始我只是有一点零星的想法，后来我慢慢加以完善，写成了几篇文章。我讲述自己的这段经历，其实还是想说我们应该持续关注自己的发现，刚开始我们可能只是在某一时某一瞬迸发了一点思想的火花，这时千万不要让它转瞬即逝，而是要让它慢慢燃烧，可能这点火花最后就烧成了一个火球。其二，不要迷信权威。我在日本爱知大学做访问学者时，想到一个论题，是谈日本俳句与中国"小诗"的关系，关于这个话题，我国的学术界早有定论，即日本俳句与印度泰戈尔诗对中国"小诗"影响很大，尤其强调《飞鸟集》对中国"小诗"的生成具有巨大作用，但我在看了大量日本俳句和中国小诗之后，感觉我们的小诗与日本俳句关系更近，和泰戈尔的诗关系反倒有些远。另外朱自清认为周启明所翻译的日本诗歌对小诗"所影响的似乎只是诗形，而未及于意境与风格"[1]，意思是日本诗歌对小诗的影响仅限于形式方面，我对此也心生怀疑，任何一种影响都应该是综合性的，日本诗歌对小诗的影响怎么会只在形式方面呢？有一天我看到印度的传记作家克里巴拉尼所写的《泰戈尔传》，书中谈到泰戈尔在 1916 年出访日本期间，阅读了大量日本俳句，并于各处讲演后在签名簿、扇子上题了一些词句，这些零散的词句、短文后来被收集成册，以《迷途之鸟》（后译为《飞鸟集》）和《习作》为题出版。[2]我以此为依据提出一个观点："小诗"的本质不是源于两翼，而是一翼，那就是俳句与和歌，至少是主要源于俳句与和歌。泰戈尔的艺术故乡同样在日本的俳句。[3]朱自清在 1922 年对小诗下结论时，小诗还未能全面展开，他还未能看到事物的全貌，有些时候这种判断可能有失偏颇。我由此写了一篇文章，名为《日本俳句与中国"小诗"的生成》，发表在《中国社会科学》2010 年第 1 期，被《新华文摘》全文转载。这段经历让我愈发坚信在学术面前我们是平等的，任何权威的东西我们都要辩证地看待，甚至于我们可以挑战权威，只有如此，我们的学术才能发展得更好。

李跃力：感谢罗老师，他用自身经验为我们提供了两点启示：一是不要迷信权威，要有怀疑精神；二是我们要有对一个问题穷根究底的毅力，在发现一个问题之后，我们在研究过程中要持续关注它，有可能它就会从火花慢慢燃烧成火球。谢谢罗老师的分享，

① 佩弦（朱自清）：《短诗与长诗》，《诗》1922 年 4 月。
② 参见［印度］克里希纳·克里巴拉尼《泰戈尔传》，倪培耕译，漓江出版社 1984 年版，第 316—317 页。
③ 罗振亚：《日本俳句与中国"小诗"的生成》，《中国社会科学》2010 年第 1 期。

接下来我们有请王烨老师。

王烨：我也来谈点自己近些年的感受，一是文学被边缘化已成为一种不可逆转的趋势。在此背景下，我们无法成为一个堂吉诃德式的人物，为了能够凭借自己的专业知识在社会中自立，我们不妨从事跨学科的学术研究，将文学知识与其他学科的知识相结合，例如我们可以研究儿童心理学、法律语言学、计算语言学等。前几年我到中国政法大学人文学院交流，他们的学生研究法律语言学很有优势，也很好找工作，毕业以后可以到法院或检察院做文秘工作，身为文学院的学生大家也可以思考一下，除了学习文学之外还可以学点别的什么，这样既可以开拓我们的视野，也可以让大家更好地在社会中立足。二是我们可以多关注青年文学研究领域。青年是一个国家、民族的未来，虽说这个社会已经不容许堂吉诃德式的人存在了，但如果我们大家都抱着一种世俗的态度去生活的话，那人类社会将是一潭死水，这个社会需要更多有理想、有担当的青年。就像20世纪20年代，许多革命学校比如黄埔军校收容了大量流浪青年，这些人在社会中没有出路，只有一腔热血，虽然黄埔军校的学制仅有半年，但这些青年经过严酷的实战训练后，毕了业就能带兵打仗、为国效力。所以青年始终是推动历史进步的重要力量之一，我们如今也应该要重视青年的力量，重点关注青年文学研究领域。

李跃力：谢谢王老师。王老师实际上是立足于当下对我们文学研究的命运表示了担忧，第一便是生活，我们做文学研究也得先在这个社会生存下去，王老师为我们提供了一些思路，比如我们可以从事跨学科的学术研究。但当他谈到青年文学研究时，王老师骨子里的理想主义就显现出来了。我们做革命文学研究的人其实会关注到，青年在国家社会发展变化过程当中具有非常重要的作用。王老师未来决定涉足青年文学研究，我们相信他也会在这个领域做出突出成就。

李继凯：两位老师分别从自身经验出发讲了他们如何认识这个学科、如何治学。罗老师对于诗歌研究可谓是一往情深，他在读研时就对一些选题有所关注，并且形成了一些思考，这时坚守自己的观点就很重要，星星之火可以燎原，现在罗老师在诗歌研究领域也是绝对意义上的权威了。在座的年轻人也应该学习罗老师的这种精神，发现了一个问题后一定要穷根究底，把它弄明白。王烨兄对我们的文学研究表示了担忧，说文学正处于被边缘化的境地，那么文学研究、文学批评就更不用提了，因此我们要寻找突破口，王烨老师给的思路是我们要跨学科进行研究，我非常认同这一观点，并且一直强调我们应该有一种"古今中外，化成现代"的意识，这个"现代"是"大现代"，"大现代"也叫"后古代"，我认为我们应该打通近代、现代和当代的界限，形成更为宽广的视域。古今中外的所有东西都可以被纳入我们的话语空间、知识谱系中来，所有文化资源都可以为我们所用，文学世界里无所不包、无所不有。我们要把不同学科的知识进行整合，从多种视角看待问题，这样我们才能更容易有新发现。我刚来陕西师范大学读研时，也曾为写什么论题而迷茫，就向叶舒宪老师讨教，他说，熟知并非真知，处处皆是问题。所有的老话题都是新话题，都是可以重新讨论的。这话让我深受启发，所以我读研期间非常关注学术会议活动、征文活动等，只要有时间就瞄准那些主题写论文，就当练笔了，我也就是这么一点一点写下来的。1989 年，为了到青岛参加一个郭沫若的研讨会，我采用原型批评的方法，写了《女神再生：郭沫若的生命之歌——重读〈女神〉》一文，我认为郭沫若早年女性崇拜情结很重，他心中早已孕化而成了一个"女神"意象，并由此构建了《女神之再生》这样的一个诗歌世界。这篇文章后来发表在《中国现代文学研究丛刊》上，我还因此获得了全国首届青年社会科学优秀论文奖，这也让我大为振奋。所以我们做学问一定要多思考多写，在有了自己的真问题后一定要坚守它，慢慢去揣摩、完善自己的文章，这个过程是令人很有成就感的。王烨老师虽然对文学研究的命运忧心忡忡，但他骨子里还是放不下文学，准备从革命文学研究转型到青年文学研究。我本人近来也十分关注青年文学研究领域，所谓青年文学基本上可以界定为以青年为创作主体的文学，革命文学、网络文学等都可以纳入到我们研究的范围，相应的评论也如火如荼，这一研究领域确实有待于我们深入挖掘。另外，希望在座的硕博研究生树立师大自信，我以前工作时曾见过一些因为进了师大就觉得人生幻灭的学生，其实我们的学科发展也还不错，而且从这里也走出了像叶舒宪老师、尚文亮老师这样的知名学者，无论进到什么样的学校，最后还是要靠你自己下苦功夫、刻苦钻研的。

李跃力：谢谢李老师，李老师对在座的同学寄予厚望，尤其提出了我们要坚定师大自信，其实李老师和阎老师本身就是两个生动的例子，扎根于陕师大可以成为像李老师这样的学术大家，走出陕师大也能够成为像阎晶明老师这样的学术大家。接下来我们请阎老师来谈一谈他进行学术研究的经验。

阎晶明：我们今天讲座的主题是"关于现代文学研究与当代文学批评的对话"，现代文学研究与当代文学批评既相互独立又密切相连。一方面它们有所区别，现代文学研究注重搜集史料，将研究对象历史化，强调回到历史情境中看问题，当代文学批评则更有现场感。另一方面它们又密不可分，我本人是学中国现代文学出身的，又在中国作家协会工作，所以长期从事当代文学批评，不过近几年又回过头来做了一些现代文学研究，虽然说不上贯通了现代文学研究与当代文学批评，但是两个领域都接触了一些。我发现我们研究当代文学时很容易把话题引回到现代文学，现代文学史中的许多人和话题其实也并未远去，与我们的现实生活息息相关。以鲁迅为例，鲁迅的语录及作品在网络社交平台中随处可见，他在我们网络世界里简直可以算得上是一个网红。前段时间"孔乙己"文学引起热议，其实在 2019 年，也就是《孔乙己》发表 100 周年，我曾写过一篇文章，名为《经典的炼成——从〈孔乙己〉发表 100 周年说起》，里面提到鲁迅本人很偏爱《孔乙己》这篇文章，孙伏园发表于 1924 年的《关于鲁迅先生》一文记述道："我曾问过鲁迅先生，其中那一篇最好，他说他最喜欢《孔乙己》，所以已经译了外国文。我问他的好处，他说能在寥寥数页之中，将社会对于苦人的冷漠，不慌不忙的描写出来，讽刺又不失显露，有大家的作风。"后来我也针对《孔乙己》这篇文章发表过演讲，我自认为已经将这个话题说清楚道明白了。但"孔乙己"文学出来之后，我发现自己做的还只是纸面上的研究，而非活生生的、贴近人们生活的研究。《孔乙己》一文从问世起就评论不断，许多网民对这篇小说的分析确实超越了很多学者的视野，为其提供了新的视角，赋予了新的意义，例如有人问孔乙己的悲剧到底是孔乙己的问题，还是丁举人的问题？这确实也是一个值得探讨的话题。其实即便不与社会话题相勾连，鲁迅小说中本身也有很多还没有研究透的论题。昨天我看到鲁迅杂文集《准风月谈》中有一篇文章叫《推》，文章开篇写两三月前报上登过一则新闻，是一个卖报的小孩子踏上电车的踏板去取报钱，误踹住了下来的客人的衣角，被恼怒的客人推了一下，跌入电车下，电车又刚刚走动，把小孩碾死了。文章接下来就说，衣角会被踹住，可见穿的是长衫，是有身份地位的人。[①]其实在现代文学史上，仅仅是在鲁迅小说中，"长衫"与其说是一种服装，毋宁说是身份地位的象征，它是具有很大的研究价值的。时至今日，鲁迅小说中那些有意味的、有价值的、值得去重新阐释的话题仍然有很多，你从任何一个小切口切入进去，都能发现一个很广阔的世界。除了"长衫"，还有五四新文学中的"人力车夫"群体，该群体在文学中也不自觉地变为具有象征意味的、代表底层人民的一种形象，同时因为"人力车夫"所拉的车上坐着的人正是穿长衫的、有一定身份地位的人，所以这两种群体就很容易形成一种对照。例如鲁迅的《一件小事》，文中车夫在无人看见时撞到了人，"我"作为坐在车上的穿长衫的人鼓动车夫往前走，车夫却径直去帮助老人，这时文中写车夫对于"我""渐渐的又几乎变成一种威压，甚而至于要榨出皮袍下面藏着的'小'来"[②]。这里其实是两种身份甚至两种文明的冲突。"长衫"和"人力车夫"在五四时代绝不仅仅是两种社会群体，而是具有很深的象征意味的社会符号。五四时期的作家、诗人们能够用"人力车夫"和"长衫"来代表社会中的两种身份，但是当代文学中无论是作家还是批评家似乎都无法用一种社会群体来代表底层人民，其实我们研究当代文学应该对当代文学及当代社会进行整体性观照。我 4 月份在《当代》2023 年度文学论坛上做的年度长篇综述中就谈到一个问题，2022 年的中国当代长篇小说创作有一个总体趋势，作家的叙述语言中带有浓厚的地方性色彩，方言俗语在小说里被大量使用，王跃文的《家山》和邵丽的《金枝》就是例子。以前的那些作家，例

①　鲁迅：《鲁迅全集》第 5 卷，人民文学出版社 2005 年版，第 205—206 页。
②　鲁迅：《鲁迅全集》第 1 卷，人民文学出版社 2005 年版，第 482 页。

如贾平凹、路遥的作品也带有很强烈的地方色彩，但这种地方色彩是通过作品中的民俗、历史、地理描写展现出来的，近两年的很多长篇小说则明文告诉你，我写的就是我的故乡甚至是家族。在大家都很强调现代性的时候，地方性反而成为一种标识，强调地方性并不是对现代性的损伤，反而是对现代性的另一种表达，地方性和现代性有一种很复杂的相纠缠的关系。"故乡"这一话题其实也是五四新文学遗留下来的，从鲁迅的《故乡》开始，一个作家如何面对自己的故乡就变成了文学书写中一个非常重要的命题。我们今天的文学其实还在回应一百年前的很多问题，为了更好地认识这些问题，我们就得回到历史现场中去了解那些当事人对农民、知识分子、革命、中国文化持有一种怎样的态度，探知我们今天的文学是怎么走过来的。五四时代的文学家出色地完成了他们那个时代的任务，而我们当代的作家似乎并没有很好地为时代塑形，发掘出属于我们这个时代的文化符号。鲁迅描写孔乙己的尴尬处境只用了一句话："孔乙己是站着喝酒而穿长衫的唯一的人。"[1]

　　这句话已经不只是对个体命运的书写，而是一种对时代悲剧的高度凝练的表达。但像这样的表达我们在当代文学中还未找到，包括打工文学这种现象似乎也没有那么强的感召力。这是为什么？是我们这个时代已经不需要这样的作品了吗？这是很值得我们思考的，我们的研究还是应该与社会现实息息相关，这正是其生命力之所在。我因为在作协工作，所以近几年写的文章都是带有随笔性质的，并非学术论文，其实我认为我们的鲁迅研究哪怕是做到让鲁迅活在当下、活在民间，那就已经很了不起了。2021 年我有一本书在北京少年儿童出版社出版，名为《这样的鲁迅》，这本书是我专门为 10 岁至 15 岁的少年儿童写的关于鲁迅的故事。它虽然谈不上是鲁迅研究，但对我个人而言它是有意义的。我觉得我们做现代文学研究也罢，做当代文学批评也罢，最好是将两者的长处结合起来，一方面我们用历史化的眼光审视研究对象，另一方面我们要让自己的研究与社会相关联，我们的文学及文学研究应该是有呼吸的、有温度的、有社会责任感的。

　　李跃力：感谢阎老师站在现代文学研究与当代文学批评对话的角度为我们带来的精彩发言，他举了很多生动鲜活的例子，指出我们的当代文学应该像现代文学一样具有整体性的眼光，现代文学研究也应当与社会生活相联系，只有这样我们的研究才是有生命力的。再次感谢阎老师，接下来我们有请程国君老师和陕西省社会科学院文学艺术研究所的刘宁老师与谈。

　　刘宁：非常感谢各位老师，回到师大我感慨万千。我想谈三个话题，第一是师大，第二是跨学科，第三是青春。首先我想先谈谈师大，我是师大的硕士生、博士生和博士后，我人生中有十年光阴是在师大度过的。我在师大读书时曾写过一篇短文，里面写了一句

---

① 鲁迅：《鲁迅全集》第 1 卷，人民文学出版社 2005 年版，第 458 页。

话："师大不是北大清华，但它是我的北大清华"，时至今日我仍然这样觉得。在师大读书期间，我不敢说自己取得了多么好的学术上的成果，但确实看到了更为广阔的天空。我读博时，导师是李继凯老师，李老师培养学生向来是给学生提供很多机会与平台，让学生不断发现自己人生的可能性，最终探索出一条属于自己的路。我记得有一年我到台湾参加一个学术会议，发完言以后，复旦大学有个老师说，陕师大培养的学生还是很不错的，所以就像刚才继凯老师和跃力院长讲的那样，我们应该树立师大自信。我想讲的第二个话题是跨学科和阎晶明老师所提到的地方性与鲁迅研究。我硕博期间其实都从事的是现当代文学研究，唯独到了博士后阶段，我跨到了历史地理学这一学科。历史地理学重实证，这为我的学术研究提供了新的视野。博士阶段我做的是地域文学，当时田刚老师问我，我所研究的地域文学如何与外界展开对话？最后我的博士论文做的是当代陕西作家与秦地传统文化研究，传统文化就是当代陕西作家与外界产生对话的基点。地域最终向哪里去？对我来说是走向了地理。我认为我们的文学研究如果坐落在坚实的大地基础之上，当人文的精神与现实的大地相结合，那就能够焕发出很强的生命力。文学既是我们专攻的领域，也可以成为一个工具。我当初在师大读书时，阎庆生老师就说："我们学文学的人不要只看文学，要以哲学为天，历史为地，中间才是文学。"这句话我一直在坚守，我们要用哲学来观照文学，在历史的大地上去寻找文学这样一个广阔的天空。跨学科虽然能为我们提供独特的视野，但是我们研究的主体还是应该落在文学上。跨学科研究很容易导致我们离开文学，像我从文学走到文化，再到文明，回过头来我会发现自己好像已经离开文学很久了。这个时候我认为我们应当驻足反思一下，我们的学科最核心、最根本的地方在何处？文学是一个关注人的精神层面的学科，也是一种文化独特的呈现样态。我们应该在坚持文学主体性的同时，在多个学科的交融之中去发现新问题。我的第三个话题是青春，我在陕西省社会科学院工作，我们与纯学术研究既有相同之处也有不同之处。一方面我们坚守基础研究，另一方面其实我们也很重视应用研究。我们想把自己的学科知识运用到现实中去。2015 年，我写的送阅件《从长安看中国，以文艺打造西安城市文化的建议》受到省领导的肯定批示，有些人讲你们学文学的人是写不了送阅件的，但其实我们现当代文学这一学科不正与社会现实息息相关吗？我认为这也是我们学科发展的道路之一。最近我也参与了关于《盛唐密盒》《长安十二时辰》这两个我们陕西文旅经典的研究个案，我想通过解码《盛唐密盒》《长安十二时辰》来发现陕西文旅的新生态，从而构筑中华文明的自信心，我们文学完全是可以参与到现实生活中去的。对于陕西来讲，我们陕西的学者面临的最大问题就是如何面对文化遗产，如何与传统文化对话，让它迸发出现代的生机与活力？"青春"是一个很重要的词语，我们要将传统文化注入青春力量。《长安十二时辰》就是将青年文化融入到了传统文化之中去。我深切感觉到，不论是从整个国家的文化发展来说，还是就陕西文学的发展而言，我们的前途及希望仍然寄托在青年人身上，我们还需要一代代的青年人担负起传承文化、创造新文化的重任。

李跃力：感谢刘宁老师，刘宁老师是我们师大现当代文学专业的优秀毕业生，目前在陕西省社会科学院文学艺术研究所担任副所长，也是我们省乃至全国非常著名的文学和文化研究的学者，再次感谢刘老师。接下来我们请程国君老师来谈谈。

程国君：几位老师所讲述的治学经验、治学方法给我的启发很大，今晚我们有一个非常关键的词，就是"师大自信"，当然我们有这种自信是很好的，可是我觉得有时候院校背景也不能决定一个人的命运，很多东西只要我们努力也能达到。我自己就是一个例子，我本科毕业于张掖师专（今河西学院），毕业以后去工作了十年，后来又到西北师大读研，然后又去福建工作了几年，最后又考到武大读博，一路兜兜转转，其实我觉得学历和院校不是衡量一个人的唯一标准。另外，我很赞同阎老师的看法，我们做当代文学研究确实应该回过头来了解一下现代文学及研究，既要用整体性的眼光来审视我们的文学及社会，又要注意到各个学科自身的特质。

李跃力：感谢程老师，程老师早年做诗歌研究，尤其是做新月诗派的研究，近几年在华文文学研究领域出了很多引人注目的成果，他用自己的亲身经历也鼓励了我们在场的所有同学，再次感谢程老师。接下来我们开放两个问题，在座的同学可以向老师们请教。

李亚菲：各位老师好，我想问现在大家好像都提倡研究史料，讲求回到历史语境中看问题，其实我在想过分强调史料会不会让文学成了历史的注脚？我认为文本细读同样很重要，那么我们应该如何将史料研究和文本细读结合起来？

罗振亚：是这样的，我们读研时是 20 世纪 80 年代，当时大家觉得资料是第二性的、服务性的，不能成为专门的学问。到了 90 年代研究史料的人就变得越来越多，底气也越来越足，到了现在更是如此。我认为史料研究确实很重要，我们文学研究的每一次突破当然和对经典的阐释与研究方法的更新密切相关，但其实主要还是依赖于史料的搜集、整理和运用。因为只有凭借这些史料，你的研究才有可能真正走向科学化的道路。从这个意义上说，史料的搜集、整理和研究是文学史建设的一个重要部分。当然，如果我们都去研究史料，那也很没劲。我们做文学研究不应该仅仅对文学现象进行描述，而应该以史料为基础，形成自己的认知与思考。史料是必须占有和运用的，但思想也必不可少，甚至我认为能长久活下去的永远不是史料，而是思想。

王烨：因为近些年我比较喜欢研究史料，所以我也有一些感触。其一，史料研究很重要，我们可以通过对史料的整理及辨析，形成自己对历史的认知和理解，从而在面对问题时我们不必盲从教科书和学者，可以有自己的判断。其二，研究史料时我们也会面临一个问题：边缘史料要不要？对于这个问题，我的观点是有些边缘史料真没有什么研究的价值。

我们目前完全可以先去研究权威机构编的那些能够支撑起我们这个学科的史料，对其认真解读、研究。我们前几代学人在史料搜集及研究方面做得不够，这就导致我们得重新去整理、挖掘史料。例如北京大学的姜涛老师写过一篇文章，名为《革命动员中的文学和青年——从1920 年代〈中国青年〉的文学批判谈起》，里面就谈到 1923 年《中国青年》杂志发表了一系列共产党人的论文，这组文章在后来的文学史叙述中往往被看作是"革命文学"的先声，但也存在一些"误读"。而我们前面几代学人对于这些史料没有加以辨析，他们的解读是断章取义的。当然，以前的学者们犯下的错误也给我们这些后来的人留下了学术空间，所以我认为现在的硕博研究生应该重新搜集、整理、解读史料，这样你才能有自己的判断和认识。

阎晶明：这位同学的问题是如何处理史料研究与文本细读之间的关系，这是一个很好的话题。我的感受是如果我们没有仔细去阅读文本，那就不会知道那些史料有什么价值，只有将二者结合起来，我们才能更为客观、细致地去进行文学研究。我举一个例子，《新文学史料》2023 年第 1 期上有一篇文章，名为《"没有感想"的感想——新见鲁迅 1929 年6 月 2 日演讲笔记》，作者发现 1929 年鲁迅在国立北平大学第一师范学院的演讲被分作两次刊载于 1929 年 6 月 5 日与 6 月 6 日的北平《今天新报》上。这个史料很珍贵，但作者对史料的解读出现了一些问题。文中说这个史料对应的是鲁迅先后躲进山本医院、德国医院与法国医院的经历。小木匠铺是鲁迅在避居德国医院时住进的一间堆积杂物兼作木匠作坊的房子。其实这里的小木匠铺是隔壁邻居家的房子，就在鲁迅博物馆里，这是有史料记载的。我们研究这些史料或许并不直接与文本相关联，但它对于我们理解文学现象是有帮助的。这篇文章所用的史料还提到鲁迅到了广州，发现工人的地位增高以后，工人与工人之间常常发生冲突，并且态度非常傲慢。作者说鲁迅在厦门期间写给许广平的信里也提到对工人骄横懒惰的批评，认为鲁迅可能是把对厦门的印象搬到广州去了。其实鲁迅在给许广平写的信里提到的是虽然他在厦门遇到的这些工人态度不太好，但有独立平等的意识。等他到了广州以后，发现不能把工人态度不好看成是追求平等，毕竟拿钱就要办事，这是不负责任的表现。鲁迅自己对工人态度的看法也有一个变化的过程。我还选编过《鲁迅演讲集》，鲁迅 1932 年在北京师范大学风雨操场有过一次演讲，鲁迅这次演讲换了很多地方，先是教室，再是风雨操场，最后换到了露天广场。其实鲁迅讲了什么大家大概都没听见，但是演讲在露天广场就满足了更多人想看见鲁迅的愿望。由此可见鲁迅在当时学生心目中的威望是很高的。鲁迅还在《我怎么做起小说来》一文中写："人物的模特儿也一样，没有专用过一个人，往往嘴在浙江，脸在北京，衣服在山西，是一个拼凑起来的脚色。"[1]

为什么鲁迅说"衣服在山西"，而不是衣服在山东、河北、河南呢？那肯定是有原因的。

---

[1]　鲁迅：《鲁迅全集》第 4 卷，人民文学出版社 2005 年版，第 527 页。

鲁迅的一个表弟在山西繁峙县做"绍兴师爷",后来到北京找到鲁迅。其实这段史料也能帮助我们理解文本。如果没有进行文本细读,那我们一般人是无法发现史料的价值的,但如果只看文本,没有史料支撑的话,我们所写的东西也只是读后感而并非学术研究。

李继凯:对于文学研究来说,搜集、整理、运用史料是很重要的。就像罗老师刚才说的那样,单单钻进史料堆里也不行,我们还要通过辨析史料形成自己的看法。阎老师就能从史料的细微处入手,写成非常有意思的文章,影响也很大,这就是把史料给用活了。

李跃力:谢谢几位老师的发言,接下来我们看哪位同学还有问题?

徐思路:刚刚阎老师提到了"孔乙己"文学,我感觉它能成为一个热潮也是因为它已经成为一个被经典化的文本。那么在我们现当代文学中,那些没有经过经典化的文本是否无法引发像"孔乙己"文学这样的现象?据我自己观察,我们类似的文学现象反而更多地出现在影视剧中,而不是小说作品里。

阎晶明:经典化的过程本身也是社会化的过程,正因为《孔乙己》已经成为一个被经典化了的文本,它不仅进了语文教材,甚至还变为了一个商业品牌,所以像"孔乙己"文学这样的词被提出来时大家才有呼应,当代文学作品中的人物肯定是不能和孔乙己比的。不过随着时代的变化,小说创作观念本身也在发生变化,新时期以来的小说发展到了今天,其实已经不再单纯以塑造大家耳熟能详的人物为追求,当然这也并不是说当代小说没有价值。你刚才提到类似的文学现象更多地出现在影视剧作品中,那是因为影视剧作品还是注重塑造人物形象,所以你能记住一些电视剧中的人物身份、命运等。但是当代的小说可能就是作为一个整体、氛围、感觉呈现在你面前。其实西方当代小说也是这样,巴尔扎克、托尔斯泰的作品能让你记得住人物,但是米兰·昆德拉的作品恐怕没有这种功能。不过是否塑造了一个人们耳熟能详的人物确实不是衡量文学作品的唯一标准,"孔乙己"文学的出现只能说明鲁迅的《孔乙己》在今天仍然具有生命力。

李跃力:今晚我们这场讲座有种坐而论道的意味,这也是因为对话这种形式比单个的学者谈一个严肃的、学术化的话题更能激起我们的思考。尤其是在最后的问答环节,对话的优势就更明显了,一个问题可以获得三个不同维度的解答,所以我们未来还可以继续以这种形式来举办讲座。同学们在学习中也可以移植这种形式,选几位同学让他们主谈,然后大家都加入到对话当中去,我想这也会让大家产生更多的思考。最后我们再用热烈的掌声感谢三位老师。

(作者单位:中国作家协会

南开大学文学院

厦门大学文学院)

贾平凹小说《人极》中的男性政治

［澳］雷金庆　著　马萌悦　译

内容提要： 在 20 世纪七八十年代，男性往往是文学作品中被关注的对象，传统书写爱与性的作品也往往都是从男性视角出发。在《人极》中，贾平凹便揭示了男性气概与社会权力和社会控制之间的联系。通过书写几位主人公不同的命运轨迹，贾平凹暗示在层级—性别坐标轴上，政治地位的改变可以通过在性别轴上的移动实现，但性别并非政治权力的唯一晴雨表。

关键词： 贾平凹；《人极》；男性；性别；阶级

20 世纪 80 年代的中国见证了"文化大革命"期间诸多举措和政策的转变。一些人从这些转变中受益，然而另一些则没有这么幸运。例如就性别关系而言，海内外的女学者对女性可能在现代化新时期"去势"表示担忧。①鉴于中国传统父权制的深远影响，以及"文化大革命"期间阶级优于性别的事实，传统的性别角色观念能在激烈的社会变革之后迅速找到受众不足为奇。然而，在回归旧思想的表象之下潜藏着许多矛盾思潮。

首先，旧思想本身并不是连贯一致的，而是从三个重要但不一定相互兼容的传统中发展而来：封建时期、五四运动时期、新中国成立后的"十七年"期间。这三个时期对中国人的心理产生了深远影响。因此，即使可以用传统思想完全取代"文革"期间举措和政策中包含的性别关系思想，最终的结果可能和其他思想体系一样，包含无数的矛盾和对立。更甚者，它本身便包含了构成传统思想体系的基本元素。

在上述三个传统的影响下，描写性和性别的几乎都是男性作家，他们的关注点也落在男性身上。即使在五四运动时期，鲁迅、陈独秀等有影响力的作家发表了大量女性受

---

① ［澳］贝弗利·霍普：《中国的现代化：年轻女性会输吗？》，《现代中国》1984 年第 3 期。

到压迫的作品，很多期刊也刊载了描写爱情、性和婚姻的文章，但它们的出发点仍是男性。丁玲等少数描述此类话题的女作家也并未真正脱离这种视角。无论在五四时期，还是封建时期，在这些作家眼里，女性是需要怜悯和援助的可怜虫，而非社会变革的推动者。但是他们至少认同，性和性别不平等是社会关注的基本话题。在中华人民共和国成立的头三十年里，人们普遍认为女性要么此刻获得解放，要么必须等到无产阶级社会才能被完全解放。于是，几乎所有出版物都不再描写性。这一情况在 20 世纪 70 年代发生了改变，中国的小说开始讨论爱情故事和女性地位。[①]更为显著的一点是，作家的本质发生改变。书写女性和女性气质的大多数是女性作家，例如已经小有名气的张洁和谌容。

在女性作家关注女性的同时，很显然，当时的中国社会还是以男性为主导。男性问题避开公众视线，逃离严密审视，潜藏在罗莎琳·科沃德（Rosalind Coward）所称的“社会真正的‘黑暗的大陆’之下”[②]。这就是传统文学的情况。当时大部分的作家是男性，他们的关注点也在男性身上。到了 20 世纪 80 年代，关注性和性别问题的大多数成了女性作家，因此人们认为作品重点会指向男性。然而讽刺的是，该阶段的文学作品，无论创作者的性别，比以往任何时候都更关注女性的窘境。直到 20 世纪 80 年代中期，中国文学史上才首次出现有意识地在作品中描述男性性行为的青年男性作家。

本文通过分析贾平凹的《人极》，试图一窥“真正黑暗的大陆”。正如他们的前辈一样，20 世纪 80 年代中期的男性作家在重申男子气概的背后，将关注点落在权力和掌控之上。这种对权力的追求可以在“阶级—性别”坐标轴上绘制出来：无论在性别轴上的哪一点，手握权力的统治阶级都可以将其政治地位合理化，但社会底层人民只能通过向性别轴的“男性化”方向移动来获得掌控权力的快感。但是在《人极》中，这种快感只是错觉，因为无论主人公拥有哪种性别特质，他的地位都不可能得到提高。

民族的哀叹

20 世纪 70 年代末和 80 年代初，女性作家成为书写爱与性的先锋，但是女性遭遇的不公和苦难并没有随着封建残余一并消失。这些女性作家在作品中抒发了对现行社会制度的不满。她们笔下的女主人公和她们自身一样都是高素质的专业人士，拥有传统意义上被认为独属于男性的抱负和愤懑。女作家大受欢迎的另一个结果是，男性再也不能继续隐藏在“人类”的名义之下。很显然，在对社会制度不满的同时，一些女性还受到 20

---

① 参见雷金庆对 20 世纪 70 年代末和 80 年代初这一现象的讨论。［澳］雷金庆：《事实与虚构之间：后毛文学与社会论文集》，悉尼：野生牡丹出版社 1989 年版，第 49—75 页。

② ［英］罗莎琳·科沃德：《女性欲望：当今女性性欲》，伦敦：圣骑士格拉夫顿出版社 1984 年版，第 227 页。

世纪 70 年代早期女权主义言论的影响，尤其是反孔运动，进一步把男性从"人类"中区分出来。此外，这些女性尤其贬低中国男性，声称中国没有"真男人"。

孙绍先在他的"中国女性主义文学"研究中指出，在 20 世纪 80 年代，"这种找不到男人的苦闷，使得女性主义文学的气氛低沉压抑"[①]。张洁用挖苦的语气刻画了一位表面上成功的男性干部形象，近乎完美地诠释了这种苦闷：

魏经理斜躺在那张罩着大红平绒套子的沙发上，一条腿跨骑在沙发的扶手上，裤门的扣子一粒也没有扣，露出女人们才穿的那种花哨的内裤。[②]

中国男人阳刚不足，其阴柔气质也令人反感。这一看法可能受到西方某些关于"真男人"看法的影响。例如，年轻的女权主义者范扬，在其关于两性二元对立的讨论中谈到了"阴盛阳衰"，声称相较于其他文化中的男性，中国男人的部分男性气质似乎已经被"阉割"，大荧幕上类似于阿兰·德龙（Alain Delon）所扮演的硬汉角色消失了。[③]就连海外华人也认为 20 世纪 80 年代的中国缺乏"真男人"。广受欢迎、读者众多的香港作家孙隆基结合弗洛伊德心理学和结构主义的观点做出判断：全国各地的男性都被女性化了。

中国男性的"太监化"倾向是一个普遍存在的现象，无论是在港、台、大陆。[④]

传统社会秩序不稳定带来的性别角色行为变化导致了男性特权的丧失，进而引起人们对男性"太监化"的恐惧。讽刺的是，当中国的先锋派人士正通过诉诸西方流行符号和形象来寻求"真男人"之时，西方世界则是另一番景象。批评家们早已开始质疑大男子主义神话[⑤]，一些女性主义者则指责敏感的后现代主义者"在异性恋与同性恋、邪恶与纯洁、阳刚和阴柔之间游移"，以"找寻另一部分自我"。[⑥]

因此，抱怨中国比起西方来说缺少"真男人"是错误的。然而令人不安的是，无论男女，人们对于"真男人"的定义出奇地相似，这反映出中国的男女作家对"真男人"和"真女人"本质观念的固化，而这种固化的观念将进一步扩大性别差异。此外，为了反驳中国缺乏真男人的指控，人们需要确凿的证据来证明，中国男人的坚忍不拔是骨子里流露出来的，并非来源于西方。事实上，始于 20 世纪 80 年代的"寻根文学"就可以看作中国年轻男性作家对"伪男人"指责的回应。

---

① 孙绍先：《女性主义文学》，辽宁大学出版社 1987 年版，第 68 页。

② 张洁：《方舟》，斯蒂芬·哈雷特译，转引自《中国文学》，熊猫出版社 1987 年版，第 152 页。

③ 范扬：《阳刚的黯沉》，北京：国际文化出版社 1988 年版，第 200 页。

④ 孙隆基：《中国文化的深层结构》，香港：集贤社 1983 年版，280 页。

⑤ 参见唐纳森（1977）对海明威之于爱和性的态度的讨论。在此处选择海明威作为例子是因为中国评论家认为他是最能体现"真男人"精神的西方作家。［美］斯科特·唐纳森：《意志的力量：欧内斯特·海明威的生平和艺术》，纽约：维金出版社 1977 年版。

⑥ ［美］摩尔：《找寻另一部分的自我：后现代主义的皮条客》，引自《男性命令：展现男子气概》，罗威纳·查普曼、乔纳森·卢瑟福主编，伦敦劳伦斯 & 威舍特出版社 1988 年版，第 165—192 页。

这篇文章聚焦于中国作家贾平凹的小说《人极》，认为该小说是此类男性作家的典型回应之一[①]。在分析《人极》之前，不妨先了解一下男性主义兴起背景下的寻根文学。

男性的回应

曹文轩在其讨论 20 世纪 80 年代中国文学不同写作体裁的著作中，用了一整章篇幅论述硬汉子的崛起。[②]他认为蒋子龙、张贤亮、张承志、梁晓声等作家是"真男人"，这些作家因创造出能驳斥中国缺少硬汉这一论断的典型人物而大受赞扬。按照曹的说法，这些人物具有三个典型特征：外表冷峻、情感内隐；坚不可摧、韧性非凡；可以被摧毁，但不能被打败。曹文轩并非纸上空谈，而是从当前的文学作品中汲取诸多例子加以例证。其实并不是只有文学作品中的男性形象符合"真男人"这一规范，《黄土地》和《红高粱》等电影作品，以及 80 年代末的流行歌曲《西北风》，都颂扬了男性的坚忍和力量。

值得注意的是，这些特质与奥克塔维奥·帕斯（Octavio Paz）在描述墨西哥裔西班牙人时给出的"男子气概"的定义十分相似。[③]和大多数提到这些特质的中国评论家和作家一样，曹文轩在提到这些人时也是赞不绝口。但帕斯认为这种无惧外界世界的男人的产生恰恰是墨西哥文明的失败之处。当然，我们并不关心这两种截然相反的评价产生的原因，也不会像帕斯一样深入讨论《人极》中的男性是如何适应完整的文化体系的。相反，本文从性别和阶级角度审视了贾平凹对男子气概的颂扬，并揭示了性别和阶级是如何与社会权力和权力掌控相联系的。有趣的是，尽管中墨文化差异巨大，但两国相似的男子汉形象反映出，性别和政治权力的概念没有文化边界，即使两国作家都在有意"寻找文化根源"。

在开始研读《人极》之前，我们最好先了解一下它的故事梗概和创作背景。这篇小说于 1985 年 10 月发表在上海文学杂志《文汇月刊》上。朱虹将其标题翻译为"一个男人到底能承受多少？"，但我更倾向于直译。原因在于，尽管这个故事是从男性的角度出发写男性，但就像安德烈·马尔罗（Andre Malraux）所著的《人类的处境》[④]那样，作者试图阐述的是人类整体的关系，既包括男性，也包括女性。一部作品只有处在两性化的

---

① 贾平凹，山西商州人，1952 年出生。"文革"期间他在农村为民，于 1972 年进入大学，次年开始写作。他写过几部长篇小说、中篇小说、短篇小说集、诗歌集和散文集。1987 年，他凭借小说《浮躁》获得美孚飞马文学奖，其英译本于 1990 年由路易斯安那州立大学出版社刊登在《中国文学》1989 年夏刊 191 页。《人极》最早见于《文汇月刊》1985 年第 10 期第 2—12 页，后被朱虹翻译为《一个男人能承受多少？》，刊登在《中国西部小说选》第 1—52 页。除标题外，本文均采用朱虹的翻译。

② 曹文轩：《中国八十年代文学现象研究》，北京大学出版社第 1988 年版，第 256—267 页。

③ ［墨西哥］奥克塔维奥·帕斯：《孤独的迷宫》，莱桑德·肯普译，格鲁夫出版社 1961 年版，第 29—46 页。

④ 令人奇怪的是，将 La Condition Humaine（即人类的处境）翻译为英语 Man's Fate（男人的命运）的过程中，"人类"一词通常被译为"男人"。

背景下，才能有力地见证人类生存的普遍负担。

这个故事发生在商州，西安以南不远处的一个小县城里，也是贾平凹大部分文学作品的发生地。他写过一部名为《商州》的小说，以及一系列专门描写商州风俗的散文和短篇小说。他对商州的反复关注并非巧合。贾平凹作为"寻根文学"群体中的一员，和韩少功、郑万隆、阿城等其他群体成员一样，认为商州是中华文明的摇篮。他们在 20 世纪 80 年代中期创造了具有曹文轩和帕斯所描述的许多特征的男主人公。因此《人极》可以被视为一个典型文本。通过细读文本，我们应该可以了解到 20 世纪 80 年代中国人际关系的概貌。

故事梗概

《人极》以"文化大革命"为背景。故事起始于 1969 年，讲述的是两个农民光子和拉毛的故事。光子和拉毛在出生时就被结为兄弟，他们关系亲密，直到成年依然住在一起。事实上，早在两人出生前两家人就早早约定，若他们是一男一女，就为他们定下娃娃亲。在"文革"的头两年，他们以劁猪骟驴为生。1969 年商州发了洪水，他们从汹涌的洪水中捞上来一位娇嫩美丽的年轻女子——亮亮。后来得知，亮亮是邻镇上一位教师的女儿。次日早上光子去劁猪，拉毛和亮亮发生了关系。尽管亮亮表示默许，因为在她看来这是在"报恩"，但光子怒不可遏，骂拉毛"猪狗不如"。拉毛深感绝望，遂自杀。后来亮亮也消失了。光子沉浸在失去拉毛的悲痛中，不再干自己的行当，行尸走肉地过了三年。在这期间，光子时常为拉毛举办悼念仪式，例如为死去的拉毛准备一日三餐。

三年后的一次饥荒中，光子遇到了另一个女人白水。白水原先是农民，后来沦落为乞丐。她被村里的"造反派"轮奸，然后怀孕了。出于同情，光子娶了她，后生一子名为虎娃。然而光子不知道的是，白水原先结过婚。两年后，白水原先的丈夫出现并带走了她。不久之后人们便听说，白水因为虐待命丧黄泉。三年时间里，尽管光子悲痛万分，但他还是"既当爹又当妈"，一手养大了虎娃。时间流逝，他渐渐恢复正常，又开始他的劁猪买卖。

故事至此，"文革"结束，许多人被从监狱放了出来，蒙冤入狱的亮亮也在其中。光子与亮亮再一次偶遇，此时的亮亮已从一介柔弱女子蜕变为一心为父平反的复仇者。她声称，她所遭受的苦难使她成为"十字军战士，既不是男人也不是女人"。亮亮在和拉毛有过鱼水之欢后生有一子。在她入狱之前，不得不把孩子送人，自此以后便再也没见过他。最终亮亮决定和光子结婚。多年来，他们都努力工作，攒够钱让亮亮去北京为父沉冤昭雪。经过艰苦卓绝的努力，亮亮的父亲终得清白，涉事官员也因为他们的错误行径受到惩罚。之后亮亮接替了父亲，在附近城镇教书。光子因无法适应城市生活，无奈之下和亮亮分居两地。不知不觉中，虎娃到了上学的年纪。几年后，亮亮去世了。在亮亮的葬礼上，包括虎娃在内的每个人都认为光子冷酷无情，因为他的脸上没有显现出丝毫的悲伤。此后的岁月里，光子日益孤僻，再也没有提起过亮亮的名字。在睡梦中，他梦见虎娃和亮亮失踪的女儿结为连理。

阴阳和其他象征

故事的主人公光子似乎具备上述定义的"真男人"的所有特征。他坚忍强硬、沉默不语、冷酷无情，即使身体几乎被摧毁，但却从未逾越道德的藩篱。他的男子气概在救亮亮之前就已形容尽致：

> 到上岸，也剥了精光，用热尿揉搓了肚子，抓污泥涂了腿根处那块部位…………光子也是水豹人物，当下口叼了一把砍刀，溜下水去。①

这段描述清楚地刻画出一个行动大胆果敢的男子形象。尽管文中并没有对他的裸体进行细致描写，但对这一动作的描述足以将读者的目光引向他的男子气概。据悉，此时的光子和拉毛正值壮年，尚未开始了解女人。这也是这篇小说中唯一一次将光子描写为游泳健将的地方。如果我们考虑到水的传统象征意义，即象征着阴阳中的阴（女性），那么在这个阶段，"水豹人物"光子从水里救起一个女人这一动作便具有了重大含义。

光子毫无畏惧地下水了，但下水之前，他的确用泥巴擦了腿根处，防止河水太过冰冷。在传统的"五行"理论中，土是阴阳阵里的中性元素，用于中和阴阳。②因此，光子此举具有了更为深远的象征意义。根据阴阳二阵的说法，水为阴，阴为女，而过多的水是致命的。在这个故事中，洪水频发，泛滥的洪水造成物毁人亡，给人们带来悲伤。小说中被水冲下来的女人虽然被人从死亡边缘拉了回来，但她的幸存催化了伤痛，甚至带来拉毛的早逝。水和女人为阴。当男人试图保护自己免受洪水的侵害时，他们仍然无法逃脱这位"病娇柔弱"的女子带来的灾祸。③用阴阳和五行理论来分析这篇文章并非牵强附会。大量证据显示，贾平凹充分意识到了这些古老的本土哲学对当代中国人生活的重要性。在他的许多作品中，他都刻意且有指向地使用了这些经典象征符号。例如在

---

① 贾平凹：《一个男人能承受多少？》，引自《中国西部小说选》，朱虹编译，巴兰坦图书出版集团1988年版，第1—52页。

② 关于阴阳发展及其与五行学说关系的详细学术研究，请参见［英］李约瑟《中国科学技术史第2卷：科学思想史》，剑桥大学出版社1954年版，第216—345页。

③ 故事中的另一个女性角色白水，其名字的字面意思是"白水"。作者取该名的用意在于说明全书中最可悲无助的角色白水并不仅仅是"白水"，而是女性本质的化身。

他的小说《火纸》中，就充满了各种五行排列和对阴阳与性别关系的思考。[①]

光子咬着刀下水也说明了这一点。挥舞着刀与自然或与他人搏斗的男子形象让人联想到中西方传统中的男子气概。自 20 世纪 80 年代中期以来，这似乎一直是"真男人"系列故事中十分常见的主题。例如，在郑万隆的《异乡异闻》系列小说中，许多主人公都是持刀作战的高手。虽然手持枪支，但他们往往倾向于用刀来展示男子气概。一把出鞘的刀，就像勃起的阴茎，既能带来奖励，也会招致惩罚。那些擅长用刀的人"如同真男人一般"面对危险和死亡。例如，故事的主人公申肯用刀杀死了一只熊，但也因此丢了性命。然而，当人们把他和死去的熊分开时，竟发现他的脸一如既往地平静，"看不出一丝的悲伤或恐惧"。[②]

除了象征苦痛或者忍受苦痛的能力，光子嘴里的刀还有一个用处。当刀再次被提及时，是提到它被用来"拉出血淋淋的一节东西"，即公猪的生殖器官。挥刀带来的英雄主义的性暗示在郑万隆作品里也没有消失。在《异乡异闻》系列的另一个故事《老棒子酒馆》中，男主角陈三脚抓住一只熊并用刀把它剖开：

> 刀是从咽眼扎进去，整个儿豁开，肠肚都流出来啦，卵子也被打碎了。[③]

因此，刀象征着强大的男子气概，也象征着男子气概的灭亡。这并不矛盾，因为刀象征着权力，而权力是可以凌驾于男人、女人、动物和自然之上的。此外，刀还让人回想起古典英雄时代，那时枪支还未从西方引入，人们用刀作战。《人极》中就巧妙地使用了刀这一意象。在故事的这一阶段，"文化大革命"刚刚开始，权力的使用者光子正值人生最好的年华，无论是他的身体还是心灵，都不容玷污、无坚不摧。他轻轻挥刀，从汹涌的洪水中救出杂草缠身的亮亮，将她从鬼门关拉了回来。

《水浒传》

亮亮短暂的出场，让光子和拉毛的命运发生了天翻地覆的转变。拉毛上吊自杀，不是出于强奸亮亮的羞耻感，而是因为他的"哥哥"骂他"猪狗不如"。就像伊甸园里给人类带来灾难的夏娃，亮亮在不知不觉中破坏了两"兄弟"间纯洁的快乐和如夫妻般亲密的关系。虽然亮亮失去贞洁，受尽生育之苦产下一女，而后又必须将其遗弃。但实际上，被强奸的她并无太多感情波澜。直到此刻，她始终充当着男人的陪衬，在接下来的十年

---

① 贾平凹：《火纸》，引自《〈上海文学〉小说选——归去来》，漓江出版社 1987 年版，第 540—565 页。
② 郑万隆：《峡谷》，引自《有人敲门》，沈阳：春风文艺出版社 1986 年版，第 59—72 页。
③ 郑万隆：《老棒子酒馆》，引自《有人敲门》，沈阳：春风文艺出版社 1986 年版，第 14—23 页。

里她也并没有出现过。

接下来故事转向兄弟俩对发生的事情的恐惧。拉毛自杀是因为他让"使他躁动不安的器官"控制了他的情绪。在光子看来，他丧失了自制力，就像一头未阉割的猪。就像《水浒传》里的男人们一样，光子和拉毛肝胆相照，生活得自由自在，无拘无束。夏志清认为，对于《水浒传》中的男人来说，禁欲是他们男子气概的唯一证明。①因此，性失控是对男人气概和兄弟情谊的双重背叛。在这种情况下，拉毛强奸亮亮的行径，不仅显示出自己性节制的无能，也是对自己和光子之间隐含的同性恋关系的背叛。

男人之间的爱和忠诚可以超越夫妻关系，这在中国文学中较为普遍。贾平凹的许多小说都描绘了这种态度。例如，在《天狗》中，丈夫出于对昔日徒弟的感激，要求妻子嫁给徒弟。这样一来，便有了一女侍二夫的场面。虽然徒弟已与师娘结为夫妻关系，并且对她怀有迷恋之情，但出于对老师的尊敬，他拒绝与师娘发生关系。②中国传统文学《水浒传》③中也有许多这样的例子，比如杨雄的妻子潘巧云诬陷其兄弟石秀调戏自己，差点导致其二人兄弟情分破裂，因而被杨雄割掉了舌头。④

近年来，描写兄弟情再次成为许多中国小说的重要主题，尤其是青年作家谈及自己的下乡经历时。⑤用于广泛描述这种关系的一个词语是"哥们儿帮"，即字面上的"一群兄弟"。迄今为止，对男性关系的柏拉图式看待并未让这种关系的亲密程度受到质疑。恰恰是因为这种兄弟情谊不容许掺杂半点明显的滥情与嫉妒，它才被视为是充满男子气概的。

在传统的中国，同性恋行为被视为一种男性的放荡。它可能会分散人们对家庭责任的注意力，并且浪费生命的本质，但原则上它与男性的适当性行为并不矛盾。⑥

然而，当前中国政府严苛的道德观将同性恋完全置于被谴责的位置，官方媒体从来不会明确地描述这种关系。然而，就像《人极》中的光子与拉毛，当处于兄弟关系中的一方感到"被背叛"时，这种关系中隐藏的性本质往往会猛烈爆发。⑦

光子对拉毛性行为的反应十分激烈，从充满惩罚意味的排斥转变为拉毛自杀后同样极端的病态忏悔。三年来，他不再劁猪骟驴，"行尸走肉"般活着，为黄泉下的拉毛准备

---

① 夏志清：《中国古典小说导论》，印第安纳大学出版社 1986 年版，第 75—114 页。
② 贾平凹：《天狗》，引自《贾平凹卷》，台北：林白出版社 1988 年版，第 59—122 页。
③ 虽然《水浒传》更准确的翻译版本应该为"Water Margin"，但本文还是采用了赛珍珠的译法。因为她的译名再次表明，术语在翻译成另一种语言时很容易被男性化。
④ 施耐庵：《水浒传》，人民文学出版社 1972 年版，第 549 页。
⑤ 参见雷金庆《事实与虚构之间：后毛文学与社会论文集》，悉尼：野生牡丹出版社 1989 年版，第 76—102 页。
⑥ ［美］菲尔特：《雌雄同体的男性以及有缺陷的女性：十六、十七世纪中国的生物学和性别边界》，《后期帝制中国》1984 年第 2 期。
⑦ 在中国，"兄弟情谊"受到认可甚至鼓励，例如解放军之间的兄弟情。在传统文学中，我们也能看到男人之间的嫉妒之情，例如在《水浒传》中，当李逵在宋江处看到著名的交际花李师师后便勃然大怒。

一日三餐。光子沉浸在对拉毛的悼念之中，这让人想起了中国传统中的为父母守孝。这种悼念是一种悲伤的表现，超越了传统意义上的夫妻之情。如果光子和拉毛生下来性别不同，他们本该结为连理。因此，虽然拉毛在与亮亮性交的过程中施加了权力，但这件事本身就宣告了他权力的明显丧失。对于光子来说，为拉毛守孝三年表面上是在弥补自己的罪过，但是在这一语境中也说明：放纵需要付出暂时失去权力和掌控的代价。

性和权力

因此，性欲游戏其实是一种权力游戏，游戏的输赢部分取决于游戏参与者的性别。那些手握权威的人，也就是"真男人"，被认为处于掌控地位，决定提供还是收回性快感或性权力。与此同时，女性的性快感依赖于丈夫、情人或强奸犯。然而，这种男性被赋予的性权力只有当他们有能力掌控之时，才能继续为他们所拥有。古典小说《金瓶梅》清晰地展现了男女无法控制欲望的后果。小说中拉毛因无法控制自己对亮亮的欲望，按他自己的话说，变成了猪狗不如的畜生或者彻头彻尾的女人。而亮亮则几乎不受影响。这是因为在传统伦理道德之下，包括亮亮在内的女性拥有极小的控制权，需要负的责任也更小。只有"真男人"才能控制自己的性欲，而女人和伪男人只能沦为性欲的奴隶。

比如，光子生命中的第二个女人白水被一群"造反派"残忍强奸，但这次经历似乎让她性欲高涨。她恬不知耻地半夜爬上光子的床，就像传统时代的鬼魂和狐狸精悄无声息地钻进说书人的被窝一样。[1] 显然，白水无法控制自己的感情，她孤立无援，缺乏自尊心。当光子叫她离开时，她惊呼自己无处可去，"我不是个好女人。我该去死"。[2] 在贾平凹等作家笔下的传统父权制社会中，失去贞洁意味着女性丧失获得合理性行为和纯洁名声的权利。这些女人唯一的出路便是像狐狸精和妓女一样，将性作为控制男人的利器。但性带来的魔力永远只是暂时的，男人们只是被暂时"迷住了"。"真男人"面临的挑战是他们能否抵御这种魔力。

这些女人还有另一个更极端、更决绝的选择，那就是反抗式自杀和自杀协议，例如叶蔚林的短篇小说《五个女人和一根绳子》[3]。这个故事可能发生在任何时候，这表明过去导致女性自杀的情况在今天仍然存在。就像传统时代的"贞女"自杀一样，女性的这

---

[1]　蒲松龄的《聊斋志异》中收录了许多这样的故事，其中"红玉"（第103—107页）和"聂小倩"（第54—59页）最为出名。〔清〕蒲松龄：《聊斋志异》，商务印书馆1963年版。

[2]　贾平凹：《一个男人能承受多少？》，引自《中国西部小说选》，朱虹编译，巴兰坦图书出版社1988年版，第1—52页。

[3]　叶蔚林：《五个女人和一根绳子》，引自《小说》第8卷第2期和第3期，周世宗、黛安·西蒙斯译，1987年版，第96—114页。

种自杀行为，即使在现在也是被宽恕的，或者被认为是可以理解的，尽管导致女性自杀的行为是受到谴责的。这种极端方式，是女性最后一次也是唯一一次主宰自己命运的手段，因此令人肃然起敬。男人们当然也死了，他们获得了自我约束、自我掌控的力量，这是"禽兽"拉毛无法做到的。当拉毛通过结束生命获得自我救赎时，他的"兄弟"光子以他为荣并为其守丧三年。

儒家和太监

男性禁欲本身并不高尚，它是一种自发行为。不能将自我控制付诸实践的人被视为同情和蔑视的对象。纵观中国历史，关于宦官的传说极具贬义意味。他们被认为是贪婪懦弱、喜怒无常的。[①]在很多例子中，人们把太监等同于女性，认为他们同样缺乏自我约束的能力。例如，2500 多年前的《诗经》就说：

> 世上之杂乱并非始于天上
> 乃是生于女子；
> 不可教之人
> 为女人和太监也。[②]

形形色色的故事描述太监"使用春药，不断抚摩女人，进行类似的性行为"以"重振雄风"[③]，这激发了大众的想象力。他们所谓的性虐待及其隐晦含义，进一步证明太监不是"真男人"。在传统的中国语境下，宦官是加倍可鄙的。在通过儒家思想的过滤后，外界强加给他们的无法控制自己性行为的能力就会转变为无法繁衍后代的能力。

然而在我们研究的文本中，儒家用是否能繁育后代来定义男子气概的推论变得复杂有趣起来。在《人极》中，亮亮给拉毛生了一个女儿；那帮强奸犯"造反派"让白水怀上了虎娃，相比之下，故事的男主人公光子虽然具有真男人的所有特质，却莫名其妙地变成了"不能生"的太监。然而，这种极具讽刺性的故事走向并不是对男子气概的控诉，因为没有证据表明这一代中国作家对"真男人"心怀厌恶。其实大量的文学作品证明事实正好相反。

在这一点上，我们必须越过夏朝流传的男人需要自我禁欲证明男子气概的洞察。为什么这种自我控制如此必要？答案就藏在儒家对"克己复礼"的追求中（克己复礼即克制自己的私欲，使言行举止合乎礼节）。做到克己复礼是成为君子的关键，而君子的角色

---

① ［英］查尔斯·胡马纳、王武：《一阴一阳之谓道：中国式爱欲》，坦德姆出版社 1971 年版，第 62—80 页。
② 江荫香：《诗经译注》，中国书店 1982 年版，第 4—6 页。
③ ［英］查尔斯·胡马纳、王武：《一阴一阳之谓道：中国式爱欲》，坦德姆出版社 1971 年版，第 68 页。

是统治他人。因此，自我控制是控制他人的一个基本前提。道教和密宗佛教主张禁欲，这是自我控制的另一个延伸。因此，能够约束自己的性欲不仅仅是一种自律，还是获得政治权力以及道德和精神优越感的必要标准。正如福柯指出的："为了不至于过度和产生暴力，也为了避免产生（对他人）暴政和（自己的欲望）对灵魂的暴政，政治权力的施行需要管理自我的权力，这是政治权力内在调整的原则。作为控制自我的一个方面的节制，它与正义、勇气或慎重一样，是准许一个人控制别人的一种德性。最高贵的人是自身的国王。"①

因此，光子无后的儒家式悲剧暗示着成为完整男人的一个重要条件被阉割了。他的不完整让光子没有办法成为"国王"。和亮亮比起来，光子"够不上"真男人的身份尤其值得注意。故事一开始，"文革"闹得正凶，亮亮被卷入政治风暴之中，后被光子和拉毛所救。实际上，她是被沉迷于权力的农民拉毛强奸的。而后所生的女孩，就像"文革"中所谓的"迷惘的一代"一样，被交付给一个农民，从此杳无音信。"文革"后她的家庭得以沉冤昭雪，亮亮重获了原有家庭的地位和特权，那是光子进不去的特权世界。终其一生，光子始终是一个农民。

故事的潜台词表明，控制性欲是获取"国王"身份的必要条件，但并不是唯一条件。作为农民，光子和拉毛的贫农身份从未改变，虽然有时他们在村里四处走动，干着帮人阉猪的生意。因此，无论他们的性行为是圣洁的还是兽性的，他们都不能被视为"国王"。对于像拉毛这样的农民和"造反派"来说，他们获得控制权的唯一途径就是采取野蛮手段。他们通过释放肉体能量处于支配地位，但这只是暂时的。而那些受过教育的人却可以在性别轴上随意游移，使自己的政治立场合法化。这位女性化的儒家学者和男性化的亮亮一样，十分确信自己的领导地位。他们的共同点是自我控制和良好的阶级背景。

因此，只有当一个人受过教育，其成为领袖的自控力才会从性领域转向政治领域。这一点在张贤亮等作家的小说中表现得尤为明显，这些作家痴迷于成为知识精英中的一员。几乎张贤亮笔下的所有故事都在描写男性知识分子如何通过掌控性欲，在反右运动或"文化大革命"中重新获得失去的政治权力，而女性在该过程中起着催化作用。他最富盛名的小说《男人的一半是女人》最为清晰地展现了这一点。在这个故事中，作者明确地将主人公的政治命运和性命运联系起来。在"文革"期间，主人公陷入政治困境被送往劳改营。在此期间，他发现自己得了阳痿，只有通过妻子的帮助和洪水中的英雄事迹才得以恢复男子气概。然而此事之后，他仍然觉得，如果不重获政治权力，他就不能成为一个真正的男人。于是为了实现这一目标，他抛弃了自己的农民妻子。正如张贤亮的许多故事中描述的那样，当男人抛弃了来自底层、未受过教育的女人，并且不再需要使用或滥用性权力时，他就重新获得了政治权力。②

---

① ［法］米歇尔·福柯：《性史第 2 卷：快感的享用》，罗伯特·赫尔利译，伦敦：企鹅出版社 1988 年版，第 80—81 页；译文引自［法］米歇尔·福柯《性经验史》（增订版），余碧平译，上海人民出版社 2002 年版，第 184 页。
② 张贤亮：《男人的一半是女人》，引自《张贤亮选集》第 3 卷，百花文艺出版社 1986 年版，第 339—398 页。

性的政治

因此，在这些性寓言或政治寓言中，参与者的性别不能被视为政治权力的唯一晴雨表。

显然男女都有机会获得"王者之道"。这种看法由来已久，几乎和中国文学的历史一样古老。例如，"中国诗歌之父"屈原①，以用暧昧的语言表达他对君主和政治领袖的追求而闻名。在他的《离骚》中，诗人本身和理想国王的性别似乎都是不确定的。②此外，他们的性别特征也不明朗。然而在这首诗的开头，诗人坚持指明自己血统的高贵，以此作为他具备统治权力的证据。就像西方的后现代男性，他们大多来自中上层阶级，现在可以通过"获得另一部分的自我"而进入女权主义话语，传统的中国话语也允许颂扬女性，只要她们来自中上层阶级。

在《人极》中，值得注意的一点是，亮亮作为一个女人，继承了父亲的教师职位。亮亮出生于知识分子家庭，除了她不是男儿身这一点之外，没有什么不合逻辑的。然而，这个故事清楚地表明，在重获知识分子身份的过程中，亮亮失去了她的性别特征。小说中多处表示"她男不男，女不女的"。尽管这与屈原去性别化或双性别化主体以使其适合统治的技巧不谋而合，但它也反映了儒家式的转折：因为性别诅咒女人。通过赋予亮亮男性特征，使其脱离原本角色，我们可以得知无论亮亮怎样努力都不能给光子生孩子。她和光子一样，都是功能性的阉人。

"文化大革命"在小说中不常被提及，但此背景显然是造成性逆转和政治逆转的原因。光子在小说一开始就纳闷，"真是社会混乱，人心也都龌龊"③。在 20 世纪 70 年代末和 80 年代的许多文学作品中，这是一个十分常见的主题。"伤痕文学"变成了描写错位政治标签文学作品的代名词。近代的文学作品中，几乎所有的诱惑和强奸都是由没有或不应该拥有政治权力的男子实施的。他们大多数是农民或工人。如果他们是干部或军官，就会被描述为被国民党或"四人帮"赋予政治权力的恶棍。相反，"女性化"或"太监化"的男性，比如张洁笔下穿着花内裤的魏经理，可能会拥有权力，但他们在处理权力方面往往缺乏"王者风范"。

问题不在于中国男人是否"穿花底裤"或者言行举止"像个女人"。问题在于这些形象到底会给人手握政治权力之感，还是让人觉得滑稽。最近在中国年轻女性中进行的一

---

① 柳无忌：《中国文学概论》，印第安纳大学出版社 1966 年版，第 24—34 页。

② 屈原：《离骚》，引自《楚辞》，大卫·霍克斯编译，哈蒙兹沃思：企鹅出版社 1985 年版，第 67—78 页。

③ 贾平凹：《一个男人能承受多少？》，引自《中国西部小说选》，朱虹编译，巴兰坦图书出版社 1988 年版，第 1—52 页。

项调查显示，在中国人心目中最受欢迎的男性中，《红楼梦》中的贾宝玉被选为最不受欢迎的男性。[①]他的柔弱行为非但没有使他变得有吸引力，反而冒犯了许多人。然而，历史情况并非总是如此，他在大观园的受欢迎程度足以证明这一点。对于这一现象，高罗佩等学者给出的解释是，中国男人女性化的过程始于明朝，并延续到了清朝。原因是汉人反对满蒙统治者的尚武精神。

理想的男性往往被描述成文弱书生，多愁善感，面色苍白，双肩窄小，大部分时间都泡在书本和花丛中，稍不如意就会病倒。[②]

这样的分析表明，男性气质和女性气质的概念在中国历史上经历了许多变化。

此外，高罗佩的观点也并非绝对正确。相比起通过赋予男人女性特质来反抗满族统治者，汉族的统治阶级很有可能故意把"多愁善感，面色苍白，双肩窄小的文弱书生"进行理想化，以减少对满族统治者的威胁，从而保留其政治权力。无论人们怎样看待高罗佩的观察，有一点是毋庸置疑的：对性别特征看法的变化清楚地表明了人们对政治权力以及政治权力和性别与性关系的不同看待方式。另一个例子是西方的同性恋群体。近年来，他们有意识地在服装和行为上模仿摩托车队成员或军中硬汉等更具阳刚之气的男人。这样的转变暗示了性别、阶级、权力交织产生的变化。

在中国，类似于《人极》这样的小说表现了对男子汉形象的积极主张。男主人公出身工人阶级，被剥夺了政治和经济权力，试图重新确定自己的地位。值得注意的是，这类故事大多数是由以前的"知青"写的。他们下乡结束后回城，却发现"文化大革命"和下乡均遭到谴责。"文化大革命"时期被视为"邪恶时代"，而他们作为"知青"被歌颂为英雄。20 世纪 70 年代末，"文革"计划被彻底否定，他们曾经拥有的政治资本欠了债。为了政治上的合法性，更为了获得内心的平静，返乡的"知青"需要将自己的山村生活合理化。

为了给自己的下乡经历"正名"，韩少功、张承志、贾平凹等人书写"寻根文学"，并将文学的根源置于落后崎岖的地区。在这个过程中，受中国古典文学中扎根在农村的"好汉"这一概念的启发，一种特定的男子气概出现了。不幸的是，这些观念往往与当前的政策相矛盾。因此，"寻根"小说与传统小说一样，充满了含糊与歧义。而歧义消解的突破点，又因当下政府和社会的关注从政治关系转向性别关系。

"文化大革命"的后果是社会巨变。总的来说，这些变化朝着一个更"正常"的社会结构的方向发展。正如迈克尔·基梅尔（Michael Kimmel）在另一篇文章中指出的，新型男子气概的表达……指出了更大的社会结构变化导致女性重新定义其性别角色这一微观

---

① 刘达临：《性社会学》，山东人民出版社 1988 年版，第 62 页。
② ［荷］高罗佩：《中国古代房内考》，布里尔出版社 1974 年版，第 296 页。

社会过程的方式，也指明了引起男子气概发生历史性"危机"的重大事件。①

中国的问题在于，女性在试图解决其面临的不公时，正在重新分配男性和女性的传统角色，而这些角色正是"文化大革命"刚刚开始努力摆脱的。②中国男性纷纷效仿，再次将传统上有益于男性的性别角色内化，尤其是受过教育的男性。在"正名"的过程中，作家们高效地恢复了旧的政治秩序和性别等级制度。

女性依然"撑起半边天"，但越来越明显的是，她们顶起的是黑暗的一半，而男性的头顶则一片光明。张贤亮说："男人的一半是女人。"《人极》中光子和亮亮的命运似乎在暗示，无论是男人还是女人，只要没有履行传统赋予他们的性别角色，就很有可能成为"半人半魔"的怪物。③尽管阴阳应该相互融合、互相转化，但《人极》等故事却揭示了阴阳转化带来的后果。

恢复旧的性别秩序

性别优势可以被转移到政治领域，同样地，政治经济权力也可以被视为性别权力。当像亨利·基辛格（Henry Kissinger）这样有权势的人注意到权力其实是一剂春药时，那些手握政治经济大权的人们创造的神话再一次得以强化。这个神话影响巨大，以至于当阿兰·德龙（Alain Delon）、克林特·伊斯特伍德（Clint Eastwood）和中国男人孙隆基这样的具体形象诞生时，深受吸引的女性认为她们渴望的是这些男性身上的性魅力而并非本质上的政治权力和经济权力。

在过去的一个半世纪里，大多数知识分子宣称想要抵制西方国家经济帝国主义。但是文化帝国主义，特别是带有男性和女性形象的媒体帝国主义，只是在道德和政治层面遭到反对。如果那些诋毁中国男性性征的人只从西方的角度看待对"真男人"的研究，他们会发现"潜藏在男性身体和行房表现背后的，是许多（西方）男性对性的不确定和矛盾之感"④。

有一些典型的男子形象似乎符合曹文轩描述的"真男人"，他们不同于我们所说的像

① ［美］基梅尔：《从历史角度看待当代男子气概的"危机"》，引自《男子气概的形成》，哈里·布罗德主编，波士顿：艾伦出版社 1987 年版，第 121—153 页。

② 玛丽琳·杨观察到，后毛时代的女性在恢复传统性别角色时面临着相似的困境。玛丽琳·杨：《中国的小鸡：女人的折射》，引自《马克思主义和中国经验》，阿里夫·德里克、莫里斯·梅斯纳主编，阿蒙克＆纽约 M.E. 夏普出版社 1989 年版，第 253—268 页。

③ 显然，在刘宾雁（1981）最著名的作品《人妖之间》中，主人公王守信不仅被女性化了，同时也失去了人性。刘宾雁：《人妖之间》，引自《刘宾雁报告文学选》，北京出版社 1981 年版，第 147—206 页。

④ ［英］安迪·麦特卡尔夫：《男性性欲导论》，安迪·麦特卡尔夫、马丁·汉弗莱斯编辑，伦敦：冥王星出版社 1985 年版，第 1—14 页。

光子一样的"太监"，也与男性的性能力无关，这些人是王蒙、蒋子龙、李存葆等扎根于农村的作家创造出来的。像蒋子龙笔下的厂长乔光朴既充满男子气概，又不是光子那样的"太监"。事实上，他们是典型的儒家式人物：受过良好教育、担任公职还育有儿女。[1]他们的力量和吸引力来自他们的政治、经济和军事影响力，而不是刀子等武器。即使身为人民解放军的一员，他们的"男子气概"也不体现在他们的枪炮，而在于他们对部队、战友和人民的奉献之中。事实上，有时候他们携带的武器会被故意形容为不能用的。[2]

不幸的是，孙隆基等学者对中国男人太监化现象的讨论没能让本土作家创造出能改变现状的性别角色。相反，他们笔下的角色往往经历同样的状况。然而，这种复制改变了男性形象的某些方面。

贾平凹塑造出了光子这样的男性角色，对像他这样的作家来说，重申儒家的"克己复礼"并非全部意义。不同于《水浒传》里暴虐成性的农民"好汉"，农民出身的光子堪称"真男人"的典范。他有意识地回避暴力，对亮亮和白水遭受的强奸深恶痛绝。他性格温和，理解并且支持自己的妻子，与暴戾的白水前夫形成了鲜明的对比。

这个"文化大革命"中出身农民阶级的男主人公光子可能对"真男人"的表现产生了持久的影响。光子虽然出身低下，毫无政治权力，但他似乎把他一些不讨喜的男性特质女性化了。此外，他的自控能力不仅表现在性方面。在整个故事中，他被描述为能够做到儒家意义上真男人所要求的所有自律。农民光子被认为是在传统意义上接近真男人的这一事实，表明"文化大革命"后的"正名"过程是不完整的。虽然"文化大革命"期间工人阶级主角的形象太不真实，不能作为成功的行动标杆，但光子的"真男人"形象绝不像帝国时期和五四时期的那些男人一样，行为野蛮、不假思考。

然而这并不意味着中国传统已经中断，也不意味着性别、阶级和权力之间的基本关系已经改变。相反，这个故事非常清楚地表明，女性永远不可能成为真正意义上的"男人的领袖"，无论其背景如何；像光子一样的农民永远不可能与知识分子争夺政治权力。因此，女性和下层男性对控制权的追求，无论多么短暂，都只能通过在性别轴上移动实现。只有当他们身强体壮时，他们对更为"女性化"的男女施加的控制才能得以维持。《人极》这样的故事似乎表明，阶级统治是一种比性别优势更持久、更强大的控制手段。

（作者单位：雷金庆　昆士兰大学　马萌悦　陕西师范大学）

① ［澳］雷金庆：《事实与虚构之间：后毛文学与社会论文集》，悉尼：野生牡丹出版社 1989 年版，第 38—48 页。

② 参见李存葆（1984）对于解放军士兵的描述。李存葆：《高山下的花环》，山东文艺出版社 1984 年版。

《怀念狼》：最后的"英雄"和贾平凹的生态关怀[*]

何卫华　著　　石亦洁　译

内容提要：贾平凹身处中国社会、历史和文化的改革浪潮中，通过创作文学作品对生态破坏及其对人类的影响进行文学反思。近年来，生态批评理论在中国呈蓬勃发展的态势，小说《怀念狼》聚焦生态关怀，讲述了主人公高子明到访商州并拍摄尚存的 15 只狼的故事，字里行间蕴含多种生态思想，引发学界广泛关注。通过文本细读，探究贾平凹对当前物种退化的文学反思路径，进而分析文本"自然重生"中蕴含的中国传统生态思想，从而揭示生态危机与当前社会问题之间的内在联系。

关键词：贾平凹；《怀念狼》；生态破坏

贾平凹堪称当代中国最受争议的作家之一，其创作的小说《废都》（1993）自出版以来，引发巨大争议，这主要源自书中大量的性爱描写。评论家对此褒贬不一，有一些评论家认为，《废都》这部小说创作旨意高远，蕴含深刻，与戴维·赫伯特·劳伦斯（D.H.Lawrence）的长篇小说《查泰莱夫人的情人》（*Lady Chatterley's Lover*）有着异曲同工之妙；也有一些评论家则认为《废都》无疑是一部"淫秽小说"，是"颓废之都"，当被封禁。虽其声誉好坏参半，但不可否认，贾平凹始终关注着中国社会变革中的传统农业和现代工业，小说叙述朴实凝重，见解深刻犀利，充满批判和反思意味，使其在世界文坛中占有一席之地。贾平凹于 1952 年出生于农村，童年生活极度艰苦；中国 1978年实行改革开放政策之后，逐步推进了现代化的进程，政治地位不断提升，逐步跻身经

———————————

* 本文译自 Ecocriticism in East Asia：Toward a Literary（Re）Construction of Nature and Environment.Comparative Literature Studies，Vol.55，No.4.（Penn State University Press 2018），761–772.

济强国之列，人民生活才有所改善。贾平凹认为，作家的观点"永远与现实发生着冲突"①，因而，他对于社会、精神和生态危机话题极为敏感。随着经济飞速发展，工业化和城市化进程不断加快，我国人民生活水平不断提升，但是经济的发展在相当程度上是以自然资源的消耗和环境的破坏为代价的，并给人类带来灾难，物种灭绝、资源枯竭和污染加剧等生态危机层出不穷，令人唏嘘不已。小说《怀念狼》通过记叙主人公高子明拍摄商州尚存的 15 只狼的故事，揭示了中国面临的生态挑战。通过文本细读，本文将从贾平凹对当前物种退化的文学反思路径，文本"自然重生"中蕴含的生态智慧，引发生态危机的原因三方面展开分析和探究。

物种退化与最后的"英雄"

在一次关于《怀念狼》的访谈中，贾平凹谈道，"怀念狼是怀念着勃发的生命，怀念英雄，怀念着世界的平衡"②，小说中的生态问题是由中国自 20 世纪 80 年代以来的环境恶化引发的。为了扭转这一局面，环境保护成为政府的首要议程。对于像贾平凹一样关注乡土主题的作家来说，他们通过文学作品来表达自己对生态环境遭受破坏的感伤，唤醒人们对生态危机的认识、重视和理解。王宁教授讲道，"中国古代哲学中蕴含着丰富的生态资源，可追溯至老庄的道教哲学，作家生态批评研究深受其陶冶"③。当代中国作家对环境污染进行反思，从中国传统生态思想中汲取智慧，文学作品囊括如水污染、乡村退化、森林锐减、濒危动物物种增加，以及空气质量恶化等多个专题。现代化的发展离不开工业化、城市化和商业化进程的加快，也离不开对自然的大肆开发和利用，贾平凹的作品则帮助读者意识到这一点。由此可见，当代文学已然发生新的转向，即所谓的"生态转向"，并涌现出一批名家名作，如莫言的《红高粱》(1986)、马丽华的《藏北游历》(1990)、徐刚的《伐木者，醒来！》(1997)、阎连科的《日光流年》(1998)、郭雪波的《狐啸》(2002)、叶广芩的《老虎大福》(2004)、姜戎的《狼图腾》(2004)、迟子建的《额尔古纳河右岸》(2005)和阿来的《空山》(2005)。在中国城乡二元结构背景下，农村环境污染和生态环境恶化程度比城市更严重。贾平凹作为土生土长于商州的农民，对乡土题材始终保持着高度的关注。

由上可见，贾平凹在《怀念狼》中表现的对生态环境的忧患绝非偶然。他的众多创作

①　廖增湖：《贾平凹访谈录——关于〈怀念狼〉》，《当代作家评论》2000 年第 4 期。
②　廖增湖：《贾平凹访谈录——关于〈怀念狼〉》，《当代作家评论》2000 年第 4 期。
③　Wang Ning，"Global in the Local：Ecocriticism in China"，Interdisciplinary Studies in Literature and Environment 21，No.4（Autumn 2014），743.

皆关注生态问题，另一部杰作《高老庄》（1999）则讲述了一个"还乡"的故事，关注原生态的自然流动，反映生活本真，小说不仅哀叹传统乡村的解体，也对环境破坏进行了批判。

相比其他创作，《怀念狼》这部小说受到了更广泛的关注，贾平凹的生态思想在作品中得到了更为全面的演绎。物种退化是小说最核心的主题，令人惶恐不安，大熊猫便是鲜活的例子。小说中，在熊猫保护和繁殖基地，熊猫生下幼崽是基地建功立业的大事，也是商州政府的一番大作为。科技工作团队精心照顾熊猫，助其生育，小说主人公子明则被邀请报道这一世界级历史性时刻，并详细地记录这整个生育过程。十分不幸，大熊猫在生下一只老鼠般大的幼崽后便死了，紧接着幼崽也死了。作为濒危物种，大熊猫逐渐丧失了对生存环境的适应能力，性欲近乎没有，发情期极短，难以怀孕，繁殖面临严峻挑战。由此及彼，子明觉悟：人类和大熊猫、狼的命运休戚与共，未来或许也会沦落到这般境地。他曾读到一份研究资料，其中讲道："人类已开始退化，现在的一个正常的男人排精量比起五十年前一个正常男人的排精量少了五分之一，稀释度也降低了百分之二十。"①如今，越来越多的年轻夫妇生育困难，不得不依靠医疗手段来怀孕。在本书中，贾平凹也对男子气概的丧失进行了批判，他认为人类精神萎缩是城市化带来的负面影响。譬如，子明便有一张"苍白松弛"的脸，下巴上仅有稀稀的几根胡须，长年患有口腔溃疡和痔疮，但离开城市来到乡村后，痔疮竟奇迹般好多了，人也瞬间恢复了活力。诚然，子明的担忧并非毫无根据，他读到遗传研究所的报告："在城市里生活了三代以上的男人，将再长不出胡须。"②由此他想象着自己的儿子将来可能会成为"奶油小生"，缺乏男子气概，心中顿生悲哀之情。子明认为，现代化和城市化进程的加快导致现代人类衰弱不堪，精神不振，这一反思具有重大意义。

论及物种退化，可从小说主人公子明的舅舅，最后的英雄傅山之悲剧中窥探一二。傅山的祖父早年被狼活活吃掉，因而在他年幼时，父亲便带他出猎。5岁学会剥狼皮，7岁便于群狼攻击中解救了自己的母亲。经年累月，他屠狼无数，见风就长，成为商州最英武的猎人，堪称大英雄。但是，这位英武的猎手作为前捕狼队队长，在其42岁时，收到的任务却是收缴猎枪，保护狼群。昔日捕狼队解散后，他和其他猎人一样，整日郁郁寡欢，但在与子明一起拍摄狼的旅途中，逐渐在与狼的战斗中恢复了信心。但是在小说结尾，15只狼纷纷丧生，无一幸免，自此之后，傅山竟变成了"人狼"，长相形似熊猫，行为怪异，脾气火暴，裸着身子到处跑。傅山终归长于传统社会，适应了传统社会的生活方式和生活节奏，一生独自一人，以捕狼为生，传统生活方式的消失意味着他人格的消失，写就了他一生悲惨的命运。相较之下，现代社会如同飞速旋转的机器，人类就像机器上的零部件

---

① 贾平凹：《怀念狼》，长江文艺出版社 2016 年版，第 23 页。
② 贾平凹：《怀念狼》，长江文艺出版社 2016 年版，第 2 页。

一般，精神消沉，衰弱不堪，缺乏志气。傅山注定会成为"最后的英雄"，因为他胆气横秋，威武不凡，而这在当今社会较为罕见。两相对比之下，在小说结尾处，子明声嘶力竭地呐喊道："可我需要狼！我需要狼——！"①

艺术变形与《怀念狼》中的自然表征

哈佛大学唐丽园（Karen Thornber）教授指出："中国文学向来赞颂自然之美，善于将人类与非人类世界相联系。"②作为一个"农民知识分子"③，贾平凹努力整合农民立场与知识分子视野，挖掘传统生态文学思想，撰写《怀念狼》这部小说来反思当前生态危机。在小说中，自然事物通过"变形"与人类产生联系，这在中国传统文学中十分常见，譬如在蒲松龄的《聊斋志异》中，动植物往往会幻化成人形。我国读者十分熟悉这一叙述手法，所以他们很容易在卡夫卡的《变形记》等作品中找到共鸣。然而，贾平凹对"变形"的巧妙运用中则交织着丰富的中国传统生态思想，并在文学创作中界定了人与自然的关系。

首先，贾平凹相信众生平等。在一次采访中，贾平凹承认，"我的文学创作深受庄子影响，这和我小说创作中的意象关系紧密。庄子思想体现了其对自然的态度，我也认为：万物平等"④。这一观点在中国不同流派思想中皆有迹可循，中国本土宗教——道教，便是其中之一，道教主张以道为本，代表人物老子认为："道生一；一生二；二生三；三生万物。"⑤"道"隐含着世界多样性的思想，因而，人类作为物种之一，不应轻视其他物种。王一燕教授通过文本细读，品悟出贾平凹文学作品中的道家思想，其认为"传统观念认为环境恶化是人类滥用资源造成的，动物是其中的受害者。但贾平凹并非如此思考，他秉持道家思想，认为众生平等，人类和动植物在自然世界中所处地位相同，同等重要"⑥。佛教也认为众生平等，"轮回"便指众生生死循环不已。佛教徒不认为死即永断，他们相信一个人死后可以作为动物或植物重生，反之亦然。子明显然受到作者"生命轮回"这一写作概念的影响，他说道："生活在这个地球上的一切都平等，我这一世是人，能否认上一世就不是只猪吗，而下一世呢，或许是狼，是鱼，是一株草或一只白额

① 贾平凹：《怀念狼》，长江文艺出版社 2016 年版，第 249 页。
② Karen Thornber, "Chinese Literature and Environmental Crises : Plundering Borderlands North and South", in Ecoambiguity, Community, and Development : Toward a Politicized Ecocriticism, eds.Scott Slovic, Swarnalatha Rangarajan, and Vidya Sarveswaran（Plymouth : Lexington Books, 2014）, 2.
③ 在多个场合，贾平凹强调自己是农民。《我是农民》便是他的一部自传性作品。（贾平凹：《我是农民》，. 译林出版社 2015 年版）
④ Wang Yiyan, Narrating China : Jia Pingwa and His Fictional World（London and New York : Routledge, 2006）, 235.
⑤ Laozi, Daodejing, trans.Edmund Ryden（Oxford and New York : Oxford University Press, 2008）, 89.
⑥ Wang Yiyan, Narrating China : Jia Pingwa and His Fictional World（London and New York : Routledge, 2006）, 179.

吊睛大虎。"[1]佛教徒认为跨物种可以重生，万事万物相互依存、相互联系，处于平等地位。中国文化中不同生物之间的幻变深受这一思想影响。在《怀念狼》中，狼经常会幻变成人形，最后一次捕猎中，狼幻变成一位老头，蹲在摩托车后座上，逃离人群的围攻。小说中，植物同动物一样，也能改变形态：一次是子明在宾馆的院子里闲逛之时，看到一株丁香树竟幻变成一个妙龄女子在向一间窗户里窥视；另一次则是子明经过州城的街心花园时，顺手掐掉了一株月季花种，整个月季却剧烈摇动起来。万事万物相生相克，循环往来，这启示我国人民要尊重自然、顺应自然、保护自然，而非征服自然。

其次，小说中狼与人类的关系便体现了"相生相克"这一观念，即地球上万事万物相互依存、相互制约。因狼凶残狡猾，攻击性强，伤害牲畜和人类，长期以来，人始终与狼为敌。在《怀念狼》中，狼灾毁灭了商州的一个老县城，家家户户因狼丧生者数不胜数。近年来，狼的数量急剧减少，政府便开始禁止捕杀狼。但此举不通，狼的数量并非如预期般增加，反而逐渐减少，有些狼甚至自杀了。猎户枪支被没收，禁止狩猎，许多人因此感染重症，其中最严重的是一个姓焦的猎户，他的病十分怪异，"先是精神萎靡，浑身乏力，视力减退，再就是脚脖子手脖子发麻，日渐枯瘦"[2]，多次求诊不得，最终病死。烂头也患有严重的头痛，犯病时极其痛苦，当和子明和傅山一起寻狼时，头痛反而好多了，精力也充沛了起来。傅山本人也发觉自己的脚脖子发软，怀疑自己越来越没有男子气概。小说结尾，15 只狼无一幸存，傅山发疯成为"人狼"。除此之外，狼的减少也影响到黄羊，"现在狼少了，黄羊就称王称霸，它们爱窝里斗，常常相互残杀，数量也越来越少了"[3]。黄羊的数量并未因狼的减少而增加，反而减少，因为生态链失去了平衡，而人与自然和谐共生需要不同生物之间的相互依存，这也是"相生相克"的内在逻辑。

"天人合一"是另一内在逻辑和生态思想，贾平凹虽未在小说中阐明人类与自然的理想关系，但他一定倾向于人类与自然和谐共生。"人类中心主义"认为"人类是世界上具有最高价值的实体，其他物种必须为其权利和利益服务"[4]，而"人类与自然和谐共生"这一理念则是对人类中心主义的否定，杜维明曾指出，"人类应将自己看作是世界的一部分，而非秉持人类中心主义世界观，远离自然世界"[5]。从根本上讲，这一观点坚持生态中心伦理，提倡谦虚、尊重、包容、互惠等美德，反对暴力和功利。在小说中，贾平凹构建了

① 贾平凹：《怀念狼》，长江文艺出版社 2016 年版，第 21—22 页。

② 贾平凹：《怀念狼》，长江文艺出版社 2016 年版，第 11 页。

③ 贾平凹：《怀念狼》，长江文艺出版社 2016 年版，第 157 页。

④ Pragati Sahni, Environmental Ethics in Buddhism : A Virtues Approach (Milton Park : Routledge, 2008), 80.

⑤ Tu Weiming, "The Ecological Turn in New Confucian Humanism : Implications for China and the World", Daedalus 130, No.4 (Fall 2001), 244.

"红岩寺"这一天人合一的乌托邦，也是人与自然和谐共生的世外桃源。红岩寺"老道"生活极简，十分慷慨，肯将珍贵的金香玉赠予贵人，也会悉心照顾幼小的野兽并将它们放生。他甚至视狼为友，狼生病时，便会来红岩寺求其帮助。子明也目睹了"大狼求医"的场景。在老道去世后，受救助的大狼叼来宝物金香玉，带来群狼悲痛悼念，报答老道相救之恩。老道与狼的故事揭示了人与自然应和谐共存的道理，人类保护自然，自然定会有所回报，生命彼此敬畏，才能和谐共生。在小说创作中嵌入这一故事情节，再现了"天人合一"这一中国传统生态思想。"天人合一"是中国传统文化的核心，"体现了中国哲学家的生态智慧"①。然而，老道在《怀念狼》中只是一个边缘人物，贾平凹更倾向于表现当前面临的危机，促进人类反思，而非构建一幅"人与自然和谐共生"的理想画卷。

环境污染与作为"症候"的生态危机

美国生态批评家彻里尔·格罗特菲尔（Cheryll Glotfelty）认为："生态批评就是对文学与物质环境之关系的研究。"②尽管学界普遍采用该定义，但这一定义不足以界定全部生态研究。当今世界，生态破坏由更复杂的因素造成，解释范围应当更广。美国前副总统阿尔·戈尔（Al Gore）认为："生态危机是一种内在危机的外在表现，我找不到更好的词语来描述这种内在危机，暂且称之为'精神危机'。"③因此，生态批评不应将自己的关注点局限于文学文本本身，在这些研究对象之外，还应从更深更广的角度去研究社会。

贾平凹在《怀念狼》中描述的生态危机并非偶然，这是"金钱社会"导致的结果。自20世纪80年代中国实行市场经济以来，"经济优先"原则已成为我国民众的普遍原则。英国批评家利维斯（F.R.Leavis）提出的"有机共同体"理念随着商业化、工业化和城市化进程的加快而瓦解，在追求物质财富的世界中，处于同一共同体的人类不再互惠互利、热情好客，而是罔顾公德、钻营取巧、追名逐利、尔虞我诈，恰如英国小说家萨克雷（Thackeray）小说作品《名利场》中叙述的那般。在《怀念狼》中，村长为了利益不择手段，不但欺骗食不果腹夫妇珍贵的"金香玉"，还骗取政府救济金，甚至顺走老夫妇家准备放生的老鳖，回家煮着吃了。在中国文化中，乌龟是圣物，许多人会"买龟放生"，以求得福报和功德。但是，不乏有人将乌龟烹饪成营养丰富的美味佳肴。村长得知老道将狼崽交与老夫妇照顾之后，竟勒索幼崽。老道去世后，村长仅仅关心老道是否私

① Wang Ning, "Global in the Local：Ecocriticism in China", Interdisciplinary Studies in Literature and Environment 21, No.4（Autumn 2014），743.

② Cheryll Glotfelty, "Introduction", in The Ecocriticism Reader：Landmarks in Literary Ecology, eds.Cheryll Glotfelty and Harold Fromm（Athens and London：The University of Georgia Press, 1996），xiii.

③ Al Gore, Earth in the Balance：Ecology and the Human Spirit（Boston：Houghton Mifflin, 1992），98.

藏了金香玉，不但对寺庙进行搜查，甚至掰开老道的肛门和嘴一探究竟，毫无人性可言。

小说中另一个毫无人性的角色便是郭财，他屡次扔孩子撞车讹钱；连环杀手尤文作案手法更甚，他谋杀了近 50 人，并将尸体层层堆叠在后院柴火棚中。

美国生态马克思主义者霍华德·帕森斯（Howard L.Parsons）指出："人与人之间的关系决定了人类对自然的认知，反过来，人类在自然中生存和发展也决定了人与人之间的社会关系，以及人类对社会和自然的认知。"① 换句话说，生态问题是现有社会问题、文化问题和精神问题的外在表现，人类追名逐利、钻营取巧也影响着人类与自然的关系。在受市场支配的社会中，自然被剥夺其内在价值，只因为其外在价值或工具价值被重视。贪得无厌的人通过利用和破坏自然来满足自私的欲望。例如，《怀念狼》中大熊猫繁殖和保护基地的建设在很大程度上具有政治意义，该中心的专家更为关注的是各自的政绩和前途，而非保护大熊猫。殊途同归，在这部作品中，在很大程度上，保护狼群更多是政府官员谋求功绩的一份工作，而并非真正为了保护狼群。

人类认为，自然只是客观存在，是人类可以控制和使用的"他者"，这种心态导致《怀念狼》中人类与自然渐渐疏远。"非攻"是中国传统生态智慧的精髓之一，但小说中对动物的虐待却令人震惊。在一家卖牛肉的餐馆里，店主用一个粗糙的木架子固定着一条活生生的小牛，一层一层刮着生牛肉，直至只见骨骼，不见肉身。傅山点炖牛尾时，服务员直接抄起一把刀，刀一起一落，牛尾就断了。这种残忍的行为严重违反了生命的神圣性。烂头的行为也令人作呕：不仅活吃蝎子，还喝蛇和黄鼠狼的血。他甚至在蛇头刚剁掉之后用嘴吮吸蛇血，而没头的蛇则绞缠在他的胳膊上。与"人狼"相比，野生动物反而更富有同情心，狼衔着野花放在墙头，哀悼死去的大熊猫。除此之外，小说也记叙了人类和自然良性互动的例子，比如老道救狼、狼悼念老道，傅山也曾救过一只被捕狼队猎人抓住的金丝猴。这位猎人拒绝了傅山放生金丝猴的请求，想贩卖金丝猴赚钱。傅山毫不犹豫报警并成功解救了金丝猴。在寻狼途中，金丝猴便化身金发女子在街上与傅山相遇，并以桃子相赠，还磕头道谢。

"自然环境和文化环境遭受污染和破坏，商业化进程不断加快，生态平衡遭受破坏"②，人类为了满足其自身欲望，不断向自然索取，这场冲突将持续存在，自私和贪婪使人类忘却人与自然相生相克的哲理。因此，中国必须实行一场文化和精神上的革命，重塑大众对自然的敬畏之情。虽然《怀念狼》通篇充满想象的张力，蕴含神话色彩，但这些并非天马行空的胡编乱造。小说采用了大量的现实材料，许多事件和人物在现实中

---

① Howard L.Parson, ed., Marx and Engels on Ecology（Connecticut : Greenwood Press, 1977）, 3.

② Wang Ning, "Global in the Local : Ecocriticism in China", Interdisciplinary Studies in Literature and Environment 21, No.4（Autumn 2014）, 742.

都有原型。该部小说启示人类重新定义人类与自我、与他人、与世界之间的关系，重建健康的社会生态、文化生态和精神生态，才能恢复生态平衡。

结论：消失的狼群和贾平凹的焦虑

现代化促使商业化、工业化和城市化进程不断加快，也带来了经济发展差距大、社会不平等和生态退化等负面问题。纵览贾平凹的文学作品，《废都》是对现代中国精神危机的回应，《高老庄》是对乡土生态的哀悼，《怀念狼》则是对生态危机的反思。贾平凹自幼在农村，敏锐地意识到中国社会转型中的生态危机，但并未提出可供借鉴的整治思路。与西方生态大片相异，《怀念狼》结尾并未恢复人类与狼之间的生态平衡，而是商州剩下的15只狼的死亡，保护狼群任务的失败反映了贾平凹对生态和人与自然未来关系的忧患意识。

但是在《怀念狼》中，贾平凹传达的生态思想并不尽相同。贾平凹在小说中表达了对当前环境问题的担忧，但字里行间隐匿着的同样还有作者的"人类中心主义"观念。在对傅山这一昔日猎狼英雄形象的塑造中，贾平凹着力表现其男子气概，但是傅山很多粗鄙的行为显然不利于人与自然的和谐共处。子明对狼的态度也较为矛盾，子明之所以怀念狼，是怀念勃发的生命，想要解救人类自身日渐萎缩的原始生命力，并非真正怀念"狼"。因此，从一定程度上讲，"人类中心主义"依然是该部小说创作的主旋律。贾平凹利用"民间轶事、迷信，给小说蒙上一层神话色彩"[1]，也体现了自己关于生态问题的含混态度和困惑。当然，每一个作家的创作都有其底层逻辑和叙述核心，如何克服人类中心主义、尊敬自然，仍是亟待解决的问题。唐利园教授认为，生态含混"指的是人类与自然复杂、矛盾的相互作用"[2]。中国幅员辽阔、人口众多、地理环境多样，"生态含混"现象较为突出，这一点在贾平凹的作品中同样十分明显。正是这一缘由，在《怀念狼》中，贾平凹并没有去直面人和自然的关系，并未采取某种确切的立场，从而为人与自然的关系提供明确的价值取向。总之，当前生态危机日益严重，我们必须采取更加明确、一致和积极的态度去保护生态。否则，人与自然和谐共存就如同陶渊明《桃花源记》中刻画一般，只是幻想。

（作者单位：何卫华　华中师范大学外语学院　石亦洁　广东省深圳市龙华区和平中学）

---

① David Der-wei Wang, "Review", Modern Chinese Literature 6, No.1/2（Spring/Fall 1992）, 249.

② Karen Thornber, "Chinese Literature and Environmental Crises : Plundering Borderlands North and South", in Ecoambiguity, Community, and Development : Toward a Politicized Ecocriticism, eds.Scott Slovic, Swarnalatha Rangarajan, and Vidya Sarveswaran（Plymouth : Lexington Books, 2014）, 2.

国家机构翻译模式下英译贾平凹小说海外接受研究*

梁红涛

内容提要：中国国家机构翻译是当前中国文学外译的重要模式之一，对其产出译作的海外接受情况进行考察和反思，有利于我们全面认识此模式中国文学外译的优劣短长并从中提炼翻译经验。本文以此模式下贾平凹英译小说为研究个案，首先基于世界最大书评网站 Good Reads 提供的信息考察了这些英译小说的海外接受情况，然后从翻译选材和翻译策略两个翻译生产环节分析了造成这一接受情况的成因及其启示所在，以期为此模式未来的翻译行动提供参考。

关键词：国家机构翻译；贾平凹英译小说；接受效果

不同于莫言、余华、苏童等作家的英译小说多由英美商业或学术机构主动"拿进来"这一模式"走出去"，贾平凹小说的英译模式多元共存，涵盖中国国家机构翻译（总计出版贾平凹英译小说 15 篇）、中国民间个体译者翻译（如《土门》由西北大学胡宗峰翻译）、中国民间机构翻译（如《带灯》由中国时代话语国际传媒有限公司主导翻译）、英美学术机构翻译（如《浮躁》和《废都》译本分由美国 Louisiana State University Press 和 University of Oklahoma Press 主导翻译）以及英美商业机构翻译（如《高兴》和《极花》译本由美国 Amazon Crossing 和英国 ACA Publishing Ltd. 主导翻译）5 种模式。值得注意的是，在所有贾平凹英译小说中，超出一半是通过中国国家机构翻译模式走向世界。当前，随着中国文化"走出去"战略的不断深化，对外译介蕴含丰富民族文化因子的中国文学作品得到了中国国家机构前所未有的重视，以此模式产出的中国文学译作不断增多，

＊ 基金项目：国家社会科学基金项目"'文学陕军'小说英译研究"（22XYY032）。

以期以文学为"媒"输出民族文化，支撑国家战略。但是，此模式中国文学外译之于国家战略是否起到了支撑作用，还要看海外读者对其翻译产品的接受程度，因为文化是否"走出去"的主要判断依据取决于海外读者对作为文化载体的中国文学译作的认可度，"惰性"存在、"入眼"而未"入心"的译作即使数量再丰富也无力保障文化"走出去"。中国国家机构翻译模式下的贾平凹小说英译实践历时长、译作丰，很大程度上勾勒出此模式中国新时期小说英译活动的总体面貌，是此模式中国新时期文学英译的典型个案。目前，贾平凹小说英译研究关注最多的是英美机构翻译模式下的贾平凹小说英译实践，如《浮躁》（67 篇）、《废都》（21 篇）、《高兴》（11 篇）、《极花》（2 篇）等，研究内容涵盖翻译选材、翻译策略、传播与接受、"走出去"等多个方面，但遗憾的是，学界对中国国家机构翻译模式贾平凹英译实践的研究十分匮乏，仅有的几篇文献也仅是关照了此模式贾平凹英译小说的翻译策略，尚止步于翻译研究的语言层面。本文基于世界最大书评网站 Good Reads 提供的信息，对中国国家机构翻译模式产出的贾平凹英译小说的海外接受效果及其制控因素进行考察、分析和反思，有利于我们认识此模式中国文学外译的特点属性和利弊短长，为探寻此模式合理有效的翻译规律、解决翻译中遇到的诸多难题提供经验。

一、国家机构翻译

在中外翻译史中，以国家机构翻译模式推动民族文学走向世界的不乏经典案例。如日本就曾举国家之力对安部公房、川端康成等作家的文学作品进行过世界推介，为战后日本提升国家形象以及增强民族文化竞争力做出了突出的贡献，苏联、韩国、土耳其等国家也有类似的做法。自新中国成立至今，中国国家机构借助国家力量和资源，以文学外译为手段支撑国家战略的译事活动也从未停歇，远如 20 世纪 50 年代和 80 年代由中国外文局主导发起的《中国文学》杂志和"熊猫"丛书，近如 21 世纪国务院新闻办公室主导发起的"中国文化著作翻译出版工程"和国务院新闻出版总署主导发起的"中国图书对外推广计划"等，为中国文学走进异域读者的视野和心田进而为世界客观认识中国社会和中国人、为国家沟通国际交往、建构正面国际形象等做出了积极的贡献。中国国家机构翻译模式虽非当前中国文学外译的主流模式，但却具有不容忽视的存在价值：第一，较之英美翻译出版机构因"需"取材而导致很多中国文学作品异域"不见"、因习惯迎合译语读者审美而导致中国文学文化民族特质褪色以及民族文化信息失真、因受制自身视野而导致对中国文学文化"诠释不足"或"过度诠释"等缺陷，此模式翻译实践可凭借国家财力供给的长期性和稳定性对中国文学进行全面系统持续输出，使得英美机构"不译"的中国文学作品得以"洞见";第二,此模式翻译实践基于本土,翻译操作更加凸显中国文化主体标记,有利于民族文化内涵和精髓的世界弘扬;第三,此模式翻译实践涉及国家利益的维护,对译文质量和准确性要求很高,可反拨和矫正英美机构及其译者对中国文学文化的误释以及英美读者的误读;等等。

"国家机构翻译实践"意义重大,但直到20世纪80年代,"翻译学者才开始关注发生在机构中的翻译"①。加拿大学者莫索普(Brain Mossop)是把"机构翻译"(Translating Institutions)这一翻译术语引入研究领域的第一人,他认为"机构"既是"ideological entities"(意识形态实体)也是"economic-political ones"(经济—政治实体),把"机构翻译"定义为"the translating of texts of a technical or administrative nature by large modern organizations conceived as purely economic-political entities"(由纯经济—政治实体的大型现代组织实施的技术或行政文本翻译)。②自此,此领域研究开始受到学者的重视,相关研究逐渐增多,如 Perspective 杂志社曾开辟一期特刊组织学者对"机构翻译"进行专门研究。由于机构的类别繁多、内涵丰富,研究者基于各自的研究视野,对机构翻译的概念不断进行界定,此领域研究的另一代表人物,芬兰学者科斯基宁(Kaisa Koskinen)从"国家"的角度对"机构翻译"进行了界定,认为此种翻译实践"是国家官方主体利用翻译向特定受众传播信息的翻译类型"。③国内翻译界直到最近一些年才对"国家机构翻译"这一实践行为展开研究,耿强以中国文学出版社主导的"熊猫"丛书翻译活动为研究对象,考察了1981至2009近30年间"熊猫"译事活动的翻译生产特点及其产品在英美世界的传播接受情况④;郑晔以同一机构主导的 Chinese Literature(《中国文学》杂志)为研究对象,分4个时期考察了1951—2001年间此杂志译事活动的翻译生产特点及其产品的海外传播和接受⑤;还有一些学者对参与此类翻译实践的译者进行了考察,如刘瑾对沙博理翻译活动的研究⑥、王慧萍对戴乃迭翻译活动的考察⑦、辛红娟等对杨宪益翻译活动的考察⑧等。任东升教授更具研究建树,他对国家机构翻译实践的本质和特征进行了细致深入的研究,将"国家机构翻译"定义为"主权国家以国家名义为实现自己的战略

①　Ji-Hae Kang, Institution Translated: Discourse, Identity and Power in Institutional Mediation [J], Perspective, 2014(4), 470.

②　MOSSOP B.Translating Institution: A Missing Factor in Translation Theory.TTR: Traduction, Terminologie et Redaction, 1988, 69.

③　KOSKINEN K.Translating Institutions.An Ethnographic Study of EU Translation.Manchester: St.Jerome, 2008, 202.

④　耿强:《文学译介与中国文学走向世界》,博士学位论文,上海外国语大学,2010年。

⑤　郑晔:《国家机构赞助下中国文学的对外译介》,博士学位论文,上海外国语大学,2012年。

⑥　刘瑾:《翻译家沙博理研究》,华中师范大学,2016年。

⑦　王慧萍:《后殖民视域下的戴乃迭文化身份与译介活动研究》,新华出版社2014年版。

⑧　辛红娟、马孝幸、吴迪龙:《杨宪益翻译研究》,南京大学出版社2018年版。

目标而自发实施的自主性翻译实践，国家是其名义主体或法律主体，受国家委托的国家翻译机构是其行为主体"①，分为"输入"和"输出"两种类型，前者指国家机构对"他者"文本的引入，后者指国家机构对"我者"文本的推出，本文关注的是后者。将这一概念具体到本文研究，"中国国家机构翻译"是指受中国国家委托兼具策划人、赞助人、监督人、出版人等多重角色于一身的中国国家机构以国家之名组织实施的中国文学外译实践，其目的在于以外译中国文学为手段响应和支撑国家战略、维护国家利益。

二、中国国家机构翻译模式下贾平凹小说英译概况及其海外接受度

（一）中国国家机构翻译模式下贾平凹小说英译概况

贾平凹是中国新时期作家的杰出代表，自 20 世纪 70 年代步入文坛至 2020 年长篇小说《暂坐》出版，他始终以家乡商州和长期生活的西安作为其文学书写的"根据地"，凭借自身非凡的艺术视野、创新意识以及对中国社会和中国人的敏锐观察，勤奋耕耘将近半个世纪，以民间化、日常化和细节化的写作姿态，对两片土地上中国当代社会变革的复杂状况、热点问题、激烈冲突等进行了真实记录，将时代变迁下两片土地上人们的生活习俗、生存方式、命运呼吸、人生百味、善恶人性、精神百态、价值观念等进行了真实呈现，为读者留下丰厚文学资产（长篇小说 17 部、中短篇小说集 30 多部、散文数篇）以及为批评家留下争鸣素材的同时，也因其小说主题和思想表达的多元性、人物设置的多样性、人性描述的复杂性、风格的民族性和世界性等特点，吸引了全球范围以翻译"中国故事"实现各种目的的翻译行为者的目光（被翻译成英语、法语、德语、俄语、日语、韩语、越南语、阿拉伯语等 30 多个语种，英译作品达 27 部 / 篇），也成为中国国家机构对外展示中国社会真相、传播中国文化的重要素材，由其主导生产的贾平凹英译小说如表 1 所示：

表 1　　　　　　　　　　国家机构翻译模式生产的贾平凹英译小说

原作	译作	出版刊物 / 翻译机构	出版时间
《果林里》	The Young Man and his Apprentice		1978
《帮活》	A Helping Hand		1978
《满月儿》	Two Sisters		1979
《端阳》	DuanYang	《中国文学》杂志 / 中国文学出版社	1979
《林曲》	The Song of the Forest		1980
《七巧儿》	Qi qiao'er		1983
《鸽子》	Shasha and the Pigeons		1983

---

① 任东升：《从国家翻译实践视角看沙博理翻译研究的价值》，《上海翻译》2015 年第 4 期。

续表

《天狗》	The Heavenly Hound	"熊猫"丛书 / 中国文学出版社	1991
《火纸》	Touch Paper		
《鸡窝洼人家》	The People of Chickens Nest Hollow		
《晚雨》	Heavenly Rain		1996
《五魁》	The Regret of a Bride Carrier		
《白郎》	The Monk King of Tiger Mountain		
《美穴地》	The Good Fortune Grave		
《太白山记》	The Tales of Mountain Taibai		1997

由表 1 可见，20 世纪 70 年代末至 90 年代末约 20 年间，中国文学出版社主导翻译并以其所属外文刊物《中国文学》杂志（*Chinese Literature*）和"熊猫"丛书（*Panda Books*）为载体出版的贾平凹小说英文译作达 15 篇（部）之多，在此模式中国新时期小说外译中独占鳌头。在此期间，中国文学出版社在体制上的上属及其再上属单位虽然几经变化，如 1977—1989 年间，中国文学出版社下属中国外文局，中国外文局下属中国文化部和中宣部；1990—2000 年间，中国文学出版社下属中国外文局，中国外文局下属中央对外宣传办公室，但不变的是中国文学出版社一直是中国国家机构统领下的外文局的下属机构，而外文局一直承担着"党和国家书刊对外宣传"的国家使命。显而易见，在这种体制上的上下属关系中，中国国家机构始终处于层级的顶端，是贾平凹小说英译生产和译作发行的背后主导力量，这样一来，上表所列贾平凹英译小说就属于典型的国家机构翻译实践的产物。

（二）中国国家机构翻译模式下贾平凹英译小说海外接受度调查

调查中国文学译作的海外接受度，图书馆藏量、译本销量、专业读者评价都是有效的衡量参数，但是，第一，随着网络技术的发展，网络阅读群体数量大幅上升，以图书馆藏量和译本销量为指标考察其接受效度的可信度并不牢靠；第二，专业读者的评论只代表少量知识精英的看法，并不能准确反映文学译作的真实接受效果。鉴于此，笔者以 Good Reads 所提供的信息对上列贾平凹英译小说的海外接受度进行考察，一是因为网络具有开放性和大众性等特点，能够极大拓展文学接受的地理范围和受众数量，为我们观察这些译作的接受状况提供更加多维的视角；二是因为 Good Reads 是世界上最大的书评网站，"注册用户已经突破了 1000 万，每月独立访客 2200 万"[①]，网站开设读者留言和评分板块供读者自由评说，为我们调查这些译作的接受状况提供了一个重要渠道。

---

① Good Reads：世界上最大的在线读书俱乐部，https：//tech.qq.com/a/20120911/000119.htm。

由表 2 可见，Good Reads 网站共收录了中国国家机构生产的两部贾平凹小说翻译集（分别收入《天狗》《鸡窝洼人家》和《火纸》3 篇小说的译作以及《晚雨》《五魁》《白郎》和《美穴地》4 篇小说的译作）和 6 部其他模式产出的 6 部翻译单行本供读者自由评分和评说，但值得注意的是，比对表 2 和表 1 可以发现，中国国家机构翻译模式产出的 8 篇贾平凹英译小说（如《满月儿》《果林里》《林曲》等小说的译作）并未走进 Good Reads 网站书目选材者的视野。这从侧面说明它们处于一种我们最不愿看到的"译"而"不读"、"越界存在"但"惰性流通"的状态，并未在异域世界读者中积极流通并产生积极和广泛的影响。不管怎样，能与读者情绪共通、能为读者带来深刻启迪、打动人心、具有审美愉悦的文学作品会永远经得起时代的淘洗和跨地域的考验而不会被人们遗忘。

表 2　　　　　　　　　　Good Reads 网站收入的贾平凹英译小说

原作	译作	出版形式	出版机构
《浮躁》	Turbulence	单行本	Louisiana State University Press
《废都》	Ruined City	单行本	University of Oklahoma Press
《高兴》	Happy Dreams	单行本	Amazon Crossing
《带灯》	The Lantern Bearer	单行本	CN Times Books Inc.
《土门》	The Earthen Gate	单行本	Valley Press
《极花》	Broken Wings	单行本	ACA Publishing Ltd.
《天狗》	The Heavenly Hound	翻译集	中国文学出版社
《晚雨》	Heavenly Rain	翻译集	中国文学出版社

Good Reads 收录的两部翻译集呈现出怎样的接受景象呢？基于 Good Reads 网站提供的信息，笔者对这两部翻译集与英美机构生产的贾平凹英译小说（由于《土门》和《带灯》译本分别由中国民间个体译者和机构主导生产、《极花》译本产出时间不足一年，未列入表 3）的接受数据进行了采集，陈表如下（截至 2019 年 12 月）：

表 3　　　　　　　　　　Good Reads 网站读者对贾平凹英译小说评价信息统计

原作	译作	读者评分（满分 5 分）	参评人数	评论条数
《浮躁》	Turbulence	3.58	170	30
《废都》	Ruined City	3.68	107	40
《高兴》	Happy Dreams	3.56	1357	532
《晚雨》	Heavenly Rain	0	0	0
《天狗》	The Heavenly Hound	0	0	0

从表 3 中参数来看，英美商业或学术模式产出的 *Turbulence*（《浮躁》）、*Ruined City*（《废都》）和 *Happy Dreams*（《高兴》）3 部译作的读者评分分别为 3.58、3.68 和 3.56，这一组数据与莫言英译小说在 Good Reads 上的读者评分旗鼓相当（为排除诺奖效应的影响，

笔者以 2012 年莫言获诺奖前的读者评分作为参考），3 部译作均获得读者评价和评说，《高兴》译本尤为突出，共计有 1357 名读者进行了评论，读者评论条数总计 532 条，跟评条数总计约 1400 多条，很多评论中出现了令人欣喜的 "Highly recommend" "Couldn't put the book down" "A fantastic read" "Delightfully depressing novel" "Very captivating" "No desire to stop reading it" 等词条。然而，国家机构翻译模式产出的两部翻译集却呈现出截然相反的景象，没有任何读者在网站所设置的留言区和评分区对其做出评价，直观反映读者关注度和喜爱度的各项指数均呈现 "0" 的状态，其接受效果可用 "惨淡" 二字概括，这不得不引起我们的深思。

　　当下，在中华民族热望民族文化 "走出去" 的张力下，中国国家机构组织和花费大量人力财力对作为民族文化载体的中国文学进行主动外译，其声势不可谓不浩大，我们也希望此模式产出的中国文学译作能够在异域世界真正做到 "落地生根"，达成中国文化 "走出去" 的愿望。但要真正做到这一点，我们必须从过往挫败经历中追寻失败缘由并从中汲取经验，那么，追问作为国家机构翻译典型个案的贾平凹英译小说海外接受失败的缘由就具有了重要的意义。

三、"国家机构翻译" 模式下贾平凹英译小说接受不佳动因剖析

　　翻译生产和翻译接受是文学译介的两端，翻译生产涉及 "译什么"（文本选材）和 "怎么译"（翻译策略选择）两个抉择，这两项抉择的定夺对翻译产品在异域世界的接受走向最具决定作用。源文本内容是决定其翻译成品接受走向的最积极因素，比如，葛浩文译《废都》前，意在翻译《高兴》，认为《高兴》更具接受潜力，后在贾平凹坚持下葛浩文接受了这一不情之请，弃了《高兴》译了《废都》，后英国汉学家韩斌译了《高兴》，成了贾平凹所有英译小说中海外接受度最高的一部，远非《废都》译本所能比拟。葛浩文在中国文学翻译场中的资本和名望远超韩斌，却无力改变《废都》译本接受效度远逊《高兴》译本的事实，一定程度上佐证了 "译什么" 之于接受度的重要作用；译者采用的翻译策略是其翻译产品接受走向的重要因素，比如，杨宪益和霍克斯的《红楼梦》译本，分别采用倾向 "异化" 和倾向 "归化" 的翻译策略，而霍克斯译本在西方世界的流传度和接受度优于杨宪益译本，一定程度上佐证了 "怎么译" 之于接受度的重要影响。可以说，一部文学译作，在异域空间不管是流传还是阻滞，都应在翻译行为者进行翻译生产时 "选择了什么样的源文本" 以及译者 "以何种翻译策略翻译源文本" 这两个环节中追溯缘由。

　　（一）文本选材之于接收效果的影响

　　国家机构翻译实践的发起者、赞助者是受国家委托并肩负国家叙事传播的中国国家

机构，其一切行动代表国家立场，其价值诉求是基于"忠国""爱国"基础上的"利国"，因此，其翻译选材的标准非常明确：基于国家诉求，选择"利国"文本，支撑国家战略。之所以选译《满月儿》《果林里》等，是因为它们讴歌了社会主义事业的蓬勃发展、塑造了一批至善至美、高大高尚的青年形象，满足了当时国家消解"文革"负面形象、建构新形象从而重新融入国际社会的国家诉求；之所以选译《鸡窝洼人家》《火纸》等，是因为此类小说生动展现了中国改革开放大环境中保守派与革新派两种力量的激烈碰撞，抨击了守旧落后人物的陈腐愚昧，言说了中国改革的亟待性和逼切性，符合当时中国政府力图消除"闭塞守旧"的旧有形象，向国际社会释放出中国正在力图全力推进改革的国家政治战略，为营造"改革中国"形象进行助力；之所以选译《天狗》《晚雨》等小说，是因为这些小说关注了生命本真，探讨了人性的复杂和嬗变，"打开了一个透视当下社会现实的窗口，提供了一幅八九十年代中国现实人生和社会背景复杂多样的生动图景"[①]，一定程度上符合当时中国政府向世界宣告经过一段时期的改革开放，西方认知定势中的"人性束缚"中国已成为过往，一个"人性"中国已悄然建立。

可以看出，这种取材原则始终以"有利我""维护我""提升我"等国家"自需"为基本出发点，文本取材重"自评"轻"他评"，不是基于双方"对话"而是一方在"独白"，很容易造成"'我'之输出"并不一定是"'他'之所想"的局面，陷入"我"总在以"我"之所需为出发点诉说"我"而"他"于"我"的"诉说"并不积极拥抱的困境之中，译本接受不佳也就在情理之中。比如，20世纪90年代之前中国国家机构选译的一批贾平凹小说，虽契合了国家外宣诉求，但其创作局限显而易见，小说人物高大高尚、纯善纯美、无欲无求，仍未脱离"文革"文学人物模式的拘囿，"应和了当时政治对文学的要求，属于政治话语叙述范式之内的人性写作"[②]，能够契合当时中国国家机构赞助下的翻译选材主体的期待视野，比如，《满月儿》获中国政府领导下的中国作协承办并评选的"全国优秀短篇小说奖"。但是，不可回避的是，贾平凹这批小说对人性的叙写是流于表层失真的，没有深刻揭示人类生存的本真或自然状态，当它们的接受空间和接受群体发生迁移，上述缺点就无力激发读者的阅读热情，其译作在异域的"惰性"存在就成为常态。如果说上述小说是贾平凹在创作生涯初期为获取"认可"而响应意识形态号召而创作的作品，不被认可的原因显而易见，而国家机构在之后选译的一批贾平凹小说，比如小说《火纸》《天狗》以及远离时代政治的"匪事"小说《五魁》《白朗》等，深度描绘了人性的撕裂状态和人们痛苦欢愉、神性兽性纠结存在的生存状态，但遗憾的是英美读者并未对其热情拥抱，美国汉学家、翻译家 Jeffrey C.Kinkley（金介甫）对翻译集 *The Heavenly Hound*（《天狗》）

① 阎秋红：《人性与民族性的参照——论八九十年代土匪题材小说的一种倾向》，《文艺评论》2002年第2期。
② 卢同良：《从迷失到回归——论贾平凹的人性书写》，硕士学位论文，山东师范大学，2008年，第6页。

的评述指出了其接受欠佳的本质缘由所在，"翻译像贾平凹等作家的作品时，性解放的主题，以及小说中对私有权的斗争的描写对我们西方读者而言都是陈词滥调"①，换句话说，即中国国家机构选译的这批贾平凹小说描写的"人"与"事"，在先前的英美文学中已被数次叙写，用汉学家杜博妮的话来说，就是"当受到西方影响的中国文学以翻译的形式抵达西方世界时，它们已经显得过时了"②，无力唤起读者的阅读热情。

（二）翻译策略之于接收效果的影响

在贾平凹的文学生涯中，农村是其小说创作的源泉和缪斯，他的笔触始终聚焦在时代大潮中的中国农村世界，他笔下的乡村生活亦美亦丑，既高尚又卑鄙，或痛苦或欢愉，但不管怎样，都深植民族沃土，蕴含着大量的民族文化因子。鉴于此，笔者以贾平凹小说翻译集 The Heavenly Hound（《天狗》）为研究范例，观察译者以何种翻译策略对源文本所蕴含的民族文化信息进行传递并分析此策略之于译本接收效果的影响。

例1："兄弟，缓缓来，心急吃不了热豆腐哩！"

译文："Brother' take it easy.If you get flustered you won't get to eat hot beancurd!"

谚语经常出现在文学作品之中，其诙谐生动、富含哲理，是一个地域民间经验和智慧的精髓，对感染文学受众大有裨益。此例中，译者并未使用与"心急吃不了热豆腐"对应的英语谚语"A watched pot never boils"，而是将其直译，这种译法充分保留了民族文化信息，为读者留下了深刻的中国民族文化体验。但是，这句谚语毕竟源自大部分异域读者从未体验过的中国经验，这种靠近中国经验的译法，有可能影响读者阅读的"顺畅性"。

例2：天上的月儿一面锣哟，锣里坐了个女嫦娥……

译文：The moon is like a gong' within which Chang'e dwells…

例3：阿季躺在炕上看那吊下来的光绳子，绳子里有万物，活活飞动……

译文：Ah Ji lay on the Kang and stared at a shaft of sunlight that shone down through the roof and at the myriad things that flew about in it…

"嫦娥"是中国民间故事中一朵娇艳欲滴的奇葩，在一代代中国人的心中流淌，包孕着中国人浓郁的情感；"炕"是中国北方传统乡人的居家必备，一辈辈中国人在此繁衍生息，于此上演悲喜生活，是中国人的集体回忆和心灵归宿。在译文中，译者将其按音作译且无文内外注释，凸显了原语文化光芒，"有心"的读者会对这些"异质性""陌生

①　Jeffrey C.Kinkley.Review of Black Snow by Liu Heng and The Heavenly Hound by Jia Pingwa.World Literature Today，1992（4），776.

②　McDougall，B.S.Fictional Authors，Imaginary Audiences：Modern Chinese Literature in the Twentieth Century .Hong Kong：The Chinese University Press，2003，447.

性"信息进行求解，从而留下鲜明的中国文化体验。但是，上例两个源语文化词在译语语言和文化系统中完全缺省，此种译法的使用，破坏了双语语言与文化间的对应关系，偏离了译语读者的认知世界，降低了译品的"可读性"，很大程度上加重了译语读者的阅读负担。

例 4：驼子说："季字上头一撇，这是青龙抬头，中间为木，下部为子，子属水，水在木下，木有水茂，这是一个绝好的字……"

译文：The Hunchback replied："The character 'Ji' has a leftward sloping stroke at the top，which is a black dragon raising its head.In the middle is wood and at the bottom is the character 'Zi'，'Zi' belongs to the water element，and if water is below wood，the wood grows profusely on account of the water.This is a really good character…"

译文中，译者将"季"音译为"Ji"，然后解释汉字"季"的结构，将"季"字中间的"木"译为"wood"，底部的"子"译为"zi"，但可惜的是，对于对中国汉字一无所知的西方普通读者而言，他们无法领悟"季"字上"撇"中"木"下"子"的结构，也对"子""belongs to the water element"（属水）迷惑不解（可能很多中国人也不知道），此译法虽"原汁原味"地呈现了源语的表达，但其弊端显而易见：对于非专业或不了解中国文化的读者而言，他们虽能识"词"但无法理解"词"后牵连的一大片文化信息，极大增加了读者的阅读难度。

从上列译例可以看出，中国国家机构的译者在对贾平凹小说包孕的中华民族文化因子进行翻译时，为了对外传递中国文化记忆，在遣词用句时往往热衷于凸显原作的色彩和光芒，很多时候采用偏离目标语语言和文化常规的翻译策略。中国国家机构译者惯常以此策略作译的缘由显而易见：上述贾平凹小说译事的发起人 / 赞助人是代表主权国家的国家机构，为译者"喂粮"的同时必定以符合自身诉求的翻译规范规训译者，这些规范源自国家，神圣不可违抗。在此情况下，两者形成了一种"召唤—应答"的主仆关系，此种翻译策略的使用，源自译者国家机构成员的体制化身份以及由此而生的"民族中心主义"价值取向。但是，这种译法的缺陷显而易见：第一，这种以凸显本土文化光芒的翻译策略破坏了目标语的语言规范，颠覆了目标语读者的认知世界，读者生"惑"不可避免；第二，这种抛弃目标语读者语言惯常的翻译策略牺牲了译本的"可读性"，增强了读者的阅读难度，影响了读者阅读的连贯性，读者需要不断停顿对一些陌生信息进行求解，读者生"困"不可避免；第三，这种靠近源语风格的翻译策略造成了译文风格的晦涩生硬，致使"所有关于作品文学性的宣称都会在读者翻开书的第一页而烟消云散"[1]，

---

[1]　Jeffrey C.Kinkley.Review of Black Snow by Liu Heng and The Heavenly Hound by Jia Pingwa.World Literature Today［J］，1992（4），776.

读者生"厌"不可避免。

结 语

以上分析可见，"国家机构翻译"模式下贾平凹英译小说海外接受不佳命运一则归因于所选文本侧重"自评"忽视"他评"，虽然契合了彼时国家机构的翻译意图，但与西方读者的期待视野产生了脱节；二则是因为译者对国家机构翻译原则的过度坚守，他们必须在国家机构制定的反映国家利益和立场的翻译规范内进行文本转换，译者的能动性被压抑、独立性被掩盖，不利于生产出西方读者易于接受、"可读性"强的译本。从对"国家机构翻译"模式下贾平凹英译小说接受不佳的追问中，我们可以得出以下启示：第一，"国家机构翻译"实践应改变之前重"我"轻"他"、"独白"式翻译取材弊病，理性平衡"我需"和"他需"之间的关系，所取文本既要丰盈着"我需"因子，又要蕴含着"他需"因素，努力实现"我"与"他""共需"；第二，原文本是作家以原语读者为预设的，很多信息对译语读者而言是陌生的，译者须认真考虑其阅读习惯和接受能力，打破"民族中心主义"壁垒，文字转换时应将于"他"陌生的信息控制在"他"可理解和接受的范围之内，也应切忌将对"我"而言"不能忘却"的中国因子丧失殆尽，把"陌生性"和"可读性"和谐共存作为文本转换时的基本操作原则。概而言之，"国家机构翻译"的实践主体要想真正达其所愿，就必须在采选文本和制定翻译策略时做到"我""他"双向了解，才能形成"我"之生产与"他"之接受的良性互动，实现中国文学拥抱世界、中国文化"走出去"的愿景。

（作者单位：陕西科技大学文理学院）

《白鹿原》手稿考辨[*]

陈宏宙

内容提要：第四届茅盾文学奖获奖作品《白鹿原》被誉为是具有"开天辟地"之功的当代长篇小说。本文通过"文献细读法"仔细研读了《白鹿原手稿（本）》，对其形貌特征进行了描述，从陈忠实的书写入手，辨析厘清了删改增补现象中的作者与编辑之责任。对四个基础版本进行了对勘，首先考察了文本差异，进而对形成原因进行了辨析。同时把阅读过程中有疑惑的内容求证于"手稿"，从地域文化和方言内涵分析了其存在的错谬。并对手稿阅读中的新发现，诸如人物名讳前后不一、编辑删改不当、故事情节乖离等一一辨析，力求寻绎作者写作初心。本文是从文本角度研究"白鹿原手稿"的全面之作，希望为现当代文学大家手稿研究起抛砖引玉之功。

关键词：《白鹿原》；手稿；版本；考辨

陈忠实的长篇小说《白鹿原》，以其恢宏的叙事、鲜明的人物和深厚的文化底蕴，获得了第四届茅盾文学奖。[①]从文本内容来看，其通行的版本有两个，一是 1993 年 6 月印行的初版，封面是老年白嘉轩画像，一般称为"老头版"或"初版"（以下称初版）。另一个是 1998 年 1 月的"茅盾文学奖获奖书系"版本，一般称为"茅奖版"。（以下称两个版本）

在经典化过程中，《白鹿原》还出现了一些其他版本，如，（1）"'民国' 89 年 2 月版"的台湾本，比大陆版多了 30 条注释。（2）文化艺术出版社 2010 年 6 月的《白鹿原（雷达评点本）》，增加了 118 条评点。其他诸如插图本、竖版宣纸本等，其文本内容都没有超出上述两个版本的范围。笔者在对勘两个版本时发现，除了因为茅奖评选要求出现的

---

* 基金项目：陕西省社会科学基金项目"《白鹿原》版本研究"（立项号：2020N006）。

① 邢小利、邢之美：《陈忠实年谱》，陕西人民出版社 2017 年版，第 74—75 页。

内容差异外（主要体现在对性描写的删减和对涉及政治意味文字的修改补充方面），还有一些文本差异及其他问题一时难解。直到人民文学出版社于 2012 年 9 月影印出版了《白鹿原手稿本》，才使全豹丕显。

本文采用文献细读法，从《（影印）白鹿原手稿本》（以下称《影印本》）和《白鹿原手稿》（以下称《手稿》）的形貌概述发起，通过分析陈忠实的书写特色，参酌期刊《当代》1992 年第 6 期和 1993 年第 1 期连载《白鹿原》内容，比勘文本内容，寻绎陈忠实的文学初心。

一、《（影印）白鹿原手稿本》形貌概述

2012 年，《白鹿原》问世 20 周年，人民文学出版社影印出版《白鹿原手稿本》[①]，致敬"文学依然神圣"（陈忠实语）。该书是人文社匠心之作，无论装帧设计、色调处理，还是印刷纸张，用心至深，相较艺术品类图书亦不遑多让。既使读者能够全面领受作者文字初心，也给文献收藏者流增添了把玩品类，如今已是持金难求。

（1）《影印本》全帙四册，附赠藏书票一枚，票面以"初版"封面为内容，右下有陈忠实手写灰色签名，精致可爱。

（2）《影印本》文本有两部分：①《手稿》原文，共计 1593 页（题记 1 页正文 1592 页）。②从第 1593 至 1606 页《有关〈白鹿原〉手稿的话》，是陈忠实为《（影印）白鹿原手稿本》出版撰写的"有关手稿的旧事"。文字书写于稿纸的背面，透视可见"陕西省作家协会"的反文。《有关〈白鹿原〉手稿的话》书写笔迹纤细，字形呈纵势，显得高瘦。

（3）《影印本》页面也有两部分：①《手稿》影印部分，置于页面正中，天头地脚宽，天头又宽于地脚。左右边框窄，页面呈手稿原纸自来旧的灰色。天头地脚左右边框为纯白色。除作者原文外，编辑对文字的删改、排版要求，钢笔、圆珠笔、排版印章的色彩蓝黑红紫以及部分铅笔擦痕呈现的灰，使整个页面焕采斐然。②页眉。置于页面天头正中，页眉内容为《白鹿原》书名手迹、陈忠实私章印蜕与页码。页眉设计的匠心在于，以灰色印刷体"手稿本"竖排居中，奇数页大红色"白鹿原"手迹靠右，文字竖排，8个小圆点置于"白鹿原"齐脚右侧位置向外，后缀阿拉伯数字页码。偶数页略近于圆形的大红色"陈忠实"印蜕也放置在"手稿本"右侧，但 8 个小圆点置于"手稿本"齐脚左侧位置向外，后缀阿拉伯数字页码。小圆点与阿拉伯数字呈灰色。页眉中大红色的使用，调亮了手稿蓝灰黑的底色，成为整个页面的点睛之笔。

---

① 陈忠实：《白鹿原手稿本》（壹—肆），人民文学出版社 2012 年版。

二、《白鹿原手稿》形貌概述

（一）《手稿》形貌

《手稿》共计 1593 页（题记 1 页＋正文 1592 页），题记"小说被认为是一个民族的秘史"作为单独一页①，置于正文之前，写在稿纸背面。正文第 1 页直接从"第一章"开始书写，未见书名"白鹿原"三个字，也未见陈忠实的署名。

这就出现了一个问题：没有书名、没有作者署名的这本书，是谁命名为《白鹿原》的？又是如何确定作者就是陈忠实呢？ 2018 年 7 月，人文社影印出版了《古船手稿》，其正文第 1 页起始为"第一章"，这情形与《白鹿原手稿》完全相同。而"第一章"三个字的左上方有"古船"二字，右边有"张炜"二字，皆为红色。但其字体与张炜娟秀的书写风格大异其趣，显然是编辑添加上去的。笔者又曾见《山本》手稿影印件，第一页就是贾平凹自己书写的书名和署名。这种差异也许与作家对署名权的重视程度有关。

2022 年 12 月 11 日下午，笔者拜访了陈忠实的挚友、作家张新钰老师，他也曾就此询证过陈忠实，陈的答复是"忘了写书名了"。参酌《古船》的情况，笔者以为，这个说法是可信的。

（二）《手稿》使用的稿纸

《手稿》使用了两种稿纸：（1）落款为"中国作家协会陕西分会"的，每页 300 字。（2）落款为"延河编辑部"的，每页 304 字。第二种稿纸共使用了 130 页，书写了第 22 章②、28 章③全部及其他章节的部分内容。

1993 年 6 月，中国作家协会陕西分会更名为陕西省作家协会。《延河》是中国作家协会陕西分会的机关刊物，陈忠实于 1982 年 11 月调入中国作协西安分会（即后来的陕西作协）成为专业作家，使用两种稿纸属于正常情况。

（3）《手稿》第 410 页的特例。《手稿》第 410 页文字写在稿纸背面，反文可见落款"陕西省作家协会"字样，页码数不是填写在稿纸右上角"第　页"的空白处，而是在"410"外画圈放置于底部中间。页面特征与后记《有关〈白鹿原〉手稿的话》完全相同。董兴杰在《〈白鹿原〉（手稿本）中的阅读发现》中推测，"该页原手稿已丢失，是《手稿本》出版时（2012 年 9 月），陈忠实进行了抄补"④。本页字迹笔画纤细，字形呈纵势，显得

①　陈忠实：《白鹿原手稿本》（壹），人民文学出版社 2012 年版。
②　陈忠实：《白鹿原手稿本》（叁），人民文学出版社 2012 年版，第 889—935 页。
③　陈忠实：《白鹿原手稿本》（肆），人民文学出版社 2012 年版，第 1229—1282 页。
④　董兴杰：《〈白鹿原〉（手稿本）中的阅读发现》，《书屋》2017 年第 11 期。

高瘦。而整部《手稿》的笔画粗细交错，字形呈横势，显得宽扁。再从个别字的写法来看，也有很大变化，本页"火"字与全本写法不同，而与后记基本相同。再结合陕西省作家协会更名时间，董氏"抄补"的推测是可以成立的。

1996 年 8 月，太白文艺出版社出版了 5 卷本《陈忠实文集》，第 2 卷正文前附有《白鹿原手稿》第 410 页原图。考察字迹可知 2012 年《白鹿原手稿本》的第 410 页确系补写。推断一下本页原稿丢失的可能性，无非 3 种情况：一是原稿确实丢失了。二是没有丢失，而是某个人自己"收藏"了。三是某人征得陈老师同意，收藏走了。

另外，有 6 页《手稿》存在接纸现象。①有些前后书写一致，有些则笔迹粗细、墨水颜色深淡不一，借此可以考察作者创作时的状态。

三、陈忠实的书写

汉字在流传过程中，除了早期的刻画符号以外，从甲骨文开始，文字的形态逐步固化。从形态看，有繁体字、简化字（包括被废止的第二次简化字）、异体字、俗体字等。从字体看，有甲骨文、金文（大小篆）、隶书、楷书、行书、草书等等。就手写而言，为了提高书写速度，在保证识读不产生歧义的前提下，大多数人都会选择并不规范的行楷书、间有行草书，以及书写者自己的书写习惯形成的一些怪异字等。草书书写容易给编辑识读带来困惑，不同编辑识读又形成文本差异，这也给手稿研究留下了话题。

（一）陈忠实的书写形态

考察《手稿》可见，陈忠实的书写包含了截至目前为止的大多数汉字形态。有繁体字，如"國""趙""進""帶""鬢""髮""嚥（咽）""麪（面）""斃（毙）""襪（袜）""報"等，而这些繁体字的简化字也时有出现。有已经废止的第二次简化字，如"宎（察）""彐（雪）""妖（耀）"等。有异体字，如"攷（考）""韁（缰）""夠（够）""拏（拿）""瞥（瞥）""貓（猫）"等。有俗体字，如"蓆（席）""嵣（噹当）""乕（虎）"等。"事""世""香"等字则多用草书写法。

有错别字，如"关健（键）""怡（怠）慢""分岐（歧）""掩掩一息（奄奄）""雅片（鸦）""枪（枪）""笨掘（拙）""礼（纨）袴"等。

还有陈忠实个人书写习惯形成的怪字，如将"圣"字写成"圣"的简化体（即"径"字右半边，"怪"字同此），"火"近似"九"字。以上二字脱离文字环境，完全不可认知。也有错字，如"顾"写作"硕"、"父"写成"文"。"发"字不写右上点（"拨、拔"同）；

① 陈忠实：《白鹿原手稿本》（壹），人民文学出版社 2012 年版，第 117、1246、1256、1303、1427、1437 页。

"纸"全部写作"纸","尝赏"不分、"那哪"不分等。

陈忠实是 1950 年春季上学的，文字启蒙一定是从繁体字开始，到创作《白鹿原》的 1988 年，经历了汉字从繁体字到简化字（包括二简字）的整个过程。其又喜欢毛笔书法，异体字、俗体字应该大量汲取于书法古帖等资料。所以，《手稿》书写呈现出的千姿百态也就不足为奇了。

错别字是书写中的通病，即使电子输入也不能幸免。《陈忠实年谱》2008 年 6 月 30 日记载有对陈忠实创作的评价，认为"错别字有些多"是问题之一。①《手稿》付梓后，绝大多数错别字得到了改正，但到目前为止，各种印刷版本的错别字仍然此出彼消，生生不息。需要厘清的是，除了那些因为方言择字难了其义和个人书写习惯造成的不可识读文字外（这个问题是可以通过与作者的沟通解决的），正规印刷物存在的错别字，就不能只让作者承担责任，编辑也要"与有荣焉"了。

（二）对文本删改增补的考察

对《手稿》中删、改、增补的考察，有助于厘清文本内容哪些是作者手迹，哪些是编辑斧削，从而可以观照两者不同的优劣，是具有重要意义的手稿研究题中本义。

考察《手稿》可见，陈忠实对删除的内容，是用墨汁全部涂成方正的黑框。有些地方因为墨色较浅，可以通过隐约可见的文字，揣测作者删改的意图。需要修改而涂黑的，修改的文字就写在上下行间，字数多的则转移至页面两侧，用特定符号标注。前文所述 6 页接纸，属于修改或者增补内容太多，一个页面装不下采取的权宜之法。

而编辑是把要删除的文字画圈，用删除符号标注。如有修改，也是先删原文，再见缝插针地补写。

本文借由以上叙述的 3 个单行版本，并参酌《当代》本、台湾本展开文本异同的考辨。

四、三个版本比勘《手稿》的考辨

（一）王维诗的错别字

第六章的王维诗中"劝君更进一杯酒"中的"进"应为"尽"。②考察《手稿》可知，陈忠实书写的是"渭城朝雨浥轻尘，房舍青青草色新。劝君更进一杯酒，西出阳关无故人"③。编辑改"房舍青青草色新"为"客舍青青柳色新"，却忘了修改"进"字。

---

① 邢小利、邢之美：《陈忠实年谱》，陕西人民出版社 2017 年版，第 137 页。

② 陈铁民：《王维集校注》，中华书局 2018 年版。

③ 陈忠实：《白鹿原手稿本》（壹），人民文学出版社 2012 年版，第 204 页。

（二）隔辈如何结亲家

第八章，冷先生与白嘉轩鹿子霖结成了儿女亲家，从 3 个人的年龄考察是有问题的。冷先生在第一章出现时已经"四十多岁年纪"了，而白嘉轩才刚满 20 岁，生下白孝武长大婚娶又是 20 多年以后的事情，那时冷先生已经 60 多近 70 岁了。要给 16 岁左右的白孝武和鹿兆鹏许配两个十四五岁的姑娘做媳妇，冷先生妻子诞下两个女儿也有近 60 岁了。这在医疗条件极其简陋的书中年代是不可想象的事情。另外，白秉德临死前说自己过了 50 岁大关，如此，则 40 多岁的冷先生应该和白秉德是同辈人。冷先生是外来户，和白鹿两家都没有血缘关系，互相之间的社会关系只能用彼此年龄衡量。他的年龄比白嘉轩大了 20 多岁（鹿子霖比白嘉轩还小两岁），当时才刚满 20 岁的白嘉轩（鹿子霖）按照礼节应该把冷先生叫叔才符合常理，缘何白嘉轩鹿子霖平白无故就上了一辈，和冷先生称兄道弟起来了呢？

考察《手稿》发现，原来作者本人在设定冷先生与白嘉轩鹿子霖的社会关系时是有过困惑、或者是有一个考量过程的。试看第三章内容："希求冷先生老兄看在与先父交情甚笃的情分上"的"老兄"二字系涂改"老叔"而来；"先生哥处事公正"和"先生哥你就看着办吧"的"先生哥"均系涂改"先生叔"而来。冷先生怕为白鹿两家说合卖地被人怀疑有不公正的嫌疑，给白鹿二人表态时，明明白白地说："还要二位贤侄儿宽谅。"有编辑甚至用红色圆珠笔把"贤侄儿"仨字又誊写了一遍。《当代》本的编辑显然看到了问题所在，所以处理成了"还要二位宽谅"，直到初版才变成了"还要二位贤弟宽谅"。茅奖版延续了"贤弟"的说法。

另外，冷先生接受白嘉轩请托去找鹿子霖之父鹿泰恒时，称呼其为"好我的鹿大哥哩"，后涂成"好我的大叔哩"。冷先生与鹿泰恒称兄道弟，当然应该是白嘉轩、鹿子霖的长辈。

以上涂改的补救措施，虽然从字面上"理顺"了 3 个人的关系，但考察陈忠实参考的朱先生原型牛兆濂编纂的《续修蓝田县志》一书就会发现，其"卷十一风俗乡仪长少之名"一节，对"长者"是这样定义的："谓长于己十岁以上者。"下有小字注释："父之执及无服之亲在，父行者及易爵者皆是。"①由此可知，对方年长于己 10 岁，就是长辈了，要执敬父之礼，这是书之于史的民俗礼仪。在冷先生比白嘉轩、鹿子霖年长了 20 多岁的前提下，仍然要使其结成亲家就显得有些勉强了。

（三）人物名号不一致

第六章写到白鹿书院的门房叫"张秀才"，到第十二章却变成了"徐秀才"。考察《手

---

① 牛兆濂：《续修蓝田县志》，克兴印书馆，丙子年（1936 年），陕西省图书馆藏本。

稿》发现，3 个"秀才"前的"徐"字，与周围文字完全不同，可以确定不是作者所写。而《当代》的 3 个"秀才"前没有"徐"字，可见"徐"是初版时编辑加上的。这种情况应该是写作至此，陈忠实忘记了门房秀才的姓氏，所以专门空出一格，留待考证以后再补写，结果彻底忘记了。编辑虽然做了补写，却把门房的张秀才和白鹿村学堂教书的徐秀才混淆了。第 1305 页的张秀才之"张"也系补写，却是作者的手迹。第 1460 页的张秀才显示的又是一气呵成之功。

同样，鹿三老婆在第六章叫"鹿张氏"，到第二十五章变成了"鹿惠氏"。不过"鹿张氏""鹿惠氏"都是作者自己书写造成的错谬。

另外，第十三章揭发田福贤们贪污的金书手的姓氏，通过考察《手稿》可见，从第 514 页到第 566 页共有 16 个，其"金"字与周围的其他笔迹完全不同。"金"字笔画纤细，而其他字迹显得粗而圆，从字形笔画可以判断，"金"字是作者自己后来补写上去的。这种情况，应该是第一保障所的"王书手"（又误为桑书手）对作者处理同一职务的人员姓氏时造成了困惑。

还有把"孝义"写成"孝才"（第 1073 页）、"武义"（第 1166 页），把"朱白氏"写成"白赵氏"（第 1303 页），"韩裁缝"写成"任裁缝"（第 466、502 页）等等名讳方面的错误。1993 年初就有读者写信给作者，指出某人死亡方式前后不一。陈忠实回信说："您指出的问题完全正确……因为头绪之繁杂搞得我常常也张冠李戴，尤其是那些出场不多的人物。"[①]

由此可知，全书同一人物名讳前后不统一，既有作者顾此失彼的问题，也有编辑添加不严谨的责任。

（四）嫲嫲嬷嬷阿是谁

第十三章，孝义叫白嘉轩去鹿三家劝架，说："三嬷嬷（鹿三老婆）教我叫你去哩！"关中人称呼与母亲同辈的女性，断没有"嬷嬷"一说。《手稿》显示，作者原为"三嫲嫲"，从墨水颜色和字形可以判断，编辑在两个"麻"下加了个"么"，遂使"嫲嫲"变成了"嬷嬷"。

陕西关中呼母有两种情形，一种直接叫单字"妈"，一种呼为单字"娘（读为 nia 音）"。又呼伯母为单字"妈"（加排行或者名字）或者叠字"妈妈（上声）"。呼叔母为"娘（读若 nia 音）"，其他同伯母。非本族的呼为"姨"（关中还把丈母娘叫姨，与此不同）。"嫲⊖ mó 同嬷。⊜ má ①祖母。②用于女子人名。""嬷 mó[嬷嬷]1. 旧时称奶妈。2. 称呼老年妇女。"

由此可知，编辑改"嬷嬷"为"嬷嬷"是因为"嬷同嬷"。而作者写成"嬷嬷"，与当时场景和白鹿两家的社会关系全然不符。这很有可能是为了把小孩称呼自己母亲的妈妈，与称呼亲戚之间的长辈女性区分开来，作者臆想书面文字应写作"嬷"。当然，这只是笔者的推测。虽属推测，但陕西关中确乎没有"嬷嬷"这种称呼却是可以肯定的。

（五）芫荽是香还是"爨"

第二十一章，小翠打搅团，让芒儿上街买芫荽，两个版本中关于芫荽的对话内容不同。初版一印是"再捎带一撮芫荽，有芫荽味儿"。而茅奖版一印是"有芫荽味儿香"。初版的叙述是没有意义的：买芫荽是因为"有芫荽味儿"，难道芫荽还会有别的蔬菜味儿吗？而茅奖版就把买芫荽的真实意图说出来了，是因为芫荽味儿"香"。究竟是初版掉字了，还是茅奖版衍出一个"香"字呢？

查《手稿》可见，原文为"有芫荽味儿"。"儿"字后是空格。又有"芫荽的香味儿直钻鼻孔"。"香"字前原本也是空了一格，但是这个空格中有涂抹痕迹，似乎想添加一个字，却最终放弃了，从墨水颜色来看应该是编辑所为。回观两个版本，这句话都被处理成"芫荽的香味儿直钻鼻孔"，把空格做无字处理了。那么，茅奖版的"有芫荽味儿香"的"香"字是作者自己所加，还是编辑添加？在没有见到这本有修改痕迹的初版之前，就很难论断了。

回头再看这两句话。作者空格的地方，应该是想写一个跟芫荽气味相关的字，而不是有意空出一个格子，这显然不合文法。编辑应该也是发现了这一问题，但实在不知道应该在"芫荽的香味儿直钻鼻孔"的"香"字前面还能添加一个什么字？于是就做了无字处理，好在这句话的意思还算完整。

方言写作是《白鹿原》的一大特色，很显然，陈忠实这里的空格是想用一个有陕西风味的文字。在口语中，陕西关中人对油泼葱花、芫荽、芥菜等的气味不说"香"，而是习惯说"cuàn"，于今依然。而这个"cuàn"音的字，能够与炊事和食材食品有关的应该就是"爨"字。笔者曾有初中同学姓"cuàn"，却写成"炊"字。长而知有"二爨碑"，才明白"cuàn"姓应该写作"爨"，以"炊"代"爨"是为了书写方便而已。这种借代的方法，在民间文化中普遍存在。因此，笔者臆断，陈忠实空下来的两个格子，原本是要写"爨"的，但因其笔画太多太复杂，一时笔滞，而后也忘了填补，才造成了两个版本差异。这样，我们可以把两句话还原为"有芫荽味儿爨"，"芫荽的爨香味儿"，这样填空，也许就是作者的初衷。

（六）白嘉轩祷告母亲的"时世"

第三十一章，因为兵荒马乱，白赵氏死后无法按葬仪安埋，白嘉轩祷告说："过三年时世太平了，儿再给你唱戏。"其中"时世"一词稍显拗口，且关中口语中没有"时世"

的说法，书中年代农人也没有"时事"的概念。

而《手稿》写的是"过三年时世事太平了"，"事"是草书写法。由此可知，两个版本是把"事"字漏掉了。"世事"是关中口语，表示"世道、形势"的意思。至于是编辑不能识读草书"事"引起的掉字，还是排字工人导致的，就不得而知了。

（七）圬朽不是土

第三十三章叙述鹿子霖的"孤清冷寂"时，作者写道："鹿子霖躺在炕上久久难以入眠，屋梁上什么地方吱嘎响了一声，前院厦屋什么地方似乎有圬土唰唰溜跌下来。"其中"圬土"使人疑惑。

第一，"圬（wū）"不是常用字。第二，"圬土"也不是常用词。第三，关中方言中没有"圬土"一说。查"圬"字有两个意思："①低洼。形容词。②也作杇。1.涂墙抹泥灰的工具（名词）。2.抹灰涂墙（动词）。"如此解释，"圬土"在本句话中表意不明。而作者显然是要表达"土屑"或者"墙皮"的意思。陕西关中房屋的墙皮是土里掺杂麦秸节或者麦壳刈子涂抹而成的，时间长了就会空鼓脱落，所以才有"圬土唰唰溜跌下来"的情况发生。

从《手稿》可知，作者写的是"杇土唰唰溜跌下来"。查"杇（wū）"字有两个意思："①泥镘，俗称抹子，抹墙或涂墙的工具。"名词。"②涂饰；粉刷。"动词。这个"杇土"与"圬土"一样，放在本句话中表意不明。而编辑将"杇"识读为"圬"，属于望文择字，因为与土墙有关，便改作者的"杇"为"圬"。好在《手稿》为我们提供了足够多的考察对象，来解开"圬""杇"的疑惑。

《手稿》第207页有"清廷犹如朽木难得生发"；第218页有"椽子朽了箔字烂了"；第550页有"瓦砾堆里散发出腐朽恶心的气味"（此句被编辑删除）；第594页有"业已腐朽的骨殖"……由此可见，"杇"原来只是作者"朽"的习惯写法。奇怪的是，《当代》连载的《白鹿原》里清清楚楚是"有杇土唰唰溜跌下来"。可见《当代》的责任编辑对"杇土"应是"朽土"的把握是正确的，而初版编辑显然对《手稿》的识读存在不贯通的问题，把简单事情复杂化，给读者理解这句话造成了疑惑。

五、《手稿》阅读新发现

（一）棺材板的潦草

第一章"埋葬木匠卫家的三姑娘时，潦草的程度比前边四位有所好转，他用杨木板割了一副棺材"。而《手稿》的原话是"他用新扯的杨木板割了一副棺材"，编辑把"新扯的"三个字删除了。

在陕西关中农村，老人一上了年纪，儿子们就会根据自家条件提前买回来做棺材的板材储存起来，作为老人去世后制作棺材之用。有些甚至早早将棺材做好，平常作为一个储物的家具，一旦老人去世，就请画匠油漆绘彩，俗称"割材"。这一习俗不仅不被看作是不吉利，反而让老人心里踏实，那是能看到自己死后棺椁用材与样式的踏实：一旦倒头，不用害怕自己曝尸露体无棺可装。第二十五章就有"（装殓鹿惠氏的）棺材……是鹿三为自己准备停当的寿材"的叙述。这一点，恐怕与过去帝王登基就开始给自己修造陵寝的心理是一致的。

在卫三姑娘溺死前，白嘉轩已经死了4个老婆，其间更有父亲白秉德暴死，家里不可能准备这么多割制棺材的木板或者现成的棺材，所以"新扯的"正说明了卫三姑娘这样的年轻人死亡的出乎意料，她的棺材用的是"人死了以后才去买回来的木板（新扯的）"割制的，对应的是前一句"潦草的程度"。把"新扯的"去掉以后，就遗失了对这种关中丧葬习俗的关照。

（二）鹿家父子挖垄梁（圪梁）及野草

第三章，鹿泰恒父子挖刨平整地界："沿着界石从南至北有一条永久性的庄严无犯的垄梁，长满野艾、马鞭草、菅草、薄荷、三棱子草、节儿草以及旱长虫草等杂草。垄梁两边土地的主人都不容它们长到自家地里，更容不得它们被铲除，几代人以来它们就一直像今天这样生长着。"句中3个"它们"，代指的都是前文罗列的各种杂草。

透过《手稿》页面编辑修改的文字，看到的却是："沿着界石通南至北有一条永久性的庄严无犯的圪梁，长满……等杂草。圪梁两边的土地的主人都容不得它变粗更容不得它被削细，几代人以来它就是今天存在的那么粗细，那么溜直。"很显然，在作者笔下，后面一段话中的3个"它"是指"圪梁（编辑改为垄梁）"而不是杂草。由此也可知，"长满野艾……等杂草"这句话只是对"圪梁（垄梁）"状态的补充描写，而不是主语。

作者关注"圪梁（垄梁）"粗细曲直的着眼点其实是"土地"的面积。对于农民而言，土地的多寡直接影响到一家人的生计，是不能随便让人侵占的。"圪梁（垄梁）"粗了，就意味着土地的面积要减少，显然两边的主人都不愿意。"圪梁（垄梁）"细了，又不足以承担划界的功能。曲直变化引起的面积变化就更不用说了。所以，一条"几代人以来"保持不变的"圪梁（垄梁）"是双方最能接受的现实。作为农民出身的陈忠实，当然明白这其中的文化内涵，所以才要把"圪梁（垄梁）"作为描述的主要对象，而不是那些野草。编辑显然没有把握住作者原文的主次关系，更没有体会到作者在文字背后想要表达的农民基于土地形成的文化心理，才造成了这样的错谬。

（三）收徒吴长贵的有意无意

两个版本的第三章描述吴长贵成为白家药材收购店的伙计时说："引起他（吴长贵）

的命运开始发生转折的机缘，实际是一次不经意发生的差错。"而《手稿》被编辑涂改掉的却是"实际是一次有意安排的差错"。"有意安排"被编辑改成了"不经意发生"。

白家是精明的，除了在白鹿村耕种土地抚弄牲畜这些农民的本分以外，在山里开了药材收购店，白嘉轩又是在白鹿原种植鸦片暴发第一人，后来还买回来了洋机器——轧花机，过日子要"一里一外两面算账"。所以，白家做事绝不会因为"不经意发生"就收一个不知底细的外人做伙计。从作者"有意安排"来看，白家很可能是在长期的接触中，觉得吴长贵的机灵、精明能对自家药材生意有帮助，想要主动收吴长贵做伙计，但又对其人品不放心，所以才"有意安排"多付铜元给他的"差错"对其进行考验。考验过了，顺利收徒皆大欢喜。如果吴长贵贪图小便宜，想要昧了银元，白家当然不会让他得逞，拿回多付的银元，自己不但没有损失，还会把吴长贵搞到身败名裂的地步。这才是白家"有意安排"的全部心思。

更何况，对于过去的五行八作来说，再不起眼的伙计，必是要具保甚至质押才能入门的，这是规矩，白家断不会冒失到"不经意"就收徒的地步。把"有意安排"改成"不经意发生"，显然是编辑缺乏对旧时商业行规的了解导致的。

（四）席子不是一块布

两个版本的第六章，对待患四六风症死亡的孩子，"鹿三便在牛圈的拐角里挖一个坑，把用席子裹缠着的死孩子埋进去"。而《手稿》是"把用褯子裹缠着的死孩子埋进去"。

裹缠夭亡婴儿的死尸，用一片褯子（尿布）足矣，而用一张"席子"就太浪费家财了。过去每到春末夏初，都会有走村串乡的席匠给人补席子，把农人们因为冬天烧炕烤焦的、扯烂的地方续上新苇（篾）片，让旧席子能多用几年，颇有些对待衣服"新三年旧三年缝缝补补又三年"的勤俭节约的意味。从农民对席子的态度上可以了解到，它不是消耗品，而是一件经久耐用的小资产。在动辄四六风夭亡孩子的年代，都拿席子裹缠婴儿尸体，对一个家庭来说，财产损失就太大了。编辑把"褯子"改成"席子"，一是可能不了解"褯子"的准确含义。二是不了解"席子"对当时社会环境下农民的资产意义。奇怪的是，《手稿》第 370 页有三个"褯子"的识读都没有出现误为"席子"的情况。

（五）小娥（蛾）原是要扑火

书中人物田小娥出现在第八章末尾，故事展开自第九章，在勾引黑娃叫她"娥儿姐"之前都叫作小女人。从娥儿姐（《手稿》第 307 页）开始直到第十一章的第 409 页，其名字中的"娥"都是涂改"蛾"字而来。

田小娥的缘起，陈忠实在《寻找属于自己的句子——〈白鹿原〉创作手记》里说得很清楚，是看到县志上那么多贞妇烈女产生了一种"逆反的心理"乃至"恶毒的意念"，要创造一个"纯粹出于人性本能的抗争者叛逆者的人物……她（田小娥）就在这一瞬跃现在我的心里"。而当写到田小娥被公公鹿三捅杀时，"突然眼前一黑搁下钢笔……顺手在一绺纸条上写下生的痛苦，活的痛苦，死的痛苦九个字（应该是 12 个字——本文作者注）"。由此可见作者对田小娥用情之深，田小娥也确实成为整部作品乃至整个当代文学殿堂中立得住的女性形象。

从"抗争者叛逆者"的角色定位来看，在宗法社会的环境中，田小娥要追求从"活得连只狗都不如"到活得像个人，无异于是飞蛾扑火，而她和黑娃短暂的"幸福生活"也只不过是饮鸩止渴的昙花一现。所以，在陈忠实笔下，开始赋予其名字就带有这种惨烈的意味。但是用"蛾"字，作者的写作意图就被直接暴露出来了，少了些蕴藉的意味，所以作者又一一将"蛾"涂改为"娥"。

田小娥"扑火飞蛾"的意向，作者在后文又呈现了两次，一次是在第十九章白孝文探窑时幻化成"一只雪白的蛾子""绕着油灯的火焰""翩翩飞动"。第二次是第二十六章白鹿村建塔魇压小娥被烧成灰烬的骨殖时，田小娥们幻化成"许多彩色的蝴蝶"五彩斑斓"在飞舞"，都与"蛾"字形成呼应。

（六）黑娃何以走麦城

《白鹿原》之所以被推崇为"比之那些获得诺贝尔文学奖的小说并不逊色"[①]的当代长篇小说，其严密的叙事结构功不可没。在书中，情节处处设伏、故事环环相扣，草蛇灰线、前后呼应，常常引人不忍释卷。但是，阅读两个版本时，有个疑问总是不能解释：第二十七章黑娃被白孝文抓获，前无伏笔，后无交代，成了一桩悬案。

而《手稿》第 1181 页黑娃逃脱后，追究责任时无人怀疑白孝文，是"因为黑娃是白孝文率领一营团丁抓获的。那一夜得到一个叛逃土匪的密讯，黑娃于是夜抢劫县城东二十里铺财东卜家，白孝文领着团丁实际是瓮中捉鳖……"原来"那一夜……瓮中捉鳖"共计 46 个字被编辑删除了。稽核《当代》1993 年第一期第 107 页，这段话是保留了的。可见初版的编辑与《当代》编辑并非一人，或者说是同一人对同一情节采取了前后不一的取舍。

如果只从第二十七章的故事来看，这段文字之所以被删除，也许与安排的位置有关系。黑娃被抓，在本章开始就交代了，中间经过了白嘉轩、大拇指、韩裁缝的斡旋营救，最后被白孝文放跑，故事情节跌宕起伏、扣人心弦。既然黑娃已经脱险，所有人都松了一口气，忽然插入补说被捕的过程，难免觉得突兀多余。

然而，放在全书整体情节里看，这段文字删除以后，不仅让黑娃的被捕变得扑朔迷离，对整部书的完整性造成缺陷，还把非常重要的细节"叛逃土匪"湮没掉了。在后文

① 何启治：《永远的〈白鹿原〉》，人民文学出版社 2018 年版，第 54 页。

中，大拇指的暴死、陈舍娃背叛游击队告密、白孝文掌握土匪窝的动向、解放后白孝文以黑娃杀死陈舍娃作为一项罪状除掉黑娃等等，都呈现了一种游离于全书情节之外的状态，不相联属。

把这句话加上，以上问题就都有了合理的解释：叛逃土匪协助白孝文抓获黑娃以后，又被安排回土匪窝潜伏下来；在国共两党争取土匪壮大力量、大拇指摇摆不定的时候下毒致其暴死、然后又接受白孝文的指令跑去山里加入了共产党的游击队；白孝文暗示黑娃、大拇指被害是鹿兆鹏的内线所为、黑娃由此怀疑鹿兆鹏对自己不义，便选择投诚白孝文的国民党保安团而不是共产党的游击队。在游击队机密行动时这个土匪又叛逃出来找"旧领导"黑娃告密以图高官厚禄……而这一切，都在白孝文的掌握之中，所以才有陈舍娃被黑娃秘密处死而白孝文却能及时获得信息，并以杀了共产党游击队污蔑黑娃将其"正法"的结果。

因此，把这段话酌情加上似更合适，可以将其放置在本章第三段（《手稿》前三段是一个段落）末尾某个位置，就把原有位置带来的阅读上不连贯的隔膜消除了。

（七）谁在"枋"中"绞肠痧"

为了帮助读者更好领会小说内容，陈忠实对民俗和方言做了一些注释，初版有8条，茅奖版在第二十九章增加了1条"北边"变成了9条。台湾本在此基础上又增加了30条，并对原有的两条内容进行了修改，因此，台湾本共有注释41条。

从《手稿》可以看到，原有8条注释中，有两条不论是从字迹还是墨水颜色考察，应该不是作者所为。一条是第十三章的"枋"，《手稿》的注释条目是"枋子"。书中原话是"……留下买寿衣置枋去"，《当代》1992年第6期改成了"……留下买寿衣去"，把"置枋"二字删除了，所以没有这一条注释。从以上可知，"枋"这个关中方言，应该是对编辑的认读造成了困惑，所以《当代》采取的是删除的办法，而初版是加注释解决。

一条是第十四章的"绞肠痧"。台湾本时作者又把绞肠痧"中医指腹部剧痛不吐不泻的霍乱"的注释内容修改成了"俗称腹部剧痛的盲肠炎"。是不是可以如此推论，初版的解释是编辑的说法，而台湾本的解释才是陈忠实自己的呢？或者刚好相反。本条注释《当代》是没有的，可知是初版才加上去的。

（八）"麻迷"如何辨事理

在第二十五章，瘟疫缠身的仙草不愿意喝中药，鹿三抱怨说："你这人明明白白的嘛，咋着忽儿就麻迷了？""麻迷"是关中方言"麻迷不分"的简化说法。查《手稿》可知作者原写作"麻糜"二字。

关中人所说的"麻糜"，本意是指两种作物的籽实——苴麻子和糜子。二者不论从大小、颜色还是形状方面都特别容易区分，而"麻糜不分"正是形容一个人"糊涂到连麻子糜子都分辨不清楚了"。又引申出了"不辨事理、不分好坏、是非不清、不讲道理、胡搅蛮缠"等意思。这种表述完全是农人们来自生活的智慧体现。

但对于不了解陕西关中方言的读者来说，则容易产生阅读障碍。《手稿》显示，"麻糜"被某个编辑用蓝色圆珠笔改成了"麻痹"就是例证，幸而最终没有采纳，否则鹿三这句话就让读者完全不知所云了。

方言在艺术作品中的应用，确实可以活跃文字增加气氛，彰显地域特色，而且在目前的文化实践中，似乎有扩大化的倾向。但从"麻迷（麻糜）"以及"枋"的注释可以看到，局限性也是很明显的，一部当代小说要借助注释达到阅读理解的效果，就有点多此一举了。所以一定要慎重使用才行。

六、尚待解决的问题：

（一）关学传人要"扑"啥

在第六章，朱先生劝退清兵返回途中，借宿老师家中，"老师姓杨，名扑，字乙曲，是关中学派的最后一位传人"。笔者一直对此心存疑惑，自觉似以"朴"为宜。

"扑"在古汉语中除了"刑具"的名词用法，其余都是动词，并且略带贬义。这对于一个理学传人而言，似有不妥。而"朴"字则能避免这些问题。

陈忠实手迹经常会出现偏旁部首不清或者写错的情形。尤其是"木""扌"混用频繁。《手稿》第61页编辑把"扑（应为朴）拙的"三字删掉了，但仍能看到，"扑"的写法与《手稿》第210页"姓杨名扑字乙曲"里的"扑"字完全一样。还有《手稿》第112页把"质朴"写成了"质扑"。另外，全书的"枪"字，时而为"枪"时而为"抢"等等。之所以"枪抢"的问题没有呈现给读者，是因为错得太明显，很容易就改正过来了。而"杨扑"在全书是孤例，就无法确定"扑"是否属于作者笔误了。

要想解开这个疑惑，只有一个途径，查核作者草拟稿的那两个"大笔记本"即可。可惜笔者尝试了很多回，都未能如愿。但愿关于"杨扑杨朴"的讨论只是笔者的庸人自扰吧。

（二）谁执巨笔主斧削

《手稿》第一章最后一句话的"请阴阳先生调治调治"，《当代》没有变化，但从初版开始变成了"禳治禳治"。

《手稿》第134页"县令史德华"，《当代》没有变化，但从初版开始变成了"古德茂"。

《手稿》第190页三个秦腔名角"苏育民"，《当代》没有变化，但从初版开始变成了"宋得民"。全书以真实历史人物为原型的角色不少，如于大胡子之于于右任、刘军长雪雅之于刘镇华、杨虎李虎之于杨虎城李虎臣、茹师长之于孙蔚如等等，都是以化名出现，少有用原名的。苏育民是秦腔名社易俗社创始人之一、是苏派唱腔开山人物，遵循全书角色名讳原则，改真名为文学名，是说得过去的。

在关中，与神汉巫祝有关事项喜用"禳"字，因此，不管这个修改是谁主导的，"禳治"都比"调治"更妥帖。而人名的变化，到底是出自作者修改还是编辑操刀？至少目前还无法找到明确答案。

（三）人名变化为哪般

《手稿》第 909—917 页有 22 个、第 1039—1043 页有 16 个"姜政委"，都是涂"郑"改"姜"，也就是说"郑政委"这个人物已经创作完成了，作者却不惮烦琐，将其一一涂抹改成"姜政委"，不知何故？是否作者觉得"郑政委"读起来都是闭口音，略显拗口，没有"姜政委"读起来顺口？还是有其他考量？

《手稿》第 338—340 页，田小娥家的长工名字共计 9 处都叫"刘相"，作者也是一一改成了"孙相"。不知何故？

结　语

陈忠实蛰居乡下 6 年，写就巨著《白鹿原》，其间勤苦异常、孤清异常。为了给自己造一个"死后可以垫棺作枕"[①]的著作，考虑到亟须改善的生活状态，他不敢像其他作家一样对作品反复修改以臻完美，而是狠下决心要一蹴而就。因此，除了草拟稿的两个大笔记本以外，这部手稿是《白鹿原》唯一的正式手稿，而它也是我们研究陈忠实和《白鹿原》的无尽宝藏。本文所述挂一漏万，笔者自觉未能尽善，唯愿为现当代文学手稿研究方家提供一个个案以作参考，如能有抛砖引玉之功，余愿足矣。

（作者单位：陕西省图书馆西安国家版本馆）

---

① 　陈忠实：《寻找属于自己的句子》，上海文艺出版社 2009 年版，第 22 页。

20世纪80年代西北大学"作家班"史实考述

王慧勇

内容提要：1987年9月中旬，西北大学中文系首届"作家班"正式开始办学，这是新时期作家培养与高校教育相结合的一次重要探索。西北大学"作家班"是正规学制的本科生班，它有一套规范的招生、考试、录取程序；开设很多公共课，也有众多名师讲授专业课；学员在最后一年还须完成毕业论文，并有专门的导师对他们进行指导；等等。由此可见，在作家培养机制尚处于探索的80年代，西北大学"作家班"还是能够结合实际找寻到一条颇具创新的作家培育路径。从它的创办目标、正规本科生制、课程设置、教师安排等方面来看，西北大学"作家班"都有值得肯定的地方。

关键词：80年代；西北大学；作家班；西北大学作家群

1985年9月，武汉大学通过中国作家协会及所属地方协会推荐与入学考试成绩相结合的方式，以"插班生制"共录取24名学员组成了首届"作家班"，学员入学后被纳入中文系本科生的常规培养方案。而关于"作家班"名称的由来，於可训曾回忆道："因为中文系的插班生议定招收的是已有创作成就的青年作家，所以我把它称之为作家班，作家班的名称就这样约定俗成地叫下来了。"①在此之后，北京大学、西北大学、南京大学、复旦大学也相继开办了"作家班"。其中，在中国作家协会的倡导下，西北大学中文系以鲁迅文学院第二届进修班学员为主体②于1987年9月中旬开办了首届"作家班"，后历

---

① 於可训：《回忆当年武大中文系办作家班》，《武汉文史资料》2019年第10期。

② 鲁迅文学院第二届进修班为期4个月，时间从1987年3月1日至7月2日，学员共有71人，其中有26人进入西北大学首届"作家班"学习，名单如下：迟子建、杨少衡、王刚、廖润柏、陶少鸿、熊正良、王宏甲、王清学、魏世祥、海波、毛守仁、纪君、伍锡芸、都沛、周琼、陈焕新、艾扎、刘国民、严啸建、崔晟、江婴、吴琼、李黄飞、何首乌、周新耕、黄晓萍。另关于鲁迅文学院第二届进修班学员完整名单可参见刘业伟2015年的博士学位论文《新中国文学新人培养机制研究——从文学研究所到鲁迅文学院》第119页。

时 4 年，共举办 3 届，培养学员约 235 人。① 1990 年 9 月根据陕西省教委的指示，西北大学停止了"作家班"的招生工作，相关事宜至 1991 年 7 月结束。西北大学"作家班"在 80 年代曾产生很大影响，这种影响一直延续至今，并推动了"西北大学作家群"现象的出现。研究 80 年代的文学史，特别是当时青年作家培养机制形成过程的历史，西北大学"作家班"是极为重要的个案。但迄今为止，有关这方面的研究极少，这是很遗憾的。本文在收集和"抢救"第一手史料的基础上，详细叙录西北大学"作家班"的史事②，由此加深对当代文学发展进程中作家培养机制的了解。

一、"作家班"开设的时代文化语境

20 世纪 80 年代初，我国的文学创作队伍中新老作家交替显露出青黄不接的状况，而彼时的作家培养机制还不完善，招生数量少且以短期进修为主，像西北大学"作家班"这样以"固定学制"批量培养专业作家的，是极为少有的。那么，为何要开办西北大学"作家班"？它的基本情况是怎样的？

这是新时期强化文学创作队伍整体素质的需要。1979 年 10 月，中国文学艺术工作者第四次代表大会成功举行，邓小平在大会上发表了祝词，他特别强调："必须十分重视文艺人才的培养。在一个九亿多人口的大国里，杰出的文艺家实在太少了。这种状况与我们的时代很不相称。我们不仅要从思想上，而且要从工作制度上创造有利于杰出人才涌现和成长的必要条件。"③周扬在此次大会上所做的工作报告《继往开来，繁荣社会主义新时期的文艺》中，也着重指出要为文艺工作者的成长创造有利条件："文联各协会应尽一切力量，协同文化行政领导部门培养各类文学艺术人才，以逐步改变和克服当前文艺界青黄不接、后继乏人或埋没人才的严重现象。各协会可以举办各种类型的讲习所、讲习会，以加强对青年文艺工作者的基本训练，提高他们的艺术技能；要努力办好文艺期刊、丛刊，创办以文艺青年为对象的文艺刊物。"④因此，不管是邓小平的祝词，还是周扬的工作报告，都把作家培养工作置于重要位置并提上议事日程。1980 年 1 月，中共中央宣传部正式批准恢复文学讲习所，随后立即开展了第一期学员的招生工作，共招收学员 30 人且全部为小说创作者，学习时间为 5 个月。后来，文学讲习所于 1984 年 11 月

---

① 　1987 年 9 月招收的首届"作家班"学员是从 312 名报考者中录取了 90 名；1988 年 9 月招收的第二届"作家班"学员是从 182 名报考者中录取了 62 名；1989 年 9 月招收的第三届"作家班"学员是从 251 名报考者中录取了 83 名。

② 　笔者写作本文所依据的材料主要是西北大学档案馆所藏相关材料，以及对西北大学"作家班"部分学员的访谈。

③ 　邓小平：《在中国文学艺术工作者第四次代表大会上的祝词》，《邓小平文选》第 2 卷，人民出版社 1994年版，第 212—213 页。

④ 　李庚、许觉民主编：《中国新文艺大系（1976—1982）理论一集》上卷，中国文联出版公司 1988 年版，第 97 页。

12 日由中共中央宣传部正式批复更名为"鲁迅文学院",办学方面仍旧采取短训班的形式,学习时间是 3 月 1 日至 7 月 31 日,进修期满则发给"鲁迅文学院进修证书"①。显然,带有"进修"性质的作家培养方式不仅不够规范,而且并不能妥善解决壮大文学队伍与繁荣文学创作这一急切的现实需求。

1982 年,王蒙针对作家队伍的平均文化水平有所降低的趋势,发表了《一个值得探讨的问题——谈我国作家的非学者化》一文,提倡"作家学者化",认为学者型作家应是有"学问素养"的作家。为此,他特意指出:"光凭经验只能写出直接反映自己的切身经验的东西。只有有了学问,用学问来熔冶、提炼、生发自己的经验,才能触类旁通、举一反三、融会贯通生活与艺术、现实与历史、经验与想象、思想与形体……从而不断开拓扩展,不断与时代同步前进,从而获得一个较长久、较旺盛、较开阔的艺术生命。"②并且,在王蒙看来,凭借经验和机智或许可以写出轰动一时甚至传之久远的成功之作,尤其是对于那些有过特殊生活经历的人来说,但却很难持之长久,一个重要原因就是缺乏必要的学识素养。王蒙有关"作家学者化"的倡言在当时的社会上引起了强烈的反响,进一步引发关于作家文化素养建设的关注。

1986 年,为了给青年作家提供进一步学习和深造的机会,以此提高青年作家的文化水平和思想艺术素质,中国作家协会建议西北大学举办青年作家本科班。西北大学在得知武汉大学和北京大学已经招收了第一届"作家班"学员的信息之后,由中文系派人赴北京大学"作家班"和鲁迅文学院了解有关情况。1987 年 3 月,西北大学向当时的陕西省高教局报告,要求举办青年"作家班"。后经陕西省高教局批准同意"试办",西北大学在研究了招生办法和教学安排之后,向全国各地作家协会寄出了学员推荐表,由他们推荐,参加学校的考试,择优录取。

实际上,西北大学早在 1987 年招收首届"作家班"学员之前,已经有过类似的文科教育改革实践,这或许也是当时中国作家协会考虑由西北大学开办青年作家本科班的原因之一。"1985 年,省文化厅委托我校中文系招收剧作家班,学制 2 年,脱产学习,毕业时发专科文凭。依据合同,学员参加正式高考,由我校招生。建班后交省戏剧学校(后改称艺术学校)负责生活管理,由我校负责教学。专业课由中文系负责,公共课由教务处安排。"③"剧作家班"的开办是西北大学适应我国 80 年代大规模成人教育开展的灵活举措,也为此后"作家班"相关工作的开展积累了丰富的经验,这也使得西北大学"作

① 详情参见叶炜:《从文学研究所到鲁迅文学院——对新中国文学新人培养机制的初步考察》,《当代文坛》2017 年第 1 期。叶炜:《鲁迅文学院与新时期的文学生态》,《齐鲁学刊》2018 年第 4 期。叶炜:《鲁迅文学院与新中国文学新人培养研究论纲》,《南方文坛》2020 年第 4 期。叶炜:《"摸着石头过河":鲁迅文学院更名初期的文学新人培养研究》,《中国当代文学研究》2022 年第 5 期。

② 王蒙:《一个值得探讨的问题——谈我国作家的非学者化》,《读书》1982 年第 11 期。

③ 赵俊贤:《学府流年》,西北大学出版社 2011 年版,第 156 页。

家班"在初始阶段就比同期其他高校的"作家班"显得更为健全成熟。

　　"作家班"的招生工作是在每年开学前 3 个月进行的，事先向中国作家协会各省（区）分会邮寄招生简章及考生报名资格审查表，各省（区）分会推荐学员。被推荐者必须满足三项条件，一是省（区）分会会员，二是拥有大专学历或同等学力者，三是在省级以上刊物发表过有影响的作品。推荐的学员经审查合格者，才发出准考通知，而考试科目设有"政治理论""文学理论""中国文学史"以及"写作"四门。"作家班"的教学管理工作是由中文系具体负责、教务处协助管理，学制为两年，期满后成绩合格者即达到本科毕业水平，授予文学学士学位，成绩优异者可继续攻读硕士学位。

二、"作家班"的管理机构、师资配备与学员构成

　　1987 年适逢国家教委文科司司长夏自强在西北大学视察工作，西北大学时任领导班子当即向他汇报了开办"作家班"的相关工作。他个人认为，从文科进行改革、加强社会实践的角度来看，举办"作家班"是值得进行的实验。经过一段时间后，西北大学教务处时任负责人肖兴民向陕西省高教局请求《关于举办汉语言文学专业"作家班"的报告》的处理意见。当时的陕西省高教局认为"作家班"作为教学改革的一项实验，是可以试行的。之后，陕西省高教局以电话请示的形式询问国家教委的意见，国家教委三司做了电话记录，但后来未做回答。依照当时国家教委精简文牍程序的改革，"省教委接到国家教委批示，凡请示审批的文件，若在两周内没有行文批件下达，均视为同意"[1]。申请开设"作家班"的审批文件上报时间远已超过两周，西北大学只能先行试办，在开办的过程中难免出现个别程序疏漏的情形[2]，但在招生工作与教学管理上是逐步完善的。

　　"作家班"有较完备的机构设置。每届配备班主任 1 至 3 人，分管政治思想教育、教学管理和日常事务及生活纪律等。首届"作家班"的班主任为时任中文系副主任刘建勋，尔后魏秀琴、刘应争等都曾担任过第二届、第三届的班主任一职或相关负责人。班上还设有党支部、班委会，作为班集体的组织核心和管理服务中心。首届班长是魏世祥，第二届班长是苗纪道，第三届班长是张栓固。值得一提的是，三届"作家班"的班长均为河南籍学员。据首届"作家班"班主任刘建勋事后回忆，"不过他们三人说话和办事风格

---

　　① 刘建勋：《去年今日此门中》，上海文艺出版社 2020 年版，第 115 页。

　　② 当时西北大学鉴于"作家班"主要招收有实践经验的文学创作人员，便扩大了招生的范围，吸收了一部分已经取得中级职称或创作成绩突出的同等学力者。这使得陕西省教委对于第二届和第三届"作家班"学员毕业证书的发放批准文件上十分谨慎，迟迟未给予通过。后来西北大学对第二届和第三届"作家班"学员的入学资格和在校学习成绩做了重新审查，将有大专学历、中级职称和创作成绩突出者，作为合格对待发给毕业证；其余延长学习期限一年，完成学业后再发放毕业证，而不愿延长学习的，则发给专科毕业证。

却不太一样，口音一届比一届渐渐地远离京腔。一届的魏世祥，一口流利的普通话，能说会道，到哪里哪里活跃；二届的苗纪道，河南口音的普通话，在同学中不笑不开口，就像 20 世纪 60 年代一部电影中那个村支书的形象——老解决；到了张栓固，完全是豫西口音，一点不改。他个头高，面相老实、沉稳，眼角却总是留着微笑，在大家心中就像北方一棵淳朴的榆树"①。

由于"作家班"的教学管理工作是由西北大学中文系具体负责，因而其师资也主要来源于中文系。其时的西北大学中文系可谓"名师云集"。时任中文系主任的刘建军 1959 年曾考入中国社会科学院文学研究所与中国人民大学中文系合办的"文艺理论研究班"，就读于何其芳、蔡仪、唐弢门下。1963 年毕业后回到西北大学中文系任教，长期从事文艺理论的教学与研究工作。他在 80 年代初发表了《为什么必须重视现实主义传统》《开展创作方法理论研究上的百家争鸣——兼谈〈现实主义——广阔的道路〉》等一系列文章，"较早地提出恢复现实主义传统、发扬人道主义精神的观点，引起文艺界、理论界的赞同"②。时任鲁迅研究室主任的张华致力于鲁迅研究和中国现代杂文的研究，在 80 年代曾出版过《鲁迅和外国作家》与《中国现代杂文史》。其中，"他的《杂文史》一书具有开拓性，是为现代杂文写史的初次尝试，填补了这一领域的空白"③。从事唐代文学教学与研究工作的安旗，在 80 年代出版了《李白纵横探》《李白年谱》《李诗新笺》《李白传》等一系列有关李白研究的著作，是当时闻名遐迩的李白研究专家。同样从事唐代文学领域工作的韩理洲则在 80 年代率先推出了《陈子昂评传》《陈子昂研究》等著作，是名噪一时的陈子昂研究专家。而首届"作家班"班主任刘建勋长期从事与中国现当代文学领域相关的教学科研工作，早在"作家班"成立之前就先后出版了《中国当代文学史初稿》《中国当代影视文学史》等合著。除此之外，蒙万夫、雷成德、张学仁、郗政民、赵俊贤、李鲁歌、郭兆武、雷树田、任广田等都曾为"作家班"学员授课。可以说，"作家班"汇聚了当时中文系相关学科领域最知名的学者，以如此雄厚的师资阵容来打造一个"作家班"，这足以见出西北大学培养青年作家的"雄心"。

"作家班"的学员构成，主要是来自各省、地、县的文艺单位、文化机关以及报刊杂志社，多数是专业作家、文艺编辑、文化宣传干部、报社记者和从事其他工作的业余作者。以首届"作家班"为例，29 名学员是来自各类报社杂志社，是学员构成中占比最高的一部分。其中，不乏有来自在当时影响力颇大的文学刊物的学员，如赵伯涛——《延河》编辑部、王刚——新疆文联《绿洲》编辑部、李建国——深圳《特区文学》编辑部、

① 刘建勋：《去年今日此门中》，上海文艺出版社 2020 年版，第 125 页。
② 姚远主编：《西北大学学人谱（1912—1992）》，西北大学出版社 1994 年版，第 127 页。
③ 姚远主编：《西北大学学人谱（1912—1992）》，西北大学出版社 1994 年版，第 125 页。

迟子建——《北方文学》编辑部、都沛——宁夏文联《朔方》编辑部、冉丹——甘肃省文联《飞天》编辑部。26 名学员是来自各省市文联与作家协会的专业作家，来此之前已经有了较为成熟的作品，如来自安徽省文联的严啸建"写小说已有十年的历史，并且初步显示出自己的艺术个性"[①]；14 名学员来自地方文化馆、电影制片厂等文艺单位，13 名学员来自政府部门，另有 8 名学员则来自学校及工矿企业。"作家班"的学员在年龄跨度上普遍很大，例如第二届"作家班"中入学年龄最小的学员是 24 岁的郝玫，而入学年龄最大的学员是 42 岁的鲁军民，彼此之间足足相差 18 岁。另外"作家班"学员的男女生之间的性别比例也不是很均衡，基本维持在 4∶1 左右。其中，首届"作家班"中女性学员共有 22 名，第二届为 11 名，第三届则有 17 名女性学员。

　　"作家班"的招生是面向全国的，首届 90 名学员中只有 30 名学员来自陕西[②]，其余 60 名学员来自 21 个省、自治区、直辖市包括北京、黑龙江、辽宁、新疆、青海、宁夏、甘肃、山西、山东、河南、安徽、四川、湖南、江西、江苏、浙江、贵州、云南、福建、广东、广西。而紧随西北大学之后的南京大学首届"作家班"，"1987 年 10 月开办，从地方和部队招收的 40 名学生，来自江苏、上海、浙江、安徽、江西、福建、广东、贵州、河北、北京、陕西等十多个省市及深圳特区"[③]。所以，无论是在招收数量上，还是从招生范围上来看，西北大学"作家班"的办学规模都远超同期的南京大学。

三、"作家班"的课程设置与教学管理

　　武汉大学的首届"作家班"由于招收的是全日制学历教育的插班生，因而"作家班"学员入学后实行的是中文系本科生的常规培养计划。即选课听课，完成随堂作业，参加课程考试，登录成绩，修满学分，撰写毕业论文，通过答辩后准予毕业。但是，这种培养方案，在於可训看来："因为与学员的创作实际脱节，不能有效地解决学员在创作中遇到的理论和实践问题，所以很难引起学员的兴趣，有时甚至因此与任课教师之间发生龃

---

　　① 刘建勋：《文学的希望与希望的文学——西北大学作家班学员作品点评》，《西北大学学报》（哲学社会科学版）1988 年第 3 期。

　　② 首届"作家班"学员生源地为陕西的分别是：赵伯涛（《延河》编辑部）、张晓梅（陕西省团委《少年月刊》社）、黄河浪（西安市文联）、渭水（宝鸡市《科技报》）、韩俊芳（西安市文联）、苑湖（榆林地区文联）、张淑琴（陕西省劳改局《新岸》编辑部）、庞一川（西安电机厂）、吴志国（《西安法制报》）、海波（西安电影制片厂）、孙展旗（西安铁路信号厂）、延鸿飞（榆林地区文联）、杨绍武（《陕西政协报》）、陈乃霞（扶风县文化馆）、白洁（陕西省政协）、李抗美（渭南地区创研室）、王璞（陕西省物资局）、杨小敏（西安市文联）、杨雷（西北建工学院）、傅宏建（三原县文化馆）、吴克敬（扶风县文化馆）、李长生（西安市文联）、刁永泉（汉中地区文创室）、李廷华（陕西法制周报社）、舒英才（第四军医大学）、吴志国（《西安法制报》）、陈晓星（《西安法制报》）、林青（陕西省《广告报》）、李岩希（西安电影制片厂）、岛子（西安市文联）。

　　③ 南京市地方志编纂委员会编纂：《南京年鉴 1988》，南京出版社 1988 年版，第 352 页。

龃和冲突,这无疑与学员的要求不完全符合。"①很明显,之后的西北大学"作家班"在课程设置和教学管理上汲取了武汉大学"作家班"的办学经验。

西北大学"作家班"是按照当时大学本科三、四年级培养的标准来设置课程,又因为其培养的是文学创作人才,所以课程设置会适当照顾文学创作的特点和"作家班"学员的实际情况。"作家班"的课程分为四类。一类是所有学员需要修习的公共课,包括外语、马列主义基本原理、科学社会主义等。第二类是全体学员"入门"性质的基础课,包括中国文学史、文艺理论等。以上两类课一般贯穿始终。第三类是专业性较强的专题课,包括现代汉语、古代汉语、语言学和文学、作家的汉语修养、美学、马列文论、古代文论、西方文论、文艺社会学、现代文学专题研究、当代文学专题研究、中国西部文学论、文艺心理学、东方文学、西方文学、苏俄文学、现代派文学、红楼梦研究、电影概论、作家谈创作等约二十门课程。第三届"作家班"学员穆涛将他们自身称作是"在沙地上成长起来的一群作家",在他看来,"这些人迫切需要补给哲学、美学、史学,甚至还有文学的营养"。②因此,专题课的开设明显注重对古今中外经典的涉猎,以及重视广泛读书,这是非常必要的。第四类是特意针对"作家班"学员开设的创作课。创作课可以说是西北大学"作家班"为学员开设的创新课程,同期的南京大学首届"作家班"也仅仅是"同时坚持理论学习与创作实践相结合,尽可能地为他们的写作创造条件,并且规定了一定数量的'创作学分'"③。

重点考查创作课。创作课是由"作家班"领导小组和创作辅导委员会组织开展各种创作活动,依据学员从事创作的主要体裁分为若干创作小组,并配备辅导教师。学员在第一学年主要根据创作课的要求完成必要的创作作业,由辅导教师提出意见并评定成绩。学员在第二学年毕业前夕,要至少完成两种以上创作任务(包括中短篇小说两到三篇或长篇小说一部、报告文学两篇、组诗两部或长诗一部、影视剧本一部或小品两部、散文三篇),而且须达到省级刊物的发表水平。学员在学习期间发表的创作作品要及时记入学员创作登记表,根据发表的作品质量和数量还可相应减免创作作业。此外,"作家班"学员在第四学期应在总结个人创作上经验的基础上完成毕业论文。经过创作课的学习与锻炼,"作家班"的学员们在创作都有较大进展。首届学员两年在校期间共发表中短篇小说、散文、诗歌等作品 5400 多篇,出版长篇小说和作品集 590 多部。第二届学员两年在校期间共发表中短篇小说、散文和报告文学 1100 多篇,出版长篇小说和作品集 27 部。

"作家班"的教学安排也是参照大学三、四年级教学计划进行,每学期教学计划安

---

① 於可训:《回忆当年武大中文系办作家班》,《武汉文史资料》2019 年第 10 期。
② 穆涛:《肉眼看文坛》,江苏文艺出版社 1998 年版,第 3 页。
③ 南京市地方志编纂委员会编纂:《南京年鉴 1988》,南京出版社 1988 年版,第 352 页。

排约 400 学时，两年共约 1600 课时。每门课程结束后，即由任课教师组织考核：公共课和基础课实行闭卷考试，按百分制评定成绩；专题课实行考试或考查，按优秀、良、及格和不及格评定成绩。凡考试或考查不及格者，可在下学期开学两周内参加补考，按及格与不及格评定成绩。若每学年两门或两门以上课程补考仍不及格者，应予留级，延长学习期间费用自理。考虑到"作家班"学员大都有一定的社会经验和文学创作实践，便在教学安排上为学员们设置了"课程免修"条例：学员如自学完某门课程，可在每学期开学后一周内申请免修，参加免修考试。免修成绩达到良好（或 75 分）以上者，由有关教研室和任课教师提出意见，经系主任审核批准，予以免修。

从教学管理的质量和效果上来看，"作家班"学员除语言学方面的课程外，文艺理论、文学史、现代文学、外国文学和写作等方面的课程，都比大学三、四年级的学生掌握得更快、理解得更深。创作实习成绩当然也是本科生远不能比拟的，就是毕业论文的水平普遍地也比本科生高。1989 年首届"作家班"学员毕业后，有 10 多人继续学习深造、攻读研究生，其中迟子建、王宏甲、王刚、严啸建、何首乌、岛子（王敏）6 人考入鲁迅文学院与北京师范大学合办的"文艺学·文学创作"研究生班[①]，这在当时武汉大学、北京大学、南京大学"作家班"毕业班中首届一指。因此，由于考生质量和考取人数大大超过其他院校，西北大学"作家班"的办学质量在当时也得到了鲁迅文学院的肯定。

"作家班"的教学在当时尚处于摸索阶段，其以创作为主、辅以专业知识的课程设置和教学管理方式，考虑到了学员的文学创作实际，这对于提高学员的文学创作能力和艺术水平来说是非常难能可贵的。

四、"作家班"造就了一批文学创作人才

1989 年，中国作家协会在对西北大学"作家班"学员的创作成绩有所了解之后，为了感谢西北大学对培养青年作家做出的贡献，决定给西北大学"作家班"颁发"庄重文文学奖学金"。而"庄重文文学奖学金"则是香港著名爱国人士庄重文先生为繁荣当代中国文学、培养文学新人而设立的，他每年捐赠 20 万元港币及其利息，全部用于奖励在中国文坛崭露头角，并在高等学府深造的、品学兼优的中青年作家。据首届"作家班"班主任刘建勋回忆，"毕业典礼、颁奖大会和作家班学员作品研讨会同时举行，日期定在 5

---

① 鲁迅文学院与北京师范大学研究生院联合举办的"文艺学·文学创作"研究生班于 1988 年 9 月开始推动招生工作，是推动中国文学走向世界的一项举措，目的是将一部分达到大学本科水平的作家提高到研究生水平，但仅此开办过这一期。由于这个研究生班录取了莫言、迟子建、余华、刘震云等在日后颇具影响力的作家，由此也成为衡量高校"作家班"人才培养质量的一项标准。

月 22 日，连续三天。北京的名作家、评论家和陕西及邻省的参会嘉宾，都邀请好了"①。可是，后来由于时局的原因取消了这次活动，也致使西北大学"作家班"与文坛这一重要奖项"擦肩而过"。1990 年以后，武汉大学、北京大学、南京大学的"作家班"陆续停止招生。同年 4 月初，西北大学发出二百多份"作家班"的招生简章，但在 9 月宣布因故缓招，故此"作家班"也暂停了招生工作。

西北大学"作家班"于 1987 年开办，1991 年结束。这 4 年，当代中国思想文化格局发生了错综复杂的变动，同时也是市场化进程持续发展的时期。"作家班"学员们的文学创作不可避免地受到市场化经济裹挟而来的消费文化语境的影响，部分学员一时间竟成为"报告文学"的生产机器。面对商品经济对文学理想的侵蚀，第三届"作家班"学员穆涛将"作家班"调侃为"'报告文学'的空军基地"，"每月都有数架飞机对企业轮番轰炸，一位刚刚从下面回来的'飞行员'风尘仆仆地告诉我，'这个县已经筛过三遍了，可我还是拉到了五家'"。②事实上，学员们在文学创作中主动选择与企业家合作，确实能够在一定程度上缓解经济困顿的状况。例如，首届"作家班"学员吴克敬就曾记述过当时生活拮据的窘境："去学校报到，交上两千六百元的学费和一千二百元的宿费，便囊中空空，平日的生活用度立即成了问题。"③但是，这终究是偏离了"作家班"的创办初衷。其中有些历史经验应当是总结的。然而，回顾"作家班"的历史，再延伸观察这个"作家班"后来的影响，又不能不承认，"作家班"也有它成功之处。它培养出一批文学创作人才，甚至可以说促进了"西北大学作家群"现象的形成，是当代文坛不可小觑的一股新生创作力量。

"作家班"的学员绝大多数毕业后从事与文学创作相关的工作，那时全国很多省市地区文艺单位与文化机关的负责人，都是西北大学"作家班"出身。他们大多数人在进入"作家班"学习之前已经拥有一定程度的生活积累和创作经验。在西北大学"作家班"的学业结束以后，相当一部分人持续在文学事业上奋勇前进。这里不妨略举一份不完整的名单，以看"作家班"毕业学员在 80 年代末以后文坛的活跃程度。在小说创作领域，有迟子建、王刚、廖润柏、陶少鸿、吴克敬、冯积岐、熊正良、杨少衡、张冀雪、熊尚志等人；散文创作领域，有穆涛、白阿莹、杨田林、肖黛、梅桑榆、吴建华等人；诗歌写作方面，有岛子、商子秦、何首乌、马安信、张栓固、苗纪道、刁永泉、渭水、马钰等人；报告文学方面，有王宏甲、肖复华、黄晓萍、马利、都沛等人。

这里把"作家班"毕业学员，特别是在 80 年代末以后仍旧从事文学创作的一批当作是"西北大学作家群"中的一员。西北大学向来有培养作家的优良基因。在"作家班"

①　刘建勋：《去年今日此门中》，上海文艺出版社 2020 年版，第 8 页。
②　穆涛：《肉眼看文坛》，江苏文艺出版社 1998 年版，第 22 页。
③　吴克敬：《梅花酒杯——写给我的老师蒙万夫》，《美文》（上半月）2017 年第 8 期。

开办以前，著名诗人牛汉、雷抒雁与作家贾平凹都曾先后毕业于西北大学。而 80 年代"作家班"的开办，不仅延续了西北大学的文学教育传统，而且加速了"西北大学作家群"现象的形成。仅仅从文学奖项方面看，当代文坛最能考量作家文学创作水平的茅盾文学奖和鲁迅文学奖评选中：迟子建的长篇小说《额尔古纳河右岸》获第七届茅盾文学奖，短篇小说《雾月牛栏》与《清水洗尘》先后获得第一、二届鲁迅文学奖，中篇小说《世界上所有的夜晚》获得第四届鲁迅文学奖；廖润柏的中篇小说《被雨淋湿的河》获得第二届鲁迅文学奖；王宏甲的报告文学作品《中国新教育风暴》获得第四届鲁迅文学奖；吴克敬的中篇小说《手铐上的蓝花花》获得第五届鲁迅文学奖；穆涛的散文集《先前的风气》获得第六届鲁迅文学奖。斩获如此众多的文学荣誉，足以说明西北大学"作家班"毕业学员对于"西北大学作家群"现象形成所做的贡献。

五、结语

关于高校能否培养作家的教育观念，学者杨晦曾在北京大学中文系 1955 级学生的入学典礼上说道："中文系不是培养作家的，不要抱着当作家的想法入中文系。"[1]而 80 年代西北大学"作家班"的办学活动无疑是高校教育与作家培养相结合的一次有益探索，并在某种程度上正面解答了"高校不培养作家"这一问题。与此同时，梳理"作家班"的历史，既能看到当时文艺界对于青年作家培养的政策引导情况，又能说明西北大学对于新时期以来作家队伍建设所做的努力。这样，在评价"作家班"，以及"作家学者化"上，会更加客观。还应该看到"作家班"是一个研究当代文学发展进程的新的切入口。正如本文所讲，武汉大学、北京大学、南京大学、复旦大学都曾在 80 年代开办过"作家班"。而这些史实却很少出现，或者基本不出现在大众研究视野当中，这不利于了解新时期以来大学教育与作家培养关系的全貌。如今 80 年代的西北大学"作家班"已走入历史，而在 2015 年西北大学又恢复了"作家班"的办学活动，共分为本科、硕士、高级研修班三个层次。"本科、硕士层次从今年起分别随全国统一高考和硕士研究生入学考试招生，高级研修班分期、分批常年举办。"[2]在承续 80 年代"作家班"的文学教育传统之后，新的文学希望正在西北大学冉冉升起。

（作者单位：西北大学文学院）

① 北京大学中文系文艺理论教研室编：《中国新文论的拓荒与探索——杨晦先生纪念集》，北京大学出版社 2001 年版，第 268 页。

② 《西北大学恢复"作家班"办学》，《西北大学学报》（哲学社会科学版）2015 年第 3 期。

西部非遗麦秆画研究

曹爱琴　胡冰冰　冯　安

内容提要：作为国家红色文化和非物质文化遗产的重要代表地区之一，西部地区拥有极为丰厚的红色文化和非遗文化资源，有其独特的内涵与传承价值。西部地区红色文化传播与非遗文化传承相融合具有重要的意义，将西部地区非遗麦秆画作为红色文化宣传的新载体，在丰富非遗麦秆画自身内容样式的同时拓展了红色文化传播载体，推动了红色文化产品的开发，也进一步拓展了非遗麦秆画的对外宣传渠道。目前，西部地区非遗麦秆画的传承发展存在诸如图案样式创新不足、对外宣传渠道闭塞以及传承人断层匮乏等显著问题。要解决这些问题，可以从主体要素、传播载体、宣传渠道、效果评估等环节寻找可行的实践路径，实现西部地区红色文化传播与非遗麦秆画传承的相互融合与发展。

关键词：西部地区；红色文化传播；非遗文化传承；非遗麦秆画；融合发展

作为国家红色文化和非物质文化遗产的重要代表地区之一，西部地区拥有极为丰厚的红色文化资源和非物质文化遗产，需要进行系统性保护、传承与发展。将非遗麦秆画作为红色文化传播的新载体，用非遗魅力弘扬红色文化、赓续红色基因，实现好西部地区红色文化传播与非遗文化传承的融合发展，可以使历史文化遗产"活"起来、非遗技艺"潮"起来，发挥好红色文化、非遗文化的精神力量，绽放出更加迷人的时代光彩。为此，在庆祝建党100周年的重要时间节点，项目组依托长安大学国家级大学生创新创业训练计划支持项目"非遗麦秆画——流动的红色历史"，借助非遗麦秆画这一载体来展示和传播红色文化，通过举办多种形式的文化活动来宣传西部地区非遗文化和红色文化，并从文化传播与传承的角度，就西部地区红色文化传播与非遗文化传承融合发展的相关问题进行理论探究。

一、西部地区红色文化与非遗文化的内涵

文化是一个与政治、经济相关的社会历史范畴，兼具物质和精神两方面的属性，广

义指人类在社会实践过程中所获得的物质、精神的生产能力和创造的物质、精神财富的总和。红色文化作为文化整体中的一部分，既具有文化的普遍共性，又有其区别于其他文化的特性。习近平总书记指出，"红色是中国共产党、中华人民共和国最鲜亮的底色"[①]。红色文化是在革命战争年代，由中国共产党人、先进分子和人民群众共同创造并极具中国特色的先进文化，蕴含着丰富的革命精神和厚重的历史文化内涵。

中国西部地区为中国经济地理分区，包括重庆市、四川省、陕西省、云南省、贵州省、广西壮族自治区、甘肃省、青海省、宁夏回族自治区、西藏自治区、新疆维吾尔自治区、内蒙古自治区，涉及 12 个省、自治区和直辖市。[②]这一地区富含丰富的红色文化和非遗文化资源，是我国红色文化和非物质文化遗产的重要代表地区之一。

西部地区红色文化是一种重要资源，集中体现了西部地区在党的历史上创造的辉煌业绩、做出的巨大贡献，承载着西部人民在党的领导下艰苦奋斗、团结一致的革命斗争精神。从文化的形式和内容来看，西部地区红色文化在内容和形式上具有特定的物质载体和丰富的精神指向。具体来看，在物质层面，红色文化资源是指在中共中央领导下，西部地区党组织和共产党员率领人民群众进行艰苦卓绝斗争过程中发生的武装起义和战争遗址、遗迹、会议旧址、革命前辈故居、纪念馆、革命文物等革命历史遗存与纪念场所，如广西百色起义遗址、遵义会议会址、俄界会议遗址、枣园旧址、杨家岭旧址、王家坪旧址、凤凰山旧址、清凉山旧址、马栏革命旧址、照金革命根据地旧址、瓦窑堡会议旧址、会宁红军会宁会师旧址、娄山关战斗遗址、红军四渡赤水战斗遗址、"四八"烈士陵园、洛川会议纪念馆、八路军西安办事处纪念馆、西安事变纪念馆、红岩魂陈列馆、红岩魂广场、四川邓小平故居、中国工农红军西路军纪念馆、南梁革命纪念馆、腊子口战役纪念地、红军烈士陵园等革命遗址和纪念馆；在非物质层面即红色文化的观念形态和精神指向，主要指西部地区在革命和建设过程中奋斗的艰难曲折的革命历程、震撼人心的革命斗争故事、催人奋进的革命精神以及老一辈无产阶级革命家留下的许多光辉篇章和传奇故事等。这些文化形态是红色文化的主体精神，是红色文化的精髓。如长征精神、遵义会议精神、延安精神等精神谱系，红军长征途中留下的挽救当地老百姓生命、在战争中浴血奋战的故事，所创作的红色歌曲等。

非物质文化遗产是中华优秀传统文化的重要组成部分，是中国各族人民宝贵的精神财富，体现着中华文明 5000 多年的继往开来。那么，什么是非物质文化遗产呢？2005年 12 月 22 日，中国国务院发布《关于加强文化遗产保护工作的通知》："非物质文化遗产指各种以非物质形态存在的与群众生活密切相关、世代相承的传统文化表现形式，包括口头传统、传统表演艺术、民俗活动和礼仪与节庆、有关自然界和宇宙的民间传统知

---

① 习近平：《用好红色资源赓续红色血脉，努力创造无愧于历史和人民的新业绩》，《求是》2021 年第 9 期。
② 《西部地区》，https://baike.so.com/doc/5881831-6094709.html。

识和实践、传统手工艺技能等以及上述传统文化表现形式相关的文化空间。"①可知非物质文化遗产主要包括"非物质形态"的非遗（如民俗活动、表演艺术、传统知识和技能等）以及"物质形态"的非遗（如与非物质文化遗产相关的器具、实物、手工艺品等）。本文语境下的非遗文化是人们制作如麦秆画等物质形态的非物质文化遗产的过程中产生的制作技艺、审美情趣、艺术观念等精神要素。可见，非遗文化是蕴藏在物质形态的非物质文化遗产背后的，是无形的、难以量化的。由于非遗文化非物质性、无形性的特点，使其传承方式只能限于"口耳相传"或"口授心传"，这给现代生产生活背景下的非遗文化带来了后继无人乃至失传灭绝的危险。

西部地区有着源远流长、丰富多彩、特色鲜明的非物质文化遗产和非遗技艺。查询中国非物质文化遗产网发现，我国至今共计有 1557 个国家级非物质文化遗产代表性项目，3610 个子项目。其中，来自西部地区申报的就有 1221 个子项目，占全国的 33.82%，超过三分之一。②如入选联合国教科文组织非物质文化遗产名录的花儿、西安古乐、新疆维吾尔木卡姆艺术和蒙古族长调民歌；入选国家级非遗传统技艺项目的成都银花丝、甘肃庆阳香包绣制技艺、泸州老窖酒酿制技艺、陕西西安长安区楮皮纸制作技艺；入选省级非物质文化遗产传统美术项目的陕西蒲城麦秆画、甘肃庄浪麦秆画等等。

麦秆画是中国民间剪贴画的一种，是制作者利用麦秆的天然材质，经过割、漂、刮、碾、烫、熏等多道工序所制作出的剪贴画，因其制作材料为麦秆而得名。它作为皇家贡品始于隋唐时代，凝结的是数千年农耕文明的精髓。由于制作所需的原料较为特殊，麦秆画起源于中原地区，现今主要分布于河南、山东、陕西等省的小麦主产区。2014 年 11 月，国务院公布第四批国家级非物质文化遗产代表性项目名录，麦秆画以其悠久的传承历史与独特的艺术风格位列其中。西部地区的陕西、甘肃、四川、重庆、宁夏、内蒙古等省、自治区和直辖市均有丰富的非遗麦秆画。

二、西部地区红色文化传播与非遗麦秆画传承融合发展的重要意义

党的十八大以来，以习近平同志为核心的党中央将"中华优秀传统文化创造性转化、创新性发展"摆在突出位置，推动中华优秀传统文化与时俱进，焕发新的生机活力。西部地区是我国红色文化和非物质文化遗产的重要代表地区之一，富含丰富的红色文化和非遗文化资源，因此，从多方面促进红色文化和非遗麦秆画传承的融合发展，具有重要的时代价值和意义。项目组的调研和实践成果充分地印证了这一观点。

---

① 《国务院关于加强文化遗产保护的通知》，http://www.gov.cn/gongbao/content/2006/content_185117.htm。

② 转引自《西部非遗经济崛起：从博物馆到淘宝，从濒临失传到时尚爆款》，https://www.thepaper.cn/newsDetail_forward_14696881。

（一）红色文化创新了非遗麦秆画内容样式

麦秆画自20世纪80年代以来受到了一大批民间艺术家的关注。民间艺术家大胆的实验和实践，为麦秆画这一古老而极具特色的民间工艺注入了新鲜的血液，使之从古代的宫廷手工艺品脱胎为人民喜闻乐见的国家级非物质文化遗产。习近平总书记指出："民间艺术是中华民族的宝贵财富，保护好、传承好、利用好老祖宗留下来的这些宝贝，对延续历史文脉、建设社会主义文化强国具有重要意义。要坚持以社会主义核心价值观为引领，坚持创造性转化、创新性发展，找到传统文化和现代生活的连接点，不断满足人民日益增长的美好生活需要。"①项目组把西部地区红色文化作为非遗麦秆画的创作题材和内容，从党史、新中国史、改革开放史、社会主义发展史中搜集、整理适应麦秆画创作的素材。围绕百年党史精神谱系、标志性建筑、西部地方党史典型性代表、青春之歌、新中国成立以来中国经济社会发展变迁五个党史系列主题展开，并邀请学校书画协会、动漫社、鲁迅美术学院的同学一起参与党史图画的绘制，最终完成原创画稿60幅。并详细标注，配备文字图案，以便最大程度上让麦秆画创作者明白创作内涵。随后团队成员与白鹿原白鹿仓草堂非遗麦秆画制作地和韦曲南唐村非遗麦秆画制作基地非遗麦秆画制作公司负责人进行交流，双方达成合作协议。红色文化给新时代的麦秆画提供了崭新的内容样式，使西部地区的非遗麦秆画在新时代绽放出了更加迷人的光彩，实现了西部地区非遗麦秆画的创造性转化和创新性发展。如项目成果图1—2（由西安韦曲南唐村麦秆画创作公司制作）所示。

（二）非遗麦秆画拓展了红色文化传播载体

习近平总书记指出："要打造精品展陈，坚持政治性、思想性、艺术性相统一，用史实说话，增强表现力、传播力、影响力，生动传播红色文化。"②发挥好红色文化传承与教育作用，载体起着不可估量的作用。作为红色文化传播载体的非遗麦秆画，具有鲜明的艺术特色和很高的审美价值，能够以具有中国特色、符合国人审美的方式诠释、表现

图1　初心启航——南湖红船　　图2　翻天覆地——天安门开国大典

红色文化，赋予了红色文化全新的表现形式和传播手段，进而增强了红色文化的表现力、传播力、影响力。红色文化往往采取宏大叙事的表现方式，"但这种宏大叙事经常以'高

---

① 《习近平总书记的非遗情结》，http：//politics.people.com.cn/GB/n1/2021/0920/c1001-32232003.html？ivk_sa=1023197a。

② 习近平：《用好红色资源赓续红色血脉，努力创造无愧于历史和人民的新业绩》，《求是》2021年第9期。

高在上'的姿态出现，易让人感觉灌输性太强，或遥不可及，或空洞无物"①。麦秆画可以把红色文化具象化，可以把红色文化落实到具体的人物、地点、环境等要素上，还原、再现红色文化中的典型场景和画面，从而把以往空洞、抽象的宏大叙事转变为一幅幅精致沉稳的麦秆画画作，让人们在更直观地了解红色文化的同时实现麦秆画作品政治性、思想性和艺术性的统一。如项目成果图3—4（由西安韦曲南唐村麦秆画创作公司制作）所示。

（三）助力红色文化产品的创新与开发

西部地区红色文化与非遗麦秆画相融合，能够助力西部地区红色文化产品的创新与开发。首先，麦秆画取材于麦秆，经过精湛复杂的技艺加工后仍然能够保持麦秆自然的光泽、独特的纹理和质感。以麦秆画为物质载体表现红色文化，能够提升红色文创产品的质感，拓宽红色文创产品的生存空间，拉近与消费者的距离，进而在当下同质化严重、

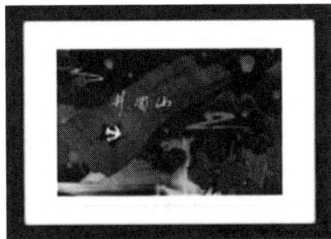

图3　中流砥柱——延安宝塔山　　图4　星火燎原——"井冈山红旗"雕塑

质量低劣的红色文化产品市场脱颖而出；其次，西部地区的麦秆画，具有鲜明的地域特色，用麦秆画创作的红色文化产品能够突破缺乏地域文化特色的局限，提升内在文化内涵，促进红色文化产品多元发展；最后，麦秆画的取材、加工等过程均符合绿色环保的要求，体现了生态环保的理念，强化了红色文化产品的精神寓意，有利于增强大众对红色文化产品与红色文化的认同感。如图5—6(图5、6是项目成果)所示。项目实践成果获得市场认可，

图5　运筹千里——西柏坡　　图6　思想建党——古田会议

---

①　陈娜：《论红色文化的微传播》，《"马克思主义与21世纪社会主义"——第二届全国马克思主义理论及相关学科博士生学术论坛论文集》下册，第138—147页。

在创业中期就销售出麦秆画作品 18 幅，并获取毛利润 2700 元，产品创新初见成效。

（四）拓展非遗麦秆画宣传渠道

红色文化的传播主体一般是政府和事业单位，让麦秆画承载红色文化，在坚持艺术性的同时和政治性结合，可以引导政府和事业单位参与到麦秆画的宣传和传播中来，从而拓展了麦秆画的宣传渠道。政府、学校、企事业单位在举办红色文化主题的麦秆画展览、沉浸式体验等多种活动时，间接起到了拓展非遗麦秆画的宣传渠道的作用。如 2021年 12 月至 2022 年 4 月项目组联系校星火宣讲团和校书画协会、国学社等 10 余个社团在校内外合作举办麦秆画党史主题展览、宣传与销售 3 场，党史学习教育专场 1 场，销售出麦秆画作品 18 幅，拓展了非遗麦秆画宣传渠道，不仅吸引青年学生主动关注西部非遗文化，还使他们在欣赏麦秆画的同时感悟麦秆画背后的红色文化所蕴含的精神意蕴，进而避免了纯粹说教和灌输式教育的窠臼，提高了以文化人的教育实效。

三、西部地区非遗麦秆画传承发展的现实困境

在众多的西部地区非物质文化遗产中选取非遗麦秆画作为宣传红色文化的新载体，不仅仅是因为非遗麦秆画自身存在着技术性与艺术性并存的天然优势，还在于当前西部非遗麦秆画传承发展存在的现实困境。

（一）图案样式面临创新难题

西部地区非遗麦秆画作为本土的文化产品，深深扎根于中国西部大地，其图案样式反映的都是特定时代背景下人们的审美偏向，兼具区域特色、民族特色、历史文化特色。时代在不断发展，人们的审美偏好也在不断发展变化，因此非遗麦秆画的创作主题和图案样式也需要不断与时俱进，这样，才能不断赋予非遗文化以活的生命力。本项目组成员于2021 年 5 月和 7 月前往非遗麦秆画传承基地唐村、白鹿原·白鹿仓非遗街以及大唐不夜城步行街等地就关于陕西非遗麦秆画的传承发展情况进行实地调研。通过观察与感知，项目组成员发现相比于同类型的民间工艺画，如西安市皮影画、刺绣画等，非遗麦秆画的图案样式依然沿袭文化传统，侧重于花鸟、神话人物。虽然尝试制作吸引青年群体的动漫元素，却在内容上缺失了属于中国本土化的特色。此现象产生的深层原因在于西部非遗麦秆画未能明确自身的市场定位，未能敏锐把握新时代大众的审美取向、年轻化的消费方式和变化趋势。

（二）对外宣传力度不足

文旅部非遗专家库成员、北师大社会学院教授萧放认为："资源非常好，但知名度、非遗价值的发现不够，是西部非遗的总体特点。"[①]西部地区非遗麦秆画的宣传途径单一、

---

① 《建立东中西部非遗保护协作机制，正当其时》，专家访谈，https://www.360kuai.com/pc/960fde5283e3079e3？cota=3&kuai_so=1&tj_url=so_vip&sign=360_57c3bbd1&refer_scene=so_1。

闭塞，借助的宣传平台知名度不够高、影响力不够大。项目组成员调研得知目前非遗麦秆画的宣传媒介大部分仅仅停留在最原始的新闻报道层面，少量的微信公众号推文，虽然会有类似于视频形式的麦秆画制作过程以及传承人专访这样的主题，但由于借助的新闻平台以及微信公众号的知名度不够高，关注人数有限狭小（平均一篇公众号的推文阅读量只有 200 人次，点赞量不超过 10 人），这样的宣传并未起到很大作用。与之对比的西安市皮影画、刺绣这些精美的替代品的大量出现，非遗麦秆画逐渐地淡出人们的生活。

（三）传承人断层匮乏

麦秆画的原料普通，制作过程却不简单。30 来道工序全凭手工完成，技术上融合了国画、版画、剪纸、烙画等艺术手法。像选料、漂洗、蒸煮、晾晒、熨平、打磨，这些都还算好学；到后面的烫、剪、刻、雕、粘、裱，就考验人了。[①]因此，掌握非遗麦秆画的制作技艺不仅需要学习者投入大量的时间成本，还需具备专注、耐心、细致的品质特点。反观现实，改革开放 40 多年的历史发展让新时代青年处于一种时刻变化的时代环境下，不确定、多样性、个性化成为新时代青年的表现特征。这与非遗传承人所需具备的"择一事，终一生"的专注稳定等品质背道而驰，青年群体对非遗文化保护传承较为淡漠。同时非遗传承自身模式的局限性——家庭成员式、小型作坊式、师徒培育式为主，新探索的课堂教育模式也仅在一定地区范围内实践，由此造成传承人断层匮乏现状。

四、西部地区红色文化传播与非遗麦秆画传承融合发展的实践路径

如何更好地推动西部地区红色文化传播与非遗麦秆画传承的融合发展，为实现西部乡村振兴提供精神力量，在已有的实践调研基础上，结合相关理论，笔者将从主体要素、传播载体、宣传渠道、效果评估 4 个相互联系而又各自侧重的环节进行分析。

（一）主体要素——一方主导，多方合力

西部地区红色文化与非遗麦秆画深度融合，既创新红色文化在传播过程中的具体路径，又改进非遗麦秆画创作的内容样式，两者融合发挥着双向促进的作用。青年群体在这双向作用过程中占据着重要的主导地位，这是由青年群体自身的特性以及所承担的历史责任与时代使命所决定，习近平总书记在纪念五四运动 100 周年大会上强调："青年是整个社会力量中最积极、最有生气的力量，国家的希望在青年，民族的未来在青年"[②]，强烈的社会参与意识、追求自身价值意识、勇于创新创造意识和社会生活方式的多样化是当代青年群体的显著特征。同时现代科技不断发展，青年更是新媒体时代下的主力军，

---

① 周洪双、刘铁：《中国好手艺：麦秆画》，http：//ent.people.com.cn/n1/2022/0604/c1012-32438201.html。
② 习近平：《在纪念五四运动 100 周年大会上的讲话》，《人民日报》2019 年 5 月 1 日第 2 版。

发挥独特的创新思维和对新技术的灵活运用，使红色文化传播的新模式和新样式不断被探索出来，非遗传承的新途径和新方法不断被创造出来。青年群体应该把西部地区红色文化的先进内容与非遗麦秆画的创作内容结合起来，推动两者一体化发展。

单方面依靠青年群体的力量是远远不够的，政府、学校、社会组织等不同主体都应该积极配合，协同发力，构筑起红色文化传播和非遗麦秆画传承的坚实屏障，共同推动西部地区红色文化传播和麦秆画传承融合发展。一是各级政府和社会组织要给予一定的政策支持与资金帮扶，不断加强专业队伍建设和理论研究，围绕红色文化生成的历史脉络、非遗麦秆画的制作流程、主题内容的与时俱进、展现形式的不断优化进行深入挖掘。二是各级学校应培养学生自觉传播红色文化和传承非遗文化的责任意识，重视红色文化和非遗文化对于学校隐性教育的重要价值。尤其是西部高校要肩负起培养相关研究领域的科研人员、高端非遗研究管理人才和技艺传承人才的重大责任，同时积极服务于本地区的文化发展。如项目组与长安大学渭水校区周边社区——长乐西苑、西安星雨华府以及长乐第二小学、西安经开六小等达成长期合作意向，开展研学活动。

（二）传播载体——以非遗麦秆画为载体的展现形式促进红色文化产品开发

红色文化产品作为文创产品的一种新兴类别，在丰富文创产品类型，提升文化产品民族性与品牌性的同时能够有效涵养情怀，坚定文化自信。拓展非遗麦秆画的产品类型，以红色为基本点，与时俱进融入国潮、动画样态元素，制作出一系列不同主题的红色麦秆画创意产品，集观赏性、价值性、实用性于一体，在一定程度上能够满足市场需求，被大众所广泛接受，又能在无形之中传播红色文化，实现育人价值。实然层面的操作则需解决好四个关键问题：如何选取典型的红色文化元素，如何将其合理性创造转化为现代样式，如何发挥西部非遗麦秆画自身特点将其很好地呈现，以及如何提高红色麦秆画产品的实用性。为此，必须深入挖掘红色文化的精神元素。西部地区的红色文化依托当地人文和地理，记载历史生活与革命发展的历史。将能代表西部红色文化的精神元素提取出来，转化为麦秆画创作的主题和内容，然后将这些提炼出来的文化元素与麦秆画创意进行有机结合。在借助大数据收集新时代大众审美偏好信息的同时处理好红色元素、产品以及时尚三者关系，寻找恰当平衡点，发挥麦秆材质天然环保的特点，打造产品的品牌质量与品牌形象，以此促进西部地区红色文化产品的开发、宣传与销售，不断提升红色文创产品价值。

（三）宣传渠道——举办以西部地区红色文化为主题的非遗麦秆画展览

推进西部地区红色文化传播与非遗麦秆画传承相融合，以红色文化为魂，以非遗麦秆画为体，更要以多元化的宣传渠道为桥梁，让西部地区优秀传统文化与红色文化交融，迸发出崭新活力。应当正确认识到非遗麦秆画本身技艺特点、传承保护现状等现实问题，实行以举办红色文化主题非遗麦秆画展览为主导、持续融入新媒体发展多种渠道并举的宣传策略。

第一，以西部红色文化主题非遗麦秆画展览为主导。与其他形式相比，非遗麦秆画展览这一形式更贴近实际、更生动鲜活、更具有宣传成效，以举办红色文化主题非遗麦秆画展览为主要渠道，树立品牌效应，扩大声量，是当前阶段推进红色文化传播与非遗麦秆画传承融合发展的正确宣传途径。在推进宣传工作中应注意：一是重视重要时间节点，借助各种节庆平台进行展览展示。应敏锐捕捉五四青年节、七一建党节、八一建军节、国庆节等节庆日，结合重要时间节点开展党建活动、团日活动等，因时而变，创作出不同红色文化主题的非遗麦秆画作品，适时举办展览，使宣传效益最大化。二是重视展览地点选择，将大小社区、各党政机关单位、学校作为重点展览地点，对接不同单位展览需求，因地制宜，灵活变动展览内容、展览形式，从而切实提升在广大人民群众中的影响力。三是创新展览方式，如项目团队成员创造性地开辟了"线上云展览"的方式，在每一幅画上粘贴二维码，通过扫描二维码，可以在手机上进行观看，打破了空间的局限，扩大受众规模；开辟线下"非遗角"（涵盖乡村、学校、社区、街道等地）。四是重视各级各类学校在红色文化与非遗麦秆画传承中的重要作用，积极推进展览活动进校园、进课堂，开设"非遗麦秆画进校园"体验课等，在广大青少年群体中扩大影响力，激发青少年群体在宣传传播中的重大作用。

第二，打造新媒体融入的多渠道、多层次、多方式宣传格局。赓续红色血脉，传承非遗文化，更应紧跟时代潮流，致力于打造西部地区新时代红色文化和非遗麦秆画艺术传承发展宣传新模式。一是注重新媒体融入宣传渠道，丰富传播手段，拓展传播渠道，以提升传承人创新能力为主要方式，培养一批掌握新媒体技术、具备创新精神的传承人群。二是利用科技和数据新要素驱动，大数据、人工智能等数字技术和平台的支持，建立起非遗数字化、可视化、开放化的数据库，以此为基础，搭建用于宣传的网页平台，开设图文分享的微信公众号、微博账号等宣传窗口，入驻抖音、快手、B站等视频平台，以多领域、多层次、多方位的宣传渠道建设，在新媒体时代下的传播宣传中抢占先机。这样让西部地区红色文化和非遗麦秆画艺术插上"互联网翅膀"，在全世界低成本、广范围传播。发挥非遗文化和红色文化的育人价值和非物质文化遗产服务当代、造福人民的作用。

（四）效果评估——信息反馈，总结提升

推进西部地区红色文化与非遗麦秆画融合发展，需要立足实践，依据一定评价标准，采用特定评价方法，对实践过程中的各个运行要素、活动效果及其影响进行价值判断，进而总结反思，指导后续实践。

第一，坚持宏观评估与微观评估相结合。宏观层面上，应当注重实践工作中的总体目标、前期构想、整体规划等的调整，确保实践整体向健康方向发展；微观层面上，应当时刻注重每一个特定的实践过程，对每一次制作、每一次展览、每一次宣传都进行评估反馈，保证具体层面实践活动的良好开展。将宏观评估与微观评估相结合，从而既能保证实践总体不背离赓续红色血脉、传承非遗文化的初心，实现整体健康发展；又能促进每一次具体实践有序良好地开展，为新的实践提供借鉴。

第二，坚持单项评估与综合评估的统一。评估过程中，既要注重单项指标的完成情况，又要注重整体的综合效果。如针对麦秆画绘画质量、麦秆画展览效果、麦秆画宣传手段等指标，在评估过程中，既要抓住过程中的某一具体指标，进行纵向与横向对比分析，从而评估其效果、价值、影响；又要综合考量各项指标，分析每一指标的影响大小，建立起统一完善的评价体系。将单项评估与综合评估相统一，以正确把握整体与部分的辩证关系，从而对实践行动进行科学全面的评估。

第三，坚持显性评估与隐形评估的辩证统一。对实践结果的评估有显性与隐性之分，对于可以进行测量的显性指标，如产出作品的数量、参与制作的人数、举办展览的数量、宣传报道的次数，采取量化形式，对量化关系进行整理分析，从而在范围、程度、数量上进行界定判断，进而评估效果；像传播效果的好与坏、活动影响的大与小、实践受众的满意度等难以进行量化的隐性指标，应当采取定性的方法，进行社会调研、走访采访等得出判断。应当注意，显性与隐性并非独立存在，而是辩证统一，因此在具体实践中，应当采取定性与定量相结合的方法，在适时调整两者主次关系中，应对不同的评价形式。

第四，坚持动态评估和静态评估的统一。对于一定时空条件下的实践活动，采取静态评估分析，从而能对实践现状进行具体把握；对于处在一定时空序列上的实践活动，采取动态分析，从而把握实践活动的未来发展态势；坚持动静结合，既能把握实践在某一阶段展现出的具有稳定性的特征，又能对实践活动追溯过去、展望未来，把握实践发展脉络和发展前景，从而对后续实践活动的发展进行指导。

结　语

文明的传承和交融，价值是无限的，西部地区红色文化和非遗文化区域特色、民族特色、历史文化特色鲜明，其传承与发展在新时代面临新的机遇和挑战。以非遗麦秆画作为展示和传承红色文化新载体，将红色文化传播与非遗文化传承相融合，对于促进各地各族人民之间文化的欣赏与交流，进一步促进西部地区民族团结、融合和精神层面的聚合，赓续红色血脉、延续历史文脉、铸牢中华民族共同体意识具有重要意义。必须进一步探索西部地区红色文化与非遗文化融合发展的实施路径，切实提升红色文化和非遗文化保护传承水平，为全面建设社会主义现代化国家提供精神力量。

（作者单位：长安大学马克思主义学院）

武威市凉州攻鼓子民俗文化研究[*]

李　宁　何胜亮

内容提要：随着笔者对凉州攻鼓子的了解逐步加深，越来越被凉州攻鼓子文化所表现出的内涵所吸引，也略微探寻出凉州攻鼓子的历史脉络。笔者也对凉州攻鼓子传承所面临的困境以及文化影响力日渐式微这种现状而感到担忧。本文将在介绍凉州攻鼓子文化的同时探寻其历史根源介绍凉州攻鼓子文化传承所面临的困局，试图从安塞腰鼓的发展历程中找到两个鼓舞民俗文化之间的差距。本文试图借鉴安塞腰鼓的发展经验来促进凉州攻鼓子民俗文化的发展。最后以个人的角度从新媒体以及民俗文化旅游方面为凉州攻鼓子的发展提出一些可行的建议。

关键词：凉州攻鼓子；安塞腰鼓；民俗文化

习总书记多次在在讲话中提到大力传承中华优秀传统文化，将中华优秀传统文化转化为实现中华民族伟大复兴、构建"人类命运共同体"的强大精神力量。攻鼓子具有鲜明的地方文化特色，笔者想通过对攻鼓子的调查研究，探寻其发展之中面临的困境，并提出一些可行的建议。

一、武威与凉州攻鼓子

凉州攻鼓子又被叫作武威攻鼓子，是发源于甘肃省武威市凉州区的一种群体类乐舞。据考证，已有两千多年的历史，现被记载于《中国民族民间舞蹈集成·甘肃卷》，被列入第一批甘肃省非物质文化遗产项目、第二批国家级非物质文化遗产保护名单。关于

* 基金项目：2021度山西省哲学社会科学规划（一般）课题"疫情常态化防控下人类命运共同体理念与实践研究"（项目号：2021YY213）；2022年度山西省艺术科学规划课题"'小镇导演'贾樟柯电影中的故乡汾阳"（项目号：22BC032）。

攻鼓子的历史具体起源并没有明确的文献记载，流传至今的是军事起源说。笔者比较认同军事起源说这一观点，一方面是由于鼓这种乐器在古时候大多与军事活动息息相关，在军队中鼓乐器的主要功能是传令和振奋士气，而凉州攻鼓子鼓手在演出中的舞台走位就是依据阵法而来，其在表演中所体现的阵势浩大，鼓手严肃刚毅的精神也呈现出军队的风格。另一方面则是鼓乐器制作难度较高、周期长、成本高，不易成为民间普及的乐器。武威位于甘肃省中部，是河西走廊的门户。是西北地区的军政、经济、文化中心。东与宁夏首府银川相邻，西与青海省会西宁相邻，北通敦煌，西通新疆，是西部重要的交通枢纽。自然环境上武威地处黄土高原、青藏高原和蒙新高原的交汇带上。又因为聚居着汉、藏、回、蒙等38个民族，多民族聚居的人文环境下与少数民族的密切交往使得武威文化受到少数民族文化的影响。具体是穿着黑衣黑裤黑鞋，其中上衣叫作太保衣，裤子是灯笼裤，鞋是凌云快靴，攻鼓子的服饰和古代普通民众所着服装完全不同，这就是因为武威在古代就是众多少数民族聚居地区。其服饰在传统汉族服饰的基础上融合少数民族的服饰文化，从而形成现在的攻鼓子服饰。这样的服饰明显有古代少数民族风格。[1]

　　凉州攻鼓子早年间在武威市的四坝镇等4个乡镇较为盛行，但是在笔者考究其具体发源资料时发现关于它的相关文献资料极少，且大多是来自老人们的口口相传，没有具体史料的支撑。笔者在采访国家级传承人杨门元时听他说凉州攻鼓子流传2000多年的历史了，是军队出征之前的军旅乐鼓。所以说是过去部队征战以前助威的一种手段。西汉时期皇帝派遣霍去病征战匈奴的时候，浑邪王、休屠王是少数民族，这个地方过去的时候是少数民族地区。所以说它的一个故事，是兵困粮尽之后，队伍在攻城的时候，连续几天攻不下来，最后部队里面一个将军说，当地有一种攻鼓子，化装成攻鼓子队伍，里应外合。[2]笔者在根据自身的经历以及社会调查发现，近十几年来，攻鼓子表演的邀请对象发生巨大改变。在20多年前，攻鼓子的主要邀请对象是武威市的各个村落，春节期间村子集体为营造热闹的氛围或是有重要喜事会出钱请攻鼓子艺人在村子进行社火表演，那时候周围各个村子的村民都会到这个村子去观看演出。然而到了现在，村子集体出钱邀请攻鼓子艺人表演的形式已经几乎消失，改变为政府出资或商家出资邀请攻鼓子艺人在特定的场所进行演出。凉州攻鼓子形成以后作为一种祈福祭祀的文化形式流传至今，每年的春节武威市政府都会组织社火表演，其中就包括攻鼓子这个节目，数百名表演者身穿演出装束，组成浩大的队列，在市区游行演出，武威市市民则聚集在道路两侧观赏这一独特且亲切的表演。通过每年在春节期间组织攻鼓子表演，既有利于民俗节日文化的建立又培养了武威人民每到春节观看攻鼓子演出的习惯，满足了武威人民追求积

---

①　张永星:《凉州攻鼓子的调查与研究》,《大舞台》2011年第2期。

②　张童:《凉州攻鼓子现状与发展对策研究》,硕士学位论文,西北民族大学,2019年,第2页。

极健康的精神文化需求。凉州攻鼓子早在 1957 年就已经取得重大成就——在天安门进行演出并且受到高度评价。1990 年拍摄的《西部之舞》使得攻鼓子名声大振。之后由央视于 2020 年拍摄的纪录片《航拍中国》中，攻鼓子时隔多年再次出现在全国人民的视野中。发源于武威的攻鼓子民俗文化取得重大成就，是民族文化中不可或缺的一部分，是全国人民的自豪骄傲。每当谈起攻鼓子武威市民都与有荣焉，这极大地提升了武威人民的自豪感，增强了武威市民的文化自信。

二、武威攻鼓子社会调查及分析

虽然"西部鼓魂"团队和政府经过多年探索，在攻鼓子传承方面取得了一定成绩，但目前攻鼓子仍然没有"走出"传承困境。现通过传承人、传承规章、传承场所、传承道具四方面对成就和不足进行分析。

（一）传承人的成就和不足

在笔者通过对杨门元的采访中得知，他表演凉州攻鼓子已经 40 多年了。小时候受地方上的影响，对凉州攻鼓子产生兴趣，于是跟着前辈们学习。那时候条件比较差，没有现在这么多的演出，团队很小只有十几个人，其中以年轻人为主。到后来，年轻人外出谋生，导致表演攻鼓子的年轻人比较少了。面对这种传承困境，他们转变了传承场合，让攻鼓子"走进"校园。从 90 年代进入四坝镇中学培养学生，到 2021 年进行校企合作，建立"凉州攻鼓子人才培养基地"，使得学校成为技艺传承的主要场合，学生成为技艺传承的主力军。让学生了解攻鼓子，给学生传授攻鼓子技艺，从学校进行传承人的培养，虽然能在一定程度上缓解传承困境，但是这些学生大多数只有在春节期间能进行演出，平时的表演仍然缺少年轻人。于是在传承人队伍上他们做出了重大的改变，开始吸收、培养女性攻鼓子队员。刚开始发展女性攻鼓子队员很困难，当地女性都不愿意学，他们只好挨个做思想工作。到后来因为商演的不断增多，收入得到增加，当地愿意打攻鼓子的女性才多了起来。现在人虽然多但是最多只能组织 60 到 80 个人。凉州攻鼓子在传承人上主要表现在队员的老龄化以及新鲜血液的不足，几十年前攻鼓子队伍的中坚力量到了现在还占据队伍的主体地位，无论是体力还是精力都在衰退，组织者也认识到了这个问题，然而却束手无策。一方面是因为年轻人开始对攻鼓子不产生兴趣，不愿意去打，另一方面则是打攻鼓子并不能获取足够的物质条件去满足日常生活的需求。因此传承人开始创新发展女性攻鼓子队员，改变几十年前攻鼓子传男不传女，传里不出外的习俗。这确实是攻鼓子发展的一个创新，但又何尝不是攻鼓子无奈处境的表现，因为只有年轻的女性留守在家里啊，男性都去外面谋生了。案例 1：2022 年 3 月 17 日笔者在采访杨门元先生时，他接到一个其他非遗传承人的电话，内容是与他商议近期去兰州的一个演出。电话打完后杨门元先生对我说，主办方提出一个要求，就是能不能多派遣一些年轻人，他们去兰州表演的队员年龄都有点大，杨门元先生无奈地说道，要是有年轻的队员谁还让这些人去啊！年轻人能少很多麻烦，关键是没有年轻的攻鼓子队员啊！

（二）传承规章的成就和不足

目前政府对传承人的帮助越来越有效且直接，并且在相关的制度上做出了完善，更有利于传承活动的开展和传承的发展。但是，通过仔细分析考核标准会发现当中仍然存在漏洞，比如对培养的后继人才没有具体要求，教授质量参差不齐，无法做出更加细致准确的评判。所以需要进一步完善传承人保护制度，精确传承人考核标准，细化传承人考核制度。案例2：3月17日笔者在采访攻鼓子国家级传承人杨门元与凉州区非遗保护中心主任张学峻时他们之间谈到，政府对于传承人补助政策的改变。早年是国家拨款到地方，再由地方将这些款项分发到各个传承人手中，其中就产生了各种各样的问题，导致传承人获取款项的难度大增。现在对这一政策进行了改变，传承人办卡，政府直接将补贴款项打到传承人手中，中间环节省略，大大改善了现状。从制度上说这是一个进步。可是问题则随之而来。就是如何约束传承人将这些钱真正用到传承活动上，于是就有了目前对传承人的考核：当年各项传承保护是否取得落实并取得成效，开展传统活动培养后继人才，收集保存相关实物资料，配合非物质文化遗产调查，参加公益宣传活动，传承创新等。

（三）传承场所的成就和不足

校企合作对凉州攻鼓子来说是飞跃性的发展，不仅仅是进入大学校园这么简单，更为重要的是凉州攻鼓子开始有属于自己的课程体系，传承过程更加科学、合理，在笔者的了解中，攻鼓子在教育部与非遗司的合作中建立了专业的关于攻鼓子的课程体系。但是它所面临的不足仍然明显，一方面是在学校进行传承仍然需要采用强制手段，说明传承人对于学校这个特殊的传承场所没有进行专门的了解和研究，攻鼓子活动应该成为学生主动去参加的学校活动。采取强制手段会引起学生的逆反心理，从而破坏学校这一特殊的传承场所。另一方面传承场所局限在两所学校之中，并没有辐射到当地其他学校，这就意味着传承人没有很好地总结学校传承的经验从而进行推广，导致其影响范围以及影响力都较小，无法扩大其传承教育的深度与广度。案例3：3月17日笔者在采访攻鼓子国家级传承人杨门元时听他说到进学校的历程。2021年前只进入了一所乡镇中学，在每周五下午的两个小时的时间里攻鼓子传承人对学校男生进行攻鼓子教学。在我的了解中该学校的学生大都来自四坝镇也就是四坝攻鼓子目前最兴盛的地方，所以学生们大多数经过父辈的熏陶，对攻鼓子上手较快。2021年之后非遗进学校使得攻鼓子迎来了巨大的发展机遇。凉州攻鼓子与本地的武威职业学院进行了校企合作让非物质文化遗产扎根大学校园。案例 4：3 月 17 日笔者在采访攻鼓子国家级传承人杨门元时问起他关于攻鼓子服饰道具方面的问题，听他说到，之前关于攻鼓子服饰道具都是同村的手艺好的村民们手工制作的，现在随着经济的发展，攻鼓子无论是服饰还是道具的制作都变为机器制作。无论是工艺的精良还是质量都远超之前。

三、武威攻鼓子与安塞腰鼓对比分析

同样是作为群体演奏的鼓类民俗文化，安塞腰鼓与凉州攻鼓子有许多相似之处也有其独特之处。为何作为同属群体鼓舞的安塞腰鼓如今隐隐已是国内最著名的鼓舞，而凉州攻鼓子却面临传承危机。这其中的差距到底是如何形成的呢？笔者通过对两者的内容和传承方式对比，找到其中的原因。

（一）对比——以安塞腰鼓为代表

安塞位于陕西省延安市的北部，黄土高原腹地，是典型的黄土高原地貌。历史上是重要的边防要塞，有着"上郡咽喉"的称谓。腰鼓在古时候军队中有着击鼓报警、助威、庆贺、传递讯息的作用。宋代为安定边塞于是设立了安塞县。安塞腰鼓也由此得名。安塞腰鼓在国内国际现已声名远扬，得到了极大的发展，最让我们熟知的就是陈凯歌、张艺谋电影《黄土地》剧情中的安塞腰鼓，似乎从那时开始安塞腰鼓才开始走进我们普通民众的视线。首先，在传承者培养上，安塞腰鼓大力发展新鲜血液，尤其是在学校的教育当中，无论是从中小学就开始将安塞腰鼓作为兴趣进行教育学习，还是在大学开设与安塞腰鼓相关的选修课，都极为有效地扩大了安塞腰鼓的传承者队伍，源源不断地为安塞腰鼓输入新鲜血液，有利地促进了安塞腰鼓的发展壮大。数量庞大的传承者队伍也对安塞腰鼓的发展起到了反哺的作用，大量的传承者使安塞腰鼓的传播范围急剧扩大，从陕西到全中国再到全世界，安塞腰鼓的传承者将安塞腰鼓带到世界各地，有利地促进了安塞腰鼓知名度的扩大。其次这些传承者并没有局限于传统安塞腰鼓曲目的表演而是推陈出新，在原有曲目的基础上创作出新的符合时代精神，满足人民需求的曲目。使安塞腰鼓更加具有生命力。最后，安塞腰鼓的演出在知名度和创新的基础上逐渐变得受民众追捧，这种形式下安塞腰鼓的传承者有了能够维持改善生活条件的物质基础，能把安塞腰鼓的表演作为谋生的方式，催生出职业的安塞腰鼓表演者。这种培养大量传承者，扩大知名度，创新曲目，催生职业表演者四个方面形成良性循环，相互助力，使安塞腰鼓的生命力越发蓬勃。安塞腰鼓在表演服饰上以白色为主要色系。这种色彩风格的形成主要与安塞腰鼓鼓手服饰材质有关。因其自然气候形成的穿衣风格以及主要衣着主要材质，冬天安塞人在衣服外穿一件白色羊皮褂以保暖，夏天天气炎热，由于羊皮褂服饰没有衣

袖，具有通风散热的特点，人们可直接在身上穿一件羊皮褂。又因羊皮褂主要材质为白色羊皮，且鼓手们头部都会包白色毛巾，故形成这个色系风格。

（二）典型民俗文化与凉州攻鼓子之间的共性与个性

凉州攻鼓子与安塞腰鼓尽管在各自的省份都属鼓类民俗文化的第一行列，但是在知名度上就可以看出两者之间的差距。安塞腰鼓声名远播，全国乃至全世界都听过它的名字，而凉州攻鼓子可能只有省内的一部分人听说过，两者在知名度上就体现出巨大的差距。在传承人的培养上安塞腰鼓已经走出了自己的道路。从小就有的兴趣培养到中学后在老师的指导下学习安塞腰鼓，再到了大学已经将安塞腰鼓系统科学的设置课程，开设了专门的选修课，对安塞腰鼓进行专门的科学指导。而攻鼓子的传承还是局限在一镇内部的传统传承上，首先并不是说攻鼓子表演者藏私不愿对别人倾囊相授，而是学习攻鼓子并不能成为一个谋生的方式，攻鼓子表演者依靠表演所获得的物质基础难以支持其正常的生活开支，凉州攻鼓子表演者没有足够的演出和可观的经济收入，需要另谋生路，导致攻鼓子的传承者越来越少和难以输入新鲜血液。其次攻鼓子传承者和当地政府意识到了这个问题，开始在中学组建攻鼓子兴趣教学，进行传承人的培养。但是与安塞腰鼓传承者的培养相比，无论是范围只是局限在一所中学不像安塞腰鼓遍及初级、高级中学和大学，还是规模限于中学的极少数学生和老一辈的攻鼓子传承人不如安塞腰鼓的表演队伍遍及全国各地。攻鼓子的表演风格主要体现在鼓点和阵形以及步伐的变换上，行进的时候鼓点为"三点子"，进行演出之时鼓点是"三点子"配合"七点子"，阵法"弓着上""扒着套""莲花套"以及由八卦衍生而来的步伐在表演的过程中根据节目表演时长十几种表演形式相互组合。让人们感觉到阵法的变化又神乎其神，以及鼓手们的威武雄壮。[1]安塞腰鼓的打法风格则主要体现在"六劲"当中，表现鼓手情感特征的"能劲"、表现鼓手性格特征的"蛮劲"、表现鼓手动作转换时的"猛劲"等。这"六劲"将安塞腰鼓力量与美感艺术地结合，体现了安塞腰鼓别样的魅力。两者所表现出的情景就有所不同，凉州攻鼓子中阵法的变换其中蕴含着八卦阵法的神秘莫测，给人难以看透的感觉，安塞腰鼓则不同，"六劲"的变幻能让人直观地感受到北方地区人民粗犷、奔放、豪迈的特点。

四、凉州攻鼓子的发展建议

（一）笔者给出的建议及解决方案

笔者经过调查发现，攻鼓子演奏者几乎没有进行过网络平台演奏及行之有效的宣传

---

[1]　陈灏:《非物质文化遗产视角下凉州攻鼓子的传承与保护调查研究》，硕士学位论文，新疆师范大学，2017年，第5页。

的行为。没有进行网络平台的演奏主要有以下几点原因：一方面是由于攻鼓子表演比较依赖团队，而团队人员却很难在非节日演出时聚集到一起，主要是攻鼓子演出者并非职业从事该行业的人员，他们在平时的生活当中可能是农民，可能是工人，日常生活中他们各有各的事业，因此不能在节假日聚集在一起。离开了团队的个人表演很难表现出攻鼓子团队演出时候的震撼场面。另一方面，他们可能在日常的生活中使用类似于抖音、快手之类的新媒体软件，但他们仅仅是作为一个观众去欣赏他人的作品，并没有成为一个艺术创作者，有传播者的观念。没有行之有效的宣传行为主要体现在虽然已经开设了相关的微信公众号例如武威市文化馆，但其开设时间不长且内容主要是武威市非物质文化遗产的相关介绍，并没有攻鼓子表演人员、国家级传承人的介绍以及攻鼓子演出的通告及表演时图片的分享，而且也没有关于攻鼓子的历史起源、表演特色及演出服装等知识的普及。凉州攻鼓子作为武威非物质文化遗产典型代表在其传承及保护的重要性上也没有提及。在其他新媒体门户网站，例如微博方面，有代表性的国家级传承人也没有开通相关账户去面向大众分享凉州攻鼓子的相关内容及攻鼓子演奏技巧的传授。表演人员应该意识到凉州攻鼓子传承及保护的必要性，以自身的行动去促进凉州攻鼓子的发展。

首先是请专业的从事新媒体行业人员对愿意将攻鼓子进行新媒体表演的人员进行专业的技能培训，这种新媒体技能的培训对于绝大多数文化水平不高的攻鼓子表演者来说帮助巨大，培训其对直播软件的使用，剪辑工具的使用是攻鼓子依托新媒体发展的必要条件之一，工欲善其事必先利其器，将新媒体设备工具更好地运用，这是攻鼓子依托新媒体发展的先决条件。其次在相关的新媒体门户网站开设账户，对凉州攻鼓子进行宣传，或者是演出活动的通知，通过各种方式将有关凉州攻鼓子的相关信息传递给喜欢观看他的群众，并且发展新的受众群体。攻鼓子发展至今，然而表演的鼓乐仍然是观众早已欣赏过的曲目，这些曲目大多是早年创作的，曲目也与早年的生活息息相关，从中可以体现到创作者对早年农村生活或者日常生活的描述，这些流传至今的曲目或许经典，有其特殊的意义，可是随着经济、科技的飞跃发展，那些曲目在现代人看来就显得落后俗套了。没有与时俱进的作品，只是吃早年的老本是万万不会有所进步的，我们需要攻鼓子表演者能在我国飞速发展，人民生活日益富足的背景下，创作出符合时代主题，体现时代精神的人民喜闻乐见的新作品。这对攻鼓子的表演者创作者是极大的挑战，如何创造出优秀的作品就需要他们在日常生活中观察社会的飞速变化，并将这种变化记录创作成艺术作品。这对攻鼓子的发展有至关重要的作用。并且为了寻求攻鼓子在新媒体条件下的发展，我们还要考虑到攻鼓子团队表演的限制因素，不仅仅需要大舞台上的优秀作品还需要小荧幕上适合个人或者小团体演出的曲目以适应新媒体方式下攻鼓子的发展。通过凉州攻鼓子的保护发展以及对应的凉州攻鼓子民俗文化旅游景区的打造，可以极大地提高凉州攻鼓子的知名度。相应地，凉州攻鼓子的知名度提高，作为其发源城市武威，城市知名度也随之得以提高。凉州攻鼓子民俗文化旅游景区的打造既可以增加一个优质的武威旅游景点又可以与武威其他景点联动，形成的规模效应可以促进武威旅游城市的建设和城市影响力的提高。①无论是用凉州攻鼓子吸引有兴趣的人来学习还是凉州攻鼓子民俗文化旅游景区的建立吸引游客前来，都能促进攻鼓子表演者收入的增加和武威市财政收入的增加，都有利于武威市经济发展。无论是通过新媒体宣传、大力发展传承者，还是建立相关的民俗文化博物馆，最终目的都是在提高知名度和增加传承者数量以及凉州攻鼓子历史渊源的展示的基础上来促进凉州攻鼓子的传承与发展。

近些年随着我国旅游行业的飞速发展，武威市也在依托本地优秀的自然景色及文化遗产大力发展旅游城市，笔者想何不将凉州攻鼓子也与本地旅游开发联系在一起。依托武威旅游文化发展建立凉州攻鼓子文化小镇，完善凉州攻鼓子发扬地四坝镇基础建设，将其打造成为一个文化旅游景点。首先，依托凉州攻鼓子悠久的发展历史建立相关的主题民俗文化博物馆，以凉州攻鼓子的历史、传承、发展几个方面展示凉州攻鼓子的精神内涵，以保护、展览研究凉州攻鼓子为职能。一方面可以满足游客在旅游过程中对凉州攻鼓子历史的兴趣起到吸引游客的作用，另一方面还可以在民俗文化博物馆内面向游客进行专业的凉州攻鼓子表演，使游客在了解凉州攻鼓子的历史后对凉州攻鼓子有一个直观的认识，以加深游客对凉州攻鼓子的印象。其次，有特色的民俗风貌也是吸引游客的一个重要因素，将凉州攻鼓子在表演时所穿着的服饰以及道具这些可以体现凉州攻鼓子特色的物品展示在民俗博物馆中。将这些道具形象直观地呈现在游客的面前，一方面满足了游客的好奇心，使其更加直观地了解到凉州攻鼓子所体现的民俗风貌，另一方面充分实现了凉州攻鼓子民俗文化的输出有利地促进了凉州攻鼓子民俗文化的传承保护。再次，景区的建设也是凉州攻鼓子依托旅游发展的重点环节，在景区建造风格方面，我们要与凉州攻鼓子所蕴含的精神风貌相结合，并不是说建筑及设施多现代化，营造一种现代感十足的氛围或者用三间土坯房造成一种落后原始的环境，而是需要贴合凉州攻鼓子本身的风格特征，使建筑、环境与凉州攻鼓子形成一种契合、圆润的氛围。作为一种特色的民俗文化，凉州攻鼓子的曲目有其独特的历史人文及自然地理因素，大多数游客很难领会到其中的含义，所以我们不仅要大力创新符合大多数民众的节目，在景区内展示给游客们，增加凉州攻鼓子的吸引力，还要将凉州攻鼓子隐藏的人文因素展示给游客，拓展更深层次的文化艺术内涵。从而拓展凉州攻鼓子文化旅游的深度与广度。又次，依托凉州攻鼓子文化旅游的发展创造经济价值。可以对与凉州攻鼓子相关的产品，例如制

---

① 石瑾：《河西走廊上的西部"鼓魂"——凉州攻鼓子》，《大众文艺》2011 年第 9 期。

鼓或者是具有特色的鼓手们的服饰以及符合凉州民俗文化的凉州剪纸等一系列产品，打造一定规模的产业链，打造符合凉州攻鼓子民俗文化的品牌，之后在景区进行鼓以及特色攻鼓子服饰和纪念品的销售。[1]从而吸引游客及消费者的关注及兴趣，深入发掘凉州攻鼓子的经济价值来带动武威经济发展和凉州攻鼓子的发展。最后，建设关于凉州攻鼓子民俗文化旅游的网站，一方面以细微的方式加强凉州攻鼓子的宣传推广使凉州攻鼓子深入民众的日常生活，另一方面可以在网站展示凉州攻鼓子民俗文化旅游的相关图片、视频、新闻等。让游客可以直观地感受到凉州攻鼓子民俗文化旅游的细节，以达到更好地吸引游客的目的。还可以通过网站进行售票或者特色活动的预告，方便游客的出行。

结束语

综上所述，在凉州攻鼓子民俗文化的传承与保护过程中，我们需要借鉴安塞腰鼓发展的成功经验，首先，就是要学习安塞腰鼓扩大传承人队伍的做法，在当地发展青少年学习凉州攻鼓子的兴趣，无论是通过学校开设相关的活动课程还是社会性质的兴趣班的培养等途径，只有扩大传承人队伍的数量及多样性，而不是局限在一个村镇、学校，才能为凉州攻鼓子输入更多的新鲜血液，才能为凉州攻鼓子的发展创造活力。其次，是深入发掘凉州攻鼓子的历史及精神内涵，有了深厚的历史底蕴就为凉州攻鼓子的的发展打下坚实的基础，凉州攻鼓子才能改变以往无本之木无源之水的困境，为凉州攻鼓子创造发展的土壤。再次，也需要更加完善制度，以及考核督促传承人更好地开展传承活动。又次，扩大凉州攻鼓子的知名度，让更多的人知道这一优秀的传统民俗文化，才能更好地宣传凉州攻鼓子，并且增加凉州攻鼓子表演节目的需求，为凉州攻鼓子表演者创收，来更好地促进凉州攻鼓子的发展，就需要我们通过新媒体的方式，在各大门户网站建立相关账号，进行凉州攻鼓子的宣传以及网络表演，以此扩大凉州攻鼓子的知名度。最后，打造相关的民俗文化旅游景区，不仅给凉州攻鼓子建立了一个牢固的基地，以景区为基础将凉州攻鼓子相关的各行业聚集在一起，发挥集聚效应的同时，也给凉州攻鼓子创造了一个面向大众的固定平台，无论是相关历史渊源还是独特民俗文化都有了一个展示、输出的平台。让更多的人对凉州攻鼓子能有一个直观的认识的同时，还能扩大相关攻鼓子群体的收入；在保护凉州攻鼓子民俗文化的同时，给了它一个发展的途径。综合这些方法为凉州攻鼓子的传承保护提供借鉴策略。

（作者单位：吕梁学院历史文化系）

---

[1] 康靖华：《安塞腰鼓的风格特征及文化价值的研究》，硕士学位论文，西安体育学院，2009 年，第 33 页。

论红柯作品太阳意象中的生命意识

贺思宇

内容提要：在红柯的文学世界里，太阳是举足轻重的，它不仅仅作为一种自然意象存在，更是一种生命喻体，包含着红柯对生命存在的思考，并对红柯生命观念的形成产生潜在影响。本文以太阳意象为切入点，从自然泛灵、日常神性、精神狂醉三方面来探讨红柯的生命意识内涵。一直呼喊着火的作家，在太阳光的沐浴中朝着生命的更深处掘进，用化物的长存、爱的治愈、叛离的放纵来构建理想生命形式，给委顿异化的生命带来生命的火种，同时也承受着盗取火焰的痛苦与惩罚。

关键词：红柯；太阳意象；生命意识

红柯是一位紧紧抓住生命的作家，正如他自己所说"生命是我关注着的，一直关注"[1]。对生命的凝视，使红柯的作品中洋溢着神性的生命光辉。红柯热衷于生命主题，但不建造空中楼阁，他或是借助历史传说，或是描摹自然万物形态来呈现他对于生命的洞察，而太阳就是红柯解析生命的重要媒介。纵观红柯的创作历程，无论是早期的短篇小说《太阳发芽》中隐喻着生命循环的梨形太阳，还是后期的长篇小说《太阳深处的火焰》中象征着生命之源的太阳墓地，红柯笔下的太阳意象因自身独特生命经验而表现出迥异丰富的精神内涵。

一、自然泛灵：化物的野蛮生长

红柯在一次采访中谈到自己的文学梦想在于"让灰尘和草屑发出钻石之光"[2]。在他的笔下自然万物不再是冰冷客观的、需要主体改造的背景元素，而是以独立主体出现并给予

---

[1] 姜广平：《我抓住了两个世界——与红柯对话》，《文学教育》2010年第7期。

[2] 红柯：《敬畏苍天》，上海人民出版社2002年版，第335页。

人物以理性启悟和生存力量的精神实体。当红柯醉心于描写自然时，太阳是出现频率最高的意象。短篇小说《大漠人家》全文 2000 余字，"太阳"就出现了 12 次之多。长篇小说《太阳深处的火焰》更是一部太阳之书，从历史悠久的太阳墓地，到有着太阳光辉形象的吴丽梅，甚至在描写阴凉阴柔的关中"皮影式"人像时，红柯仍然放置了"蔫太阳"在故事背景中。在明亮温暖的太阳光线中，红柯的作品呈现出清新舒展的童话色彩，也借由光辉灿烂的太阳表现人作为大自然的一分子重新投入自然的怀抱，在自然中升华思想，交融情感，获得了"一种原初的、混沌的、自然的精神，一种隶属于生命本身的精神实体"①。当人将短暂的生命寄托于永恒不变的自然时，因生命的共振，人也因此获得永恒，这是红柯对人之生死的浪漫解读。"生命的生存总是在一定环境中，环境决定了生命生存的形态、方式和手段，决定生命质量的品格。"②红柯笔下的故事总是发生在由太阳营造的光辉灿烂的自然环境之中，在太阳光线充足的环境下成长的人潜移默化地形成了向阳而生的生死观，生时追随着太阳就是追寻着生命的意义，死亡那一刻也因为沐浴着太阳而消除了阴冷。

给羊接生的情节多次出现在红柯的作品中，母羊沐浴着明亮纯净的光辉，羊羔的出生常常比喻成一团澄澈温暖的太阳火焰。在红柯笔下生命的孕育总是带有着感应而生的神话色彩，而最初的感生神话都是从感日而生的观念中派生而来，在先民们的神话思维中，生命同光明、阳间即太阳之火相联系，所以在书写民族史诗时往往将民族始祖或非凡人物的降生描述成感应太阳光而生。《乌尔禾》中的张惠琴怀孕时见到了刚生完兔崽的雌兔而母性大发生下王卫疆，《喀拉布风暴》中的陶亚玲见到沙漠中沐浴着太阳光芒的地精后感受到了自己正在孕育生命，《太阳深处的火焰》中的吴丽梅在考察大漠深处的太阳墓地时感到自己腹中的胎儿是有生命的小太阳，而在《长命泉》中红柯直接将姜嫄踩巨人脚印而生后稷、简狄吞燕卵而生契的感生神话作为炎黄子孙生命的源头。虽然这些感应而生的孩子并不是红柯笔下的主要人物，但红柯倾心设置这些带有神话色彩的情节其目的离不开对原始纯粹的生命力的呼唤。

早期短篇小说中集中出现的垦荒兵团中的汉子形象是红柯根据太阳而确立的理想生命形式，他们拥有着健硕的体格，勇猛的性情，能战胜一切难题；同时又拥有一颗柔软仁慈的心，在妻儿面前流露出铁骨柔情，对待花草鱼虫有着怜爱与温情。此后《大河》中的老金、《乌尔禾》中的海力布叔叔均是这类人物的细化与扩写。在红柯笔下的自然之子当然也包括光辉的女性们，无论是走向沙漠瀚海用爱唤醒恋人生命的叶海亚，还是跳着少女萨吾尔登舞蹈与动物们相融的金花婶婶，抑或是奔向太阳寻找生命真谛的吴丽梅，她们自身都散发着光和热，让读者自然而然地联想到了那颗照耀山川水泽的太阳。

---

① 苏鸣：《敬畏着存在》，《当代作家评论》2003 年第 1 期。
② 曹斌：《西部生命意识的诗意追寻——红柯小说论》，《小说评论》1999 年第 1 期。

　　同样值得注意的是在红柯的死亡空间建构中，太阳也从不缺席，《过冬》《莫合烟》等小说中老人们在太阳的照耀下平静地死去，是"死如秋叶之静美"；马仲英、吴丽梅等直至死亡也散发着如同太阳一般炙热的光芒，是"死如夏花之绚烂"。向阳而死其实也是向阳而生，死亡只是完成了追寻太阳的最后一环，以肉体的死亡挣脱束缚而达到灵魂上的自由，而灵魂的挣脱又进入生命的轮回，而获得"永生"。早在《太阳发芽》一文中，红柯的"生命永恒"的循环已成雏形。将太阳西落作为死亡的景观，在小女孩的思维中，爷爷的生命已与太阳取得共通性，翌日太阳从东方升起时爷爷便会睡醒起来。红柯为何使用太阳作为寄托生命循环蕴含的意象？这或许与太阳崇拜相关。叶舒宪先生在《英雄与太阳》一书中通过古埃及的《亡灵书》以及其他文化的普遍推导得出："灵魂之所以不死，因为它同不死的太阳走的是同一路线，人的肉体死后灵魂去到地下世界，经过诸般考验后借太阳神的舟重返阳界，人的灵魂若能与太阳结伴而行，便能使人超越死亡，得到再生。"[1]人类远祖将人与太阳结合，并不是看中太阳的东升西落与人的生老病死相连，而是为了永生。太阳每日沉下西天，但次日又必定从东方升起，这种永恒的循环便在原始人们的思维中处理成不死或再生的象征。

　　红柯的遗作《长命泉》将生命循环永生的观念作为作品的主旨："万物纷然如牛毛，天地之生人为贵，人生难得如麟之角。人死后入长生地，长出青草回归大地母亲的怀抱。"[2]作品中的边地女教师在护送学生回家的路上遭遇风暴而死去，但她的灵魂寄托于风中，最后在关中的小学女老师身上得到重生。王怀礼母亲年轻时遭遇战乱饥荒，在逃难路上因食昆虫观音土而活，对于花草昆虫极为崇敬，当怀礼母亲死于为儿子祈福之路后，她的灵魂汇入自然万物的灵气之中，她的音容笑貌又借助花草昆虫重现，在树木花草中永生。红柯认为心脏停止跳动或停止呼吸的肉体死亡并不是真正意义上的死亡，"比起肉身的残破与腐烂，精神的荒凉与虚无才被谓之终极的死亡"[3]。精神荒芜而滑入鬼域之境的人们即使披着太阳的光亮也难掩内心的阴冷，而内心永远有一团清澈火焰的人即使肉体死亡也凭借着澄澈纯洁的精神借助同质的自然而获得永生。

　　从太阳的原始思维到生命抽象思维，存在着含义丰富的象征思维。太阳的象征语言早在创作初期的短篇小说《表》中形成，小说中英国人与拉达克人的战役象征着自然神灵的太阳与象征工业文明的钟表的博弈，英国人将太阳关进了钟表里，自然败给了科学，但拉克达王子征服了英国女人，在梦境里拉克达人又重新找回了太阳，实现一个民族的

　　① 叶舒宪：《英雄与太阳：中国上古史诗的原型重构》，陕西人民出版社 2005 年版，第 60—61 页。
　　② 红柯：《长命泉》，上海文艺出版社 2020 年版，第 87 页。
　　③ 赵艺阳：《死亡的"假面"与"真魂"：论红柯的"生死观"及其文化改造方案》，《西安石油大学学报》（社会科学版）2021 年第 4 期。

精神上的复活。机械化的工业文明占据了胜利的高地，但小说最后太阳和鹰的重现也表明了红柯的文学倾向，即自然神性的再次赋魅与光荣返场。这种工业文明与自然文明的二元对立，到后期的创作中，更是形成了沉醉于自然魅力的旺盛边地生命形式和耽于人际侵扰的萎缩关中生命形式的二元景观，在二元对比中进行价值判断，"在草原边地，人的生命与植物、四季同构，被赋予神性，向着'人—神'进化；在机械工业文明中，人的灵气被机械抽取，滑向'人—鬼'的退化"①。故而出现了一批从工业文明中投入自然怀抱的人物，例如《少女萨吾尔登》中的周健、《喀拉布风暴》中的张子鱼、《太阳深处的火焰》中的徐济云、《长命泉》中的王怀礼。长篇小说《生命树》更是将奔向自然，在大自然的纯净中疗愈伤口、感悟生命妙义并重获生命力，作为文本的基本结构。

　　表层象征意义上，红柯将太阳视作原始自然神灵；深层象征意义上，太阳正是红柯所倾心的无序生命张力的非理性状态，将此作为人物获得生命启迪的意象，用回归自然来消解人的理性，"消解人的道德关怀等等对人的生命意识的影响，把人从物欲、利欲、权欲、肉欲等有损于人的生命的困境中解救出来"②，实现对生命的终极关怀。人从被物质异化的世界中走向自然仅仅是感悟生命神性的第一步，生命个体消融于自然，与自然合一才是关键。红柯的"人与自然契合"的生命观念一方面是承袭老庄生命哲学而来，"将天地自然与人类个体在运动状态上的某些类似特征同一化，赋予纯粹是物质的天地宇宙以生命的性质，甚至直接把它看作是与人类生命体相对应的大生命体"③。于是在红柯笔下的太阳几乎每一次出现都带有着生命情绪，会有少女的羞涩，也会有男人的强壮，将初升的太阳运动轨迹比拟作新生儿的诞生更是多次出现，例如，"雪还没落完，太阳就噗嗤一下出来了，是从天空的大肚子里挤了半天挤出来的，简直就是孕妇生小孩的场景，……就大大咧咧往下一躺，叉开双腿，血糊糊的巨大的婴儿就自己钻出来了……射向大地的光芒红得耀眼，那股新鲜的带腥味的冷洌的芳香弥漫天地"④。另一方面，对萨满教的吸收也是红柯"天人合一"观念形成的来源之一。萨满教的重要观念之一便是生命和谐、万物齐一。红柯笔下的人物往往因某种机缘觅得了精神信仰的通道而焕然一新，于平凡中投射出神性的光芒，而这个通道就是自然，就是与动物、植物或无生命的自然景观发生"交互感应"而悟得生命真谛。《少女萨吾尔登》中失意潦倒的周健站在塬上望着"高原上空的太阳就像个金光闪闪的棒槌，更像一个从天空腹下伸出的大锤子，在农

　　① 赵艺阳：《死亡的"假面"与"真魂"：论红柯的"生死观"及其文化改造方案》，《西安石油大学学报》（社会科学版）2021年第4期。
　　② 曹斌：《西部生命意识的诗意追寻——红柯小说论》，《小说评论》1999年第1期。
　　③ 钱志熙：《唐前生命观和文学生命主题》，东方出版社1997年版，第43页。
　　④ 红柯：《长命泉》，上海文艺出版社2020年版，第12页。

民眼里活脱脱一个大驴屎，把大地日了个遍"①，从而重获生命的元力和爱人的能力;《喀拉布风暴》中失恋的孟凯通过望远镜看到了"闪烁着火星，成了熊熊大火，天地间的一切都融化在太阳的大火里"②，沙漠壮阔的落日景象让孟凯恍然大悟女友离开的原因在于自己身上的血性、冒险精神已消磨殆尽。这种交感带有着强烈倾向的融汇之爱，通过人类直觉的扩大化，人与宇宙万物处在一个大生命体中，万物生而有翼而且触手可得，以此超越了个体的生命焦虑。人与自然共生的生命观的背后也是红柯对于现代人生存焦虑的一次触及：人际间的隔膜与人性割裂，人们只能将共生共命的情感需求投射至自然。

　　在"天地之根"的大生命观下，谈及红柯的自然"拟人"化，除了体悟到作者自身的主体构建外，也不可忽视红柯将人通过"化物"而得以返归自然物性属性。将自然作为生命的终点的思想根源在于红柯相信"只有大自然永远不会衰落。大自然、大戈壁、大沙漠、大群山这些东西里面所蕴含的东西永远不会消逝"③。因此红柯在很长一段时间的创作中将人与人之间的关系遮蔽，而讨论物与物之间的关系，或者是人与物之间的关系。例如《过年》里老人与炉子的关系，《鹰影》中小孩与老鹰的情感交流，《奔马》中车与马的较量。在红柯笔下，万物之灵在敞开生命灵魂的同时，也毫无保留地涌入对方、化为对方，彼此之间达成了一种平等与和谐，实现了物我两忘、物我齐一的境界。红柯的"化物"思想也表现在人物的去名化中，在早期短篇小说中红柯笔下的人物都是用男人、女人、老人、小孩等属类名词代称，后期转入长篇小说，这种习惯也在情感喷薄难以收敛时显露。人物如同自然界中的花草马羊去名化，暗示着人消融于自然之中，人与动物、自然是共情、共生命的。"诗人、艺术家和狂热的宗教徒大半都凭移情作用替宇宙造出一个灵魂，把人和自然的隔阂打破，把人和神的距离缩小。"④人消融于自然理想的生命形式能穿越时空而具有永恒性，它并不固定于某一个人身上，用男人、女人等属类名词回归自然物性的方式使人取得与万物生命的共同，在不变的自然中获得生命的延续。

二、日常神性：淬炼的情感避难

　　红柯曾希望自己能重现大漠绝美，不遗余力地打通人与牛羊马驼、山川日月之间的联系通道，正如前文所论述的，红柯寄希望于在蒸腾着灵气的戈壁草原上演生命的神性。在这个过程中，红柯也敏锐地体察到生命神性也存在于日常生活的淬炼之中，在琐碎平庸的日常

---

① 红柯:《少女萨吾尔登》，北京十月文艺出版社 2015 年版，第 254 页。
② 红柯:《喀拉布风暴》，重庆出版社 2013 年版，第 35 页。
③ 姜广平:《我抓住了两个世界——与红柯对话》，《文学教育》2010 年第 7 期。
④ 朱光潜:《文艺心理学》，《朱光潜全集·第一卷》，安徽教育出版社 1987 年版，第 238 页。

生活中存在着能使人超脱物质之外，而获得精神和灵魂上开阔与纯净的情感神性。这份由日常生活淬炼提纯的神性又常常是为生活所累的疲软生命状态所提供的避难所与疗养院。

在西域大漠，通透明亮的晴天是常态，但也常常有黄沙遮天蔽日的天气出现。《喀拉布风暴》描写了一场冬带冰雪夏带沙石，太阳光芒尽数被吞没敛去的风暴，它发生在阿拉山口，象征着爱与力的燕子被困住。逃出风暴的太阳向西，依旧光芒万丈，雄强威武，滋养着红柯笔下的自然之子们；被卷入又被抛出的太阳向东，成了"蔫太阳"，悬挂在关中沟壑纵横的土塬之上，代表着强力与旺盛生命里的太阳生发出虚弱的生命叙事因素。太阳意象中的"弱"最初由月亮承担，在萨满教神话中，月亮被视为"祥和而温柔的姐姐"，相比较强势勇猛的太阳，月亮更多了一份细腻纤弱的情感内涵。在"蔫太阳"出场前，《乌尔禾》曾笼罩在柔和微凉的月光中，这也是红柯笔下边地生命首次出现血性热血之外的生命质素。《乌尔禾》的主角王卫疆出生在柔和微凉的月光之中，与太阳之子——海力布叔叔形成对照，后者展露生命的传奇和浪漫，前者还原生活悲哀和感情复杂。白烨在红柯《太阳深处的火焰》新书发布会上评价道："红柯从来不是简单地写生活，而是关注生命，写生命状态。"在红柯的创作中体现出一种转变：对生命状态的描述，从倾心于描摹强盛刚毅的生命强度转变为呈现生命强力经过生活悲哀与情感挫折锻炼之后的韧度。从王卫疆开始，红柯的作品中愈来愈多对生命虚弱时刻的描写，例如被强暴之后生命走向低迷的马丽红、被搅拌机绞断一条腿后陷入生存困境的周健、被家族内部的算计与城乡生活的差别造成感情认知障碍的张子鱼等等，这些生命虚弱时刻出现时，生命之源的太阳也往往以虚弱的形象出现，或是陷入风暴，或是被大团云朵遮蔽。在《太阳深处的火焰》中红柯提出了"蔫太阳"形象，蔫，物不鲜也，是一种萎靡、失去活力的生命状态。在光照充足夏日如火炉的塔里木盆地自然是没有"蔫太阳"说法的，维吾尔人对太阳极其崇拜，敬太阳如生命，由此他们在内心中树立起的生命理想就是如太阳般的光明炽热，生命的本质就是太阳深处的火焰，永恒而热烈；"蔫太阳"是关中文化的特产，是一种浸润在数千年中庸之道文化氛围之中的阴冷萎靡，一种生命陷入停滞、虚弱的状态。吴丽梅在罗布泊长大，是快乐单纯的牧羊女，具有着健康刚健的生命强力，当她怀揣着世界更大的梦想来到关中后，关中深厚的历史让她着迷了一阵，但关中的"蔫太阳"哪能比得上吴丽梅自身生命深处燃烧的火焰的热度，在关中她经历了爱情的幻灭、文化理想的失落，最终吴丽梅这把生命强刃经过虚弱与中庸的淬炼更添了韧度，罗布泊牧羊女成了太阳墓地燃烧的火焰。

红柯理想的生命形式是"外表看起来很粗糙很粗野，但内心世界非常柔和"，即强力与韧度相契合。"'雄''强'激发出生命的能量，它落实于血液和肢体；'虚''弱'来源于对生命孤独和短暂的体悟，并由此引发出对永恒事物的敬畏，它作用于灵魂。"[①]雄强

---

① 李勇：《论红柯小说创作新变》，《小说评论》2009 年第 6 期。

是生命底色，坚忍则是在经历过生命的至暗时刻后而爆发的生命神性，生命如同淬火的钢刀真正变得刚硬和完美，就像经历风暴的太阳，"血红的光芒突然从黑暗的缝隙里闪射出来，……天刷又黑了，太阳彻底灭了。灭死了"①。风暴是暂时的，太阳又从灰蒙蒙的天空撕出一道口子重焕光彩。被世俗伤害后的王卫疆回到大草原，见到了海力布叔叔和白色的石人像，重新回忆起哈萨克人天鹅的传说，从而顿悟了何谓感恩，何谓圣洁。博大而纯净的草原精神洗涤了他的伤疤，生之恨与苦恼随之消失，生命焕发出神性的光芒。

"完整的生命观，不仅包括人们对生存与死亡的意义的寻问，也应包括人们对生育、生殖的态度。"②在红柯作品中能见到高频率的性描写，而不同于其他作家试图将性与政治相连，红柯作品中的性描写、生殖器的描摹背后是生殖崇拜。先民们对生命强力的追求而产生的生殖崇拜，与红柯汲汲以求的拯救日渐被阉割、被异化的激昂精神状态形成共振。红柯以生殖器崇拜和性交崇拜为具体表现形式呼唤原始生命强力的复归，通过纯粹而近乎神明之境的性交活动来构建和谐两性关系。

红柯将生殖作为一种宗教，爱就是他用强盛威猛性能力征服她，就是她用温暖柔软的子宫治愈他。爱与性并置，爱的能力即性的能力。性欲是被赞同的，并且男女真诚地交媾是壮美与和谐的，有如"一万头黄金的牛群在低沉地喘息，一万匹马在汹涌地奔腾，翻越山岗深入谷地又散开在辽阔的草原上"③。在如同宗教仪式的交欢中，浩荡的生命伟力喷薄，红柯给生殖赋予了更多的自然气息，从笔下的男人身上，读者们感受到的更多的是山林水泽，是坦荡和澄明。健康旺盛的性欲是红柯赞美的对象，但性欲与纯粹美好的爱情分离则会陷入兽的性本能式的泄欲，因此红柯设置了从欲到爱的一条上升的生命品格通道。

红柯并不以嘲讽现实主义闻名，他的浪漫主义情怀体现在冷静辛辣地指出因性因权而异化的生命状态，同时也充满希望地提出解决方案和精神理想。无法摆脱兽性性欲的束缚以及对权力虚名汲汲以求使人深陷现实生活的泥沼之中，肉身背负着沉重的包袱而难以向着神性飞升，甚至造成生命力的流失。这是生活给生命的考验，也是淬炼生命神性的通道。爱人的能力使人能诗意地栖居大地上，以爱救赎异化人性，因爱人性向神性升华。红柯将藏传佛教中欢喜佛的妙义进一步抽象化，阴阳相契不仅是男女双修的性，更是爱的情感。爱的能力是人自然生命力的表现和需要，也是超越性的天人合一。性因爱而健康，权因爱而克制，人因爱而感悟生命的神性。

---

① 红柯:《长命泉》，上海文艺出版社 2020 年版，第 63 页。
② 钱志熙:《唐前生命观和文学生命主题》，东方出版社 1997 年版，第 27 页。
③ 红柯:《大河》，云南人民出版社 2004 年版，第 163—164 页。

三、精神狂醉：难掩的酒神落寞

任何初读红柯作品的人都会留下内容繁多而致驳杂的印象，民间传说、歌谣，甚至是动物生长习性都能成为红柯作品中的暗藏线索。在早期的短篇小说创作中红柯有意压制着喷薄的文气，后期主攻长篇小说，其容量让红柯揽四海于一瞬，抚古今于须臾的艺术功底显露无疑。诗与史的结合，增强了叙事的厚度，而古今的共时性存在也解构了时间的力量，茫茫天地间只剩下奔驰的骏马以及骏马上狂荡热烈的醉酒的牧人。醉酒的牧人是红柯所倾心的生命状态的代表，它"注重的是人的高贵、人的血性、人的无所畏惧，它所显示的那种无序状态和生命张力是中原人所罕见的"[①]。红柯笔下叛逆昂扬、狂歌狂舞的人物是尼采所说的萨提儿，红柯本人则是受苦与自我颂扬的酒神，两者共同构成了完整的非理性的精神世界取向。

"夸父逐日"这一神话在红柯作品中不断被叙写，在《金色的阿尔泰》中夸父与太阳智斗而胜满意地死去，在《少女萨吾尔登》中的夸父压着太阳交媾之后力竭而死，《太阳深处的火焰》主角之一的吴丽梅是西行逐日以身体化为万物而灵魂不死的夸父。在红柯叙写的不同版本中，太阳从具象的拟人形象最终回归到了抽象的时间内涵上，夸父逐日的神话最终指向了超越时间。古往今来的文学中生命问题总是与时间意象相关，而"日"就是核心意象。大多作品借助太阳的东升西落来暗喻生命的短暂，而在红柯的文学世界中，生命是永恒的，时间停住，或者说流逝得远比人的生长缓慢。红柯的作品中常有日升日落，但很少出现光阴易逝、英雄暮年的感伤，时间在人的年岁上仅仅是增添了从容与沉静。太阳的时间内涵，在作品中的另一表现为数字12，叶舒宪先生在《英雄与太阳》一书中通过比较巴比伦人的英雄史诗和苏美尔人的泥板诗行，提出数字12与太阳升降的联系，进而推出主人公的生命历程对应着太阳的先上升后下降的行程，故而得出"太阳—英雄"原型。在红柯的作品中12岁是主人公的一个重要生命时间节点，经历着影响生命走向的关键事件：《乌尔禾》中王卫疆第一次放生羊大约是在12岁，《喀拉布风暴》中的双男主得到《斯文·赫定历险记》的年龄也大致在12岁，《太阳深处的火焰》中周猴12岁在坟墓里走了一趟，徐济云12岁为了更好地讲述《一块银元》的故事而吞水银体验死亡的感觉，吴丽梅12岁骑上高头大马追着太阳奔向天地交会的地平线……精读过各民族神话传说的红柯，自然不会是偶然地将12岁作为各部作品中人物生命的转折点。在各个文明的历法中，太阳常与12进制相关，当红柯将人类生命运动状态与太阳的运动状态相类比，其中

---

① 红柯：《敬畏苍天》，上海人民出版社 2002 年版，第 161 页。

的"天地之根"思想因素是明显的,"赋予纯粹是物质的天地宇宙以生命的性质,甚至直接把它看作是与人类生命体相对应的大生命体。……由于天地大生命与人类的小生命相通,所以小生命能够通过与大生命相融汇、相交通而取得特殊功能,甚至可以具有大生命所具有的永恒性"①。生命因与太阳同质共生,因而也获得超越时间的特性。人的灵魂品质——雄强与温热的统一——既得益于太阳光芒万丈而又普照万物的自然属性所映射与引申,也随着亘古长存的太阳而在历史中岿然不动,人的生命也在运动的时间中保持了相对的静止。

超越时间、具有大自然的明朗健康、回归人本真的欲望与情感是红柯笔下人物形象的普遍特征,而这不难联想到尼采在阐释酒神精神降临在戏剧前,反复提及的萨提儿。尼采将萨提儿解释为"是因为靠近神灵而兴高采烈的醉心者,是与神灵共患难的难友,是宣告自然至深胸怀中的智慧的先知,是自然界中性的万能力量的象征"②。它参透了某些酒神的精神,是具有酒神气质的人的自我反映,它的眼前浮现着酒神的姿态,而栩栩如生地模仿着眼前浮现的幻觉。红柯笔下醉醺醺、不羁狂放的人物形象是作者自身酒神气质的投射,是预设了酒神信仰的仆人萨提儿。

红柯塑造的"萨提儿"们大致可以分为两类:一类是模仿酒神派对上醉酒狂欢,多见于边地空间的自然之子。醉酒的气息在《吹牛》整篇文章扑面而来,几杯烈酒下肚后,马杰农从失意的状态解脱而进入豁达放纵的精神状态,朋友宽慰之语也随着酒意的挥发变得天马行空、跳跃性十足,似乎天地宇宙万物尽在一呼一吸之中;《乌尔禾》《金色的阿尔泰》中醉酒驾马的人物行为多次出现,巴鲁图们醉醺醺的,任由身下的马匹将他们送到草原任何地方;这种醉酒的醺醺然状态也常应用至陷入爱情之中的精神迷醉,如《阿里麻力》,徜徉在苹果与爱情香气里的少年面对着美好的少女竟如同酒意上头般迷醉。另一类则是模仿酒神受难时的精神迷狂,如《少女萨吾尔登》中周健面对让他心生恐惧的大型搅拌机时仍无法控制自己钻进机身中;《喀拉布风暴》中张子鱼自虐似的走进沙漠深处,在沙尘暴中洗净自己的心灵。他们的种种行径在外人看来是荒诞不经,甚至于癫狂的,而在他们的自我认知中是自陷于"众人皆醉,唯吾独醒"的清醒受难中。而其中吴丽梅的形象更为特殊,她是红柯笔下萨提儿歌队中最为接近酒神精神的,是最为光明耀眼的存在。除了具有热情奔放、狂歌狂舞的基本特征外,她已部分参透了酒神的内在核心,即尼采所说的"解个体化"。"个体化"可以理解为普世的存在价值与意义体系,"解个体化"则是从人类大生命的整体中分离出来,兴奋与痛苦也即源于此,吴丽梅在作品中的生命状态大致可以分为三部分:兴奋(发现边地的《福乐智慧》与关中张载的《西铭》有着共通之处,是个体融入整体大生命的日神构建过程)——痛苦(发现关中生命哲学源

① 钱志熙:《唐前生命观和文学生命主题》,东方出版社1997年版,第42期。
② 〔德〕弗里德里希·威廉·尼采:《悲剧的诞生》,周国平译,广西师范大学出版社2002年版,第51页。

头的阴凉阴谋，察觉到"个体化"生命中的局限性）——兴奋（奔向太阳墓地，从"日神"大生命中解脱而出），当吴丽梅毅然拒绝为大众所艳羡的工作去向而决定深入大漠研究太阳墓地时，人物的命运已经脱离了作家的掌控，最后她只能在太阳墓地燃烧尽自己的生命，因为叛离而陷入"原始的痛苦"最终使她回到了整体，"大地终于和她的浪子握手言欢"。

1997年李敬泽曾以《飞翔的红柯》一文将红柯带入学界的视野中，直至红柯创作的最后一笔，红柯仍以飞翔的姿态呈现在读者面前。创作初期他是在戈壁草原上空盘旋的雄鹰，创作成熟期他则翱翔于边地与关中两地，双翅一振便引来新疆与陕西的热恋，即使在边地因子含量低的遗作《长命泉》中，红柯仍在沟壑纵横的塬上刮起阵阵风涛。如前文所述，红柯的作品中时间观念是淡薄的，但作品中的空间感是存在明显的，推动故事发展的并非线性时间，而是共时的空间。在《喀拉布风暴》中红柯设置了张子鱼与孟凯双男主故事线，两个空间的故事并蒂而生，各表一枝，"一个奔向空间一个奔向时间"，这是红柯首次明确地点明了边地与关中之于他的意义：新疆广袤的地域让人沉醉在天地之间，陕西西府错综的家族史让人迷失在历史长河之中；到了《太阳深处的火焰》，红柯选择了具象的"大地与土地"来代指新疆与陕西，"大地"蕴含着野性与非理性的少数民族游牧文化的内涵，"土地"标示着中原传承已久的汉民族农耕文化，有着历史的厚重感，也因为这份厚重而生发的沉闷与压抑，生命状态走向集体沉默与个体乏力的道路。关中和边地在红柯笔下都是生命化的世界，是浓缩了红柯生命体验的象征化情感符号。"新疆对红柯而言不是地理概念，而是一种状态，一个梦想，如诗如歌如酒浑莽博大纵逸癫狂"[①]，是生命摆脱沉重的肉体而向着轻盈的神性灵魂飞升之地；而陕西则是深入红柯生命基因的存在，如他自己所说"所有写新疆的小说都有陕西的影子"。红柯以笔为马，驰骋在边地与关中两个空间中，一批人沿着河西走廊走向边地经受生命的洗礼，一批人穿过祁连山来到关内洗礼着他人的生命。

文学史上不缺乏将两个场域空间并举而出的作品，红柯时常被拿来与张承志做对比，两者远离人群投向"清真"的选择以及对自然大地的敬畏是如出一辙的，边地之于他们都是异乡，也就意味着他们奔向理想乐园的举动即为一种精神还乡，一场用文字来举行的庄严仪式，但细究两人对其作品中的场域空间的情感却又是大不同的。张承志"一面在倾尽全力歌颂赞美他的边地，一面在不经意中给我们洞开真实：他的纯洁世界并不存在，只是以笔开拓的"[②]。他以一种浓郁的孤独感流浪感而独树一帜，无论是边地或是城市的出走都有着精神负疚的底子，因此在他的场域空间里呈现出无法忽视撕裂感与拷问状态。在这一点上，红柯表现出不同的情感，在他身上鲜少有流浪感，并不指他在新

---

① 红柯：《狼嗥：红柯中短篇小说集》，陕西师范大学出版社2016年版，第400页。
② 张春燕：《边地生命的书写　边地书写的生命》，硕士学位论文，兰州大学，2010年。

疆找到了根，而是指他明确知道自己为何行走。当他远走新疆，"辽阔的荒野和雄奇的群山以万钧之势"①压倒了他，他倾心于清新的自然与野性的人群，从而进入到一种如梦如幻的日神精神，沐浴在瀑布般的阳光下，一切生命都呈现出通透崇高的状态，而对边地的苦与恶则一概不见。人性在复杂情感与人际网的磨炼与拷问中被淡化，人与自然的关系以及物与物的关系成了主角，即便是生存环境的恶劣也没着意抹去，在他笔下罗布泊魔鬼般的太阳是生命燃烧得最炽热的火焰，戈壁荒漠中刮起的大风在沉静从容的老人面前也温顺得如同家狗；春日牧民们躺在石头上晒太阳，夏日便赶着羊群去天山牧场伸手就能摸到软绵绵的云朵，秋日便是金黄一片，到了大雪封门的冬日便烧起篝火喝酒歌舞。红柯描写新疆不如说是在做一个梦，"它闪闪发光地漂浮在最纯净的幸福之中，漂浮在没有痛苦的、远看一片光明的静观之中"②。

　　日神精神达到极致，酒神精神才逐渐显山露水。当红柯在关中遥望边地时，远方的美与幻不断被修补，而他又分明看到生命在明晃晃的日光的照射下在地上投射出重重阴影。能深刻洞察生活、批判人性的地方只有故乡。当空间回到家乡故土，他仍然将神明幻境高高悬置，但他呈现出的是有别于描写理想乐园时那种有节制的自由的精神状态，是一种放纵的、迷狂的、几近涅槃重生的非理性生命张力。《喀拉布风暴》是酒神握住红柯创作之笔的始基，在此之前，笔下的奔向空间者大多为关中去往新疆的垦荒者，他们身上几乎没有关中时间打磨的痕迹，凭借着健硕的身形条件自然地与边地取得情感的共通，也天然地融入自然大生命之中，这是文本开头就定下因，其后便开始进入澄澈光明的幻象之中，结出形状大致无二的果。但张子鱼的出现预示着红柯愿意勘破幻觉，展露"真实"，而后的周健、王怀礼均是这一类充当着红柯以迷醉的姿态来面对世俗的形象。他们不再先天具有通灵的本事，也不再是从诞生就处于光明闪亮的大生命之中，他们深感自己的灵魂缺少一块，在繁芜的人性情感中迷惘着，经受着看破世俗幻觉带来的苦难——张子鱼察觉到自己爱人的能力早已消失在童年时期饱受城乡差距而带来的自卑与过度自尊中、周健洞察了"被窝猫"乡党等人际关系哲学的蹉跎之恶、王怀礼则是被权力拿捏后患上应激症，这些文本将他们受难的过程作为主要内容，但抛弃了想象与崇高，而是一种迷狂与放纵：张子鱼喜欢往沙漠里钻，越是风沙的天气越是着迷。描写王怀礼受挫后遇上上街欢庆的队伍，直接裂变成两个灵魂，一个狂歌狂舞，激越豪壮，一个则站在黑暗中窥视欢愉。他们似乎是从人类整体中叛逆而出，受着孤独与磨难，最后又向着日神光明辉煌的境界奔去，重新回到大生命中——张子鱼在暴风雪来临之前回到了情人叶海亚的怀抱中，周健在如同天山雪莲般纯洁的张海燕身上治愈自己对于人际关系的

---

　　① 红柯：《敬畏苍天》，上海人民出版社2002年版，第2页。

　　② ［德］弗里德里希·威廉·尼采：《悲剧的诞生》，周国平译，广西师范大学出版社2002年版，第24—25页。

恐慌，王怀礼稍有不同，他的归宿在于自然，在自然的伟力中消解了权力的威压。

红柯对尼采的酒神精神的解读大致是：喝得醉醺醺、精神迷狂的人未必真正参透酒神精神，真正具有酒神精神的人首先应该有强大的日神向度，同时又知道这一切不过是幻象，但仍然迷狂地坚持着生命之光明璀璨。如前文所述，红柯是生命性作家，笔下的人物都或多或少重叠了自己的影子，融入了自身的独特体验。1986 年西上天山，在新疆的 10 年他都处于一种被异域文化所击中所震撼而生发赞美的状态中，他在多篇散文中反复吟咏着边地的绝美。这份惊叹一直持续到 1995 年调回陕西宝鸡，在高效近乎疯狂的产出中，对遥远边地的眺望与追忆成了主旋律，而远方的理想乐园在想象中无疑被一步一步架上纯净的神明之境。而 2004 年至 2007 年 3 年的空窗期，让红柯迅猛的行文速度慢了下来，高校任职的生命体验投射到创作中，除了塑造了高校知识分子形象群之外，更为深刻地将焦点转移到复杂的人际关系以及中庸之恶，2007 年的《乌尔禾》成了淬炼日常生命神性的开端，也是漫篇歌颂边地绝美的封笔。

红柯构建起澄澈的日光世界的过程，其实也是不断压抑怀疑与迷茫的过程。在最早期短篇小说《奔马》中，红柯一方面断言汽车撞死枣红马是一场"精心布置的谋杀"，是控诉工业文明对自然的倾轧；但另一方面又反复为司机辩护，司机是无辜的。从这一点中也许可以猜测出面对迥然不同的文明，红柯是犹豫的，是下意识为本籍文明辩护的。《野啤酒花》也可窥见一二，在激励赞美边地人纯朴善良时，红柯也隐隐埋下了美丽心灵背后的恐惧。《大河》的结尾处母亲的"哭声响彻了女儿的一生，好多年后女儿总是回避那个可怕的冬天，女儿总是用金草地来形容故乡阿尔泰，金色的阿尔泰，黄金草原，绿色而温暖的额尔齐斯河，女儿总是用这些字眼来冲淡母亲哀哀的哭声"[①]。女儿金海莉的成长便是一趟寻根之旅，当她奔向（象征着生命源头的）父亲时，母亲那夜的哭声时时萦绕，所以她不得不借以自然的魅力而"奋不顾身"，这颇似红柯的创作文化观。红柯标榜着重返自然、原始生命力的复归是否也有着"母亲的啼哭"在耳边？红柯步履铿锵地搭建着理想生命世界，但在昂扬光明处留下一个阴影的尾巴，怀疑、孤独、失落也在文本中晕开。

对《金色阿尔泰》结尾处的诗"我说了话，写了书，我抓住了两个世界"的解读颇多，将其看作红柯勘破幻觉，放纵迷狂的宣言书也是言之有理的。在原诗中这句之前还有一个词"捕风"，"捕风"一词出自《旧约》："我又专心察明智慧狂妄与愚昧，乃知这也是捕风，因为多有智慧就多有愁烦，加增智识就加增郁伤"，这一解释与酒神精神的相似之处无须多论。红柯并非不知理想生命世界终是乌托邦，边地之火难以点燃关中的生命灰烬，然而他还是执着地举起火把，在黑暗中跳起生命之舞。红柯的形象区别于上文提到过的逐日

---

① 红柯：《大河》，云南人民出版社 2004 年版，第 239 页。

的夸父，他更像是埃斯库罗斯笔下的普罗米修斯，不辞辛苦地盗得西域的生命之火奔向中原，给笔下的人物带来希望——萨吾尔登舞蹈洗涤治愈萎缩的生命、吴丽梅之于徐济云的影响、副连长对王怀礼及王怀礼母亲的启迪等，但把黑暗与悲凉留给了自己。或者用他钟爱的民族英雄玛纳斯来解释红柯的努力："我把受尽苦难的柯尔克孜人由受压迫的奴隶变成了强大的民族，现在这一切都烟消云散了，我就要跟大家诀别了，即将离开人世。"[①]

在《太阳深处的火焰》出版发行会上，红柯接受采访时说："当前经济列车呼啸奔跑，它所承载的人性中的阴冷元素使生命个体对阳刚之美的朗阔光明之美丧失，人性变得阴鸷、吊诡，我的作品就是要呈现对明亮、真率元素的追求。"无论是纯粹歌咏边地纯粹自然的生命，还是透视关中萎缩虚弱的生命，他是要在他的作品中展示意义的，要给我们的生活和文化指出一条光明的出路——回归到自然状态。但他其实比任何人都更清醒地明白，他所做的工作意义甚微。然而这样的作家，又恰恰是在强调意义的。他从众神中叛离出来，正视着生命本相，历经被肢解的痛苦，高高举起火把，他的灵魂或将飞升至永恒之地。

红柯笔下的太阳是微观具体的，一切文学思维的生发均立足于太阳本身发光发热的自然属性，直接指向太阳。同时，红柯笔下的太阳也是宏观而抽象的，从人们关于太阳最为直接、深刻的接触与感知中抽象而出生命观念。"所谓生命观念，是指那种上升到哲学层次的生命思想，它主要包含生命本体观和生命价值观两个部分，前者是对生命本身的性质的认识，后者则是对生命应有价值的把握和判断。"[②]红柯在《太阳深处的火焰》中反复吟咏昌耀的诗："太阳说，来，朝前走！"这句诗不仅是该书的主题的隐喻，也是红柯创作生涯，乃至人生的隐喻。红柯相信自己的理想生命形式是现实所缺失的，但他无法决定他人是否相信，他迫切地追着光，不断地向人们诉说，不断地吟唱，甚至于呐喊。他本可以写着童话故事，让理想生命沐浴在金光一片的大草原上，但他选择走进了嘉峪关，在炽热光明的背景下描写众生萎靡之象，这是伟大的，也是悲壮的。他可以让二次元的吴丽梅们成为光，引导阴暗生命向着美好飞升；但处在三次元世界，追着光的红柯即使无畏地选择燃烧，这团生命之火烧得真诚而热烈，但大多数人仍然是冷漠的看客。红柯一次次将生命之中的阴暗猥琐之处摊开在太阳底下暴晒，他以一种苦行僧式的高温写作方式，追寻着太阳、追求凤凰涅槃般的绚烂。

他用一支笔，建造了一方日不落世界，万物生长于此，沐浴金光，闪烁生命神性光芒。

（作者单位：湖南师范大学文学院）

---

① 潜明兹：《中国少数民族英雄史诗》，商务印书馆1996年版，第138页。

② 钱志熙：《唐前生命观和文学生命主题》，东方出版社1997年版，第3页。

历史宏视与个体心魂*

——阿莹小说《长安》中的辩证书写

张 碧

内简提要: 作家阿莹在小说《长安》中,以深切的历史眼光,通过作品中工业生产与日常生活书写、外向型与内向型言说,以及历史现实观照与超越性终极人文关怀等诸多貌似对立的层面的辩证性考察和叙事,以此彰显出对真实历史的观照和对永恒人性的向往。

关键词:《长安》;工业生产与日常生活;外向型与内向型;历史现实与人性超越;辩证书写

在当代陕籍作家的作品中,近现代秦人孤绝而执着地长期深耕于一片黄土,并以此积淀出复杂、浑厚的人性光辉,业已成为其恒久的地域文学主题。作家阿莹在获奖近作《长安》中①,一方面延续了前述文学传统;另一方面,也尝试将小说设置在工业生产这一特定背景之下,通过作品中工业生产与日常生活书写、外向型与内向型言说,以及历史现实观照与人性超越的终极人文关怀等诸多貌似对立的范畴的辩证性考察和叙事,显示出社会与人之间多样而复杂的关系,并以此既描绘出特定社会场域中秦人的生存样态和意志品质,同时,又表达出作家关于文学的历史、社会与人性维度的全新思考。

一、工业生产与日常生活:历史叙事与个体生命间的辩证书写

学者段建军指出,小说叙事所围绕着的"长安",是一个同时涵盖着"生产空间"和

---

* 本文为国家社会科学基金重大项目"中国当代文艺审美共同体研究"(18ZDA277)的阶段性成果。
① 详见师念《作家阿莹获"第三届中国工业文学作品奖"》,《陕西日报》2022 年 12 月 30 日。

"生活空间"双重叙事功能与价值意义的空间形式。①无疑，从事物质生产，是人类文明得以延续的基本社会活动，也由此构成历来历史题材作品的主要思想旨向与文体范式。然而，历史书写多以宏大叙事的方式，包举宇内地勾勒出史实的主要框架及其意义，却也往往无法在具体事件的流变过程中，关注每位普通的参与者在其中所扮演的角色，更无暇顾及他们在事件的发展中，所经历的种种欣悦苦楚、悲欢离合。而在《长安》中，对作为历史性表征的生产活动的描写，与对普通生产者人生历程和况味的表现，同时呈现于作品中，使其实现了对史性和人性两种书写向度的辩证观照。

小说执着于描写"长安"兵工厂这一特定的空间背景，以史诗一般吐纳玉宇的气魄，描述了新中国成立以来自第一个五年计划直至改革大潮拉开序幕的1978年间"长安"兵工厂的辉煌与沉浮，从而为这一特定空间赋予时间维度与意义，也使之具有了苏联文艺理论家巴赫金所说的"时空体"的价值功能。然而，在对时间与空间的呈现分布上，作者继承和体现出中国传统史性书写的叙事特征。美国汉学家浦安迪认为，中国史学书写传统中的叙事者，既"保持新闻实录式的客观姿态"，"又以批评家或者评判人的姿态出现"，②从而使历史叙事保持了浓郁的文学与美学色彩。纵观《长安》的基本背景，横跨新中国成立以来20多年时间的故事框架，使其带上了鲜明的历史史诗特征，然而，作者却并不对"史诗"一味进行粗线条的宏大叙事勾勒，而是坦陈，"军工人有着与普通人一样的欢喜和烦恼，需要着普通人一样的柴米油盐"③，从而更注重对在这段历史进程中，诸多个体的不同生命、精神历程的细腻描绘，并以这种叙事形式来暗示：无论何等磅礴、崇高的历史叙事，它的后面，都隐藏着不可胜数的民众那细碎、平凡，却又伟岸、璀璨的个人生命叙事。

鲁迅在评价宋代话本《新编五代史平话》这一古典叙事性作品时，认为"全书叙述，繁简颇不同。大抵史上大事，即无发挥。一涉细故，便多增饰"④，事实上，这也在很大程度上概括出所有中国古典叙事性文学——尤其是白话小说普遍采取的叙事策略。在《长安》中，这种从叙事节奏层面，对历史的宏大叙事、与个体事件的微观叙事间进行把握的叙事手法，显然与中国古典叙事文体十分接近。无论是关于苏联援建计划，还是关于中印战争等重大历史事件，作者都以中国传统小说的书写方式，以高度凝练的宏大叙事方式，对其基本线索进行概括；同时，虽以军事工业生产为基本故事背景，却并不过多

① 段建军：《新时代现实主义文学的重要收获——评阿莹的长篇小说〈长安〉》，《小说评论》2022年第4期。
② ［美］浦安迪：《中国叙事学》，陈珏编译，北京大学出版社1996年版，第16页。关于中国古典叙事性作品的书写传统，本文参考了赵毅衡《当说者被说的时候》一书的相关讨论，四川文艺出版社2013年版，第111页，下同。
③ 阿莹：《长安·后记》，作家出版社2021年版，第468页。
④ 鲁迅：《中国小说史略》，商务印书馆2011年版，第106页。

描写生产者如何沉浸于精确的数据、徘徊往返于绵延的流水线间，相反，小说将更多的笔墨倾注于对"长安"厂中诸多生产者个体存在与生命的描摹乃至品味之中。

人漫长的一生，当然无法脱离不同情感的滋养，"情"是人类立身斯世的基本需求，也体现出人类最为可贵的精神品质。作者似乎非常欣赏从近、现代工业——尤其是军事工业技术中生发出的诗性意味，在此前《竞争》《青春的旋律》《你要去西藏》及《秦岭深处》等短篇小说、戏剧和散文创作中即曾加以鲜明的表达，例如在散文集《俄罗斯日记》中，作者就曾表示，"伴随着浓烈的硝烟发展起来的技术也能给人以浪漫的遐想"[①]。与之相应，《长安》着意描写了"长安"兵工厂中形形色色人物个体的情感世界与经历，并以不同人物各自的情感脉络，作为贯穿整部小说的主线和诸多辅线。在作者看来，对情感的描写，显然构成每个人物个体最为重要的生命形式。无论是忽大年与黑妞儿间坎坷、坚贞而饱含传奇况味的情爱，黑氏对忽小月略显侠义色彩的、女人之间的友情，抑或忽大年与黄老虎经历过沙场上血雨洗礼后的战友生死之情，成司令的父子之情，忽小月分别与连福、满仓之间不同意味的男女之情，等等等等，无不令这许多人世温情溢出字里行间，洋溢着浓郁的人文气息。小说虽以现代工业生产活动为基本线索，却并未描写任何工业秩序对人的性情、价值和生活理念的现代性塑型，"比技术问题更复杂的是人的感情"[②]，反而通过对诸多富含农业文明气息的人伦情感因素的描画，从而在有意无意中，辩证性地暗示出这样一层意味：在中国从农业社会向工业社会形态转型的过程中，秦人仍旧保留着粗烈、质朴而温馨的传统伦理意识与情感。

小说中，黑妞儿始终怀揣着对忽大年的情谊，尽管并未真正完婚，黑妞儿却执拗地认为自己就是忽大年没有名分的"正房"。早已与靳子成婚多年的忽大年，对黑妞儿自然态度冷漠，唯恐避之不及。即便如此，黑妞儿伏击、怒骂忽大年的种种貌似粗陋的言行，却依然以一种反讽的姿态，显示出一个村妇对两性情感真挚而忠贞的态度。此后，在对自己与忽大年婚事的想象中，黑妞儿"要领着男人在黑大爷坟前美美地哭上一回，要哭得九曲回肠"，在婚宴上，她要"把叔叔婶婶背过来，把村里见过的没见过的长辈都请来"。[③]尤其是忽大年被关入地下室后，甚至无法等来受过现代教育的亲生儿子对自己的问候，在悲愤而万念俱灰的心境下，却侧耳听到前来照看自己的黑妞儿，因不符合"亲属"身份而与门卫争吵的聒噪声："我俩拜过堂，算不算亲属？"[④]黑妞儿对忽大年的执着情感，自然是对旧时代传统乡规村俗的遵从，似与"个性解放"的现代启蒙话语并不

---

① 阿莹：《俄罗斯日记》，陕西人民出版社 2015 年版，第 122 页。
② 阿莹：《长安》，作家出版社 2021 年版，第 96 页。
③ 阿莹：《长安》，作家出版社 2021 年版，第 455 页。
④ 阿莹：《长安》，作家出版社 2021 年版，第 418 页。

相符，然而，却也分明体现出农业社会中对待伴侣严肃、忠诚与坚贞的素朴美德。

　　这种在现代工业社会背景下，突显农业文明情感与伦理的书写，还体现在面对人生暮年的来临而唏嘘不已的忽大年身上。在经历了人世沉浮、世态冷暖后，忽大年希望自己退休之时，尽洗铅华而归隐乡野，在人际间充满脉脉温情的乡村生活中，抚平辛甘荣辱的人生百味所留下的精神印痕。在小说的另一处，带有传统社会中家长做派的忽大年，假意以活埋的粗鲁方式逼迫小妹结束爱恋关系，这种行为虽显旧时父权制社会的戾气与愚昧，但也不得不说，蕴藏着一位兄长对亲生胞妹深沉而浓烈的眷眷之情，是中国农业社会形态下以血缘维系情感纽带的鲜明表征。

　　总而言之，在现代工业社会秩序中，由于生产、生活方式对现代人的心理结构进行了全新的塑型，人往往形成全新的伦理道德，尤其是围绕着以追求生产效率为旨归的淡然而冷漠的人际交往价值尺度。然而，《长安》在描写现代工业秩序下的生产、生活的过程中，却辩证性地认识到并着意描写这一过程中普通生产者源于农业社会的观念与习性，且尤其注重写人们对农业社会式人伦温情的恪守，这既是对历史中个体价值的理性认知和人文关怀，同时，又体现出对社会转型时期秦地民众人伦风貌的历史性反映，表达出对现代社会秩序中遵循传统伦理的人性光辉的真情向往。

二、历史再现与心灵言说：外在叙事与心灵真实的辩证书写

　　在西方近代文学史上，众所周知，小说艺术往往存在着"外向型"与"内向型"两种貌似对立的书写范式。前者以人物行为、行动和事件、情节为主要内容，而后者更加倾向对人物精神世界和心理活动的展呈。在《长安》中，外向型和内向型两种书写范式，以辩证的、彼此交融的方式得到有机表达，彰显出特定的历史与人性内涵。

　　一般而言，史诗性小说往往会通过对重大历史事件自身的陈述，以及对事件中不同人物各自的生命轨迹分别进行详尽描述的方式，从宏观、微观的双重叙事角度，对整个历史事件做整体勾勒和细节言说。毋庸置疑，外向型的书写方式，或曰对外在事件的叙事，构成为史诗性小说的基本写作方式和内容呈现途径。与之不同的是，《长安》在保持了史诗性外向型叙事的基本策略的同时，却往往注重将内向型书写贯穿其中，表现人物个体丰富而幽微的心灵世界，从而试图在外向与内向型书写之间实现艺术与伦理效果的辩证统一，达到对外在客观事物的反映与人物的内在真实的表达的双重目的。

　　不难看出，对人物心灵世界的内在展示，往往是通过不同的外向型叙事方式而施展开来的。小说往往借拥有旁观视角的叙事者，从特定人物的视角来观照事件，并在这一过程中暗暗考察人物的外在言行，以对人物状貌的描摹窥视和揣测人物的内心世界。小

月在踏上不归之途时，叙事者对小月的动作和行为做了悉心的描摹："她慢慢地打开衣箱，找出自己喜欢的那件藕粉色上衣和藏青色长裤"，"她木木地朝窗外看去，月光忽然明亮起来，忽闪得人影晃来晃去"。① 正是借助这种描写，一位妙龄女子在临别斯世之时，对世界的美好、曼妙的留恋和不忍离去之情，跃然纸上。小月殒身之后，昔日的战友红向东独自默默来到友人亡故的地方，"红向东向上仰望暗暗吃惊，高高耸立的烟囱默然不语，一排从下而上的铁梯，像一个巨大的惊叹号，镶刻在细细高高的塔面上"②。忠诚的战友、同时也是怀着淡淡恋情的心上人，一颗灵秀而高贵的心灵就这样别离人世，红向东内心的痛楚和悲愤，正是通过叙事者对烟囱、铁梯等客观语象饱含苍凉况味的描摹而淌出心际的。由此可见，叙事者在对人物行动或外在事件的叙事，与对个体心灵世界的描绘之间不断游移，从而在叙事形式上暗示：历史的波澜壮阔前进历程，是与貌似微渺的个体命运轨迹不可分割的。

有时，小说又安排人物以独白的方式来直抒内心情感。忽小月去世后，往往以家长自居、且偶显戾气的忽大年，却向身处彼世的妹妹发出了"有多大的事你说嘛！咋能走这条路呢"的痛楚心声③；忽大年在精神迷茫之中恍惚产生小月重返办公室的幻觉，更是叙事者对人物精神世界的直观写照。然而此处，焦克己的言行却更体现出小说的匠心之处。在小月的追悼会上，一向谨言慎行甚而略显木讷的"焦瞎子"，面对小月遗体，发表了大段感人肺腑的独白，表达了对故去之人的由衷喜爱与泣血椎心。作者这样安排，固然希望借此体现出一名科研工作者忠厚朴实的面貌，但更重要的是，当一位平日讷言谨行的工作人员，却一反常态地喷涌出内心的真情话语时，小说便借人物习性的矛盾与反差、人物前后性格的张力，显示出人性中内在精神极具震撼力的复杂性。巴赫金认为，一个时代可能既存在反映社会意识形态的、宏大叙事"重音符号"，同时，也往往充满着各种不计其数的个体的声音④。由此观之，在《长安》的外向型宏大叙事中，作者以这种独白的方式将诸多人物个体的内心活动直白地和盘托出，从而再次彰显出对时代鸿音与个体声音间密切关系的深沉思考。

在《长安》的叙事策略中，存在一个极为明显的特征：叙事者时而独立发声，表达自己的观点与评价；时而替人物发声，为人物表述其情感与观点，亦即体现出叙事学的"抢话"现象⑤。这便使得叙事者不断在对外在事件保持基本叙事与对事件的独立评价

① 阿莹：《长安》，作家出版社 2021 年版，第 320 页。
② 阿莹：《长安》，作家出版社 2021 年版，第 333 页。
③ 阿莹：《长安》，作家出版社 2021 年版，第 325 页。
④ ［苏］巴赫金：《周边集》，李辉凡等译，河北教育出版社 1998 年版，第 363 页。
⑤ "抢话"指人物使叙事者表达自己的观念、意识和话语的叙事现象，详见赵毅衡《当说者被说的时候》第六章第四节，前引书，第 182—192 页。

及向人物"抢话"之间，发生功能的转换。这是作者在表现人物精神世界时所使用的最多的手法，叙事者的语言和人物的意识浑然一体，难以分辨到底是谁在发出声音，并表达着自己的立场。在小说中，对这种技法的圆融运用比比皆是，例如，"忽大年一边苦笑，一边望着屋顶暖气管。人啊人，若想走上这条路，就是一个不折不扣的懦夫了，他乃一介铁血军人，是不是意志消退了呢？"①。这样，忽大年和叙事者分别作为叙事主体，而两人的声音、乃至意识彼此产生冲突，尤其是"人啊人……消退了呢"一段，很难判断到底是忽大年在以一个第三者的眼光，品评自己作为一名军人所具备的品格，还是叙事者被以"抢话"的方式，在以一个热心的旁观者身份检视着忽大年的意志品质。人物的精神活动与话语言说，在与叙事者声音发生混融之后，也便更容易令读者产生一种印象：叙事者在从小说"上帝"视角俯瞰人世、且表达着关于历史的宏观叙事的同时，也往往进入对个体精神世界的深入观照，分享着他的喜怒哀乐，替他说话，并为他的人生轨迹表达着自己的欣悦与痛楚。

由此，小说既通过外向型叙事手法，对历史总体发展和人物的行为分别进行了宏观与微观的览察，同时，也以内向型叙事手法对个体的精神世界进行观照，从而在形式层面，隐喻地表述了这样一种辩证性的观念：宏大而伟岸的历史长河，不仅是由无数民众的生产与生活活动构筑而成的，其中更是隐藏着这些个体难以名状的悲欣交集、万态千姿的精神向度。

三、经验叙事与人性追求：肉身的生活与精神超越间的辩证书写

《长安》中所描写的人像群体，在特定的工作场域内各司其职，保持着发展军事生产的共同社会目的。但毋庸置疑的是，尽管如此，在这一生产过程中，各色人等却也怀揣着各自不同的生活目的和精神旨向。这里面，既有忽大年、焦克己这样为国防事业倾尽毕生心血的忠诚国士，也有门改户、哈运来等借公共生产活动的便利而损人利己甚而包藏祸心的宵小之徒，当然，亦不乏黄老虎这样既有赤诚热血、却也偶有一己之私的凡夫。因此在小说中，不同人物在肉身与精神两种人生状态之间，或执念一端，或徘徊游移，而作者正是通过对芸芸众生在两者间的抉择方式的比较，突显出"肉"与"灵"间微妙而深刻的关系，以及人在突破人世的束缚、实现精神超越后的笃实而超脱的人生。

所谓"超越"，指不再受人生中有限经验的桎梏，尤其在摆脱俗世名利的樊笼后，而实现了或酣畅淋漓、或静谧祥和的人生境界。尽管如此，不可回避的是，人生往往经由

---

① 阿莹：《长安》，作家出版社 2021 年版，第 417 页。

现实经验——即"肉身"体验的诸多艰辛、痛楚、悲怆的洗礼，方能辩证性地深味、体悟和实现这种人生的"灵"的超越。在《长安》中，诸多人物正是在经受世间纷繁事的变迁后，体会到了人生的真谛，并以不同方式实现了自己在"灵"与"肉"间的和谐相处，达到了人生超越性的高妙境界。

小说并未将忽大年全然塑造为一个完人形象。他身上的优秀品质自然毋庸赘言，但同时，也往往体现出平凡甚而鄙俗的一面。在第一次新婚之夜上，留在黑妞儿身上的牙印，让人看到一个男性平凡得无以复加的情肉之欲；如前所述，令人颇为反感的是，他通过活埋的方式，威逼小月顺从自己的家长意志。这样一个有着无可避免的人性品相乃至精神缺憾的男人和兄长，固然有着俗世庸常的实相，但在国族生死危亡之际，一颗忠于民族大义的心灵，却蜕去了自己久藏其中的皮囊，而升华为感人至深的精魂。随着红布撤去，山石上的英雄浮雕览现，忽大年大喝一声："英雄也是人，一定也不想死……这两位英雄是子弟兵的骄傲，也是抽打在我们脊梁上的鞭子"，而这鞭子"应是长安人义不容辞的责任"。[①]对忽大年来讲，军事生产是一种以认识、规划和改造世界为目的的行为，是与经验及实践领域息息相关的物质创造活动。然而，技术是人类达到某种精神高度的必备手段，"理想和新的目的观并非技术的副产品，它们不是技术的直接成果，而必须基于技术而又超出技术、批判性地阐释技术，才被创造生成。这是一项独立的精神创造，它必须在精神层面上把握"[②]。研发新的武器设备，是一种诉诸身体劳作的物质性实践，而正是这种实践，使忽大年和众多爱国志士在这一过程中，从诉诸身体的生产活动中生发、延伸出精神层面对先烈深厚的敬意与情谊，也将之升华为自己人生境界飞升的标准，并内化为心灵世界中实现精神与人性超越的必经之途。质而言之，军事生产活动是实现心灵超越的第一重境界。

然而对忽大年而言，自己实现超越的途径，与超越的状态，也随着人生的绵延而发生着变化，并出现了另一重别样的境界。山谷靶场的火箭弹呼啸而过，意味着新型武器研发成功。亲眼见证这一壮举的忽大年，在发自内心的释然之后，也即刻在联翩浮想中，仿佛看到自己与黑妞儿回到乡下共度晚年的美景，让自己饱经风霜的身心得以宁静，安然浸渍于田园牧歌般宠辱皆忘的自然生活中，也使得洗尽铅华之后的心灵，真正得到超然于世的升腾。与之相比，黑妞儿的超越之途颇为相似。一个来自偏僻村野的女子，在一番艰辛坎坷的寻夫历程之后终成正果，并在亲朋乡邻的祝福之中，在传统农业社会温馨质朴的人性氛围里，复返至一个属于乡里女子的生命港湾，也由此终于达到了人生的至境。回归自然、回归乡村，两人正是以这种返璞归真的人生归宿而实现了生命的终极

---

① 阿莹：《长安》，作家出版社 2021 年版，第 284 页。
② 尤西林：《阐释并守护世界意义的人》，华东师范大学出版社 2017 年版，第 68 页。

超越。

　　此外，僧人满仓的超越之途则颇为不同。按理说，笃信"色即是空"的佛家子弟早已勘破红尘俗扰，对极乐世界的追求本身就是一种超越。然而在"长安"的一番生产生活，让满仓在经历社会生产活动的繁忙之余，也在与忽小月若即若离的情感之中，品味到一丝清淡而馨香的人世温情。小月去世后，深味于万千愁绪、人世无常的满仓再次遁入空门，一方面试图以此撇清与人间俗情的瓜葛；一方面，却又将小月的遗物供于佛堂，为其超度。从满仓略显悖论的举动中不难想见，与其说他在试图以佛堂仪式荡涤自己曾受俗世侵扰的心灵，倒毋宁说，是小月这来自人间的精灵，以她的美丽、智慧与崇高的心灵，默默地感染和滋养着一个脱离俗世的修行者最为幽深的内在世界；换言之，对满仓而言，最令其动容并使之实现精神升华、超越的，并非纤妙的梵音和精深的佛义，而恰恰是来自人世间那光辉、质朴的人性力量。在小说行将结尾之处，作者借小沙弥之口，通过忽大年以社会责任理由来说服和感染满仓这一情节，再次强化了满仓的这种执着于人性而非神性的超越理念："小沙弥蹦跳着：师父说了，这个人就是佛。"[①]对此时的满仓而言，心怀为国、为民、为自己挚爱的人而勇敢地生活和奋斗下去这一"执念"，不仅丝毫没有违背释祖之训，反而恰是其超脱所有烦恼、通达极乐妙境的不二法门。

　　可见，小说在塑造诸多人物形象时，往往以人间俗世的肉身生活，作为人物各自实现心灵超越的基础，从而使作品在对人物的现实生活进行基本写实的同时，也通过不同维度强调了人类精神向度的重要性，从而辩证性地表达出特定历史时期别具一格的浪漫情感和伦理激情。

四、结语

　　作为一部工业题材小说，《长安》一方面真诚地陈述着象征着国族、社会进步的工业生产活动；另一方面，更是通过对历史、社会与人生彼此关系的悉心考察与深沉体味，把握到历史发展的宏大叙事，与个体生命之间不可分割的辩证关系，并在小说中，将这种关系诗性地加以书写和表达。毫不夸张地讲，《长安》既是一部记录中国现代军事工业发展史的史诗，同时，又是一部呈现特定时期国人心灵、精神世界的风俗史，其深厚的史性价值与人文内涵，必然会激荡着时下每一颗有着历史与人文意识的心魂。

（作者单位：西北大学文学院）

---

　　① 阿莹：《长安》，作家出版社 2021 年版，第 467 页。

时空折叠下《羽梵》里的长安"古气"[*]

杨晨洁

内容提要： 本文旨在以"空间性"的维度作为审视马玉琛写作的逻辑起点，解析其作品中描绘的长安图景，展现其对现实的理解；继而从"审美性"的维度，反省、审视当代社会生活变化在作品中露出的本相。深入考量马玉琛如何在"现实"与"历史"的交织下，以文化之视角，探究人的存在境遇问题，剖析人与自然共存的世界。

关键词： 马玉琛；《羽梵》；空间性；审美性；自然生态

一种尝试：传统与历史的空间化

《羽梵》的问世，标志着马玉琛长篇三部曲已初现规模。当我们以这部新作为基点回看其先前出版的两部长篇小说时，《风来水来》《金石记》似在陕西地域文学的脉络中，却又无法全然归入。两部作品确实以关中地区或长安城作为自己的叙述对象，氤氲着与《白鹿原》相似的关中文化气质——气度宽平中正，叙述舒缓从容，继承着以陈忠实为代表的关中平原型精神气质的写作。同时，马玉琛的作品也强调体验生活，注重写作中的生活实感，回应着在柳青、杜鹏程手中就已臻于成熟的创作手法。但在作品的氛围和气韵上，马玉琛的作品却有着浓浓的"古气"，借纸上风云，现古都长安。其创作从一开始就贴着中国古典文学的叙事传统，从空间的角度继续着对传统／历史等元命题的讨论，回应并试图超越陕西文学中最重要的现实主义创作传统。其目前的三部作品持续性和内在性显在，都着意追求"长安味"或"西安味"——立足长安，写长安之历史，写长安的人，写长安的精气神的追求，以及与此相匹配的长安方言文学化的特征。马玉琛似乎

＊ 基金项目：陕西省哲学社会科学研究专项"新时代陕西文艺评论'地方路径'的美学特质及现实意义研究"（项目批准号：2022HZ1663）。

把整个"长安城"的古今内外都看遍了,对其中的奇人奇事仿佛信手拈来,西安城中光怪陆离的市井风情闪现,让人不禁感叹:"古"是西安的优势,更是西安的魂儿。以"古"为气质内涵,以长安为实体空间,最新问世的长篇作品《羽梵》,与《风来水来》《金石记》共同构成了马玉琛的长篇三部曲,更清晰地标定马玉琛的独特性。

作为一位创作者,同时也是一名高校创意写作专业教师,马玉琛对自己的写作有着清醒的意识和相当的自觉。他在自己所著的《小说创作方法十六讲》序言中说道:"我遵循这样一个准则……正如戴维·洛奇所道出:'我想来认为小说的本质是修辞艺术。'"[①]此种文学观念直接影响了其文学创作的选题,较之陕西文学历来强调对现实性和当下性的关注,马玉琛的小说可能更注重选题的文化性、历史性。相对应的,目前的三部作品写作内容分别是——"灾变""古董""鸽子",故事均不以"生活"为重心,而是将"文化""审美"置于首位,延续着"古气"十足的创作方式。在曾入围"茅盾文学奖"的《金石记》后记中,马玉琛坦率地承认:"我要把《金石记》写成历史的回音,让历史的精气神回荡在我们生活的现实之中,不管是缺失、淡远、抑或是增殖、回复或昂扬,只要金石之声回荡在长安城上空,那便是我及所有在长安城生活过或正在生活的人们的强烈愿望。"[②]这是马玉琛写作十分清晰的目标指向,他希冀在回望西安历史的同时,打通历史和当下,借"古典"和"土气"试图建构出颇具精神意义的文化统一体,并保持文学的审美品格。

进入现当代以来,人们对具有一定时间跨度的长篇小说,有了一个似乎趋同的审美判断——史诗性。出于一贯的审美偏爱,马玉琛的书写一开始就以"史诗性"为自己创作的检验标准,同时还以回望的姿态显示着"崇倚历史"的文化取向。史诗性重在"史",拥有史诗品格的小说往往依靠历史上的重要节点事件撑起骨架,这样的讲述中,"时间"具有优先的地位。纵观新文学史以来的长篇小说,大多都是时间统治下的作品。马玉琛却以空间置换时间的流转,逃逸出时间的掌控,刷新着传统历史叙事的创作方式,从空间性的角度,内蕴着长安文化的地方性,贴着中国古典文学的叙事传统,一脉而来。

虽然马玉琛的书写中闪现着抗日战争、人民公社、"三年自然灾害"、改革开放等重要的时间节点,但这些事件的"时间"意义已经弱化,重要的是"空间"意义。马玉琛基本上用几场赛鸽完成了对长安历史的时间压缩及空间转换。闪现回切的历史风云,关键亮眼处,在压缩缝隙间彰显。就中国现代社会的城市特征而言,也许"市井"是最能体现传统文化与现代文明错杂交汇的处所。市井的非官方性,也让它在"正统"之外,折叠了史书难觅的时空。这里可能是感受一地的生成与变迁,发现一方人的生命经历最

---

① 马玉琛:《小说创作方法十六讲》,陕西师范大学出版社 2020 年版,序言。

② 马玉琛:《金石记》,人民文学出版社 2007 年版,后记。

好的放大镜和万花筒，因为此处"一头连着传统文明，一头连着现代文明……从一定意义上，可以说'市井'代表着城市的底层，是中国城市的根。抓住了市井，也就捕捉住了中国城市的'魂'"①。这个"魂"，经由马玉琛的写作，曲曲折折地穿越至当下。即使他不无悲切地写下："古人的灵魂，早让今人吹气泡了。"②但马玉琛始终愿意把小说写得有点文化味道，颇具市井风情——以表达他对长安文化风味的情有独钟。这种趣味和风格的浸润下，作品鲜明地体现出一种化自中国世情小说叙事传统的审美品格，从更大的版图上呼应了"京味""津味""海派""苏州味"的文学创作，再次确认了中国文学版图中长安的文化地标。

从城市精神上讲，马玉琛笔下的空间——长安，更多弥漫的是"土气"。不入正史的三教九流、市井细民带着西安的历史烟尘和世俗的色彩行至马玉琛笔下。出没于字里行间的西安方言、土语、俚语在文本中横冲直撞，时刻提醒读者这是一个西安人在讲故事。《羽梵》中，马玉琛借鸽子，写出了长安城中与你我生活全然平行的另一世界。但无论是对皇甫三兴的家族史考察，还是对柳散木、墨玉环这些底层人物的讲述，马玉琛并不认为他们是苦难的底层人，他们各有自己的精彩和传奇。这说明马玉琛在观念上摆脱了底层叙述的钳制，触及西安城中普通百姓的真实面影。值得注意的是，马玉琛没有责问这些人物在底层挣扎时携带的戾气，也不沉溺于苦难的讲述，着意呈现的是这些人物身上携带的混杂的文化。他带领我们穿梭于棚户区，行走于乡野，从文化历史而非经济实力与社会权力之角度，在市井与传奇间，看到了历史。

作为写作的原地，长安是真实与想象混合的城市。马玉琛以实在的地理地点为依据，在《羽梵》中想象出凌烟阁、菊花园、飘风楼、唐初阁等等各色人物的居所，回应着《金石记》里的无聚楼、宝鼎楼、四水堂，这些空间上演皇甫三兴与元菊生两代人的赛鸽传奇，回响着长安各阶层因鸽子交缠错综的生活乐章。偌大的长安具化为可被感知的对象，它既负载着真实的物理空间，同时又被文学建构成一种文本形象，在马玉琛的写作中叠影重重。以强烈的地方意识为指引，以长安为地标，马玉琛书写着千年历史，并将"中国式审美"融入现代的观念。赵园就曾讲，"我越来越期望借助于文学材料探究这城，这城的文化性格，以及这种性格在其居民中的具体体现"③，马玉琛书写长安城，或许同样有此用意。我们可以毫不讳言地说，他借"历史记忆"与"文学想象"，带着浓郁的古典主义叙事腔调，以空间化和伦理化方式构造情境化叙事，拨开了浓厚的云层，让长安城亮相在世人眼前。

---

① 肖佩华:《中国现代小说的市井叙事》，学苑出版社 2008 年版，第 1 页。
② 马玉琛:《羽梵》，陕西师范大学出版社 2022 年版，第 317 页。
③ 赵园:《北京：城与人》，北京大学出版社 2002 年版，第 51 页。

两重置换: 文化符号的有效缔结

长篇小说的结构功能历来为创作者所重视, 也是检验其艺术功力的关键指标。执着于长篇创作的马玉琛同样需要妥善处理故事的架构, 探寻从结构功能上扩展文学空间的方法。马玉琛对长安城的塑造, 不仅是对"古气"的追寻, 更是确立长安/西安在文化意义上的主体性, 实现"文化的寻根"。对应在创作结构上,《羽梵》借鸽子喻人,《金石记》以古物喻人所传达的重点都在于此。当然, 也不止于此。马玉琛可能期望完成一种以地方意识、空间性书写为导向, 将人缔连至自然宇宙的文学叙述。也就是说, 他不仅仅将创作视为一种情感和认知的经历, 更要逐渐上升为把人们与自然连接起来的文化信仰和文化实践。

《羽梵》在总体架构上实现了两重置换: 一是历史与现实的置换, 二是文化符号的置换。在此, 我们需要先谈谈小说的"道具"。《羽梵》的主题很突出, 故事的主角由鸽子和人共同组成, 鸽子是小说中至关重要的"道具", 故事的起承转合、兴衰湮灭统统以鸽子为连接点。《金石记》中, 各种文物同样负担着类似的作用。齐明刀因一罐古钱币来到长安城, 随之引发并参与了修建四水堂、迎回昭陵六骏等等事件。《风来水来》则是以"天气"为道具, 在渭水岸边的村子中上演烈日、暴雨、蝗灾等灾难性场景。鸽子、文物或"天气", 是作品中重要的"扣子", 保证了故事的持续性推进。而在《羽梵》中, 鸽子不仅作为衔扣, 更是一种重要的"转化器"。类似于穿越小说或科幻类作品需要一件物品或一个特定地点, 才能发生时空的转换。鸽子成为长安城古今对话, 时空瞬移的重要"道具"。另外, 鸽子这一生物本身具有的生物特性及文化隐喻, 让它在一般的"道具"之外, 还拥有了文化符号的意味。熟悉马玉琛作品的人应该可以注意到, 鸽子并不是第一次出现在马玉琛的写作中,《风来水来》里的唐侍华之子费天翟就痴迷于养鸽子, 可视为《羽梵》中养鸽人的前史。故事的结尾, 村子在历经旱灾、蝗灾、水灾后, 被大水淹没, 村毁人亡, 只剩怀有身孕的芦苇风趴在古钟上获救, 漂向远方重建家园。村中的生灵也几乎在大水中绝迹, 只有一对鸽子在费天翟家中存活与幸存的人一起去向了远方。可以明显看出这一结尾化用了《圣经》中诺亚方舟的典故, 而故事没有讲出的后续是鸽子替人类找到了新的大陆。鸽子与人的关系, 是生死相依。《羽梵》中鸽子更是跃为故事的主角, 鸽子辨别方向的能力, 不死必归的信念, 纯洁的外形, 让鸽子成为喻人的绝佳对象。甚至可以说,《羽梵》整部作品的讲述都是在"人—鸽"的文化符号的隐喻和置换中完成的: 借鸽子讲人性, 借鸽子的精神讲人的坚守。

顺着鸽子——这一作品中的重要"道具", 我们可以清晰地看到故事里历史与现实的置换，这也是作品获得历史纵深感的重要来源。《羽梵》以赛鸽开篇，讲赛鸽的来源，以一场赛事将各个人物推到台前。而赛鸽文化实际上发源于 20 世纪 30—40 年代的上海，作品将场景背景转移至长安，一方面是为了故事的完整性，另一方面客观上为皇甫三兴及其家族绘就了完整的家族历史背景，以皇甫三兴、元菊生、林风鸣一代人为原点，故事的讲述上溯三代，历史扩至将近一百年的近代史。虽然《羽梵》中的实指时间不过是从清明节到重阳节（大约 6 个月），但历史与现实的置换却让这段现实时间化衍流动的液体，可以渗透进任何历史时间段内，保证了讲述的自由。

这种置换过程中空间性的拓展，引申出对一些重要命题的讨论，比如传统与现代、官方与民间。《金石记》中，传统与现代、民间与官方构成了极为紧张的话语关系，马玉琛对城市现代性的隐忧显而易见。代表中国传统文化精气神的"石"文物，在现代都市文化及其科层体制的催逼下，似乎难有出路：四水堂和宝鼎楼不再有昔日光辉，小克鼎被无奈捐出，昭陵六骏无法归国，杜大爷消失无踪，金柄印、宋元祐等"害群之马"却依旧是权力拥有者。作者对城市现代性的冲击，持有一种否定性的态度。《羽梵》中，马玉琛仍保有类似的态度。相较于《金石记》，《羽梵》在物质文明和审美生活的正面碰撞下，呈现出了更激烈的传统与现代的冲突。司空千秋和花郎化身为现代都市文化及其科层体制的代表，以修建高尔夫球场之名，拆掉元菊生的菊园，获得晋升中饱私囊。这两个人物与《金石记》中的金柄印、宋元祐并不完全相同，金柄印和宋元祐虽以占有或获利为目的，将历史物件视为权力和金钱的化身，但他们懂文物，知晓其中的道行，属于"内部叛变者"。司空千秋的身份是一位政府官员，他想要征用重造的是神禾原上自由烂漫的菊园，要实施的是精神性的摧毁。他初入菊园是为求药，途中还得到元菊生的点拨，初次见面便得两份帮助。这是民间和自然对这位当权者的奉献与治愈。花郎本人虽爱鸽、养鸽、赛鸽，但他的身份定位是司空千秋的"探子"和"白手套"，鸽子只能算是玩物。花郎面对以元菊生为首的民间原生态生活世，并无多少感念之情，强拆菊园时不留情面，完全是鸽子世界、古典审美世界里的"外人"，异质于皇甫三兴和元菊生、林风鸣等人的审美性情。他们以"闯入的姿态"入侵这片古典审美的领地，最终摧毁了菊园，自己也未得善终。

除去附着于现代科层制度的权力拥有者，木归智的存在也值得关注，是一位很有说服力的人物。他是最早登上舞台的求鸽人，但故事在前面的铺陈中，并没有着墨于这个人物的身份背景。反而是在天赐参加春季五百里盛唐大赛备赛时，才抽丝剥茧般地剥开木归智的过往。这是写满了凄苦、挣扎、钻营、失败的人生经历，是一个最底层人物渴望摆脱穷苦，转换阶层的血淋淋的"奋斗史"。只是，木归智没有成为"苦难叙述"/"底层叙述"的又一典型，马玉琛在这个人物身上想要讨论的问题，是当现代文明的物质文化入侵到社会的最底层，将物质视为唯一目标后，人生的道路会走向何处。他关注的是人在物质性入侵后的"异化"。马玉琛在作品中无尽地哀叹道，"当今社会，权、钱、色汇成一个利字洪流，滚滚而下，并且成为世界的本质。这是一把披着现代化华丽外衣的锋利匕首，把人的善端一点点割掉了"①。

木归智同时带来了另一个关键词："文化拟子"。故事中的"文化拟子"第一次出现，是木归智在三百公里竞赛中邀请皇甫三兴给赛鸽下注，却被皇甫三兴拒绝。随后皇甫三兴对金相士提出"文化拟子传播实验"。再次出现是萧涤生知晓身世后，为之前的莽撞向皇甫三兴负荆请罪。之后该关键词频频现身于关于木归智的线索中，直至文中的最后一场比赛，皇甫三兴才道破"文化拟子"的实验内涵。天赐死后，"爱和善的拟子在木归智的心田存活"②的实验宣告似乎已然失败，皇甫三兴开始怀疑拟子理论的可行性。

但马玉琛是写故事的老手，此种单一的线性结果，难以承担复杂深重的文化思考。不妨让我们再次回到故事的中心线。马玉琛之所以将鸽子——人的主题与"文化拟子"相结合，正说明作品试图以文化符号的置换，完成对人精神性的探索，同时思考人之存在。故事中有名有姓的参赛鸽子：天赐、图南、步行者、适生、莲芯、雪头、博尔特、石板灰，林林总总。它们不只是一只只普通的赛鸽，更代表着他们主人的品质及特性。鸽子在许多宗教理论中，都是善良和平的化身。皇甫三兴想借用鸽子将美好的品质移至人类，最终实现良善文化拟子的传播。值得注意的是，这 55 万多字的厚重故事里，许多人物的基本面没有发生改变，性格线条大多平稳，只有木归智的改变、起伏最大，他最后的归宿或许也最能说明问题。木归智亲手杀死天赐，却选择驻守新墓园，成为第一个住进墓园里的人，在新墓园中赎罪成为墓园门口的石头。这些被鸽子"天赐"看在眼里，认为木归智唤醒了自己的自然之心，死得其所。皇甫三兴的文化拟子实验在此已无所谓成功与否，木归智实则向自然之神贡献了自己，是对自己最深切的救赎。因为"人类的灵魂、我们的鸽子的灵魂，一切生物的灵魂，随着所以依附的生命一起，参与到这个宇宙的物质和精神的转换过程之中"③。一个人真正了解自己所在之地的生态和文化，并认识到文化与环境之间相互影响的复杂关系，才有可能自觉地形成与环境和谐共生的生活方式。这在精神意蕴上回应了马玉琛在第一部长篇《风来水来》中对自然之神的膜拜。

对喜爱鸽子已近 50 载的马玉琛而言，《羽梵》这部作品实在是"现实世界入侵小说"的结果，他几乎动用了自己熟悉的全部叙事资源，纪念这"半个世纪的爱"。爱鸽，赏鸽

① 马玉琛：《羽梵》，陕西师范大学出版社 2022 年版，第 423 页。
② 马玉琛：《羽梵》，陕西师范大学出版社 2022 年版，第 275 页。
③ 马玉琛：《羽梵》，陕西师范大学出版社 2022 年版，第 392 页。

的马玉琛一次偶然拿反了放大镜，人鸽观察地位的互换，启发马玉琛重新定义"真实"。不只是鸽子出任叙事者后产生的在场感和亲历感，更重要的是，只从人类的视角出发，我们可能始终无法真正地认识世界。马玉琛在此提出了一个关于人类认知的话题。联系现实生活中大自然和人内在精神整体性的双重溃败。这几乎构成了当代中国文学创作的压迫性原动力。马玉琛对自然的崇敬，实则是以文学的方式回应这一现实。以鸽为核心，是马玉琛颠覆小说中人类中心主义价值观的必要之举，他从《金石记》中人之外的器物，最终走向了广袤的原野，其间对精神情绪的大胆剖析，对固有心理防线的激烈撞击，正是马玉琛涉足精神领域深水区的印证。

多维融合：审美与诗意的上升

马玉琛的长篇小说擅写"古"，好写"古"，"古气"贯穿他的写作，成为重要的关键词。这就对他如何处理"距离感"，提出了更高的要求。历史的地位在当代中国的写作经验中不容撼动。如何叙述历史，将合目的性的宏大历史构想以文学的方式叙述成为常识，乃是圆融写作的重要一环。考察《风来水来》《金石记》《羽梵》这三部长篇，可以发现，马玉琛一步步地走进历史，也一步步地靠近自己的生活。但同时，他又警惕创作过于靠近生活、模糊历史的弊端，以"文化"和"审美"撑开写作与生活、与历史之间的距离，避免写作中日常生活的过剩。

还是从最新作品《羽梵》讲起，这部作品初读时，时常会陷入人称的混乱，读者仿佛置身于大戏台中，自言自语的讲述者，竟是一只名为"天赐"的鸽子。人与鸽子互换的世界里，没有一个统一的声音规划故事中的人物行径，角色各行其是。参看马玉琛以往的创作，多用单线追踪的手法，或是以人物为线索，叙述渭河平原，讲述一个村庄遭遇天灾的种种，或是追觅古钱币、小克鼎、昭陵六骏，带出长安城的众生相和绰约多姿的风俗画。《羽梵》则用了复线或多线条的宏大结构，以赛鸽为"纽带"，上牵秦唐汉风、侵华的帝国主义势力，下系工匠艺人、三教九流，洋洋洒洒的50多万字的篇幅内，细致描画了如此众多而又栩栩如生的人物形象。作品交融着历史和当下，多层次地描绘了长安城的精神气质、自然天地。

也不同于《金石记》《风来水来》的第三人称全知视角，《羽梵》采用多人称甚至全员叙事，内外叙事交错，古今讲述回应，结构上呈现出线性结构与块状结构的混合。书中繁密的叙事并未让人感到压抑，反而是组织了一个有大有小，张弛有度的多维空间。这种可近可远，可进可退的方式，实际上非常有利于解决"距离感"的问题。小说中，不仅有从《史记》中传承而来的相人之术："借他人的眼镜和口舌，对人物进行肖像描绘"①；也有学习西方现代小说的心理画像，对人物精微深密的内心探究。马玉琛保持着一种"创作的自觉"，以期达到自己提及的"距离远而高超"的创作境界。②

不可否认，马玉琛的写作技法得益于他认真阅读分析过的西方小说，但它们一旦与传统元素相遇，便隐去了异域情调，凸显出文本内蕴的中国式诗意。在"观古今于须臾"的创作过程中，中国传统抒情的声音清晰可辨。文中白描式的语言轻盈、灵巧，写古的文气一贯而下。在不少章节中，马玉琛都借用第三人称，有意仿效明清白话小说的叙述风格，以白描为主干，对风土人情、自然景观也不热衷于孤立地铺陈渲染，而是在情节的推进中层层递次展开，孵化、孕育出古典的情韵、意境，让作品获得了一种"呼吸感"。除了明清世情小说的语言、叙述风格，中国古典文学中众多的典故、意蕴、气象也扑面而来。传统文化中的元素被化合成新的整体，从而化衍出新的生命。它们既蕴含着传统文人的个体感悟，对历史的想象，对现实世界的认识，又融会了从现代视角引发的文化反思。马玉琛笔下的这口"古气"，终得以幻化为现实中的《羽梵》。

"回退"至中国叙事传统，如今并不是新鲜的话题，这是中国作家面对回应西方现代性的必然。但是当代小说的中国文化意识和审美意识等问题，目前仍旧盘旋在中国文学创作的头顶。康德认为，"反思的知识"是把人自己当作知识的对象，强调体验、内省或沉思，而不是观察、实验和实证。对人文知识而言，反思是重要的手段。据此，我们可能要谈一谈现在作家在创作谈中较少提及的"世界观"。今天的小说创作中并不缺少技巧，成熟的创作技法比比皆是，但若没有作家本人对世界认真观察和反思的加持，返回传统作为技巧的一种，也很容易沦为空虚的外壳。文学是精神生活的镜像。真正虔诚于文学的人，面对的世界总是不断地反思、尝试，试图找到重新认识它的方式，并将其以审美的方式表现出来。马玉琛对自己写作的要求和坚持，在某种程度上就是对自己世界观的坚持。他的历史站位、价值判断与时代精神、民族文化，目前看来，在作品中已初步形成一种互为诠释的呼应关系，他注重作品和人物在历史中呈现的审美性，人与自然的和谐性。在美学风格之外，他还希冀作品可以提供一种新的精神力量，希望悲剧性的书写可以产生警示意义，体现着他对 20 世纪 80 年代以来中国文学"向内转"的继承，以及当下某种文化共识的转换。

马玉琛意识到"自我"与"过去"关联的逐渐消失，他要在"寻古"中重构传统的浪漫精神和自然的审美性。小说对空间的审美表现便不只是社会空间，更重于此之上的文化自然空间特征。交错纵横的历史过往、阡陌勾连的人物事件，在马玉琛的小说中留下了斑驳的文化投影，审美化了的中国传统文化潜移默化地浸润小说主题、文化空间、

---

① 马玉琛：《小说创作方法十六讲》，陕西师范大学出版社 2020 年版，第 47 页。
② 马玉琛：《小说创作方法十六讲》，陕西师范大学出版社 2020 年版，第 88 页。

结构方式、叙述话语等内在血脉，赋予小说文化的标识。身为《羽梵》的作者，马玉琛是从一个较高点《金石记》走来，我们不难看出他对接古典风格与现代气韵，营造出的天然自得的审美存在。作为马玉琛苦心孤诣打造的时空和谐体、审美统一体，《羽梵》以曲折迂回的历史叙事，叙写中西文明的碰撞融合，长安时空的流转变迁。他将繁重的历史置于鸽子轻盈的翅膀，巧妙地躲过历史与当下双重言说中流动的时间与固定的空间造成的悖论，逆线性流淌，抻开时间的宽度，将显豁的空间性视为重返历史的密钥。其间，文化是无处不在的魅影，无声地渗入每处时空缝隙，动态地展现传统的生成与演变，中西冲突与融合之艰难。马玉琛在目前的三部作品中着意设置的文化观念足以构成一个自洽的逻辑链，其中便包含着对中西文化冲突与融合的理性思考价值，显示出当代叙事精神的不断拓延。

当然，虚构既赋予了作者书写的自由，同时又潜藏着内在的规定性，在无限趋向真实的阈值处，历史或传统可能需要换种面目示人。如何处理这个问题，《羽梵》用实际创造给出了一种回答。其作品中复杂的文化内里——对自然生态的追寻、对传统文化的承续、对审美精神的强调、对外来艺术的吸收，将一场关于鸽子的叙事转化为文化审美精神的共同体叙事，让反复折叠的空间成为各类文化共同拥有的展示地。而在"问题"之外，马玉琛不忧于现代性的突进，也并不惧于现代与传统、东西方的对峙，以融合的心态替代对立冲突的创作始发点，他强调的是写作的"理想主义色彩"以及审美的价值。几经回转的时空折叠框架借此获得一个稳定的轴心，进而拥有了开放型的品格，得以感知时代的脉象。

（作者单位：西安财经大学文学院）

2022年度延安文艺研究综述

杨崇源　李跃力

内容提要：2022年是毛泽东《在延安文艺座谈会上的讲话》发表80周年，以《在延安文艺座谈会上的讲话》精神为代表的延安文艺是中国现代文学谱系中的重要坐标，有丰富的研究价值。以往的延安文艺研究主要从生成路径、思想内容、历史意义和当代价值几方面展开，综观2022年延安文艺研究，在继续重考和优化以上内容的同时，又提供了如文艺制度、文艺组织、过渡时期延安文学研究等新的切入视角。同时还存有再认识的空间，比如增强对话意识、深研原始史料和梳理国外接受史等。

关键词：延安文艺；研究综述；毛泽东；《在延安文艺座谈会上的讲话》

延安文艺以1942年毛泽东《在延安文艺座谈会上的讲话》（以下简称《讲话》）的文艺观为指导，以解放区为文化版图，其理念经过有效阐释、传播和实践，促成了一批延安作家的转型，随着延安文艺思想的拓深，进一步辐射到解放区以外。在中国现代文学的谱系中，延安文艺是继五四启蒙文艺、左翼革命文艺之后的又一重要坐标，为中国当代文学的发展锚定了方向。2022年为《讲话》发表80周年，以中国作协、中国文联、中国艺术研究院为代表的文艺组织举办研讨会热议延安文艺相关论题。据粗略统计，本年度获批的各类国家社科基金项目中有7项涉及延安文艺，研究话题包括"陕甘宁边区的儿童文艺""延安时期重要文艺术语"等。文章方面，核心期刊发文近百篇，其中《文艺理论与批评》《中国现代文学研究丛刊》《甘肃社会科学》《现代中文学刊》《艺术评论》《陕西师范大学学报》《毛泽东研究》《中国文艺评论》等开设专栏，所刊文章从不同论域呈现了延安文艺研究的复杂性和生命力。图1是对统计文章的作者（发文两篇以上）、高频关键词和所登刊物（发文两篇以上）的词云图分析。

图 1

在统计的 90 篇文章中，"《讲话》""毛泽东""人民性""人民美学""知识分子"等是学者们高频谈及的关键词，这显示出了延安文艺核心理念在当代的赓续，丰富其原有内涵的同时补充了时代意义。以往的延安文艺研究主要从生成路径、思想内容、历史意义和当代价值几方面展开，综观 2022 年延安文艺研究，在延续和优化以上内容的同时，又提供了一些新的视角。

一、《在延安文艺座谈会上的讲话》研究

《讲话》是理解延安文艺的入口，型塑了作家们的价值观并为其创作提供方法论指导。《讲话》的推行和实践使得普遍的"文艺大众化"成为可能，并助推延安文艺创作范式的形成，学者们研究《讲话》的最新成果开拓了延安文艺当代研究的新思路。

（一）《讲话》与毛泽东文艺思想研究

毛泽东的文艺思想和《讲话》的文本生成有重要关系，因此针对其文艺思想的研究为厘清《讲话》的生成提供了参考。

首先，研究《讲话》前毛泽东的文艺思想，勾勒《讲话》成形的理论道路。有学者指出毛泽东 1936 年提出的"发扬苏维埃的工农大众文艺，发扬民族革命战争的抗日文艺"（简称"两个发扬"论）在苏区文艺、左翼文艺和延安文艺中所发挥的中介意义，论者追踪"两个发扬"论的底层逻辑和革命逻辑，对照 1939 年的"三个法宝"理论、以《新民主主义论》为代表的"国民文化方针"和以《讲话》为代表的"党的文艺政策"，勾连出毛泽东文论话语体系中一以贯之的深层结构，认为"两个发扬"论为延安《讲话》的变式和拓深提供了"极具原创性、生成性、动态平衡性和张力关系的理论范式和话语体系"。[1]马克思主义进入毛泽东文艺思想的构设之路，离不开其对实际革命环境的考察，

---

[1] 周平远：《毛泽东"两个发扬"论的理论目标与意义》，《文学评论》2022 年第 5 期。

有学者提出延安时期毛泽东文艺思想的形成有三条逻辑道路，分别是作为理论逻辑的马克思主义文艺理论美学思想、作为历史逻辑的中国共产党领导文艺工作的经验教训和作为现实逻辑的文艺为抗战的工农兵大众服务的目的，并从文艺审美情感、文艺审美趣味和文艺审美理想方面廓清了延安时期毛泽东文艺审美思想的三维内涵。[①]有学者强调毛泽东文艺思想发端于五四时期，彼时他也积极参与文艺活动，比如主编《湘江评论》等，由此观之，《讲话》的形成"是主客体条件相互作用之结果"[②]。

其次，分析以《讲话》为代表的延安时期文献所包孕的毛泽东文艺思想，论述贯通其间的本土性与世界性眼光。有学者从文本逻辑和历史逻辑论述以《讲话》为代表的毛泽东文艺美学思想何以称为"人民美学论"，认为《讲话》不但促成了"由人的文学、人的美学向人民文艺、人民美学的历史转型"[③]，而且对日后人民美学思想的精进与贯彻提供了理论参考，在世界马克思主义美学史上也有重要贡献。有学者关注毛泽东延安文艺观中的审美共同体思想，认为毛泽东的文艺观"就是文艺工作者与人民群众同心同德构建审美共同体的文艺观"[④]，肯定其对文艺创作的指导作用。除了整体的考量，另有学者以《讲话》文本群为研究场域，辨析其中反复指涉的"高级艺术"理念与范畴。文本群包括《讲话》的各个版本及其前后几篇毛泽东关于文艺问题的论述，从中窥探毛泽东"高级艺术"提出的主体原因和历史原因，洞悉"'高级艺术'的基本内涵、大众化本质和期待视野"[⑤]，打开了"高级艺术"通向新时代社会主义文化建设所提倡的"历史的、人民的、艺术的、美学的"标准的理论闸门。毛泽东在五四时期就学习阅读了马克思的《实践论》等，受过较为系统的马克思主义哲学的思维训练，有学者从其文艺思想与马克思主义哲学的关系出发，肯定了《讲话》的观点正是对"文艺创作生产根植于能动的反映论的美学原理"[⑥]的映射，体现了毛泽东文艺思想借镜马克思主义哲学思想所收获的世界性视野。此外，有学者关注毛泽东在《讲话》中提出的"结合"思想，通过分析领导权范畴的"结合"，呈现了"结合"指导下文艺领域的深刻变化，以及对新时期和新时代文艺发展的辐射，肯定"结合"思想的创造性与灵活性。[⑦]

---

① 徐功献:《延安时期毛泽东文艺审美思想》，《湖南社会科学》2022 年第 5 期。

② 胡为雄:《毛泽东与〈在延安文艺座谈会上的讲话〉》，《现代哲学》2022 年第 3 期。

③ 谭好哲:《毛泽东人民美学建构的理论贡献和意义——纪念〈在延安文艺座谈会上的讲话〉发表 80 周年》，《东岳论丛》2022 年第 7 期。

④ 段建军:《毛泽东延安文艺观中的审美共同体思想》，《甘肃社会科学》2022 年第 1 期。

⑤ 刘永明:《未来已来:大众化视野中的高级艺术——以〈在延安文艺座谈会上的讲话〉文本群为中心》，《粤海风》2022 年第 2 期。

⑥ 陈锋:《文艺生产与审美判断的基本原则——写于〈在延安文艺座谈会上的讲话〉发表 80 周年之际》，《人民论坛·学术前沿》2022 年第 8 期。

⑦ 陈然兴:《结合、领导权与社会主义文艺创作共同体的建构》，《甘肃社会科学》2022 年第 6 期。

（二）《讲话》再解读

《讲话》作为内涵丰富的文本，生产出了诸多理论概念，既有应时而作的一面，也有普遍适用的一面，对其再解读是文本经典化和时代之所需。

首先，以"中国式现代性"解读《讲话》。有学者以"革命的现代性"为依据，从"现代性"和"革命性"出发解读《讲话》，"革命性"表现在《讲话》厘清了文艺工作和革命工作之间的具体关系，以中国社会情况为依据，指出人民大众是推动革命发展的主体并论述了文艺介入革命的具体途径，"现代性"表现在《讲话》阐明了中国现代性建构的历史维度，从"文艺工作者的态度、马克思主义文艺理论体系建设与文艺创作等角度提出了中国现代性建构的具体方案"[①]。另有学者从"反现代性的现代性"角度出发阐释《讲话》精神，结合西方学者的现代社会分化理论以及中国古典传统中的"大一统"思想，深入考辨《讲话》所提的文艺与政治之关系，总结"毛泽东所提出的'文艺为政治服务'的口号是对特定的（而非全部的）西方现代性图景的一种回应……'政治'以及相应的人心教化应在整合过程中扮演核心角色"[②]，肯定《讲话》是体现"中国式现代性"的经典之作。

其次，以"方法论"解读《讲话》。有学者视《讲话》为方法论文本，由此归纳了三种科学的文艺研究方法，即"坚持从客观实际出发的思想认识路线""坚持以问题为中心的理论研究导向"和"坚持以辩证思维的方法分析和阐发问题"[③]，有助于提升当代学术的方法论自觉和更新意识。另有学者指出《讲话》的批评观提供了"批评标准的多维性"[④]，贯穿其间的批评方法有极强适用性。还有学者对照毛泽东主持编纂的《马恩列斯思想方法论》与《讲话》两份理论文献，在延安整风时期马列主义理论"学习运动"的历史语境下，"梳理阐释经典马克思主义哲学基本理论与中国马克思主义文艺理论建构之间的历史逻辑与内在关联"[⑤]，显示了作为思想方法的马克思主义文艺理论中国化的路径。

最后，解读《讲话》的其他视域。有学者沿用郭沫若提出的"经权原则"，详解"经"与"权"的分野与互融，所谓"有经有权"即"有经常的道理和权宜之计"[⑥]。"经"体

---

① 李永新：《"革命的现代性"：〈在延安文艺座谈会上的讲话〉的双重面向》，《湖北大学学报》2022 年第 6 期。

② 肖文明：《文艺与政治——现代性视野下的〈在延安文艺座谈会上的讲话〉精神再阐释》，《开放时代》2022 年第 2 期。

③ 谭好哲：《〈在延安文艺座谈会上的讲话〉的方法论意义》，《艺术评论》2022 年第 6 期。

④ 泓峻：《〈在延安文艺座谈会上的讲话〉批评观探析》，《东岳论丛》2022 年第 7 期。

⑤ 宋伟、孙汉阳：《真理与方法：作为思想方法的中国马克思主义文艺理论——以〈马恩列斯思想方法论〉与〈在延安文艺座谈会上的讲话〉为例》，《艺术评论》2022 年第 6 期。

⑥ 陈黎明：《"经"与"权"的辩证法——重评〈在延安文艺座谈会上的讲话〉的两个基本原则》，《甘肃社会科学》2022 年第 6 期。

现为坚持和发展文艺人民性原则，对文艺与政治、文艺与生活之间关系的阐释。"权"则体现在《讲话》语词的运用，《讲话》涉及的许多问题以及其中的文艺思想与毛泽东个人审美趣味存在错位等现象中。有学者关注《讲话》的"引言"研究，深入理解和探讨"引言"提出的立场、态度、工作对象、工作和文学这五个问题，指出"引言"与"结论"形成了《讲话》的"双文本"结构，明确了"引言"所提的五个问题是文艺工作中的"元问题"，"是马克思文艺创作必须回答和解决的根本问题"①。有学者从"马克思主义中国化"的角度进入《讲话》，认为《讲话》更恰当的定位是"中国马克思主义经典"②，跳出了单一的文艺或文化范畴，将《讲话》的价值置于"两个结合"（马克思主义基本原理同中国具体实际相结合、同中华优秀传统文化相结合）的宏阔视野中论述，对新时代如何继续贯彻"两个结合"予以启示。有学者从文化创造层面研究《讲话》，认为"《讲话》的文化创造突出体现在'人'的概念演进及其带来的文化价值观的转变"，解析了"正确处理普及和提高关系对于文艺大众化的推进作用，以及作为文化创造路径的合理性和可能性"。③另有学者从文化磨合角度理解《讲话》作为革命文论所开拓的新境界，关注"《讲话》所实现的多重文化的磨合与创化"④，辨析了各种文化来源给《讲话》带来的理论活力和经验教训。有学者将《讲话》作为思想文本来研究，通过版本考订分析其内部存在的问题脉络，并从"主客"和"文野"两个视角给予横向和纵向的研究⑤，分析《讲话》在 20 世纪 40 年代抗战的文艺理论构图中以及晚清以来近百年的思想流变中的地位及意义，体现了《讲话》作为历史转捩点的重要性。

（三）《讲话》与文艺运动

《讲话》作为文艺方面的指导性文章，提出了"工农兵文艺"的方向和实现"文艺大众化"的路径，其理论思想直接落实在文艺运动的广泛开展上。

《讲话》与戏剧变革是学者们普遍关注的研究话题。有学者认为"在延安文艺的形态谱系中，戏剧创演活动是当时影响最大、受众面最广、民族化内涵体现得最为充分、'中国经验'锻造最为深刻的环节"⑥，通过考察延安时期戏剧活动发生的历史场景，分析活动开展过程中的四个阶段、戏剧社团的创演活动，重要戏剧理论和成果、戏剧活动与乡

---

①　丁国旗：《〈在延安文艺座谈会上的讲话〉"引言"所提问题的当代价值》，《陕西师范大学学报》（哲学社会科学版）2022 年第 3 期。

②　罗嗣亮、韩伽伽：《从"两个结合"看〈在延安文艺座谈会上的讲话〉》，《毛泽东研究》2022 年第 4 期。

③　赵学勇：《延安〈讲话〉与中国文艺的文化创造》，《中国社会科学》2022 年第 7 期。

④　李继凯：《在文化磨合与创化中开拓革命文论新境界——重识〈在延安文艺座谈会上的讲话〉》，《中国高校社会科学》2022 年第 3 期。

⑤　周展安：《主客与文野——在历史中阅读作为思想文本的〈在延安文艺座谈会上的讲话〉》，《文艺理论与批评》2022 年第 3 期。

⑥　惠雁冰：《延安时期的戏剧活动研究》，人民出版社 2022 年版，第 2—3 页。

村建设的联系以及戏剧活动的历史经验等内容，展示了戏剧活动的发生发展过程、内容形式的变革及深远影响。有学者通过考察《讲话》后边区的整体乐教风貌，分析了"革命民歌"创作、"新秧歌运动"和"新音乐运动"的开展情况和实际效果，发掘了革命地区乐教的政治功能和教化意义，认为《讲话》"开创了一种新的革命的教育哲学"[1]。其中，"新秧歌运动"广受关注，有学者从理论倡导和实践运动出发，深究《讲话》与新秧歌运动的生成之间复杂的历史关系，解释了运动蓬勃开展的具体原因，有助于"深化对延安道路的独特性和中国革命的阶段性的历史理解"[2]。有学者着重考察"斗争秧歌"的兴起及发展，视其为延安文艺演进的重要一环，通过对演绎形式的分析，辨明了延安秧歌运动与中共政治话语传播的内在联系，反映了"中国共产党对马克思主义文艺理论的运用与发展"[3]。就其现实功用来说，另有学者关注新秧歌运动在延安语境中呈现的多种社会样态，与同期的"二流子改造"运动联系，分析在"二流子改造"中新秧歌发挥的"群众教育"和"现实威慑"等功能，揭示了"运动中文艺的历史形态和发展逻辑"[4]，同时指出新秧歌运动没有探索出成熟的"工农兵艺术"形态，体现了在历史语境中认识新秧歌运动的客观态度。除了整体的概述外，有学者关注华北抗日根据地贯彻《讲话》精神的方式，对比《讲话》前后华北抗日根据地的戏剧发展状况，分析了戏剧变革的具体内容和艺术形式，并考察其对抗日动员的推动作用。[5]

（四）《讲话》的传播与接受

《讲话》之后，文字版暂未刊行，《讲话》内容与精神主要在党内进行传达和学习，比如毛泽东1942年5月30日在鲁迅艺术文学院给学员们做报告，就涉及对《讲话》部分内容的转引和强调，还有艾思奇和陆定一在相关场合对《讲话》的传达，以上都是较为单纯的党内传播。1943年《解放日报》公开发表《讲话》后，其传播无疑在广度上有了变化。

首先，《讲话》在以延安为代表的解放区的传播。有学者从传播学的视角出发，认为延安"讲话"可视为改造文学媒介的起点，"根据地以来、尤其是抗日战争时期，文学这一大众媒介下沉到基层，文艺工作者以更生动的方式参与农村根据地的社会革命和文化建设"[6]的文学实践，无疑加速了文学在基层的流通。因此在文学作为传播媒介的视域

①　周春健：《〈在延安文艺座谈会上的讲话〉与边区乐教新貌》，《现代哲学》2022 年第 3 期。
②　熊庆元：《"工农兵文艺"何以可能？——〈讲话〉发表后的延安剧论与秧歌实践》，《现代中文学刊》2022年第 3 期。
③　曾沁涵、曾荣：《"斗争秧歌"与延安马克思主义文艺话语的生成》，《民族文学研究》2022 年第 4 期。
④　周维东：《"运动"中的文艺法则——从延安时期"二流子改造"运动看新秧歌剧创演》，《文艺研究》2022年第 5 期。
⑤　尹志兵、侯秀华：《延安文艺座谈会前后华北抗日根据地的戏剧变革与抗日动员》，《河北学刊》2022 年第 3 期。
⑥　张慧瑜：《基层传播的理论来源与历史实践——以 20 世纪 40 年代〈解放日报〉改版和〈在延安文艺座谈

中,《讲话》具有不可替代的起始意义。

其次,《讲话》在以香港为代表的非解放区的传播与接受。《讲话》涉及非解放区后,其传播受制于报刊审查制等不可抗因素影响,一度十分低迷。其中,香港是非解放区传播《讲话》的重镇,有学者认为,由于"战争局势的发展、中共在香港的文化布局,以及香港特殊的地理位置与殖民地文化环境"①,《讲话》在战后香港能够广泛出版、传播。经过考证,该学者确定《讲话》全文最早在 1946 年 2 月就已以《文艺问题》为名在香港公开出版和发行。而旅港左翼作家们又甘当传播《讲话》的先锋,通过大量引用《讲话》原文创作理论、批评文章和开展以学习《讲话》为主题的各类文艺活动这两条途径深化其传播。更进一步,该学者认为《讲话》在战后香港的广泛传播迎来了一个"批评时代"②。有学者以《大众文艺丛刊》为中心,从接受传播的效力和内容"充分发掘《大众文艺丛刊》在增强《讲话》的文化领导权、增益《讲话》的思想内涵等两方面的重要价值"③。《大众文艺丛刊》以刊登批评论文和译文为主,围绕"文艺大众化""文艺统一战线"等《讲话》的核心议题展开讨论,同时联合不少在港报刊、出版社、新办学校等,形成了一个传播矩阵。另外,在《讲话》文本原有内涵上,《大众文艺丛刊》根据新形势进行了补充,包括"提出扩展'人民'的外延""主张扩展新民主主义文艺的内容和对象""指明方言文学是文艺大众化新路径"和"明确人民群众也是文艺创作者"④,其中有些观点实际上与新中国成立后的不少提法相似,比如以群对"人民"内涵的界定,可视为建国后毛泽东及周扬对"人民"外延扩容的先声,也有在《讲话》宏观指导前提下进行的细部创新,比如茅盾和钟敬文提出可通过方言文学来实现文艺大众化。由此观之,《大众文艺丛刊》是非解放区《讲话》精神的重要传声筒。

最后,《讲话》在国际社会的传播与影响。随着中国革命形势的发展和世界左翼力量的扩散,《讲话》在国际社会的传播日益形成声势,有学者就 1946—1956 年间《讲话》文本的国际传播展开研究,从传播缘起、传播地区、传播特征、传播成效与影响入手,整体廓清了这一时期《讲话》国际传播的基本面貌,国际传播的流行间接验证了《讲话》的"完整系统性、高度科学性和强烈实践性"⑤。有学者关注《讲话》与非洲左翼文学之

会上的讲话〉为核心》,《现代中文学刊》2022 年第 3 期。

①　朱建国:《毛泽东〈在延安文艺座谈会上的讲话〉在战后香港的出版、传播与"批评时代的到来"》,《世界华文文学论坛》2022 年第 3 期。

②　朱建国:《毛泽东〈在延安文艺座谈会上的讲话〉在战后香港的出版、传播与"批评时代的到来"》,《世界华文文学论坛》2022 年第 3 期。

③　文浩:《〈大众文艺丛刊〉对〈在延安文艺座谈会上的讲话〉的两重接受》,《中国文化研究》2022 年第 3 期。

④　文浩:《〈大众文艺丛刊〉对〈在延安文艺座谈会上的讲话〉的两重接受》,《中国文化研究》2022 年第 3 期。

⑤　王海军:《〈在延安文艺座谈会上的讲话〉文本的国际传播探析(1946—1956)》,《马克思主义理论学科研究》2022 年第 4 期。

关系，指出《讲话》进入非洲至少有"通过美国非裔民权运动传播"和"以语录体的方式随《毛主席语录》流传"两种方式，认为"《讲话》在非洲发生作用主要集中在 1970 年代"。①另有学者注意到了整体范围内的局部影响，以 20 世纪 70 年代初《讲话》传入阿根廷作引，考察《讲话》对 20 世纪 70 年代阿根廷文艺批评的影响。该学者着重关注阿根廷左翼代表皮格利亚在文学批评领域对中国经验的借鉴，皮格利亚曾就毛泽东文艺思想写过批评文章，深受《讲话》启发，他"从批判资本主义文学制度的私有产权观念出发，倡导文学乃至社会价值体系的转型"②，与中国经验类似。

（五）《讲话》的版本研究

《讲话》从口述到正式发表，再到后来的应时而改，其中曲折的修改、校订过程与整体的政治、文学生态以及毛泽东文艺思想的动态变化相关，从版本学角度研究《讲话》，为还原《讲话》原貌及追踪"变化中的《讲话》"提供了思考路径。金宏宇教授曾考证《讲话》有六个重要版本，其中速记版仍不可考，随着原始史料的发掘和研究，版本学视角下的更多真相逐渐"浮出历史地表"。

首先，《讲话》的原始口述版研究。《讲话》作为毛泽东在座谈会上的发言，原始口述有鲜明的在场感，有利于研究毛泽东的演说艺术，且"口述版《讲话》无疑是毛泽东文艺思想的最初呈现形态"③。有学者结合大量文献，包括参与座谈会作家的日记、回忆文本、发表文章等材料，对《讲话》原始口述版本中提请参会者讨论的问题数量、"结论"部分的原始面貌以及《讲话》现场的语言风格和互动情况进行考察。结果呈示原始口述版"引言"所提为六个问题，即萧军所记的"立场""态度""给谁看""写什么""如何搜集材料"和"学习"问题，"结论"部分的修改则符合《讲话》作为"配合中国共产党对文艺界进行整风的重要政策性文献"④的逻辑构设，"口述版"的语言幽默风趣且现场结合了延安的艰难处境开启会上的互动，这些都是正式发表的版本无法呈现的"在场"因素，进一步完善了《讲话》的版本谱系。不过，《讲话》原始口述版限于当时的会议环境和传播过程中可能产生的讹变，以及缺乏其余原始资料的印证，目前尚难还原。而研究者将"1943 年 3 月 10 日党的文艺工作者会议相关文献中引用的《讲话》也归属于'原始口述版'"⑤，引来了其他学者的质疑，因为从原始口述版到发表版，中间还有记录稿和整理稿，难以确认相关内容究竟来自何处，但至少可以确定这些内容来自贯彻《讲话》

---

① 蒋晖：《"普遍的启蒙"与革命:〈讲话〉和非洲左翼文学运动》，《现代中文学刊》2022 年第 3 期。

② 魏然：《南方的合奏——〈在延安文艺座谈会上的讲话〉与 1970 年代阿根廷文艺批评》，《中国现代文学研究丛刊》2022 年第 5 期。

③ 李惠、高锐：《毛泽东〈在延安文艺座谈会上的讲话〉原始口述版考察》，《河北学刊》2022 年第 2 期。

④ 李惠、高锐：《毛泽东〈在延安文艺座谈会上的讲话〉原始口述版考察》，《河北学刊》2022 年第 2 期。

⑤ 周兵：《1949 年以前〈在延安文艺座谈会上的讲话〉版本形成和比较研究》，《现代哲学》2022 年第 3 期。

精神的会议，因此该学者认为不如称其为"传达版"①。

其次，《讲话》的译本研究。1943 年 10 月 19 日《讲话》在《解放日报》首次全文公开发表，发表版又通过改名和摘录的方式在国统区的报纸刊出，解放战争时期出版了《讲话》的外文版。有学者基于《讲话》的三个英译本，考察毛泽东著作书面口语体特征，进而发现《讲话》在英语世界的文本呈现及传播方式，受到"译者或译者群体对待源文本的态度"以及"不同时代对源文本的解读方式和内容有一定差异"②的影响。关于《讲话》的版本研究，虽然仍存在悬而未决的问题，但译本研究无疑提供了另一种思路。

二、知识分子与延安文艺

知识分子与延安文艺的生成有密切关系，在《讲话》精神影响下，知识分子完成了自身的艰难转折，从而积极投身到延安文艺的建设中。

首先，知识分子与延安文艺生成史。延安时期亲历者的日记、笔记、回忆录等资料有利于还原历史现场，有学者从萧军某一天的日记出发，以一个同时代亲历者的角度回看《讲话》，可见毛泽东在座谈会前约谈萧军等文艺界人士，为《讲话》的构设做了充足准备。该学者认为萧军与毛泽东交往频繁，虽然在一定程度上参与了《讲话》的生成，但"不代表他真的理解毛泽东当时在思考的有关延安文艺、知识分子心态以及中国文艺方向等大题目"③，为还原亲历者眼中的《讲话》以及知识分子与《讲话》的生成关系提供了研究参考。另有学者关注革命知识分子在延安文艺界整风语境中的生成途径，考证了中共和文艺界的矛盾爆发于 1940 年前后延安的整体危机中，廓清两者产生分歧的根源包括"对危机根源有着不同的看法""知识分子在革命中的定位问题"和"如何解决中共面临的整体危机"问题，④同时揭示了文艺整风的必然性在于文化人中存在的宗派主义和脱离群众等问题，另外指出革命知识分子生成与中共领导下"群众政治"密切关联也源于整风的实践经验，彰显了"延安文艺界整风"与"革命知识分子生成"的内在联系。有学者回到革命运动的"大坐标"，力求通过梳理现代中国的变革史来再现《讲话》的生成，并详细还原了革命主体身份转换的过程，指出知识分子"在自己实现革命新人转化的基础上带动工农群众的新人化"⑤，确认《讲话》为主体论文本，也是"奠定革命政权

①　周兵：《1949 年以前〈在延安文艺座谈会上的讲话〉版本形成和比较研究》，《现代哲学》2022 年第 3 期。

②　黄立波：《基于语料库的毛泽东著作书面口语体特征英译考察——〈在延安文艺座谈会上的讲话〉三个英译本比较》，《外语研究》2022 年第 5 期。

③　许子东：《1941 年 7 月 20 日的萧军日记》，《新文学史料》2022 年第 1 期。

④　高明：《延安文艺界整风与革命知识分子的生成》，《文艺理论与批评》2022 年第 3 期。

⑤　程凯：《从革命主体论及历史、现实的辩证关系看〈讲话〉》，《中国现代文学研究丛刊》2022 年第 5 期。

与新中国政教体系原则"①的文本。

其次，延安文艺对知识分子创作观、文艺观转型的影响。丁玲由"文小姐"到"武将军"，无疑是知识分子"向左转"的典型，有学者就《讲话》对丁玲的精神结构、文艺创作以及人生道路的影响做了完整分析。辨析了丁玲与《讲话》生成之间的关系和作为"事件"的《讲话》对丁玲各方面的影响，阐释了丁玲"深入生活论"的具体内涵和当代价值，"丁玲关于'深入生活'的思考不仅贴近创作主题，且深入而系统"②，体现了延安文艺改造知识分子强大能量和知识分子接受与传播延安文艺的积极心态与创新意识。有学者结合史料探究延安文艺座谈会后何其芳的转型之路，一方面从思想和文艺观上肯定了何其芳对于《讲话》精神的高度认同，另一方面从《讲话》后创作实绩较匮乏关涉其转型的艰难性。另外从何其芳对自己作品集的选编与出版变化以及文艺评论观念的嬗变两个方面着手，深入阐释了其如何在文艺活动中实践延安文艺精神，确认其转型之路在延安作家群中的"典型性和代表性"③。有学者则基于新近发现的 1963 年"人大文学进修班"的听课笔记分析何其芳阐释《讲话》的思路，比如其"善于在互文性网络中深入地阐发微言大义""善结合时代语境拓展《讲话》精神的现实兼容性与理论效力"④，另外还反映了何其芳个性化的文艺观。听课笔记虽与讲授者的原话有出入，但不失为研究何其芳接受和阐释《讲话》思想的一种参考文献。有学者视"新秧歌运动"为文艺工作的范例，分析了新秧歌剧在"改造知识分子团结边区群众""改造民间艺术实施社会教育""抗战胜利后的政治宣传"三方面的历史作用。⑤还有学者着重探讨新秧歌运动中秧歌改造者的心路历程，关注他们的"思想转变、认知变化、情感起伏"⑥，揭示了《讲话》背景下文艺工作者对"工农兵文艺"的接受与再造，以及由此发生的情感变化。有学者则关注《讲话》后浙东根据地"的笃戏"改造，历史地呈现文艺人开展自我思想革命并付诸文艺实践的过程。⑦延安文人还有古典诗歌创作传统，怀安诗社是"中国无产阶级革命文艺史上第一个以创作旧体诗为主的文学组织"⑧，处于整体的延安文艺谱系中。有学者考察了怀安诗社所处的社会背景与文化语境、成员组成与活动历程、诗论主张与创

① 程凯：《从革命主体论及历史、现实的辩证关系看〈讲话〉》，《中国现代文学研究丛刊》2022 年第 5 期。

② 何吉贤：《"从延安走来的人"——丁玲与〈在延安文艺座谈会上的讲话〉的发生及其当代阐释》，《文艺理论与批评》2022 年第 3 期。

③ 周思辉：《延安文艺座谈会后延安作家的转型之路——以何其芳的转变为例》，《石河子大学学报》（哲学社会科学版）2022 年第 2 期。

④ 李朝平：《何其芳如何阐释〈讲话〉——基于"文学进修班"听课笔记的分析》，《重庆三峡学院学报》2022 年第 6 期。

⑤ 王树荫、汤垚：《延安新秧歌剧的价值导向与历史作用》，《甘肃社会科学》2022 年第 1 期。

⑥ 江沛、薛云：《艺术源于生活：延安时期秧歌改造者的心路探析》，《安徽史学》2022 年第 2 期。

⑦ 小田：《抗战时代文艺人的思想革命——对浙东根据地"的笃戏"改造的考察》，《河北学刊》2022 年第 3 期。

⑧ 霍建波：《怀安诗社研究》，中国社会科学出版社 2022 年版，第 1 页。

作实绩、地位影响与得失成败等问题，认为"怀安诗人们酬唱赠答、言志抒怀、鼓舞革命情绪，对延安文艺乃至中国革命均做出了较为独特的历史性贡献"①。怀安诗社的存在与繁荣体现了延安文艺的包容性和丰富性，虽然其积极响应了《讲话》精神，但仍不可避免存有局限，有学者认为"诗社同人的旧体诗创作在革新之后还是更多地回归为私人间的酬唱"，"无法真正登上革命文艺的舞台"。②

最后，赴陕知识分子细节考。有学者梳理了左翼文化人奔赴陕北的具体细节，通过多重史料互证得出黄华是最早从国统区进入陕北的文化人，在人数上，到 1944 年，奔赴延安的知识分子中"识文断字的总共有 4 万来人，高中以上知识分子有六七千人"③。另外总结了知识分子到达延安的方式，分别是经西安中转进入、经三原西面的云阳镇上的红军办事处联络进入、从陕西渡黄河进入、从宝鸡直接向北进入以及从甘肃陇东一带向东进入。受限于交通条件，知识分子赴陕北的路途中有诸多不便之处，但大多情绪高涨、自发前往，侧面显示了延安的感召力，为延安文艺与知识分子关系的考察提供了一个视点。

三、延安文艺与"人民性""大众化"

"文艺大众化"发端于五四新文学运动时期，中经左翼文学的理论发展，真正落实于延安文艺。"大众化""人民性""人民文艺""大众文艺"等近似概念是《讲话》或者说延安文艺研究的关注点之一。

首先，"人民文艺"的产生背景研究。"人民文艺"的产生背景有主客两方面原因，一是中国革命的大环境影响，有学者从马克思的理论出发，结合中国革命的实际情况，回答了"延安文艺为什么会诞生人民美学""中国的马克思主义美学为什么以人民大众为本位"等本源性问题。该学者从人民美学的"逻辑必然""理论必然"和"实践形态"三方面入手，阐释了人民美学立足的马克思主义哲学根基，即"人民大众成为政治和革命的主体，也必然成为审美的主体"④，说明了人民美学思想是马克思主义和社会主义文艺的必然逻辑。有学者则从"文艺是为什么人的"话题引入，通过细读的方式详细追踪了其何以成为问题、没有得到解决的原因和解决的途径。延安时期的客观事实和革命工作

---

① 霍建波：《怀安诗社研究》，中国社会科学出版社 2022 年版，第 1 页。
② 任杰：《战争语境与旧体诗革新——大文学视野下的怀安诗社及其创作》，《新疆大学学报》（哲学社会科学版）2022 年第 4 期。
③ 王锡荣：《从"亭子间"到"山顶上"——左翼文化人奔赴陕北考》，《新文学史料》2022 年第 1 期。
④ 韩振江：《马克思主义美学要以人民为中心——〈在延安文艺座谈会上的讲话〉的人民美学思想》，《甘肃社会科学》2022 年第 6 期。

与一般革命工作的关系尚未辨清的现状是该问题产生的背景，从事文艺活动的知识分子"阶级立场"意识模糊导致问题没有得到切实解决，"深入实际斗争"以及"学习马克思主义""学习社会"是解决问题的重要阶段之一。该学者认为，对于"文艺是为什么人的？"，重审和思考有利于"认清新时代我国文艺发展的基本方向、定位"①。二是受领导人的文艺观影响，有学者通过考察毛泽东关于中国革命中的小资产阶级的思考来理解其人民观，分析毛泽东的阶级观和人民观形成于系统地学习马克思主义阶级观和研究实际的阶级斗争之后，基于此，毛泽东建构了作为政治概念的"人民"，"是一个内涵和外延都不断变化的概念，带有统一战线的意涵"。②同时认为毛泽东持辩证态度对待小资产阶级的革命性，清除小资产阶级思想是党内整风的重要内容，显示了毛泽东人民观的灵活性和纯正性。也有学者兼谈主客两个维度，立足于毛泽东的哲学观、政治的实质性内涵以及延安时期的历史语境，重新讨论包括"'知识分子与工农相结合'是实践中国社会的结构性革命的要求，'工农兵文艺'是实践中国共产党的文化领导权要求，知识分子的主体修养是对人民文艺的创作者的要求，而人民文艺的根本目标和理想状态则可以说是'人人都是文艺家'"③在内的人民文艺的原点性议题，在此基础上，对人民文艺的实践经验和方法进行理论性总结。有学者从历史、政治和伦理三方面分析"人民性"文艺思想生成的逻辑基础及其理论建构过程，同时认为当下文学从业者应"从学术史和艺术实践中进一步去理解、完善和发展'人民性'文艺思想体系"④。

其次，"人民文艺"相关论争话题研究。文艺与政治关系的辨析与"文艺大众化"观念的演进交织，有学者立足《讲话》，肯定其辩证地处理了"文艺大众化"实践过程中的文艺与政治的偏重问题，"认识到文艺大众化作为一种普及价值、凝聚共识、动员实践的现代性社会实践必须同时面向文艺和政治两个维度"⑤。阐释了五四时期的文艺启蒙无法完成大众化在于只能产生普遍的困惑与彷徨，在此基础上论述了"普遍的启蒙运动"中文艺政治化的重要性，即有利于"文艺大众化"找到适合于相应时代的价值取向和实践形式。另外，不同时代的人学文学观念也存在差别，有学者以五四时期提出的"人的文学"观为参照，辨析支配《讲话》的"人民的文艺"观的具体特征，并梳理了 80 年来两个人学文学观念在不同时代背景下，其话语势能此消彼长的过程，结合当下的调整和发展，指出"'人民的文艺'观要辩证地把握个人与集体，人的自然属性与社会属性的关

① 丁国旗：《对"文艺是为什么人的"新认识》，《中国文艺评论》2022 年第 6 期。

② 张慧鹏：《毛泽东关于中国革命中的小资产阶级问题的思考——以〈在延安文艺座谈会上的讲话〉为中心的考察》，《毛泽东研究》2022 年第 5 期。

③ 贺桂梅：《〈讲话〉与人民文艺的原点性问题》，《中国现代文学研究丛刊》2022 年第 6 期。

④ 张福贵：《"人民性"文艺思想生成的逻辑基础与理论建构》，《文学评论》2022 年第 3 期。

⑤ 金永兵：《永远的"大众化"——〈在延安文艺座谈会上的讲话〉历史经验管窥》，《艺术评论》2022 年第 6 期。

系"①，才有益于创作的进步。

最后，"人民文艺"的审美特征和实践路径研究。有学者将延安文艺置于中国百余年历史进程中观察，梳理了"人民性"审美特征的递变过程，认为"人民文艺"的前奏是"大众文艺"和"工农兵文艺"，"'民族性''民族精神'是延安文艺人民性审美特征的崇高境界"，"'文章入伍''文艺下乡'是延安文艺实现人民性审美理想的路径选择"②，阐释了延安文艺中"人民性"概念的丰富内涵。有学者关注到了延安文艺大众化过程中，民间元素起到了关键作用，认为在文艺导向上，延安文艺界在《讲话》发表后形成了"文艺大众化离不开民间元素的共识"③；在创作主体上，延安文艺界对于大众化和民间元素的重视促使知识分子和民间艺人参与改造分别达成"民间化"和"组织化"；在大众化实践上，延安文艺中的艺术活动、内容和形式都强化了民间元素。有学者详细探讨了民间文化在延安文艺中的呈现方式，以中国共产党倡导大众化文艺为起点，梳理民间文化与延安文艺创作的融合过程，"全面呈现延安文艺与20世纪中国民间文化、文学的多元样态"④，为中国当代文学获取民间文化经验提供参考。有学者综合分析了延安文艺"走向民间"的成功缘由，包括抗日民主政权的支持、中国化马克思主义文艺理论的指导和文艺工作者的新"民间"探索。⑤"人民文艺"并非仅体现在创作立场上，同时涉及创作对象问题。有学者研究延安时期作家文人书写劳动人民的文艺行为，通过研讨延安文艺作品中劳动人民形象范式的塑造、叙事主题的整体性把握以及审美风格的形成趋向等，"较为充分和系统地展示与彰显延安文艺所具有的'人民的立场'"⑥。有学者视延安文艺为少数民族文学兴起的内因，通过对《讲话》后解放区少数民族文学各方面发展的梳理，展现在党的文艺方针引领下，少数民族文学从萌芽状态到逐步确立的过程，体现了延安文艺思想广阔的辐射范围。

四、延安文艺传统的赓续与当代启示

延安文艺是当代文学的重要传统，对当代从事文学创作、研究的工作者和文艺事业依然有指导价值，习近平总书记于2014年做《在文艺工作座谈会上的讲话》，既是"讲话"传统的赓续，也是面对当下文艺环境的全新思考，因此，延安文艺在新时代的价值关涉

---

①　张瑜：《从"人的文学"到"人民的文艺"——重读毛泽东〈在延安文艺座谈会上的讲话〉》，《上海文化》2022年第8期。

②　朱鸿召：《论延安文艺的人民性审美特征》，《上海文化》2022年第6期。

③　江守义：《民间元素与延安文艺大众化》，《中国高校社会科学》2022年第1期。

④　梁向阳：《延安文艺与20世纪中国民间文艺》，陕西师范大学出版总社2022年版，第14页。

⑤　钟海波、李继凯：《论解放区文艺"走向民间"的本土经验》，《兰州大学学报》(社会科学版)2022年第5期。

⑥　李继凯、冯超、王奎：《书写劳动人民延安时期重要作家作品研究》，陕西师范大学出版总社2022年版，第8页。

其本体和外延。

首先，延安文艺对文艺批评、文艺观念和文学创作的影响。延安文艺包含的文学观念、文艺批评方式等内容在后续的文学演进中有重要的参照意义，有学者视新时期的"歌颂与暴露"之争为延安文艺论题的重启与延续，认为"论争的再次出现或可视为文艺从教条政治话语里的自我赎回"①。该学者梳理的范围始于"讲话"，止于第四次文代会，归纳出了一条"歌颂与暴露"话题由政治话语层面转衍为文学理论基本问题的道路，同时进入了反思延安文艺的视域。另有学者关注自延安文艺始，在中国现当代文学中占据主导地位的现实主义文论在新时代的变化和挑战，梳理了现实主义文论的思想内涵与表述方式在当代文学中的演化轨迹，勾连"文艺创作与文化自信之间的互动关系"在内的诸多时代命题，依据文艺创作与发展的多样性规律，提出了"新时代现实主义文艺理论与批评的价值立场、发展方向、创新路径、思维方法、学术旨趣"②，为完善新时代中国现实主义文论的体系提供远见与卓识。在文学创作方面，《讲话》中"人民性"立场的赓续是新时代文学发展的一个特征。有学者结合近年文学创作风向，以 21 世纪中国抗疫文学为研究蓝本，阐释了其中体现的"人民性"和"共同美"思想，认为"新世纪中国的抗疫文学切实契合了《讲话》中'人民性'的创作导向和毛泽东文艺思想中关于'共同美'的美学思想"③，充分发挥了文学的感召功能与抚慰人心的力量，同时认为抗疫文学因为关注人类命运共同体和共同美的建构，有助于消弭"文化单边主义"的弊端，在文化磨合的视域中彰显更深层次的"人民性"和"共同美"。

其次，毛泽东《讲话》与习近平《在文艺工作座谈会上的讲话》的比较研究。1942年的毛泽东《讲话》和 2014 年的习近平《在文艺工作座谈会上的讲话》是两篇具有回顾和展望性质的文献，廓清了两次"讲话"阶段文艺界亟待解决的问题以及解决的途径和方法。有学者结合两次"讲话"，分析"民间文艺发展的现代化创构之路"④，认为毛泽东《讲话》从人民立场出发，借助民间文艺资源和实践，为革命斗争、民族解放和现代化国家建设服务，习近平《在文艺工作座谈会上的讲话》则扭转了民间文艺因为市场效益原因而发展受阻的局面，回到了人民立场和人民主体上。阐释了两篇"讲话"如何在"民族救亡与复兴""社会重构与建设"的节点上深化人民文艺立场，体现了两篇"讲话"引导文艺创作风

① 赵坤：《"歌颂与暴露"：文艺批评论争与文学观念的转变》，《文艺争鸣》2022 年第 5 期。
② 党圣元：《新时代中国现实主义文论发展的新态势与新挑战》，《陕西师范大学学报》（哲学社会科学版）2022 年第 3 期。
③ 李继凯、马海燕：《论新世纪中国抗疫文学的人民性与共同美——纪念〈在延安文艺座谈会上的讲话〉发表八十周年》，《天津社会科学》2022 年第 6 期。
④ 潘鲁生：《民间文艺发展的现代化创构之路——两次文艺座谈会的理论与实践导向》，《中国文艺评论》2022 年第 6 期。

向的重要作用。有学者总结了毛泽东《讲话》的历史功绩，认为其"开创了一条中国革命文艺发展的正确道路"①，在此基础上，将习近平《在文艺工作座谈会上的讲话》视为新时代"讲话"精神的赓续和理论创新，成果包括精准、科学地总结了中国文艺发展道路，将党对文艺工作领导的重要性提到了新高度，为文艺发展道路增添了更多优秀传统文化的元素。

最后，理解延安文艺的多重论域。延安文艺因其本身丰富的思想容量与宽广的研究论域，促使学者们找到了更多进入的开口。有学者将"《日出》公演到停演"事件作为理解延安文艺史的新入口，指出《日出》被毛泽东选中在延安公演一方面是为了"适应知识分子审美需求的文化策略"，彼时大量知识分子投奔延安，党的领导人有团结他们的强烈意愿。另一方面是"出于文艺统战需要的选择"②，《日出》涉及"阶级""劳动"等话题，符合左翼批评家的阐释期待，共产党也有意吸收有影响力的文艺界人士。又指出《日出》停演是由于延安思想文化氛围的调整和党在文化策略上的转变，体现了"有经有权"的辩证考量。有学者从文艺制度的建构逻辑与路径出发理解延安文艺，详细阐释了延安文艺如何在"社会文化、文艺治理和政治发展的三重逻辑交织"③中完成建构，体现了制度史视野中延安文艺制度建构的逻辑化与复杂性。有学者关注到了介于"苏区文学"和"延安文学"之间的"长征文学"，通过分析《见闻录》《行军记》《长征记》等文本，认为早期长征文学在叙事视角、叙事手法和审美特征上打破了苏区文学范式，并认为作品中以"对红军将领的形象重塑""对革命奇观的描写"为代表的文学特征在延安文学中得到了响应④，因此视其为"延安文学"的过渡期。有学者关注陕甘宁边区文艺机构"组织起来"的体制化生成过程，在原始文献史料的基础上，梳理了以中国文艺协会、边区文协、边区文委、中央文委为代表的文化机构建立和转型的过程，认为此类文化机构依据"组织起来"的策略意识，在陕甘宁边区文艺机构走向体制化中扮演了规范者角色，"推动了新民主主义革命文化建构和党的意识形态传播"⑤。有学者以"当代性"为方法论重识延安文艺运动到"十七年"时期的文学史，认为"当代"非物理意义上的时间概念，"指涉的是以当代社会历史问题对'文学'的观念重塑和内涵重构"。在"当代"立场的介入下，《讲话》以一种激进的方式使中国文学在时代语境中"生产出自己的美学合法性"，"十七年"文学史上的批判运动也是"当代"作为问题意识的展开，认为"当代"

---

① 董学文：《中国革命文艺发展道路的开拓》，《中国文艺评论》2022年第6期。

② 胡一峰：《寻找理解延安文艺史的新入口：〈日出〉公演再研究》，《文艺研究》2022年第5期。

③ 刘鑫：《延安文艺制度的建构逻辑与路径》，《陕西师范大学学报（哲学社会科学版）》2022年第6期。

④ 周维东：《长征书写与过渡期延安文学——"长征文学"的起源及其文学史意义》，《中国高校社会科学》2022年第3期。

⑤ 冯超、李继凯：《"组织起来"的革命文艺——论陕甘宁边区文艺机构的体制化生成》，《陕西师范大学学报》（哲学社会科学版）2022年第3期。

重构了美学坐标，"将文学理解为整体历史的一个有机部分，以能回应、进入和理解自己的历史与时代作为文学的要求"①，强调现阶段文学研究中"当代性"的方法论意义。当代延安文艺研究热度持续不减，可以称为一门"显学"，有学者从"延安文艺学术史"着手，"回顾并梳理 20 世纪 80 年代以来的延安文艺研究及其学术史进程，总结反思该时期不同阶段毛泽东文艺思想及党的文艺政策研究、延安文艺运动及作家作品研究，以及延安文艺文献史料整理等各个领域研究的学术成果及存在的问题"②，对于当下的延安文艺研究而言，既是一种回顾和反思，又是一种展望未来的方式。

五、2022 年度延安文艺研究总体风貌与再认识的空间

综观 2022 年度延安文艺研究相关文献，其思路与方法大多延续此前，包括生成路径、思想内容、历史意义和当代价值等。但在此基础上，也不乏新的思考角度和创见，随着学科建设的完善以及研究方法的更新，延安文艺有了更广阔的研究空间。比如不断出现的新史料有利于还原历史，补足研究的空白，而文艺制度、文艺机构研究等视角的切入又为擘画延安文艺的整体性提供了新方向。由此可见，延安文艺处于政治、文艺话语编织的网络中，绝非仅存于某一时期，被视为"遗迹"的历史断片。总体而言，2022 年度延安文艺研究在原有基础上有进一步的拓深，既有以"回望"姿态过渡到历史现场重审延安文艺生成的必然性和复杂性，又有对新时代发展主题的呼应，使文艺或思想研究与当代中国的现实接壤。不过，延安文艺尚存诸多再认识的空间，甚至学术研究难以逾越的敏感界限，延安文艺只有在不断的"重识"中才会趋于完善和鲜活。

首先，延安文艺研究立场方面，批评向度有限，尚缺乏对话意识。郭沫若"有经有权"原则是对《讲话》的公允评价，看到其中"经常的道理"和"权宜之处"，若以此标准去评价 2022 年度延安文艺研究，"有经"原则无疑更显声势，在诸多学者的研究视野中，《讲话》被预设为经典的不可撼动的文本。从分期来说，延安文艺的时间截至 1949 年，从辐射范围来说，延安文艺传统赓续至今，在演进过程中曾走过神化乃至异化的歧路，80 年代青年学者号召"重写文学史"是对先前文学史书写、文学作品评价范式的反拨，之后又招致学界对"重写"本身的质疑，可见学术研究有不断怀疑、推倒、重来的过程，即"否定之否定"。而延安文艺研究从整体来看显然是单向度的，或者说冷静审视的声音缺乏公开表达的渠道，尚未形成争鸣之声。2022 年是《讲话》发表 80 周年，延

---

① 卢燕娟：《"当代"作为问题的发生——以延安文艺运动到"十七年"时期的文学史为对象》，《当代作家评论》2022 年第 1 期。

② 吴国彬：《延安文艺学术史研究（1978—2016）》，陕西师范大学出版总社 2022 年版，第 3 页。

安文艺研究也理应进入了"下沉期","下沉期""指的是一个评论对象变成了研究对象，它的位置下沉到了能够做历史研究的状态"①。纵览 2022 年度延安文艺研究，"评论"与"研究"可谓平分秋色，甚至不少"评论"文章不可避免地存在旧作新翻或老调重弹现象，在立场和态度上，研究者有必要转向情感因素退场的"历史研究"，促进延安文艺研究形成客观、整体、多元的面貌。

其次，延安文艺史料发掘和整理方面，延安时期文艺界人士的日记、回忆录等资料有较大研究空间，从而可构建延安文艺的多重面貌。随着文学研究领域史料意识的增强，越来越多的第一手资料"浮出历史地表"，版本研究、档案研究、书信研究等都是史料研究的重要方向。延安时期文艺界人士包括党政领导人、文艺界领导人和作家等，他们的日记、回忆录、来往书信以及与之相关的档案、文件、生活资料都可以成为研究的入口，以发见文学史中被忽视或者不便书写的历史玄机，也有利于完善文艺界人士对延安文艺的接受、评价过程，在此之前搜集、筛选、甄别史料尤为重要。从 2022 年度延安文艺研究来看，不少学者的研究具有示范作用，比如从萧军的日记分析其与《讲话》的关系，通过学生的听课笔记分析何其芳对《讲话》的接受和传播，从萧军、丁玲等人的回忆录、日记考察《讲话》"引言"提出的是五个问题还是六个问题等，这些都是基于原始文献的细部研究，有利于还原历史真相，勾勒延安作家群体的完整面貌。所以史料研究依然有持续跟进的空间，延安文艺中悬而未决的议题也存有揭开迷雾的可能性。

最后，延安文艺的国外传播与影响方面，有待更广视域的共时性与历时性考察。毛泽东《讲话》是马克思主义中国化的经典文本，在世界左翼力量的谱系中，毛泽东思想一向有大量研究者，而《讲话》作为体现毛泽东文艺思想或者说无产阶级文艺思想的文本，自然会受重点关注。此前已有学者详细梳理了《讲话》在国外的译介顺序，以朝鲜、日本为代表的亚洲国家最早翻译《讲话》，新中国成立后，《讲话》开始在欧洲、非洲、美洲地区广为传播，整体而言，《讲话》的译介"主要集中在社会主义国家和左翼文化界"②。《讲话》的传播一方面与整体世界局势有关，另一方面也源于接受《讲话》的国家的内部需求，因此有必要爬梳其中的细节问题，比如《讲话》在具体国家的接受和传播过程，与该国家或地区本土的文艺资源形成何种张力。此类研究重视外文文献的搜集和识读能力，不但要对延安文艺传统如数家珍，还要兼具世界文艺的视野，如此一来，延安文艺走出国门，走向世界的脉络以及世界无产阶级文艺对"中国经验"的借鉴将更加清晰。

（作者单位：陕西师范大学文学院）

① 程光炜：《中国当代文学史的"下沉期"》，《当代作家评论》2019 年第 5 期。
② 刘忠：《〈在延安文艺座谈会上的讲话〉在国外的译介与评价》，《中州大学学报》2007 年第 3 期。

图书在版编目（CIP）数据

大西北文学与文化.第八辑/陕西师范大学人文科学高等研究院编.
—北京：作家出版社，2023.12
ISBN 978-7-5212-2596-9

Ⅰ.①大… Ⅱ.①陕… Ⅲ.①地方文学史—研究—西北地区②地
方文化—文化研究—西北地区 Ⅳ.① I209.94 ② G127.4

中国国家版本馆 CIP 数据核字（2023）第 215531 号

大西北文学与文化.第八辑

编　　者：陕西师范大学人文科学高等研究院
责任编辑：田一秀
装帧设计：芬　妮
出版发行：作家出版社有限公司
社　　址：北京农展馆南里 10 号　　邮　　编：100125
电话传真：86-10-65067186（发行中心及邮购部）
　　　　　86-10-65004079（总编室）
E-mail:zuojia @ zuojia.net.cn
http://www.zuojiachubanshe.com
印　　刷：三河市紫恒印装有限公司
成品尺寸：185×260
字　　数：270 千
印　　张：14.25
版　　次：2023 年 12 月第 1 版
印　　次：2023 年 12 月第 1 次印刷
ISBN 978-7-5212-2596-9
定　　价：68.00 元